중정머리 없는 인간

이강원 소설집

중정머리 없는 인간

도서출판 바람꽃

차례

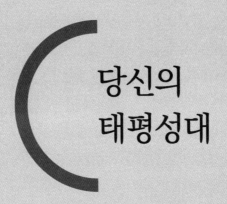

당신의
태평성대

프롤로그

부여읍 중정리 나성羅城 끝에는 '옷배'라는 마을이 있다. 남쪽 산에 넓은 바위가 있는데 치마바위, 꽃바위, 낙화암 등으로 불린다. 옛날에는 그 아래로 백마강이 흘렀다고 한다. 백제가 망할 당시, 적군을 피해 나성을 따라오던 궁녀가 강물로 떨어져 죽었다는 이야기가 전해오는 곳이다.

1

항아는 무리에서 빠져나왔다. 아무도 눈치채지 못했기를 바라며 소나무 뒤로 가 몸을 구부리고 앉았다. 머리 위로 새가 날았다. 만분다

행으로 누구도 새소리 같은 건 신경 쓰지 않는 것 같았다.

맨 앞에서 걷던 궁녀가 걸음을 멈췄다. 뒤돌아섰다. 눈빛이 이쪽을 향했다. 항아는 자기도 모르게 상체를 옹송그렸다. 옷자락 스치는 소리만 사부작사부작 들리고 사위는 까무러치게 조용했다. 그녀는 슬그머니 고개를 들었다.

궁녀의 눈이 반들거렸다. 달빛 때문일까. 며칠 전까지 니리믈왕[1]를 모셔온 궁녀였다. 나이가 가장 많았다. 혹 눈물 때문일까. 궁녀가 양팔을 크게 벌려 머리 위로 올리자 다른 궁녀들도 두 손을 이마 앞에서 포개었다. 허리를 수그리고 무릎을 구부렸다. 왕궁의 뒤통수에다 큰절을 올렸다. 누군가 흐느꼈다. 그것을 신호로 여기저기서 울음이 터졌다. 종내 통곡으로 변했다. 나이 많은 궁녀가 눈두덩을 훔치며 일어났다. 다시 큰절을 올렸다.

꽃 같았다. 바위 위에 핀 꽃, 살아있는 꽃들. 이제는 울음을 삼키며 일어서는, 푸르뎅뎅하게 펄럭이는 꽃들. 나난일곱 송이 꽃들이 돌아섰다. 달 따라가는 것처럼 절벽으로 느리적느리적 걸어 내려갔다.

니리믈가 항복했다는 소식을 들었을 때 항아는 북쪽 우물로 달려갔다. 벌써 여러 궁녀가 와 있었다. 니리믈의 침전에서 일하는 궁녀, 세 끼 식사를 마련하는 궁녀, 자기처럼 잔치나 제례음식을 준비하는 궁녀, 옷을 만들고 수를 놓는 궁녀들이 칠월의 무더위에도 덜덜

---

1) 「당신의 태평성대」에 나오는 '니리믈' 등 여러 고어는 2004년 도서출판 주류성에서 출간한 도수희의 『백제의 언어와 문학』과 부여군에서 발간한 『부여 지명 일괄』, 국어사전 등을 참고하였음.

떨었다. 터져 나오는 두려움을 손으로 막으며 밤하늘을 올려다봤다. 어떤 이도 시누대 길을 가자고 청하지 않았다. 뜸바위 고개를 넘어서 여기 잠두봉으로 오자고 한 적 없었다. 절벽으로 내려가라고 명한 사람도 없었다. 사경四更쯤엔가, 나이 많은 궁녀가 시누대 숲으로 걸어 올라가자 갑자기 궁 안이 술렁거렸다.

항아는 미안했다. 따라와서는 안 된다는 걸 알면서도 끼어든 게 죄스러웠다. 예정일은 아직 남았을 텐데 이경 즈음부터 반복적으로 배가 아팠다. 달거리 때와 비슷한 걸 보니 분명 산기였다. 고민하지 않을 수 없었다. 궁에 있어도 죽고 무리에 끼어도 죽는다. 하지만 지금 죽어서는 안 된다. 그녀는 수십 번, 수백 번, 수천 번 배를 쓰다듬고 어루만졌다. 쓸다가 멈추고 손바닥으로 전해오는 생명의 움직임을 감지했다. 죽더라도 배 속 아기는 살리리라. 어떠한 일이 있어도 살릴 테다. 가는 곳이 어딘지 분명히 알고 걷는 그들을 따라오면서 그녀는 자주 몸서리쳤다.

옷자락 스치는 소리와 발소리와 가끔 한숨처럼 불어오는 바람이 여명 속에서 희붐하게 미끄러졌다. 항아는 맨 끝에 선 궁녀가 절벽으로 내려가는 것을 확인하고 소나무를 벗어났다. 머리칼을 풀어 평민처럼 묶었다. 송월대 쪽으로 올라갔다가 능선을 타고 고란정 건너편으로 내려왔다. 오줌이 마려웠다. 그녀는 풀섶에 앉아 질금질금 오줌을 누었다. 일어나 옷을 입었으나 금세 다시 마려웠다. 하늘이 밝아오면서 나무와 풀과 강물이 차차로 열렸다. 속곳을 올리며 일어서는 얼굴로 안개가 밀려들었다.

새벽안개가 굼실굼실 산속을 휘돌아 나갔다. 향연香煙 같았다. 항아는 코를 벌름거렸다. 향로 맨 꼭대기에서 향연을 따라 춤추던 봉황의 춤사위가 떠올랐다. 두 발로 지상을 딛고 숫 날개와 암 날개로 천상과 지상을 오가며 굼실거리던 자태는 퍽 아름다웠다. 지상에 쌓인 염원을 천상으로 올리고 천상의 그것을 춤사위 속에 품고 내려오는 거라고, 그녀는 볼 때마다 생각했다. 아무리 봐도, 무엇이든 이쪽과 저쪽으로 가르는 사람들과는 정반대로 보였다.

항아는 강을 왼편에 두고 북쪽으로 향했다. 걸음을 재촉하자 배가 뒤틀려왔다. 옷자락마저 밟혔다. 그녀는 이슬에 젖어 처진 치맛단을 위로 올렸다. 뭉뚱그려 묶었다.

"뎅…… 철썩!"

우뚝 섰다. 덤불을 헤치던 손을 거뒀다. 종소리는 강 건너편 왕흥사에서 새벽예불을 알리는 소리일 터였다. 다음 소리는 뭐지? 항아는 순간적으로 희뜩, 눈을 떴다. 두 손으로 귀를 막았다. 입술을 깨물었다. 전신으로 퍼지는 두려움에 사지를 벌벌 떨었다.

"철썩…… 뎅…… 철벅!"

소리는 계속해서 귓속을 파고들었다. 발길을 붙들었다. 어느 적에는 하나가, 어느 적에는 여러 개의 소리가 동시에 새벽하늘을 찢어발겼다. 항아는 땀으로 범벅된 얼굴을 손바닥으로 훔쳤다. 울음을 깨물었다. 넘어질 듯 넘어질 듯 뒤뚱거렸다.

"철썩…… 철썩철썩, 뎅…… 철벅…… 뎅…… 뎅…… 뎅……."

강물이 흘렀다. 남으로 흘렀다. 푸르뎅뎅한 꽃들이 떨어져 내려도, 구중중한 안개가 바람에 밀려와도 마냥 흘렀다. 남색 치마에 싸인 얼굴들을 쓸어가며 흘렀다. 나라에 얻어맞고 새벽 종소리에 맞고 물살에 맞아 찢기고 갈라져 피를 흘리고 있을 몸뚱이들을 마저 할퀴며 흘렀다. 항아는 속으로 울부짖었다. 바닥에 주저앉았다. 목울대를 넘어가던 울음이 역류해 눈물로 흘렀다. 콧물로 흘렀다.

사근다리를 지나 뒷개 쪽으로 걸어 나갔다. 임자 잃은 집들이 부옇게 어른거렸다. 고성은 무사할까. 탈 없이 갈 수 있을까. 어머니와 아버지는 집에 계실까. 동생들은? 항아는 난데없는 생각에 우뚝 섰다. 지금까지 당연하다고 믿어왔던 게 흔들렸다. 송두리째 흔들렸다. 길마저 보이지 않았다. 집이 어디였는지 알 수 없어졌다. 부모 형제를 잃은 사람처럼 눈앞이 아뜩했다.

쯔쯔쯔쯧. 새가 우짖었다. 어깻죽지에 내려앉았다. 머리 위로 옮겨 앉는가 싶더니 순식간에 날아가 버렸다. 쯔쯔쯧, 절체절명처럼 우짖었다. 항아는 소스라치게 놀랐다. 손을 휘저으며 두 눈을 부릅떴다. 멀어져가는 꾀꼬리 한 쌍을 눈으로 좇았다.

절체절명이라니. 나도 모르게 의식하고 있었다니……. 항아는 도리질했다. 이대로 집에 간대도, 어머니와 아버지가 알게 된대도 상관없었다. 앞으로 어떻게 될 것인가 따위도 염려할 필요 없었다. 다만, 지금 죽을 순 없었다. 집에 가서, 아이를 낳은 다음에 죽어도 늦지 않을 것이다. 집은 굳건하리라. 어머니 아버지도 잘 계실 것이다. 동생들도 모두 다 잘…… 불안감을 애써 부정하며, 그녀는 고성으로 갈 방법을 찾기 시작했다.

쉬는 날에는 대개 궁에서 나오자마자 구들돌구드래로 달려갔다. 강물을 따라 남쪽으로 이십 리 길을 가다 보면 어머니 아버지가 계시는 고성이 나왔다.

저잣거리로 먼저 갈 때도 있었다. 장을 구경하면서 말버선이나 바다 생선을 사 들고 나성 동문까지 달렸다. 동문은 왕릉과 능사陵寺 앞에 있었다. 거기에서 숨을 고를 때쯤이면 낮이 되기 일쑤였다.

가끔은 북쪽 우물 아래로 내려가서 산자락을 타고 쌍밑으로 가기도 했다. 연꽃향이 들려오기 시작하면 항아는 한 마리 나비인 양 나풀나풀 월함지로 달려갔다. 연못을 빙 돌며 질리도록 연향을 흠향하며 여삼들로 나갔다. 여삼들에서 동문까지는 한달음이었다. 내처 달려가면서 올려다보는 하늘은 어찌 그리도 푸르던지. 동문에서부터 고성까지는 온 길보다 두 배나 더 가야 하지만 그쯤은 아무것도 아니었다.

북서풍이 불어대는 겨울에서 봄까지는 구들돌 나루에서 배를 탔다. 당리와 인갱이, 마녀골을 지나면 금세 고성에 닿았다.

아버지는 가끔 "우리는 곰나루에서 왔단다. 곰나루로 오기 전에는 위례성에서 왔다고 하더라. 그전에는 엄호수에서 왔다고 하고, 엄호수를 건너기 전에는 치치할에서 살았다던데, 두루미가 거기에서 온다고 하지 않던. 애비도 말로만 들어봤지 실제로 가보지는 못했구나. 네 증조부는 향로를 만드신 고조부를 따라서 오셨지. 곰나루를 떠나 솝울소부리, 사비로 오셨는데 궁이 있는 솝울을 놔두고 하필 이십 리나 떨어진 고성을 택하신 것은 그만한 까닭이 있었다는구나. 눈만 뜨면 보이는 강물을 보며 당신의 고향을 생각하셨겠지. 산도 그렇지만 물도 모두 다 연결돼 있단다. 글쎄, 사람만이 단독자單獨者라며 얼토당토않은 말들을 한다만……." 이라고 말하곤 했다.

마음 같아서는 정자 앞 여삼들을 지나 대로로 나가고 싶었다. 동문으로 곧장 달려가고 싶었다. 고성으로 가는 지름길이지만 지금은 위험천만했다. 여삼들에 들어서기 무섭게 적군에게 잡힐 게 뻔했다. 피난하지 못했거나 피신하지 못한 사람들이 붙들려 저잣거리에 묶여 있을지도 몰랐다. 궁에는 왕자와 솔※ 같은 이들이 붙잡혀 있고, 수많은 궁녀도 갇혀 있을 것이다. 지금까지 거기 있었다면 자기도 꼼짝하지 못했을 것이다. 뒤틀리는 배를 부여안은 채 떨고 있을 것이다. 임신 사실이 발각되어 형틀에서 죽어가고 있을지도 모른다. 항아는 온갖 가정들을 걸음에 실었다. 길바닥에 부리며 걸었다.

모퉁이를 돌자마자 눈앞이 확 트이면서 냄새가 쏟아져 들었다. 연꽃향이었다. 바람에 실려 둥둥 떠다녔다. 항아는 킁킁거리다 뒤미처 주변을 둘러봤다. 성의 북문은 무너지고 문을 지키던 군사도 떠났는지 안 보였다. 어디에도 인기척이 없었다. 무너진 문 너머로 해만 떠올라 드넓은 월함지에 덩그렇게 담겨 있었다. 여산모탱이에서부터 논절까지, 정자 건너까지, 여삼들 앞까지 흰 연꽃도 누렇고 연분홍 꽃도 누렜다. 향도 변함없이 싱그러웠다.

조금 전까지 생각했던 모습이 눈앞에 이리도 선명하게 나타나자 홀연 무섬증이 일었다. 항아는 정자를 지나쳐 여산모탱이 쪽으로 내처 걸었다. 배가 무거웠다. 진통도 잦아지는 것 같았다. 정자로 되돌아가고 싶었다. 몸을 누이고 싶었다. 누워 진통이 가라앉기를, 어서 아이가 나오기를 기다리고 싶었다. 한편으로는 군사도 사람들도 안 보이는 게 얼마나 다행한 일인지, 어서 빨리 집으로 가는 게 좋겠다고 생각하며 걸음을 재촉했다.

이렇게 연꽃이 피면 니리므는 갖가지 음식을 준비하게 해서 꽃구경을 나오곤 했다. 항아는 무수리 때부터 해마다 음식을 이고 뒤따라왔다. 비록 수발을 드는 처지였지만 가까이에서 새들이 날고 꽃향기를 맡고 맑은 물을 보는 게 행복했다. 궁에 들어오기 전에 마음껏 뛰놀던 고성 강변도 그리웠다. 고성으로 흘러오는 강물을 보노라면, 아버지 말씀대로 물은 조상의 유장한 호흡처럼 느껴져 아름다웠다.

푸르고 억센 풀을 헤치며 항아는 못가로 난 길을 돌았다. 기억을 떨치듯 고개를 흔들었다. 지금은 한가롭게, 한아하던 시절을 추억하고 있을 때가 아니었다. 논절을 지나 독쟁이로 들어설 수 있는 길을 찾아야 했다. 어떻게 하면 독쟁이에서 심방골로 안전하게 갈 수 있을지를 생각해내야 했다. 무거운 몸으로 심방골 골짜기를 넘어갈 수 있을까. 능뫼 앞 오살미 들판을 아무도 모르게 건너갈 수 있을까. 요리조리 방법을 찾아봤으나 막막했다.

항아는 망연자실 엉덩방아를 찧었다. 갈대숲으로 기어들었다. 더는 들어갈 수 없을 네까지 들어가 쭈그리고 앉았다. 길게 숨을 들이마시고 뱉고 다시 들이마시고 뱉어도 가슴은 마냥 두근거렸다. 바람 한 자락 불지 않았다. 갈대도 그늘을 만들어주지 못했다. 아무래도 좋았다. 그녀는 건너편 사람에게 발각되지 않았기만을 기도했다. 어떻게 왔는데, 여기가 끝일 순 없었다.

해가 반 뼘이나 올라갔을까. 항아는 갈대들을 밀쳐냈다. 한 손으로 땅바닥을 짚고 다른 손으로는 허리를 받치고 반쯤 일어났다. 갈대 틈으로 건너편을 내다봤다. 그 사람은 아직도 그 자리에 서 있었다. 팔을 뻗고 누군가를 부르고 있었다.

여울이었다. 포를 입고 있었다. 깃과 소매 끝과 밑단에 파란색 띠를 덧댄 연주복이었다. 머리칼도 묶어서 오른쪽 옆으로 고정한 채였다. 그가 아침햇살을 받고 서서 손을 흔들었다.

"여울아."

부르며 항아는 못가로 나왔다. 뒤뚱뒤뚱 건너편으로 뛰어갔다. 새파란 억새와 갈대들이 표정도 없이 건들거렸다. 못가로 나와 있던 개구리들이 몇 발짝 앞에서, 마름과 생이가래들 사이로 폴짝폴짝 뛰어들었다. 그때마다 소금쟁이가 날아올랐다. 여울 앞에 서면 말해야겠다고 그녀는 마음먹었다. 배 속에 아이가 있다고. 우리의 아이라고.

움막이었다. 무너져 뼈대뿐이었다. 천 조각이 기둥 한쪽에 감긴 채 위로 길게 뻗쳐올라 마치 사람이 손을 흔드는 것처럼 보였다. 허탈감이 전신을 휘감아왔다. 항아는 그제야 여울이 여기에 있을 리 없다는 것을 기억해냈다.

연꽃이 떨어지고, 떨어진 꽃잎 위에 아침이슬이 맺혔다. 항아는 허퉁한 얼굴로 이슬을 내려다보다 눈물을 떨구었다. 떨어진 눈물방울이 이슬이 되었다. 점점 커다래졌다. 또르르 구르다 물속으로 쏟아졌다. 연못물이 잠깐 둥그런 파문을 그렸다. 금세 평평해지며 뜨거워지는 허공을 되비추었다.

혹시 능사로 갔을까. 고올리로 가기 전에 거기부터 갔을지 몰라. 향로를 가지러 갔을 거야. 분명해. 그 생각은 갑작스럽게 찾아왔다. 항아는 자기도 내내 향로를 생각하고 있었다는 것을 깨달았다. 여울이 부는 배소의 선율에 맞춰 두 다리를 구부렸다 폈다 하며 경중거리던 봉황의 춤사위를 생각하고 있었다.

2

지난 오월 제례를 지내던 날이었다. 여울이 우울한 얼굴로 배소를 불었다. 소리가 한없이 밑으로 처지는 듯했다. 항아는 가슴이 미어졌다. 완함도 금도 피리도 북도 덩달아 활기가 없어 보이는 게 그의 얼굴 탓만 같았다.

비까지 내렸다. 여우비인가 싶었는데 제를 마치고 음식을 거두어들일 때가 되자 고레랑비로 주룩주룩 쏟아졌다. 슈룹_{우산}이 없었다. 비를 맞을 순 없으므로 니리므_왕는 금당으로 들어가 앉았다. 항아 일행도 공양간이며 제기보관실에서 서성거렸다. 빗소리가 절 지붕과 마당을 후려쳤다. 처마를 타고 흐르는 빗물이 마당으로 도랑으로 휩쓸려가며 요란하게 소리 질렀다. 천지간에 빗소리뿐이었다. 빗소리 말고는 아무 소리도 들리지 않았다.

마침내 비가 수긋해졌다. 항아는 설거짓감을 챙겨 들고 북쪽 우물로 올라갔다. 말끔하게 닦은 제기를 안고 내려오던 길에 공양간 앞에서 어슬렁거리던 여울과 마주쳤다. 그가 우무편지를 건넸다. 소를 불 때보다 더 어두운 표정으로 쫓기듯 강당으로 내려갔다. 공방과 회랑 사이로 빠져나갔다. 어깨를 웅크리고 걷던 그가 얼핏 돌아다봤다. 손을 흔들었다. 그녀도 한 손을 들어 보이며 그가 서쪽 석교를 건너는 모습을 물끄러미 건너다봤다. 산모롱이를 돌아 모습이 완전히 보이지 않을 때까지 지켜보다 제기보관실로 들어갔다.

　궁으로 돌아가자마자 항아는 북수간측간으로 달려갔다. 안에서 고리를 걸고 노둣돌에 앉았다. 빗물에 젖어 군데군데 흐려진 우무를 꺼내어 펼쳤다.

　"항아야, 내가 널 얼마나 괴고 있는지 알까. 네 얼굴만이 아니라 네 목소리와 걸음걸이와 고갯짓, 손놀림 하나하나, 눈짓과 볼에 패는 우물과 가끔 얄브스름하게 그어지는 아미 사이의 주름까지. 나는 너를 온새미로 괴고 있어. 네가 일으키는 바람까지도. 네가 걸어가면서 바라보는 돌멩이며 짜부라든 연잎까지도 닷오고 있어. …… 모레 일경쯤에 월함지 움막 앞에서 기다릴게. 항아, 우리 부여로 가자. 우리가 온 곳으로. 우리가 시작된 고올리稾離로 함께 가자."

　항아는 여울을 따라나서지 못했다. 자기의 배 속에서 아이가 자라고 있다는 소식도 전하지 못했다. 연꽃이 먼저 피어나 우리의 아이를 축복해줄 거라 말하지 못했다. 느닷없이 외출금지령이 내려졌다. 왕궁의 문도 모두 폐쇄되었다.

얼마 지나지 않아 나라는 전쟁에 휩싸였다. 여울에게 보내려 했던 우무는 소맷자락 속에서 뒹굴다 아궁이로 들어갔다. 항아는 시 신푸신 야위어갔다. 앙상해진 몸으로 음식을 나르고, 나르다가 자주, 몰래 헛구역질했다. 아무리 둘러봐도 낯선 세상이었다. 자기 처지가 점점 돌이킬 수 없는 상황으로 치닫고 있다는 것을 깨달을 때마다 눈물과 콧물로 범벅이 된 얼굴로 하늘을 봤다. 어디선가 배소 소리가 들렸다. 아롱다롱 하늘로 올라가는 것 같았다. 소리를 따라 봉황도 춤을 추었다. 그녀는 손을 뻗었다. 뻗었지만 움켜쥔 것은 그때마다 허공이었다.

무슨 방법으로든 여울에게 답을 보냈어야 했다. 아무리 나라가 망해 간다고 해도 이제 더는 배소를 불지 못한다 해도, 배 속에서 새로운 씨앗이 움터 자라고 있다는 사실을 알았다면 그는 떠나지 않았을 것이다. 항아는 물론 우무에 그와 함께 가겠다고 쓰진 않았다. 아이가 태어날 거라는 사실만 썼다. 사람이 산천을 버리고 떠나지, 산천이 사람을 버리던가. 솝울이든 고올리든 다 같은 산천이라고 산천은 자기를 이곳과 저곳으로 갈라놓지 않는다고 그녀는 전달하지 못하고 아궁이 속에 던질 수밖에 없었던 우무를 자꾸만 돌이켜 생각했다.

사람은 땅을 밟고 산다. 밟더라도 지극히 적은 부분만을 밟는다. 나머지 밟지 않은 넓은 땅을 믿어야 자유자재로 걸을 수 있다고, 아버지는 가끔 말했다. 천 년 전쯤에 장자라는 분이 한 말이라고 했다. 여울이 이곳을 떠나겠다고 한 것은 혹시 사람들을 믿지 못해서일까. 항아는 우무에 쓰지 않았던 것들, 그러면서도 끊임없이 생각하고 있던 것들을 다시 생각했다. 여울은 말했다. 고올리는 우리가 온 곳이라고.

우리는 왜 고올리를 떠나 숩울로 왔을까. 무슨 일이 있었을까. 혹시 여기서처럼 패하였을까. 더는 그곳을 믿지 못해서였을까. 의지할 수 없어서였을까. 새로운 곳을 찾아서 떠나온 게 아니라 그곳을 믿지 못해서 오다 보니 이곳이었을까. 한데 여울은 왜 하필 이미 떠나왔던 곳, 패했던 곳, 옛날이 되어버린 그곳으로 가려고 할까. 믿지 못해, 의지할 수 없어 떠나왔던 곳으로 되돌아가려고 할까. 다시 간대도 그곳은 그가 그리워하던 곳이 아닐지 모른다. 이곳이 그가 갈망하던 곳과 달라져서 떠나기로 마음먹었다면 내내 그곳도 마찬가지 아닐까. 그렇다면 그는 그곳에서도 다시 어디론가 떠나야 할 것이다. 나중에는 온 세상을 부유하게 될지도 모른다. 그가 디딜 수 있는 땅은 이 세상에 없게 될지도 모른다. 땅을 믿지 못하는데 어떻게 그 땅을 편안하게 디딜 수 있을까. 사람은 움직인다. 움직이지 않는 땅도 믿지 못하면서 움직이는 사람을 어떻게 믿은 것일까. 이렇게 저렇게 의문을 가져봐야 답이 나올 리 없었다.

3

배가 움찔거렸다. 항아는 배에 손바닥을 댔다. 아이가 움직이는 게 느껴졌다. 연꽃향을 맡는 것 같았다. 그녀는 숨을 가득 들이마셨다가 천천히 뱉어냈다. 아이와 연꽃과 향기만 생각했다. 생각한다고, 오로지 생각했다.

생각의 틈 어딘가로 비릿이 무언가 들어왔다. 향로였다. 항아는 화들짝 놀라 논절로 달리듯 걸어 나갔다.

산골짜기가 앞을 가로막았다. 만삭인 몸으로 솜절골을 오르는 것은 무리였다. 휘감아오는 가시넝쿨을 맨손으로 걷어내고 짚신발로 멍가청미래 넝쿨을 밟아 넘기면서도 무모한 짓이라는 생각이 앞섰다. 하지만 지금 죽을 수는 없다. 죽으려고 버둥거리는 게 아니라 살려고 버둥댄다. 살기 위해서는 어떻게 해야 할까. 항아는 돌아섰다. 조금 더 돌아가더라도 예정대로 체마소 골짜기로 가는 편이 나을 성싶었다.

들판을 가로지르며 사람들이 올라왔다. 어림잡아 열대여섯 명은 되어 보였다. 논절에서부터, 어깨며 손에 보퉁이를 들고 머리에 이고, 아이를 업고 또 아이를 옆에 딸린 채 허우적거리듯 다가왔다. 항아는 부리나케 저고리를 벗어 뒤집어 입었다. 머리칼을 여몄다. 치마를 뒤집어 입자 인형 주머니가 밖으로 드러나며 덜렁거렸다. 그녀는 치맛말기를 벌리고 주머니를 밀어 넣었다.

어린아이 하나가 제 어미인 듯한 아낙의 옷자락을 잡아당기며 이쪽을 가리켜 보였다. 아낙이 쳐다봤다. 항아는 한쪽 길가에 몸을 외로 꼬고 서서 그들이 어서 지나가기를 기다렸다. 너, 궁에서 도망쳐 나왔지? 하며 금방이라도 어깨를 낚아챌 것만 같아 눈을 질끈 감았다.

그들은 물고개 쪽으로 걸어갔다. 부산스러우면서도 두런거리는 말소리가 걸음에 박자라도 맞추듯 높아졌다 낮아졌다 했다. 곰나루로 간다고 했다. 한밭으로 갈 거라고도 했다. 놀뫼로 가자, 누군가 말하자 그리 갈 거면 아예 솜리까지 가는 게 낫겠다고 다른 누군가 반대의견을 내놓았다. 갱갱이도 이미 당나라군이 포구의 절반을 차지했다던데, 갱갱이서 이십 리밖에 안 떨어진 놀뫼라고 그냥 뒀겠냐고 덧붙였다. 그들의 말은 정처가 없어 보였다. 곰나루로 가든 한밭으로 가든, 놀뫼나 솜리로 가든 내내 똑같을 것 같았다. 항아는 그리 생각하다 한 가지 사실을 깨달았다. 어디로든 가길 원하지만 아무도 왕궁이 있는 솝울로는 가고 싶어 하지 않는다는 사실을.

곰나루나 놀뫼나 갱갱이는 항아도 알았다. 한데 한밭은 어디일까. 솜리는 어디지. 모두 들어보긴 했어도 가본 적은 없었다. 그러자 부여는 어디 있을까 궁금해졌다. 여울이 말한 고올리는 여기서 얼마나 먼 곳인지. 저들이 가려고 하는 곳과 어떻게 다른지, 알 것 같으면서도 알 수 없었다.

새들도 떠나버린 텅 빈 들판을 지났다. 항아는 한 발 한 발, 숲속으로 걸어 들어갔다. 살이 에일 듯 춥다가도 옷을 다 벗어젖히고 싶을 만큼 더웠다. 곱절이나 잦아지는 진통에 걸음이 턱턱 막혔다. 이런 상태로 고성은커녕 능사까지나 갈 수 있을지 불안해졌다.

터덜터덜 체마소 골짜기에 다다랐다. 호젓했다. 여기저기 나무들이 쓰러져 뒹굴고 안 그래도 비좁은 골짜기 길이 부러진 나뭇가지들로 어수선했다. 난투의 흔적일까 생각하자 금방이라도 군사들이 튀어나올 것 같았다. 칼을 휘두르며 앞을 막아설 것 같았다. 항아는 불안한 눈으로 이쪽저쪽을 흘겨봤다. 여기만 지나면 된다. 이 골짜기만 내려서면 심방골로 들어설 것이다. 그리로 들어갈 수만 있다면 능사에 닿은 거나 마찬가지다. 서두르자. 조금만 더 빨리 가자. 그녀는 주문을 외우고 또 외우며 걸었다.

비탈길로 내려서다 미끄러졌다. 짚신 한 짝이 그루터기에 걸렸다. 뒷갱기 줄이 찢기면서 간신히 유지하고 있던 도갱이마저 풀려버렸다. 항아는 배를 붙들고 주춤주춤 일어나 앉았다. 옷매무새를 정리하고 땀과 흙으로 범벅된 얼굴을 닦았다. 그루터기에서 짚세기를 내렸다. 칡넝쿨을 잡아당겨 입으로 끊어냈다. 이파리를 따내고 넝쿨로 뒷갱기 줄을 엮어 묶었다. 말버선을 털고 다시 신었다.

일어나다 도로 엎드렸다. 숨을 깊게 들이마셨다 내쉬며 치맛자락으로 땀을 닦았다. 얼핏 눈물이 나려 했다. 울어선 안 돼. 어미는 절대 울어선 안 돼, 속으로 다짐하며 항아는 입술을 깨물었다. 눈을 꾹 감았다 떴다.

나무들만 부러진 게 아니었다. 풀들만 어지러운 게 아니었다. 사람들도 나동그라져 있었다. 두 눈을 부릅뜨고 하늘을 향해 무언가 말하는 듯 입을 벌린 채였다. 머리에서부터 가슴팍까지 시뻘건 피가 흘러 흰옷은 이미 흰색이 아니었다. 머리는 고랑에 박히고 몸뚱이는 논바닥에 널브러진 군사의 손에는 그때껏 마름쇠가 쥐어져 있었다. 금방이라도 벌떡 일어나 덮칠 것처럼 생생했다. 아이도 있었다. 다른 옷을 입은 군사도 있었다. 한쪽 다리가 떨어져 나갔거나 팔

하나가 없는 사람도 있었다. 항아는 목울대를 넘어오는 신물을 삼켰다. 삼키고, 삼키다 주저앉았다. 토했다. 멀건 물이 쏟아졌다. 언젠가 먹은 시퍼런 풀때기 조각과 다 삭지 못한 밥 알갱이가 튀어나왔다. 그녀는 입과 턱에 묻은 신물과 음식 찌꺼기를 손바닥으로 훔쳐냈다. 연신 쏟아지는 땀을 쓸었다.

새소리가 요란했다. 항아는 화들짝 놀라 일어났다. 소리는 끊기다 이어지고 이어지는 듯 끊겼다. 짧고 힘차게 불 때 나는 소리. 단호하면서도 상큼한 소리. 그녀는 여울의 배소 소리를 기억했다. 그 소리는 그의 심중에서 자라고 있을 어떤 것이라고, 들을 때마다 생각했었다. 지금은 다르게 생각했다. 그의 심중에서 자라고 있던 것은 고울리였을 거라고. 저 죽은 사람들이 가고 싶어 하는 곳도 거기일지 모르겠다 짐작하며 무작정 꾀꼬리 소리를 좇았다.

어느 순간 소리가 툭 끊어졌다. 항아는 고요하면서도 험하기만 한 심방 골짜기를 번새번새 휘둘러봤다. 아침나절의 뜨거운 햇볕이 새파란 나뭇잎들에 앉아 출렁거렸다. 가끔 고라니가 도망치듯 지나가고 다람쥐가 나뭇가지를 타고 줄행랑쳤다. 그녀는 할퀴듯 지나가는 가막새까마귀를 우두커니 올려다봤다. 냄새가 풍겨왔다. 꽃냄새 같기도 하고 짐승 썩은 냄새 같기도 했다. 숨을 쉴 때마다 역겹게 때로는 향기롭게 폐부를 찔렀다. 비 오듯 다시 쏟아지는 꾀꼬리 소리를 들으며 그녀는 굼뜨게 앉았다. 고개를 수그렸다. 속엣것을 토하며 가슴팍을 움켜쥐었다. 그루터기에 몸을 부렸다. 목이 탔다. 배가 고팠다. 한 번 허기가 지자 견디기 어려웠다.

정금이고 멍가고 훑어서 입에 넣었다. 다래고 머루고 쑤셔 넣었다. 설익은 것들이 속에 들어가 섞이며 요동을 쳤다. 항아는 먹은 것을 도로 게워냈다. 쏟아내고 채웠다. 채우고 다시 쏟아냈다.

몇 번을 생각해봐도 능을 가로질러 가기는 어려울 것 같았다. 무덤은 몸을 온전히 가려주지 못할 터였다. 그렇다면 성벽을 타고 사찰로 내려가야 했다. 계속해서 산을 타고 가야 한다는 말이 되었다. 능사 뒷산으로 오르는 길. 하는 수 없었다. 항아는 걸리적거리는 치맛자락을 돌려 잡았다. 비탈길을 걸었다. 비칠비칠 걸었다. 여차하면 뒹굴어서라도 내려가려 했으나 만만한 곳은 아무 데도 없었다.

능사 뒷산에 올라서니 오른쪽 필서봉과 왼쪽 오산 사이로 백강물이 보였다. 항아는 눈으로 강물을 따라갔다. 여기서는 보이지 않아도 파진산 아래에 고성이 있었다. 고성에는 어머니 아버지와 동생들이 자기를 기다리고 있을 터였다. 또 지금 저 강물 속에는…… 잠두봉 절벽에서 뛰어내린 동료들이 물과 함께 흐르고 있을 것이다. 물고기의 밥이 되어 살이 뜯기고 있을 것이다. 그녀는 오그라드는 가슴을 그러안으며 허우적허우적 비탈을 내려갔다.

우물을 지나쳤다. 석교를 건너 동문으로 들어섰다. 중천의 해가 뜨겁게 내리쬐는 사찰 경내를 힐끔거리며 회랑을 따라 금당으로 갔다. 부처님은 전쟁이 나거나 말거나, 나라가 망하거나 말거나 처음 봤을 때 모습 그대로 잔잔한 미소를 머금은 채 세상을 굽어보고 계셨다. 항아는 부처님을 뚫어지게 올려다보다 돌아 나왔다.

어디에도 여울은 없었다. 스님들도 보이지 않았다. 공양간에 붙은 제기보관실 문도 굳게 잠긴 채였다. 안은 어둑했다. 그릇이 놓인 살강이며 시렁이며 선반이며 함이며, 모두 윤곽만 희미했다. 문을 밀었으나 자물통으로 잠긴 문이 열릴 리 없었다. 항아는 돌멩이를 찾아 돌아섰다. 금당 앞마당을 기웃거렸다. 회랑으로 나갔다가 공방 앞에서 얼쩡거렸다. 아무리 둘러봐도 쓸 만한 게 없었다. 몇 번을 헛걸음치다 공방 뒤쪽으로 갔다. 송판이 몇 개 세워져 있고 송판 옆에 벽돌과 기와들이 잔뜩 쌓여 있었다. 그녀는 깨진 벽돌 조각을 집어 들고 제기보관실로 올라갔다.

탕 탕 탕.

자물통 치는 소리가 순식간에 적막을 집어삼켰다. 항아는 기겁해 손을 멈췄다. 적막이 걷힌 절도 겁에 질린 듯 소리에 먹혀들었다. 절을 먹은 소리가 절 밖으로 나가 먹구름을 불러왔다. 먹구름은 와달비를 불러오고 비는 바람을 몰고 왔다.

어디선가 챙그르르 챙그르르, 종소리 같기도 하고 아닌 것 같기도 한 소리가 되풀이 들려왔다. 빗소리보다 높으면서도 음울했다. 항아는 겁먹은 얼굴로 강당 쪽을 내려다봤다. 목 주변의 동맥이 부산스럽게 뛰고 얼굴도 하얗게 질렸다. 금방이라도 누군가 들어설 것만 같았다. 벽돌 조각을 빼앗을 것만 같았다. 두 손을 묶고, 빗속으로 질질 끌고 갈 것만 같았다. 그녀는 몰아치는 비를 피하지도 못한 채 등을 타고 흘러내리는 식은땀과 빗물로 범벅이 된 몸뚱이를 바들바들 떨었다. 떨면서 연거푸 자물통을 쳤다.

절대로 부서지지 않을 것 같던 자물통이 드디어 바닥으로 떨어졌다. 항아는 벽돌을 놓았다. 한꺼번에 숨을 몰아쉬었다. 어깨가 저절로 내려갔다. 그녀는 뚝뚝 떨어지는 땀방울을 소매로 훔치며 입술을 깨물었다. 언제 비가 그쳤는지 하늘은 다시 눈부시고 햇빛도 짱짱해져 있었다.

쥐어트는 배를 두 손으로 살살 쓸어가며 항아는 제기보관실로 들어섰다. 살강에는 크고 작은 제기와 그릇들이 서로 포개져 놓여 있고 바닥에도 솥이며 항아리와 병들이 나란하게 세워져 있었다. 언제나처럼 정갈했다. 향로를 넣어두는 칠기 함도 나무 함들 사이에 그대로 있었다. 여울은 그냥 갔구나. 향로마저 외면하고 가버렸구나, 생각하자 철러덩 가슴이 무너져내렸다.

항아는 왼손바닥을 자기 배에 대고 오른손으로 함의 뚜껑을 열어 한쪽에 내려놨다. 함 속으로 손을 넣었다. 하늘로 치켜올린 봉황의 꼬리가 먼저 잡혔다. 쓸 듯 어루만져 내려가자 양 날개로 이어졌다. 날개를 타고 올랐다. 머리가, 벼슬이, 부리가, 여의주와 여의주를 받친 턱이, 완만하게 내리뻗은 가슴과 배가 만져졌다.

배 속 아이가 심하게 요동했다. 항아는 퍼뜩 정신을 차렸다. 손을 빼내었다. 돌아섰다. 무엇인가 뒤에서 확, 잡아당겼다. 선뜩했다. 그녀는 두 손바닥으로 배를 잡았다. 숨을 들이마셨다. 길게 내쉬었다. 들이마시고 다시 내쉬었다. 날뛰던 맥박이 약간 진정되는 것 같아 슬며시 뇌돌아싰다. 휴, 지기도 모르게 한숨을 뱉어냈다. 봉황의 날갯죽지에 치마가 끼어있었다. 잡아당기자 찢어졌다. 그녀는 재차 한숨을 부리며 치맛자락을 걷어 올렸다. 목덜미로 흘러내리는 땀을 닦아냈다.

챙그르르, 소리가 다시 들렸다. 이제는 귀를 기울이지 않는다면 들리지 않을 정도로 작았다. 소리는 마치 어디론가 떠나는 것처럼 아련했다. 항아는 술위_{수레}를 찾아 절 안을 기웃거렸다. 소리를 찾아 나서는 것 같다고 생각하며 헛간으로 갔다. 제를 지내러 올 때마다 지게와 함께 그곳에 세워져 있었는데 둘 다 안 보였다. 그녀는 도랑을 따라 북쪽으로 올라갔다. 동쪽으로 돌았다. 회랑의 끝까지 갔지만 보이지 않았다. 다시 비가 쏟아졌다. 소리도 커졌다. 그녀는 중문 처마로 뛰어들었다. 이번에는 소리로부터 달아나는 것 같다는 생각이 들었다. 중문 앞 연못에는 빗물에 찢긴 연꽃과 이파리들이 축 처진 채 바람에 후들거렸다. 연향이 희미하게 들려왔다. 썩은 내와 노린내가 뒤섞여 풍겨왔다. 냄새를 뿌리치듯 그녀는 절 마당으로 들어섰다.

탑도 비를 맞고 서 있었다. 단청이 빗물에 씻겨 금방이라도 없어질 것 같았다. 시뻘겋고, 시퍼렇고, 싯누런 저 색깔들이 모두 합쳐지면 어떤 색살이 나올까. 항아는 먹빛을 생각했다. 온통 어두운 먹색의 하늘이 지금 세상을 덮고 있어서만은 아니었다.

술위가 어째서 금당 옆에 있을까. 지게는 또 뭐지. 항아는 고개를 갸우뚱했다. 모르긴 몰라도 금당은 신성한 곳이었다. 절 안은 모두 정결해야 한다고 들었다. 그런 것들을 떠나서 술위며 지게는 헛간에 있어야 할 것들이었다. 쓰임새로 볼 때 그러했다. 그녀는 몇 번이고 갸웃거리며 술위 쪽으로 다가갔다.

소리는 그곳에서 비롯했다. 법당 안에 있던 종이 지게 바작_{발채}에 실려 있었다. 처마에서 떨어지는 빗물을 맞고 있었다. 빗물이 종을 때리고 빗물 맞은 종이 챙그르르, 챙그르르, 울부짖었다. 법고와 운판도, 목어도 서로 뒤엉켜 먹색의 비를 맞으며 쟁쟁 울었다. 누가 이 것들을 여기 뒀을까. 어디로 가져가려 했을까. 왜 가져가지 않았을까. 의문들이 한꺼번에 들었으나 어느 것 하나 풀리지 않았다. 항아는 물끄러미 내려다보다 쭈그려 앉았다. 주먹을 쥐고 가만가만 종의 몸통을 두드렸다. 뎅 그르르, 울었다. 떨어지는 빗물에 맞아 챙그르르 그르르, 전율했다. 오래오래 뻗어나는 맥놀이를 들으며 그녀는 법고와 운판을 두드렸다. 목어도 두드렸다. 젖어서 낮고 울림이 없는 소리는 이미 중생의 가슴에 어떤 소식도 전해줄 수 없을 것 같았다.

배가 뒤틀리며 아팠다. 항아는 자기가 뭘 하려고 했었는지 불현듯 깨달았다. 일어났다. 시오리나 되는 길을 빈손으로 가는 것도 수월찮은데 술위를 끌고 가야 한다. 서둘러야 했다.

4

겨울이 와도 항아는 이제 춥지 않았다. 곁에 여울이 있었다. 달이 뜨고 해시가 되어길 무렵, 스무 살 그녀는 그를 받아들였다. 월함지 움막에서였다. 연꽃이 지고 연 이파리가 다갈색으로 변한 뒤였다. 연밥도 떨어지고, 빈 모가지만 바람과 달빛에 나풀거리던 밤이었다.

여울의 맥박 소리가 몸 밖으로 튀어나올 듯 쿵쿵거렸다. 항아는 그의 가슴에 귀를 바짝 댔다. 둥구덕 둥구덕, 심장 뛰는 소리가 귓속으로 파고들었다. 이내 가슴을 지나 아득한 심연으로 내려가며 한없이 쌓였다.

"네가 향로 앞에서 연주할 때마다 얼마나 가슴이 타는지 몰라. 네가 봉황 속으로 스며들까 봐, 봉황 따라서 가버릴까 봐 불안해. 알아? 네 배소 소리에 맞춰 춤을 추는 봉황이랑 나도 춤추고 싶었어. 네 앞에 선 무용수들처럼."

항아는 말했다. 여울이 숨 쉬느라 가슴을 들썩일 때마다 자기 말소리가 흔들렸다. 그의 심장 뛰는 소리와 자기 말소리가 섞이면서 물결을 이루었다. 물결이 가 닿은 곳은 커다란 호수였다. 월함지보다 더 넓고 깊고 아름다운 호수.

호수 어디쯤에서 여울이 물수제비를 떴다. 파문이 일었다. 둥그렇게 퍼지면서 서나서나 멀어졌다. 조용해진 호수 중심에서 목소리가 울려 나왔다.

"어쩌면 이제 소를 불 일이 없을지도 몰라…… 우리 먼 할아버지 한 분이 봉황과 함께 사라지셨다고 해. 그때부터 봉황이 나타나질 않는대. 아무리 소簫를 정성 들여 불어도 나타나질 않는대. 세상이 온통 진흙탕으로 변해버렸으니 올 수나 있을까. 향연香煙을 피워 올려도 나타나지 않았잖아…… 항아야, 내가 소를 부는 것은 그곳으로 가기 위해서야. 봉황이 오지 않으니 내가 가야지. 어쩌면 가지 못할 수도 있겠지만."

나라가 망해 가고 있다고, 여울이 소식을 전했다. 나라가 망한다는 게 무엇을 뜻하는지 항아는 알지 못했다. 그가 왜 소를 불 일이 없을지 모르겠다고 말하는지도 알아들을 수 없었다.

항아는 여울의 머리를 쓰다듬었다. 얼굴을 어루만졌다. 검지와 중지를 교차해가며 가슴팍에서부터 목으로 턱으로 입술로, 인중에서부터 코로 미간으로 이마로 몇 번이고 오르락내리락 집게 걸음을 걸었다. 그의 가슴에 귀를 대고 심장 소리를 들었다. 살냄새를 들었다. 여뀌풀 냄새가 들렸다. 박하나 숭애싱아나 괭이밥에서 나는 냄새가 들렸다. 땀 냄새와 섞인 냄새는 매운 듯 달았다. 시면서도 상큼하고, 약간 큼큼했다.

"항아야, 네게서 방아풀 냄새가 나. 꿀방망이 냄샌가…… 좋다."

동시에 같은 생각을 하고 있었다는 것이 기뻐 항아는 고개를 반짝 들었다. 여울이 그녀의 얼굴을 자기 가슴에 보듬었다. 옅은 한숨을 쉬었다.

설핏 잠이 들었던가. 눈을 떴을 때 항아는 달빛이 자디잘게 쪼개져 수많은 별처럼 빛나는 여울의 동공을 봤다. 가슴이 미어져 그의 품으로 파고들었다. 또 얼핏 잠들었다가 눈을 떴다. 그는 여전히 곁에 있었다. 그녀는 안도의 한숨을 쉬며 깍지 낀 손을 들어 그의 손등에 입술을 댔다. 잠든 모습을 물끄러미 올려다봤다.

밤새도록 자나 깨나 반복했다. 눈을 뜨면 달은 달맞이대영월대 쪽으로 올라오고 있었다. 항아는 달과 여울을 올려다보다 눈을 감았다. 설핏 잠이 들었다 다시 눈을 떴다. 달은 이제 달맞이대 바로 위에서 이편을 내려다봤다. 그에게서 새근새근 숨소리가 들려왔다. 그에게 얼굴을 바짝 대어 귀 기울이고 있을 때 달이 홀연히 떠나버렸다. 그녀는 와락 그의 품으로 파고들었다.

"우리는 하나야. 아무도 떼어놓을 수 없어."

여울이 말했다. 팔베개한 손으로 그녀의 어깨를 감싸 안았다.

"응…… 전쟁도 갈라놓을 수 없어. 죽음도……."

죽음이란 말에 항아는 몸을 떨었다. 궁궐 앞 대로변에 사지가 묶인 자기 모습이 떠올랐다. 태형으로 온몸에 피멍 든 여울의 모습을 상상하자 왈칵 눈물이 났다. 남색 치맛자락을 잡아당겼다. 자기 옷과 포개진 여울의 검푸른 포袍와 누런 고袴를 쓰다듬었다. 달빛을 머금어 부예진 옷자락이 밤바람에 사뭇 팔락거렸다.

5

여울은 정말 그곳으로 갔을까. 고올리라는 곳으로? 그곳에서는 배소를 마음대로 불 수 있을까. 항아는 향로와 함께 궁금증도 술위에 실었다. 술위를 끌고 절 마당을 가로질렀다. 언제부턴가 비는 그치고 햇볕이 쏟아졌다. 그녀는 아직도 빗물이 떨어지는 머리칼을 쓸어내리며 금당을 지나갔다. 챙그르르 챙그르르, 울어 쌓이는 종소리를 외면한 채 탑을 지나 중문 쪽으로 나갔다. 능사를 나서면 성의 동문을 지나야 한다. 필서봉으로, 성안이로, 달아래들로, 희여치로, 인갱이로, 마녀골로 가야 한다. 마녀골을 지나야 고성이다. 앞으로 너끈히 시오리 길을 걸어야 한다. 그녀는 술위 잡은 손에 힘을 주었다.

어디선가 무슨 소리가 들리는 것 같았다. 종소리는 아니었다. 승냥이 소린가. 새 떼 소린가. 승냥이 소리 같았다. 새 떼 소리 같았다. 승냥이와 새 떼가 얽히고설켜 태풍처럼 밀려들었다. 아득히 먼 곳에서였다. 아주 가까운 곳에서였다. 항아는 중문 앞에서 걸음을 멈추고 오른편 왕궁 쪽을 바라다봤다. 왼편 물골 쪽을 건너다봤다. 그녀는 무심결에 술위의 손잡이를 놓았다. 술위가 한쪽으로 기울면서 함이 땅바닥으로 미끄러졌다. 후다닥 함을 올려 싣고 손잡이를 잡았다. 별안간 불길한 예감이 들었다. 막막해졌다. 뭘 어떻게 해야 할지 종잡을 수 없어졌다. 내처 집으로 가야 하나, 되돌아서야 하나. 도무지 결단을 내리기 어려웠다.

항아는 술위를 돌렸다. 중문으로 들어왔다. 탑을 돌아 금당으로, 강당으로 올라갔다. 강당을 돌아 공방 뒤편으로 난 석교를 건넜다. 공양간으로 갔다. 제기보관실로 들어갔다. 되돌아 나와 우물로 갔다. 앞이 막혀 고개를 드니 산이었다. 술위를 끌고 오르기는 불가능했다. 그녀는 도로 공양간으로 왔다. 요사채를 한 바퀴 돌았다. 석교를 건너 헛간으로 내려갔다. 공방 옆으로, 강당으로, 다시 헛간으로. 헛간 앞에서 서성이다 석교를 건넌 다음 제기보관실로 올라갔다. 내려왔다. 헛간으로, 공방으로, 금당으로, 회랑으로. 그녀는 절 안을 떠돌았다. 정처 없이 떠돌았다. 떠돌며 울었다. 두려움을 어쩌지 못해 울었다. 진통을 어쩌지 못해 울었다.

아랫도리가 찢어지는 것처럼 아팠다. 항아는 술위를 한 손으로 잡고 서서 다른 손으로 속곳 아래를 만졌다. 미끈거리고 축축한 것이 묻어났다. 그녀는 연거푸 배와 속곳을 더듬었다. 걱정도 불안한 마음도 배가되는 걸 알면서도 계속해서 되풀이했다.

소리가 가까워졌다. 소낙비처럼 우르르 쏟아지는 소리는 분명 사람의 함성이었다. 발작 소리 같았다. 항아는 귀를 세웠다. 물골 고개를 돌아들면서 나는 소리였다. 거기서부터 여기까지는 오륙 리쯤 될 것이었다. 그렇다면…… 술위를 끌고 가는 것은 미친 짓이었다.

항아는 궁리했다. 도로 석교를 건너오면서, 중문으로 들어서면서. 회랑을 지나고 금당을 돌아들며 머리를 쥐어 짰다. 강당 사이를 건넜다. 공양간과 제기보관실 뒤로 올라갔다. 자기도 모르게 향로를 숨기려고 하는구나, 알아채며 광 앞에서 멈췄다. 몇 번을 둘러봐도 가장 외진 곳으로 보였다. 하더라도 공양간과 마주 보이는 곳이라 내키지 않았다. 공방으로 내려갔다. 기억이 맞는다면 공방 가운데에는 물을 저장해두고 쓰던 구수ㄱᆄ가 있고 구수 너머로 귀퉁이가 있었다. 자세히 봐야 보이는 곳이었다. 거기라면 될 것 같았다.

다시 보니 귀퉁이는 허술하기 짝이 없어 보였다. 항아는 실망에 찬 눈으로 공방 안을 둘러봤다. 작업 선반에 얹힌 등잔이며 용도 모를 그릇들과 연장들, 반쯤 물이 찬 구수만 덩그러니 놓여있을 뿐 너무도 휑했다.

지난봄 제를 지낼 때 공방으로 숫돌을 빌리러 왔었다. 방 가운데 구수가 있어서 하도 신기해 넋을 놓고 쳐다봤다. 옆에는 어찌 그리도 등잔들이 많던지. 등잔이야 공방에서 만드는 것이므로 당연하다고 생각했으나 구수는 선뜻 이해가 안 되었다. 왜 여물통이 작업실 가운데 있느냐고 물었던가. 거기 있던 누군가가 말해줬을까. 농담 반 진담 반으로, 여기서도 끓이고 지지고 졸이는 일들이 많습니다. 어디서든 물은 중요하지요, 라고.

항아는 작업대 위에서 뒹구는 바가지로 구수에 담긴 물을 퍼냈다. 바닥까지 닥닥 긁었다. 함을 내려놓고 술위를 끌고 공방 뒤로 갔다. 못 쓰는 기와를 실었다. 실을 수 있는 만큼 싣고 공방으로 돌아왔다. 구수 바닥에 기와를 여러 겹 깔았다. 그 위에 함을 힘겹게 들어 올려놓고 기왓조각으로 덮었다. 기와를 바닥에 떨어뜨렸다. 잘게 깨진 조각으로 빈 곳을 채우고 메웠다. 다시 뒤로 가 양손에 하나씩 송판을 끌고 들어와 구수를 덮었다. 손바닥을 털면서 보니 전부터 그랬던 것처럼 자연스러웠다.

한 번도 들어본 적 없는 소리가 들이닥쳤다. 떠드는 사람들 소리와 그들의 발소리와 쇠붙이 소리가 날카롭게 고막을 찔렀다. 항아는 공방에서 빠져나왔다. 석교를 건넜다. 산으로 오르려다 미련한 짓이라는 생각이 들어 돌아섰다. 금당으로 갈 수도 없었다. 탑신 안으로 들어가 봐야 소용없었다. 그녀는 요사채로 달려 올라갔다. 공양간을 기웃거리다 제기보관실로 들어갔다. 다시 광으로 숨었다. 우물을 올려다봤지만 거기는 달랑 우물뿐 가려줄 만한 게 아무것도 없었다.

오산 앞이었다. 엄청나게 많은 사람이 낯선 호령에 맞춰 왕궁 쪽으로 걸어갔다. 일부가 사찰로 방향을 바꾸었다. 이내 중문을 부수고 몰려들었다. 항아는 아픈 배를 틀어잡고 어기적어기적 공방 뒤로 갔다. 서쪽 석교 밑으로, 몸을 부리듯 내려갔다. 도랑 가에 몸을 붙이고 구길 수 있을 만큼 우그리고 앉았다.

고함과 발소리가 어지럽게 절 마당을 나돌았다. 항아는 도랑에 반쯤 누운 채 가까워졌다 멀어졌다 하는 소리를 들었다. 최대한 몸을 구부렸다. 잡풀이 우거져 있다고 해도 예리한 눈을 가진 사람에게는 보일지도 모르겠다는 생각이 들었다. 물것에 물려 따갑고 가려워도 그것들을 손으로 쳐서 잡을 수도, 박박 긁을 수도 없었다.

고개를 내밀다 깜짝 놀라 수그렸다. 네댓 장정들이 공양간에서 내려오고 있었다. 솥을 들고 오면서 알아들을 수 없는 소리로 떠들었다. 그들이 내려가자 다른 사람들이 몰려 올라갔다. 제기보관실로 들어갔다가 빈손으로 나와서는 다시 요사채로 들어갔다. 우물로 몰려갔다. 서로 두레박에 고개를 처박으려 실랑이를 벌였다. 항아는 우물에서 내려오는 그들을 피해 고개를 내렸다. 자기가 꿩 같다는 생각이 들었다. 언젠가 한겨울에 아버지와 용머리산 성곽 아래에서 잡았던 꿩. 눈 속을 뒤뚱거리던 꿩은 사람을 보자 날개만 파닥거렸다. 몇 걸음 뛰다가 눈 속에 제 머리를 박았다. 몸통을 하늘로 쳐든 채 꼼짝도 하지 않았다. 아버지는 손쉽게 꿩의 양 날갯죽지를 낚아챘다. 그러면서 말했다. 고개만 처박으면 해결되는 게 아니란다. 꿩 저만 춥지.

항아는 치맛단 속으로 손을 집어넣었다. 인형 주머니를 찾았다. 주머니째 손으로 꼭 쥐었다. 지금까지의 시간이 아득해졌다. 아버지도 어머니도 동생들도, 여울도 전설처럼 내려오는 할아버지의 이야

기도 아주 오래된 노래처럼 느껴졌다. 언젠가도 이런 일이 있었지. 그녀는 생각했다. 이렇게 그전까지의 기억을 다 두고 궁으로 갔지. 내 의지가 아니었어, 그때는. 그때뿐만 아니라 모든 순간이 다 내 의지와는 상관없이 흐르는 것 같아. 한데 그때가 언제였더라. 그녀는 맥락도 근거도 없는 것들에 정신이 팔렸다. 아픈 배를 쓸면서 지난날을 돌아보고 또 돌아다봤다. 참을 수 없을 정도로 심해지는 진통 때문에 의식마저 몽롱해졌다. 몽롱한 의식 속으로 기억 하나가 불쑥 다가왔다. 너무도 생생해서 그녀는 순간적으로 손을 뻗었다.

6

월함지 건너편에서 여울이 기다리고 있었다. 항아는 자기 신분이 드러나는 남색 치마 때문에 주눅이 들었다. 선뜻 그에게 달려가지 못하고 여삼들 쪽으로 걸음을 옮겼다. 그녀의 처지를 잘 아는 그도 겨우 모습만 보일 정도로 앞에서 걸었다.

솜절골에 당도했다. 여울이 먼저 산으로 들어갔다. 항아는 그가 풀과 나무에 가려 어리어리해질 때를 기다렸다. 숲속으로 들어서서야 두 사람은 서로의 앞에 멈춰 섰다. 얼마 못 가 성곽이고, 곳곳에서 병사들이 보초를 서고 있겠지만 그들의 시야가 미치지 못하는 곳을 알았다. 둘만의 비밀 길이었다. 거기서부터는 누가 먼저랄 것도 없이 걸음을 늦추었다. 희누런 보리똥나무 꽃이 떨어지기 시작하고, 아그배꽃이 지면서 자잘하고 단단한 열매를 매다는 모습을 신기한 듯이 쳐다봤다. 나무들 사이로 서로를 마주 봤다. 참꽃이 지고 개진 달래가 피어났다. 개복숭아꽃도 붉고 이스라지꽃도 붉었다. 찔룩이 쇠고, 쇤 줄기에 흰 꽃이 피고 더러는 져갔다. 멍가의 새파란 이파리가 투명하게 빛났다. 싸리며 정금 가지에 새잎이 돋는 모습을 나란히 바라다봤다. 닿을 듯 닿을 듯 서로를 훔쳤다.

설렘과 두려움 사이에서 항아는 흔들렸다. 삶과 죽음 사이에서 떨었다. 돌이킬 수 없는 운명을 탓했다. 그녀는 허리께를 더듬어 인형을 잡았다. 열 살 때 궁으로 들어가던 날 어머니가 주신 유리로 된 인형이었다. 향로를 빚은 할아버지가 만드신 거라고 했다. 속이 상하거나 마음이 불안하거나 슬퍼질 때 꺼내서 만지면 그것들이 거짓말처럼 사라질 거라고 했다. 아무리 붙잡고 있어도 슬픔은 가시지 않았다. 불안감도 떠나지 않았다. 더 안타깝고 더 두려웠다. 그보다 몇 배 더 설레는 가슴을 붙안은 채 그녀는 수그린 고개를 살며시 들어 여울을 올려다봤다. 자기를 바라보는 그의 눈을 봤다.

두 사람은 비밀 길을 벗어났다. 여울이 먼저 오살미 들판으로 걸어 나갔다. 오산과 필서봉 아래로 갔다. 성안이를 지났다. 달아래들로 자무내로…… 헤어질 때가 가까워지자 항아는 앞서 걸어가는 그의 뒤통수를 바라다보며 어찌할 바를 몰라 둥겠다. 방망이질 치는 가슴을 꾹꾹 눌렀다.

여울이 돌아섰다. 이쪽을 응시하며 걸어왔다. 거의 스치듯 지나가는 그에게서 바람이 일었다. 가슴이 덜컥 내려앉았다. 내일 저녁 나절이면 여기 마녀골에서 다시 만날 텐데도 내일은 너무도 까마득하고 멀게만 느껴졌다. 항아는 허위허위 돌아가는 그의 뒷모습을, 바람에 나풀거리는 옷자락을 멀뚱멀뚱 바라다봤다. 겨우 고성을 향해 걸음을 옮겼다.

7

땅을 박차는 소리에 항아는 번쩍 고개를 들었다. 공양간에서 사람들이 우르르 내려왔다. 석교 쪽이었다. 손에 갈고리와 낫이 들려 있었다. 다른 손으로 먹을 것을 들고 이빨로 그것을 베어 물면서 내려왔다. 그들은 야위고 새까맸다. 두려운 듯 휘둥글리는 눈동자가 무지해 보였다. 누더기도 너저분하고 땀과 땟국물이 흐르는 얼굴도 던적스러웠다.

그들이 도랑을 건너뛰었다. 헛간으로 들어가더니 한참 만에 나왔다. 공방 뒤로 갔다. 벽 아래에 연장들을 내려놨다. 서서, 눈을 끔벅거리면서 오직 먹는 것에만 집중했다.

귀한 곤륜과가지를 어떻게 찾았는지 뭉턱뭉턱 베어서는 몇 번 씹지도 않고 목으로 넘겼다. 물외오이도 깨물어 삼켰다. 미처 깔 새도 없는 듯 풋대콩을 꼬투리째 입속으로 밀어 넣었다. 얼굴이 일그러지면서 목울대가 불끈거렸다. 볼따구니가 벌게졌다. 손에 든 것들이 모조리 없어질 때까지 그 짓을 계속했다. 지저분해진 입술을 손바닥으로 문질러 공방 벽에 칠하듯 바르고, 다시 병기를 들었다. 강당 쪽으로 달려갔다. 아무리 봐도 동생들이랑 비슷한 또래였다. 동생들보다 어린아이도 있었다. 먼 길을 걸어서 왔을 것을 생각하니 항아는 불현 가슴이 먹먹해졌다. 고마리가 하얗게 핀 도랑에 퍼질러 앉아 그녀는 진저리를 쳤다. 물것에 물려 따갑고 가려웠으나 딱히 그것 때문만은 아닌 듯했다.

카랑카랑한 목소리가 절간을 흔들었다. 금당 쪽이었다. 공방 쪽인지도 몰랐다. 연달아 수백 개의 발작 소리가 들리고, 감탄을 연발하는 소리, 기물과 유리와 석물과 쇠붙이들이 서로 부딪치면서 바닥에 떨어져 깨지는 소리가 절간을 찢어발겼다. 항아는 공방 쪽으로 기어 내려왔다. 도랑벽에 몸을 붙이고 앉았다. 행여 송판을 들어 올리는 소리가 들릴까 봐 귀를 바짝 세웠다. 제발…… 제발…… 몇 번이고 두 손을 마주 비볐다.

동쪽 회랑에서 불길이 치솟았다. 지붕으로 번져 올랐다. 때마침 불어오는 바람을 타고 위로 아래로 널름거렸다. 띠로 만든 울타리가 타들어갔다. 대나무 진이 타면서 새파란 불꽃이 일었다. 붉은빛인가 하면 노란빛으로, 감빛인가 하면 자줏빛으로, 초록빛인가 하면 연둣빛으로, 잿빛인가 하면 먹빛으로 삽시간에 절간을 뒤덮었다. 마침내 공방 서까래가 무너져 내렸다. 지팡이에 의지하던 노인이 지팡이를 놓치고는 힘없이 고꾸라지듯, 지붕이 스르르 허물어졌다. 흙벽과 들보만이 덜렁덜렁 지탱하고 있다가 그마저도 버티지 못하고 무너져내렸다.

탄식하듯 올라오는 화기를 항아는 손으로 밀쳐냈다. 뒤틀리는 배를 한 손으로 부여잡고 다른 손으로 도랑 바닥을 짚었다. 공방 쪽으

로 어기적어기적 기었다. 저고리와 치맛자락마저 땀과 시궁창 물로
뒤엉겨 자꾸만 몸에 붙댕겼다. 조금만 더 가면 돼. 다리만 건너면 향
로를 구할 수 있어. 아무리 되뇌어도 소용없었다. 울었다. 그대로 놔
둘걸. 그대로 놔둘걸, 하면서 그녀는 새어 나오는 울음을 손바닥으
로 막았다.

회랑 기둥 하나가 도랑 쪽으로 기우뚱기우뚱하다 넘어졌다. 항아
는 벌떡 일어나다 거꾸러지듯 도로 앉았다. 비린내와 칠 냄새와 나
무 타는 냄새가 콧속으로 파고들었다. 핑, 머리가 돌았다. 그녀는 치
맛자락에 얼굴을 묻었다. 널브러지려는 몸을 겨우 가다듬었다.

진통이 사지를 압박해왔다. 전보다 더 심하게 닦달했다. 항아는
숨을 헐떡이며 도랑을 기었다. 배를 틀어쥐고 떠듬적떠듬적 기었
다. 수초들이 얼굴과 손등을 깔깔하게 긁어댔다. 속마저 뉘엿거렸
다. 벌떡거리는 자기 맥박 소리도 두려울 지경으로 커졌다. 그녀는
짜부라드는 정신줄을 붙들었다. 올랑거리는 마음을 다잡았다. 도랑
에서 아이를 낳을 순 없어. 불길 속에선 안 돼. 오로지 그 생각에 기
대어 성벽 쪽으로 올라갔다.

우지끈 와지끈, 회랑의 기둥들이 넘어지자 백 척이 넘을 정도로
높다란 탑이 덩그렇게 맨 하늘 아래에 드러났다. 심초석 위에서 지
탱하고 있던 북쪽 기둥 하나가 고꾸라졌다. 탑신이 기우뚱했다. 이
내 동쪽 기둥이 무너졌다. 상부의 노반이 금당 앞으로 굴러떨어지
고 보륜이 땅바닥으로 뒹굴었다. 문득 탑신 가운뎃 기둥이 휘우듬
한쪽으로 쏠렸다. 오랫동안 허공에서 흔들거렸다.

한 마리 거대한 용처럼 탑이 꿈틀거렸다. 쿵 쿵더덕 쿵크르르…… 금당 지붕을 강타하며 나뒹굴었다. 기와들이 와장창 쏟아졌다. 쏟아진 기왓조각과 처마와 보들이 마당으로 우르르 나동그라졌다. 사방에 매달린 풍경들이 챙그랑 챙그렁 비명을 지르며 떨어지고, 불길은 금당의 내장 속으로 미끄러지듯 기어들었다. 붉고 노랗고 파란 단청이 붉고 노랗고 파란 불꽃에 먹혀들며 시커메졌다. 그을음과 연기에 질식한 보와 기둥과 서까래들이 불꽃을 일으켰다. 불붙은 문이 나가떨어졌다.

불 먹은 벽이 바닥으로 와해하자 부처님이 나타났다. 전쟁이 나거나 말거나 나라가 망하거나 말거나 절 안이 온통 불바다로 변했거나 말거나, 처음 봤을 때 모습 그대로 잔잔한 미소를 머금은 채 세상을 굽어보고 계셨다. 항아는 몇 걸음 둥그적거리다 멈추었다. 무심하기 짝이 없는 부처님을 허망한 눈으로 올려다봤다.

쿵, 쿵쾅, 콰당 탕 탕 탕…….

세상 빠개지는 소리가 지축을 흔들었다. 마침내 능사의 심장이 엎으러졌다. 항아는 서너 발짝 기어가다 돌아앉았다. 숨을 할근거렸다. 진정 큰소리는 들어도 들리지 않는다고 했던가. 자기가 그 소리를 듣기나 했는지 의심스러웠다. 아무리 생각해봐도 꿈만 같았다.

부처님은 눈을 반쯤 내리깔고 앉은 그대로 나동그러져 있었다. 손바닥을 펴 왼손을 단전에 두고 그 위에 오른손을 포개어 두 엄지를 서로 맞대어 선정에 들어계셨다. 선정이란 번뇌가 사라지고 몸과 마음이 하나의 경지에 이르러 통일된 상태라고 했다. 엎어져서도, 당신의 육계(肉髻)와 나발이 깨지고 법의가 떨어져 나갔어도 부처님은 선정인(禪定印)을 거두지 않았다. 무릎과 발목이 깨졌을지언정 결가부좌도 풀지 않았다.

사람들이 무기를 번쩍 들었다. 함성을 질렀다. 횃불을 들고 강당으로 몰려 올라갔다. 동쪽으로, 서쪽으로 갈라져 가면서 불에 불을 더했다. 전각들이 불에 먹혀들었다. 모두 불덩이로 변해버렸다.

그들이 절 앞에 도열을 지었다. 차례로 중문을 빠져나갔다. 연못 사이로 행진했다. 나성 동문을 넘어 솝울로 행군했다. 구령에 따라 발을 맞추면서 가는 그들은 그냥 하나하나의 사람일 뿐이었다. 여울 같은 사람, 아버지 같은 사람, 동생들 같은 사람. 항아는 바람을 일으키며 가는 그들을 넋을 놓고 건너다봤다. 바람에 무기력하게 떠는 연꽃들과 무너지는 전각과 전각 속에서 타들고 있을 향로, 부처님과 서까래와 보와 기와들로 엉망진창이 된 절 마당을, 이제는 어디에 뭐가 있었는지, 그것들이 있기나 했었는지 찾을 수조차 없이 아수라장이 되어버린, 절이었던 곳을 망연자실 내려다봤다.

여태껏 의식하지 못했던 냄새가 폐부를 찌르고 들어왔다. 매캐하면서도 역하고, 비릿하면서도 시금털털했다. 항아는 토악질이 날 것 같아 입을 막았다. 구르듯 우물로 내려갔다. 물을 퍼 올렸다. 두레박에 고개를 처박았다. 먹고 또 먹었지만 질기고 무겁고 무섭게 달라붙은 냄새는 가실 줄을 몰랐다.

불길에 휩싸인 절이 타닥타닥 흐느꼈다. 절 앞 흰 연꽃이 샛노래졌다. 연분홍 꽃도 붉게 더 붉게 울부짖었다. 항아는 자기 안에서 수천수만 가지 색깔로 통곡하는 불을 보듯 꽃을 보았다. 무서웠다. 종과 법고와 운판과 목어가 불타는 소리처럼, 납빛 비명처럼 무섭기 짝이 없었다.

허탈감이 뼛속을 파고들었다. 향로는 허깨비였을 뿐이라는 생각이 밑도 끝도 없이, 세상을 삼킬 듯 요동치는 저 불길처럼 가슴속으로 번졌다. 요사채로 공양간으로 치닫는 불길보다 강렬했다. 향아는 절망에 찬 얼굴로 눈을 부라렸다.

바람이 회오리를 일으켰다. 불길이 이쪽으로 달려왔다. 향아는 불을 피하려고 몸을 돌렸다. 산등성이 쪽으로 갔다. 넝쿨과 싸리나무 가지를 부여잡으며 기어올랐다. 아랫도리가 무거웠다. 정신은 어리어리해지고 마음마저 갈피를 잡을 수 없었다. 참꽃 가지를 잡는다고 잡은 것이 멍가 넝쿨이었다. 가시에 찔린 손바닥과 긁혀 피가 맺히는 팔을 손으로 쓸면서도 그녀는 따가운 것도 아픈 것도 느끼지 못했다. 그저 한 마리 짐승이 되어 조금만, 조금만 중얼거렸다.

*

멈춘 곳은 능사의 서북쪽 성벽 아래였다. 능사에서 불과 한 마장도 못 되는 거리였다. 향아는 정신없이 풀을 뜯었다. 쏟아질 것 같은 아랫도리를 추스르며, 어기적어기적 기어 다니며 빈터 바닥에 풀을 뜯어 모았다. 판판하게 깔았다.

눕자마자 혼을 쏙 빼버릴 만큼 거센 통증이 기습했다. 허탈한 기분과 피로마저 덧씌워진 몸과 마음이 어근버근 흔들렸다. 항아는 흐느꼈다. 웅얼웅얼 울었다. 소리 지르고 싶었다. 지를 수 없어서 더 지르고 싶었다. 자기 소리를 듣고 여울이 와줄 것 같았다. 배소를 불며 응원해줄 것 같았다.

입술이 바짝바짝 마르고 목이 탔다. 항아는 모로 누워 속곳을 벗었다. 불끈 이빨을 깨물었다. 여간해서 아랫도리로 힘이 내려가지 않았다. 무릎을 꿇었다. 두 손을 바닥에 대고 엎드렸다. 다시 힘을 주었다. 이게 아닌가. 그녀는 쭈그리고 앉았다. 누워봤다. 모로 누웠다가 반듯이 누웠다가…… 무릎을 구부리고 엎드렸다. 입술을 깨물었다. 침을 삼키자 비릿한 핏물이 목울대를 넘어갔다. 구역질이 났다. 어떻게 좀 해줘. 나를 어떻게, 어떻게 좀…… 기어이 울부짖고 말았다. 아랫도리를 찢어 벌리고 싶었다. 아이를 손으로 끄집어내고 싶었다. 그녀는 진저리치며 이빨을 으드득 깨물었다.

배가 푹 꺼지면서 질금질금, 아랫도리로 물이 흘렀다. 찢어질 듯 배가 아팠다. 드디어 아이의 머리가 만져졌다. 항아는 힘을 주었다. 한 번 두 번 세 번…… 자꾸 혼미해지는 정신을 붙들어가며 숨을 들이마셨다. 내쉬면서 힘을 줬다. 들이마셨다가 내쉬고, 마셨다가 내쉬고…….

지금까지 한 번도 입을 벌려보지 않았던 것처럼 항아는 입을 벌렸다. 처음으로 숨을 들이마시는 것처럼 주변의 공기를 모조리 빨아들였다. 다시는 내쉬는 일 없을 것처럼 숨을 멈췄다. 어금니를 깨물고 온몸의 힘을 아랫도리로 모았다. 얼굴이 붉으락푸르락해지도록, 이마 양쪽 끝 모서리의 힘줄이 불거지도록, 가슴이 터지도록, 온몸에서 굵은 땀이 퐁퐁 솟아날 때까지. 들이마신 숨이 몸 구석구석에 구멍을 낼 때까지.

"청 그르르르……."

벼락 치듯 종이 울리는가 싶었다. 항아는 푸…… 자기의 모든 것을 숨에 실어 내보냈다.

"응애 으앙 으아!"

드디어 아이가 바닥으로 쏟아졌다. 눈을 꾹 감고 미간을 찌푸리면서, 아금박스럽게 울어대며 세상으로 나왔다. 항아는 자기도 모르게 아이의 입을 막았다. 누군가가 듣고 쫓아올까 봐서, 혹시 짐승이 달려들지 몰라서.

아이가 파랗게 질리며 떨었다. 항아는 깜짝 놀라 손을 뗐다. 으앙 으아, 울어대는 발간 핏덩이를 보며 허리띠를 풀었다. 탯줄을 잡고 허리띠로 아이 쪽과 자기 쪽을 묶었다. 묶인 탯줄의 가운데를 이빨로 끊었다. 치마를 벗어 아이에게 묻은 핏물과 양수를 닦아냈다. 저고리로 아이를 감싸 안았다. 자지러지게 울던 아이가 금세 조용해졌다.

진통이 다시 왔다. 좀 전에 비하면 아무것도 아니게 가벼웠다. 항아는 아랫도리에 다시 힘을 주었다. 무엇인가 아래로 쑥 빠져나가면서 이내 속이 텅 빈 것처럼 허전해졌다.

"여울아…… 여울아……."

항아는 아이를 껴안고 웅얼거렸다. 자기가 누구를 부르는지 알지 못했다. 축 늘어진 태반을 보면서도 그게 무엇인지 몰라 멀뚱거렸다. 피가 흐르는 아랫도리를 단속하지도 못하고 널브러진 채 마냥 웅얼거렸다.

바닥에 눕히자 아이가 입을 오므렸다 벌렸다 하며 하품 같은 것을 했다. 항아는 치마를 펼쳤다. 자기의 아랫도리를 닦고 속곳을 입었다. 태반을 들고 옆으로 기듯 갔다. 맨손으로 흙을 팠다. 깊이 팠다. 구덩이에 태반을 묻고 흙으로 덮었다. 발로 꾹꾹 눌렀다.

사지가 늘어지면서 잠이 쏟아졌다. 항아는 눈을 부릅떴다. 아이가 생겼다. 아이는 여울과 내 아이다. 여울의 아이도 아니고 내 아이도 아니다. 우리 아이다. 아이에게는 경계가 없다. 아니 여울과 항아라는 경계를 부수는 아이. 허무는 아이. 동시에 여울과 나를 연결해주는 아이. 아이에게는 그러므로 이쪽도 없고 저쪽도 없다. 그녀는 자기가 어쩌다 그런 생각을 하게 됐는지 따져보지 않았다. 그냥 칭얼대는 아이를 품에 보듬었다. 현실 같지 않은 아이를. 허공만 같은 아이를.

태평성대라는 말이 떠오른 것은 그때였다. 태평성대, 크게 평평하고 성스러운 시대, 매우 바르고 성스러운 시대, 어진 니리므왕이 다스리는 태평한 세상. 태평한 세상을 상상하자, 향로에서 피어오른 연기가 허공으로 날았다. 봉황이 큰 날개를 펴고 음악에 맞춰 건둥건둥 움직였다.

향로는 많은 사람의 염원으로 태어난 것이라 했다. 모든 이가 태평성대를 바라는 염원으로 만들었다 했다. 비록 조각품에 지나지 않아도 향로 위에 선 봉황은 실제만큼 생생했다. 항아는 궁금해졌다. 처음으로 태평성대란 말을 고안해낸 사람은 누구였을까. 왜 그런 말을 만들었을까. 어떤 세상을 꿈꾸면서 만들었을까. 향로를 만드신 고조부가 생각하던 태평성대와 향로를 제작하도록 지시한 니리므가 꿈꾸던 그것은 같았을까. 그때 니리므가 생각하던 태평성대와 지금 니리므가 꿈꾸는 그것도 같을까. 능사를 불태워버린 저들의 태평성대와 능에서 잠자고 있을 분들의 그것도 같을까. 이 나라가 펼치고자 하는 태평성대와 이 나라를 침범한 자들의 그것은 같을까. 여울이 생각하는 태평성대와 내가 생각하는 그것은?

봉황의 춤사위는 태평성대와는 아무 관련이 없어 보였다. 그저 편안했다. 그냥 아름다웠다. 향연에 따라 너울너울 춤추는 날갯짓은 태평성대라는 말로 뭉뚱그려서 말할 무엇이 아니었다. 그것은 지상에 있지 않았다. 지상을 넘어선 어떤 곳에 있었다. 설령 각자가 서로 다른 태평성대를 꿈꾸며 만들었을지라도 향로는 그보다 더 큰 무엇을 품은 채로 춤추었다. 봉황의 암수 날개는 천상과 지상을 연결해주는 길 같았다. 지상에 쌓인 염원을 천상으로 올리는 길. 천상에서 해답을 찾아 내려오는 길. 그렇지 않다면 수많은 빛이 날갯죽지에서 그토록 찬란하게 반짝일 리 없었다.

항아는 자기가 왜 향로를 집으로 가져가려고 했는지 생각해봤다. 분명 태평성대를 바라고 하지는 않았다. 이제는 불에 타 형체도 알아보지 못하겠지만, 설령 그대로 있다고 하더라도 기력이 쇠해진 이런 몸으로는 어렵겠지만 그녀는 태평성대와는 다른 무엇이 자기를 이끌었다고 생각했다. 이 생각은 다시 한번, 그녀 자신이 꿈꾸는 태평성대가 있듯, 절을 불태운 적에게도 그들만이 꿈꾸는 태평성대가 따로 있지 않을까 하는 생각을 새롭게 불러왔다. 적을 떠올리자니 소름이 돋았다. 한데 나는 왜 저들을 적이라고 여길까. 내가 저들을 적으로 생각하듯 저들도 나를 적으로 생각하고 있겠지. 적으로 여기니 침략했을 것이다. 자기네가 꿈꾸는 태평성대를 구현하기 위해서 이 나라가 꿈꾸는 태평성대를 죽였을 것이다. 자기네의 태평성대를 위해 침략하고 죽이고 빼앗고 능사에 불을 질렀을 것이다.

"그렇구나. 사람들이 꿈꾸는 태평성대만 해도 사람 수만큼 많을 텐데. 거기다 푸나무와 짐승들이 꿈꾸는 태평성대는 또 얼마나 많을까…… 그래서 아버지가 태평성대를 무하유지향無何有之鄕이라 하셨구나. 어디에도 없는 곳이라 말씀하셨구나."

두런거리는 자기 소리에 놀라 눈을 떴다. 하늘이 눈에 들어왔다. 항아는 아이를 안고 누워 누런 하늘을 올려다봤다. 철썩철썩, 궁녀들이 강물로 뛰어들던 소리가 떠올랐다. 벌써 아득하게 느껴졌다. 그때로부터 무척이나 멀리 온 것 같은 생각이 들었다. 아주 다른 모습으로 와 있었다. 더 먼 곳으로 가야 한다고 생각하자 숨이 막혔다. 온몸이 무너져 내리고 식은땀이 흘렀다. 의식의 끄나풀마저 풀어지는 것 같았다. 눈에 힘을 줬지만 어쩐 일인지 마음대로 되지 않았다.

아이 우는 소리에 항아는 눈을 떴다. 자기가 누운 곳이 어디인지 알 수 없었다. 왜 여기 있는지 알 수 없었다. 사위마저 희끄무레했다. 골치까지 아팠다. 그녀는 일어나려고 아이를 안았다. 휘청, 도로 주저앉았다. 그제야 자기가 능사의 서쪽 성벽 아래에 있고 속곳 차림이고, 목이 탄다는 사실을 깨달았다.

물을 마시고 싶었다. 물을 마시고 나서 집으로 가야겠다고 마음먹었다. 항아는 늘어진 치맛자락을 아이에게 둘렀다. 아이가 입술을 오므렸다 폈다 하면서 옹알이를 하더니 젖에 얼굴을 묻었다. 그녀는 아이를 물끄러미 내려다봤다. 여울이 보고 싶었다. 여울이 옆에 있다면 이름을 지어줬겠지. 어떤 이름을 지어줬을까. 우리 아이에게는 어떤 이름이 어울릴까.

여울이 보고 싶었다. 배소 소리도 그리웠다. 항아는 소리를 찾았다. 멀었다. 너무 멀어 보이지도 들리지도 않았다. 그녀는 한숨을 쉬었다. 눈을 감았다. 가슴속에서 무엇인가 반짝, 빛났다. 그녀는 휘적휘적 손을 흔들었다. 이윽고 헤엄치며 다가오는 한 마리 물고기를 마중했다.

8

봄날 이른 아침, 구들돌 나루터 배에는 벌써 대여섯 사람이나 앉아 있었다. 다가가자 우리 항아님 기다리고 있었지, 하며 사공이 인사를 건넸다. 항아는 쑥스레 고개를 수그렸다. 배 위로 올라섰다. 정말 기다렸던 모양인지 사공이 곧장 노를 저어나갔다. 대개 겨울에서 봄까지는 쉬는 날 배를 타고 집에 갔다가 다시 배를 타고 궁으로 돌아오곤 하는데 사공도 그쯤이야 알겠지 싶었다.

바람살이 사나웠다. 항아는 머리를 감싼 방한용 가리개를 단단히 여미고 남쪽을 향해 앉았다. 서너 명의 사내가 앉거나 서서 저자에서 오가는 소문에 관해 떠들었다. 몇 년 전 오합사에 온몸이 붉은 말이 나타나 울면서 경내를 돌다 죽었다는 이야기와 지난 이월에는 여우들이 무리를 지어 궁으로 들어갔다고 하더라, 같은 이야기들. 그녀도 몇 번 들어봤다. 그런저런 소문들로 궁 안도 뒤숭숭해져 있었다. 오합사에서 붉은 말이 울면서 경내를 돌다가 죽었다는 소문이 사실인지는 몰라도 여우들이 무리 지어 궁으로 들어왔다는 소문은 사실이 아니었다. 사실이 아니라는 걸 말해주고 싶었다. 말해준다고 해도, 한 번 믿게 되면 사람들은 여간해서 그 믿음을 풀려고 하지 않는다는 걸 기억해냈다. 그러다 정말 여우들이 궁으로 들어왔었느냐고 물으면 어떻게 대답하지? 하는 걱정이 생겼다. 아니나 다를까 사공이 물어왔다. 시선이 모두 자기에게 쏠렸다. 그녀는 얼굴을 붉혔다. 그런 일 없었어요…… 얼쯤얼쯤 대답하고는 얼른 강물로 고개를 돌렸다.

아침 해를 맞이한 강물이 수많은 빛을 산란해냈다. 잘게 부서지며 일렁였다. 흘러오는 강물도 흘러가는 강물도 눈부시도록 빛났다. 거기에 한 사내가 있었다. 소문에 열을 내는 사람들과는 외따로이 떨어져 강물이 흘러오는 곳을 향해 상념에 잠긴 모습으로 난간에 서 있었다. 뒷모습이 낯설지 않았다. 그녀는 시무룩한 얼굴로 사내를 쳐다보다 산자락으로 시선을 돌렸다.

참꽃이 핀 산등성이가 붉고, 산벚꽃이 핀 골짜기는 버짐 앓는 아이처럼 울긋불긋했다. 어디선가 꽃냄새가 들려왔다. 항아는 냄새의 출처를 찾아 눈을 가늘게 떴다. 물싸리꽃조팝나무꽃이었다. 희고 귀여운 꽃 무더기가 밭둑 여기저기에 흐드러지게 피어 있었다. 아직 진달래도 시들지 않았는데 물싸리꽃이라니. 어머니가 봤다면 분명 철도 모른다며 퉁바기 했을 것 같았다. 살구꽃이 생각났다. 향로를 만드신 할아버지가 짐을 풀던 날, 바닥에 떨어진 노란 살구를 오래오래 줍고 다니셨다던 그 살구나무. 나무에서 피는 연분홍 꽃. 문득 목탁 소리가 귓전을 두드렸다. 목탁은 대개 살구나무로 만든다던가. 그 이야기도 아버지가 전해주셨지, 싶었다.

배가 당리 앞을 지났다. 조금만 가면 인갱이고 인갱이를 지나면 마녀골이다. 마녀골에서 고성까지는 지척이었다. 항아는 왕버들 앞에서 기다리고 계실 어머니와 동생들을 떠올리고는 어느새 얼굴에 한가득 웃음을 베어 물었다.

누군가 앞을 스쳐갔다. 피봉봉투을 떨어뜨렸다. 항아는 무심코 고개를 들었다. 사공 건너편에 서 있던 사내였다. 여울이었다. 낯설지 않았는데도 왜 그라는 걸 짐작하지 못했을까. 그녀는 발그레해진 얼굴로 그를 응시했다. 그가 웃을 듯 말 듯 바라다보자 가슴마저 속절없이 울렁거렸다.

여울의 눈 속 아주 깊은 곳에서 물고기 한 마리가 파닥파닥 올라왔다. 비늘을 반짝이며 헤엄쳤다. 갑자기 수많은 것이 빛났다. 아침나절의 찰랑찰랑한 햇빛이, 신선한 공기와 온통 새로움으로 가득 찬 환희가, 무언지 모를 안타까움이……. 항아는 가슴이 미어졌다.

마지麻紙로 된 피봉과 마지 만큼이나 뽀얀 그의 얼굴을 번갈아 보다 두 손으로 얼굴을 감쌌다. 그가 눈으로, 얼른 가져가라고 말하는데도 피봉을 선뜻 집어 들지 못했다.

배는 인갱이에 닿았고, 여울이 내렸다. 배가 기우뚱 한쪽으로 쏠렸다. 그러자 세상 모든 것이 낯설어졌다. 지금까지 보아오던 강물이 아니었다. 아버지 말씀대로 강물은 치치할에서부터 엄호수로, 곰나루에서부터 이곳 백강까지 흐르고 있는 게 사실인지도 모르겠다고 처음으로 생각했다. 강물은 또 미지의 세상으로 흘러갔다. 강물에서는 새로운 바람이 불어오고 새로운 꽃소식을 전해오고, 새로운 하늘을 담고 있고 물결도 새로웠다. 항아는 떨리는 손으로 피봉을 집어 들었다. 세상에 태어나서 처음 받아보는 우무편지였다. 당장 열어보고 싶은 마음을 다독이며 그녀는 구겨지지 않게 그것을 소맷자락 속으로 밀어 넣었다.

9

목이 탔다. 항아는 침으로 입을 축였다. 우물까지는 여기서 한 마장밖에는 안 되는데 일어날 기력도 걸어갈 용기도 나지 않았다. 그녀는 아이를 안고 드러누워 일어나야지. 일어나자, 되뇌었다. 한 손으로 바닥을 짚고 다리를 옆으로 했다. 어쩐 일인지 힘을 줄수록 더 밑으로 꺼져 내리는 것 같았다. 깊은 바닥에서 무엇인가가 자꾸 잡아당기는 것만 같았다. 그녀는 손을 들었다. 어둑해지는 하늘로, 희끄무레하게 뜬 몇몇 별에 하소연하듯 연거푸 손을 들어 흔들었다.

능사는 아직도 불타고 있었다. 숨 쉬던 많은 것이, 수없이 많은 시간과 헤아릴 수조차 없이 많은 역사가, 피고 지던 사연들이, 더러는 이어가고 더러는 끊기기도 하던 기억들이 공간을 와해하며, 추억할 겨를도 없이 불에 타들어갔다.

금당과 탑과 강당과 공방과 헛간과 요사채와 공양간과 제기보관실과 광이, 부처님과 보살들과 종과 운판과 법고와 목어가. 단청과 불단과 마룻바닥과 방석과 탱화가. 탑신과 심초석과 기둥과 보가. 회랑의 기둥과 각 전각의 문들이.

향로도 타고 있을 것이었다. 향로에서 살고 있던 날짐승과 물짐승과 길짐승이, 산과 나무와 구름과 물이, 연꽃과 용과 봉황이, 금琴과 적笛과 북과 비파와 배소가, 악기를 연주하던 악사들과 여러 사람이 너훌너훌 소진해갔다. 거무스름한 하늘을 향해 연기로 올라가며 게게 풀어졌다.

항아는 보채는 아이에게 젖을 물렸다. 눈을 감고 입술을 달싹이면서 젖을 빠는 아이 얼굴은 평화로웠다. 젖무덤에 한쪽 손을 얹고 다른 손은 어미의 겨드랑이에 끼운 채 오로지 젖을 빠는 데만 집중했다. 아이가 입을 벌렸다. 하품하는 입 가장자리로 젖이 한 방울 흘러나왔다.

어디선가 승냥이 울음소리가 들려왔다. 항아는 불안해져 아이를 품에 안았다. 두리번거리다 올려다본 하늘에는 별 몇 개가 더 오고 마침 달이, 오산 너머로 슬며시 얼굴을 내밀었다. 그녀는 아이를 안고 겨우 일어나 앉았다. 절터에서는 아직도 불타는 소리가 올라왔다. 곡(哭)처럼 타닥타닥, 불꽃을 일으켰다. 달빛을 머금은 연기가 음산하게 일렁였다.

누리끼리하던 열아흐레 달이 희끄무레해졌다. 어느새 하얘진 달에 그림자가 졌다. 텅, 텅! 무언가 터지는 소리가 들렸다. 항아는 아이를 품으로 끌어당겼다. 어리둥절해진 얼굴로 소리 나는 곳을 찾고 있는데 솝울의 하늘이 훤하게 밝아졌다. 그녀는 아이를 치맛자락으로 가렸다. 봐서는 안 될 것 같았다. 갓난아기가 봐서는 큰일 날 것 같았다.

실제로 일어나는 일 같지 않은 일이, 탈놀음만 같은 일이 지척에서 벌어지고 있었다. 도무지 현실감이 없었다. 붉은 탈이 흰 탈을 눌렀다. 흰 탈이 텅텅, 울부짖으며 쓰러졌다. 먼 어느 곳에서나 일어나는 것처럼 아득해 보였다. 뚱딴지같이 여울을 다시 볼 수 없을 것이라는 생각이 들었다. 그가 고올리로 갔기를 바랐다. 항아는 불타오르는 왕궁과 이제는 간간이 연기만 피어오르는 능사를 번갈아 봤다. 고성으로 가는 길을 어둑신하게 에워싼 오산과 필서봉을 응시했다.

항아는 어린 여울을 그러안았다. 속으로 말했다.

'여울아, 고성은 얼마 남지 않았단다. 고성에는 네 할머니가 기다리고 계셔. 네 힐아비지도 계시지. 어쩌면 네 아버지도 계실지 모르겠구나. 여울아, 우리 얼른 고성으로 가자.'

일어났다. 저고리로 아이를 감싸고 치마를 둘러 입었다. 엉거주춤 섰다. 길이 보이지 않았다. 여기저기 살펴도 어두워 찾을 수도 없었다. 달빛이라도 기대련만 달빛이라고 없던 길을 찾아서 비춰주지는 못했다. 항아는 무작정 걷기 시작했다. 짚신에 칡넝쿨이 감겨오고 멍가 넝쿨 가시가 팔뚝을 긁어도 어린 여울을 품에 안은 채 움푹짐푹 걸어 나갔다.

휘청했다. 신발이 벗겨지면서 칡넝쿨에 감긴 발을 미처 빼내기도 전에 다른 쪽 발이 앞으로 나갔고, 앞으로 나간 발이 멍가 넝쿨을 밟고 말았다. 항아는 고꾸라졌다. 벼랑으로 미끄러졌다.

정신을 가다듬고 보니 저고리만 팔에 감겨 너풀댔다. 항아는 헐레벌떡 일어났다. 이쪽저쪽 휘둘러봤다. 어느 것도 또렷이 보이지 않았다. 그저 거무스름하게 어룽대는 형상뿐이어서 이것도 아이 같고 저것도 아이 같았다.

"여울아, 우리 아이."

부르다 말고 항아는 숨을 들이마셨다. 내쉬고 겨우 다시 불렀다. 가까운 곳에서 승냥이가 울부짖었다. 승냥이 울음 틈으로 아이 우는 소리가 들렸다. 그녀는 엉금엉금 기어갔다. 풀밭에서 뒹구는 아이를 부둥켜안았다.

밑도 끝도 없이 아버지 말씀이 떠올랐다. 우리는 엄호수에서 왔다고 하더라. 엄호수로 오기 전에는 치치할에서 살았다고 하더라만, 애비도 말로만 들어봤지 실제로 가보지는 못했구나, 하시던 말씀이.

치치할에서 왔든지 엄호수에서 왔든지 곰나루에서 왔든지 간에 우리는 지금 여기 솝울에 있다고 항아는 생각했다. 여기 솝울의 왕궁은 불타고 있고, 다시는 예전의 모습을 볼 수 없을 거라고 볼 수 없을뿐더러 이제는 전혀 다른 세상이 되어가고 있다고.

내가 장소를 옮긴다고 해서 솝울에 없는 태평성대가 거기 있을까.

"아니."

항아는 단호하게 고개를 흔들었다. 태평성대는 결코 장소에 있지 않다는 걸 그녀는 깨달았다. 태평성대는 마음속에 있어 싸움의 불씨를 만든다는 걸 이제 알았다. 태평성대는 바로 불이요 욕망일 뿐이라는 걸 깨달았다. 태평성대는 하나하나의 생명과 생명이 만들어내는 아름다우면서도 위대한 관계를 보지 못하는, 하나의 막연한 덩어리일 뿐이라는 걸 막 깨달았다. 진정한 태평성대란, 내 생각과 네 생각이 다르다는 것을 인정하고 받아들여만 가능한 세상이므로. 네 생각은 틀렸다고 배척하는 한 폭력만을 불러올 것이므로.

향로가 태평성대로 뭉뚱그려진 하나의 이상을 구현하기 위해 태어났는지는 모르겠으나 바로 그때부터 독립적인 존재로 탈바꿈했다고. 아이도 이미 여울과 자기에게서 벗어난 자리에 있다고. 아이 자체로 숨 쉬고 있다고. 어떤 이념이나 염원에서 벗어난 자리에 향로가 있듯 아이도 그렇다고, 항아는 계속해서 생각을 이어나갔다.

한데 왜 여울은 솝울을 버리고 부여로 간다고 했을까. 정말 부여라는 곳으로 떠났을까. 고올리로 갔을까.

— 난 우리의 할아버지들이 배소 불던 곳으로 가고 싶어. 그곳이 부여야. 고올리라고도 하지. 그곳에서는 내 나라라는 개념이 없었

대. 내 나라라는 개념이 없는 그곳에서 오직 배소를 불면서 살고 싶어. 풀이나 나무는 백제가 있기 전에, 고구려가 있기 전에, 부여가 있기 전에, 고올리가 있기 전부터 땅 위에서 그냥 살았을 거야. 그 어느 것도 난 백제의 풀이야, 난 백제의 나무야. 말하지 않았을 거야. 나도 난 백제의 사람이야. 백제의 백성이야. 말하고 싶지 않아. 난 그냥 나일 뿐이야.

말하는 여울에게 항아는 되물었다.

─ 이 세상 어디에서도 그냥 나로는 살지 못하는 것 같아. 누구나 자기가 사는 그 나라에 속할 뿐이야. 나라에 속하지 않는 사람은 없다고. 나라에 속하지 않은 풀이나 나무도 없어. 더구나 나라에 속하지 않은 땅이 있을까. 백이 숙제도 주나라에서 나는 고사리는 포기했어도 결국 땅만은 포기하지 못했어. 다른 데로 가지 못하고 주나라 땅에서 죽었다고. 어디 가든 땅을 밟지 않고 살 순 없잖아. 땅이 자기 스스로 이리저리 구분하나. 사람이 갈라놓았잖아. 네가 여울이듯, 내가 항아이듯. 그러니 여울아, 여기에 있든 고올리에 있든 다 마찬가지 아닐까. 똑같지 않을까.

몸이 멀어지면 마음마저 멀어진다고 하던데, 전에는 그렇지만도 않다고 생각했었다. 지금 여울을 생각하자니 맞을지도 모르겠다 싶었다. 정말로 고올리로 떠나버리고 없다면 몸만 간 게 아니라 마음마저도 떠났을 것이라고, 항아는 아이에게 젖을 물리며 생각했다.

아이가 젖을 빨았다. 빨다 말고 옹알이했다. 이편을 올려다보는 눈동자가 맑고 깊은 배소 소리 같았다. 여울의 눈동자도 그랬다.

항아는 아이를 보듬었다. 처음으로 자기를 보던 여울의 눈을 떠올렸다.

10

다섯 명의 악사樂士 중에서도 배소를 부는 사람이 가장 젊어 보였다. 통통하고 둥그런 얼굴은 해사하게 빛나고, 마침 떠오르는 달빛이 얼굴에 닿아 그윽했다. 향로에서 향연香煙이 피어오르자 그가 소簫를 입에 댔다. 비파와 금과 피리와 북 악사들을 향해 고개를 끄덕였다. 이내 "나리니……" 불기 시작했다.

희푸른 연기를 가르며 하늘로 오르는 소리를 따라 봉황이 양 날개를 활짝 펼쳤다. 날개를 펼치고 접을 때마다 풍악이 달라졌다. 항아는 깊은 어느 곳으로, 드높은 곳으로, 평평하고 광활한 곳으로 퍼져나가는 소리를 경건한 마음으로 지켜들었다.

봉황이 굼실굼실 날개를 접고 펼 때마다 수많은 생명이 제단 위로 날아올랐다. 향로의 숲에서 날아오르는 생명은 마치 신이라도 되는 듯 저마다의 날개를, 지느러미를, 터럭을, 깃털을 흔들면서 신묘한 소리를 함께 냈다. 여울의 소리가 모든 소리 앞에서 조용하면서도 힘차게, 미끄러지듯 부드럽게 퍼져나갔다. 아무렇게나 부는 것 같으면서도 엄격하고, 힘이 있으나 딱딱하지 않고, 유연하나 나약하지 않았다. 그가 자기 소리로 다른 소리를 이끌면서 흘러 올랐다. 봉황에게 가까이, 시나브로 하늘로 가까이 오르는 것 같았다.

항아는 고개를 쑥 빼고 소리를 들었다. 다른 많은 사람도 거의 취한 듯 소리를 따라 고개를 들었다. 이윽고 니리므^왕가 넓은 소맷자락을 들어 휘, 저었다. 악기 소리가 일제히 유장하게 바뀌었다.

어렸을 때도 항아는 아버지를 따라 이곳 능사에 몇 번이나 왔었다. 멀어서 자세히 볼 수는 없었어도 제단 맨 앞에 있는 향로는 아주 중요해 보였다. 봉황이 이리저리 겅중거리고 봉황의 춤사위에 따라 지상의 소리가 온 세상으로 퍼지는 것은 모두 향연에 의해서인 것 같았다.

아버지가 말했다.

"네 고조부는 수많은 날을 뜬 눈으로 새우셨단다. 태평성세를 바라는 마음으로 산봉우리를 만드셨지. 사람을 만들고 새를 만들고 짐승을 만들어, 먼저 만든 산에 하나하나 살게 하셨다는구나. 또 구름을 만들고 연꽃잎을 만들고, 물고기를 만들어 연꽃잎에 살게 하셨다지. 용을 만들고 봉황까지 만드셨단다. 연기가 밖으로 피어 나오도록 구멍을 뚫자, 비로소 하나의 거대한 세상이 열렸겠지."

항아는 그날 손가락으로 태평성세를 땅바닥에 써보았다. 클 태, 평평할 평, 성스러운 성, 해 세 혹은 신념 세. 조부에게서 백수문^{천자문}을 배워서 글을 알게 된 어린 그녀는 태평성세가 뜻하는 게 뭔지 막연하게나마 알 것 같았다.

"고조부 옆에는 소^簫를 부는 벗이 있었단다. 향로를 만드는 동안 조부의 눈과 손이 문드러져 가듯, 벗의 손끝도 그랬다는구나. 처음으로 향을 피우던 날, 두 분은 함께 향로 속으로 들어가셨단다. 소리도 없이 연기로 피어올라 둥둥, 오르면서 봉황의 날개를 타고 하늘로 오르셨다지. 용을 보렴. 발톱 위에는 구름 문양이 있고 문양 끝에 딱 한 군데 ∞ 모양이 보이지. 두 분이 떠나던 순간에 생긴 문양이라고 전해온단다."

문득 누군가 이쪽을 보는 것 같았다. 항아는 고개를 들었다. 그리고 보았다. 배소 악사가 자기를 보고 있는 것을. 응시하면서 악기를 부는 것을.

여울이라 했다. 젊은 나이에도 불구하고 쟁쟁한 악사들을 물리치고 우두머리가 됐다는 사람, 왕실에 행사가 있을 때만 볼 수 있는 사람, 또래 궁녀들 입에서 가장 많이 오르내리는 인물.

항아는 얼굴을 붉히며 고개를 수그렸다. 온몸을 휘감아오는 배소 소리에 자기를 맡겼다. 소리에 묶인 몸이 소리 위에 선 듯 어지러웠다. 소리에 끌려 어디론가 둥둥 떠다니는 기분이 들었다. 처음 만나는 세상은 경이로웠다. 온갖 다채로운 무늬와 소리와 냄새로 일렁이는 세상을, 그녀는 호기심 어린 눈으로 바라다봤다.

여울아, 여울아…… 항아는 수백 번 수천 번 속으로 불렀다. 부를 때마다 그는 물이 되어 흘렀다. 가슴 깊은 곳으로 흘러들었다. 가만가만 여울지며 누비다 강으로 내달았다. 어느 순간 한 번도 본 적 없는, 거대하다는 바다로 휩쓸려 가버렸다.

11

항아는 자기의 기력이 소진되어가고 있는 것을 의식했다. 어떻게든 고성으로 가야 했다. 향로를 가지고 가야 했다. 고성에는 부모님이 계시고 동생들이 있다. 또, 강물이 있다. 곰나루에서 오는 강물이, 위례성에서 오는 강물이, 엄호수에서 오는 강물이, 치치할에서 오는 강물이. 그녀는 자기가 아주 오래전부터 향로를 알아왔다고 생각했다. 아버지의 말씀 때문인지도 몰랐다. 우리는 향로를 따라서 여기까지 왔단다. 치치할에서부터 여기 고성까지…… 그녀는 능사를 향해, 능사였던 곳으로 허청허청 걸어갔다.

탄내가 코를 찔렀다. 기둥과 서까래가 숯이 된 냄새였다. 기와와 등잔과 목간木簡이 타버린 냄새였다. 제기들과 솥과 수많은 밥그릇이 녹아내린 냄새였다. 단청과 탱화가 소진하는 냄새였다. 종과 운판과 법고와 북이 타고 부처님이 굳기는 냄새였다. 그들의 한 시절이 한 무더기의 재로 남아 풍기는 냄새였다.

항아는 마음속으로 기둥을 세우고 서까래를 올렸다. 탑을 쌓고 부처님을 모셨다. 종과 운판과 법고와 북을 달았다. 단청과 탱화를 입혔다. 제단에 향로를 올렸다. 향불을 피웠다. 휘이휘이 바람을 타고 너울거리면서도 향연은 봉황을 불러오지 못했다. 배소 소리가 나지 않아서야, 생각하며 그녀는 숨을 몰아쉬었다. 계속 들이마시고 뿜어냈다. 떠도는 공기가 자기에게 들어왔다. 자기한테서 나와 세상으로 돌아갔다. 세상으로부터 들이마신 공기는 다시 자기가 되고 자기가 뿜어내는 공기는 연방 세상이 되었다. 자기와 세상은 따로따로 있는 게 아니었다.

매캐하고 역겨운 냄새가 가시지 않았다. 항아는 향로를 찾아 코를 벌름거렸다. 이수라장으로는 감히 들어가지도 못하고 달빛이 희게 비추는 절간 근처만 배회했다. 눈꺼풀이 무거웠다. 더는 뜨고 있을 수 없을 정도로 무거웠다. 간신히 뜨고 있는데 여울이 다가왔다. 소簫를 불면서 다가왔다. 그녀는 살구색 허공으로 팔을 벌렸다.

달이었다. 이지러져 가는 달이 하얗게, 새하얗게 다가왔다. 항아는 두 팔을 더 길게 뻗었다. 달을 뿌리치듯, 잡으려는 듯 손을 휘저었다.

어떻게 당리까지 왔는지 항아는 알지 못했다. 너럭바위에 와 있는 것도 알지 못했다. 어디를 헤매다니다 왔는지, 왜 아이도 옷도 온통 검댕이가 되었는지 알지 못했다. 절간 근처에서 헤매다 공방이었던 곳으로 갔고, 만지면 아직도 뜨거운 잿더미 앞에서 울부짖었던 사실도 그녀는 기억하지 못했다. 궁으로 간 것도, 불타는 궁을 지나치고 말았던 것도, 강물을 따라 곰나루를 향해 북쪽으로 기어가던 것도 기억하지 못했다. 낯선 말소리들에 놀라 되돌아 내려와 곧장 구들돌 쪽으로, 강물과 함께 남쪽으로 내려왔고, 내려오다 바위턱에 걸리는 바람에 주저앉은 사실도 기억해내지 못했다. 가는 곳마다 승냥이가 따라왔는지, 너럭바위 근처에도 있어 울부짖는지 그녀는 알지 못했다.

항아는 어린 여울을 바라다봤다. 거뭇거뭇한 얼굴을 손으로 닦아줬다. 주머니에서 인형을 꺼내었다. 달빛을 받은 인형이 꿈결인 듯 아슴푸레하게 빛났다. 둥그런 얼굴에 긴 눈썹과 둥글고 인자하게 생긴 눈과 도톰하고 밝은 입술, 온화한 콧날. 부드럽게 하늘거리는 옷자락과 부드러우면서도 기다란 손가락. 아이와 닮아 보였다. 여울과 무척 닮아 보였다. 아버지와도 닮아 보였다. 어머니와도 닮은 것 같고 동생들과도 비슷했다. 자기와도 흡사했다. 인형은 성별이 모호했다. 모호해도 아무런 거부감이 들지 않았다. 그녀는 자기 젖가슴 위에서 꼼지락거리는 어린 여울을 옆에 눕히고 치마를 벗어 덮어주었다. 여리디여린 아이의 어깻죽지 안으로 유리 인형을 밀어 넣었다. 깊숙이 밀어 넣었다.

왕궁의 하늘이 오래오래 번득였다. 번득일 때마다 달이 가물거렸다. 짚신할아비와 짚신할미도 보이다 말다 했다. 항아는 너무도 시리고 따가워 눈을 감았다.

아이에게서 피비린내가 났다. 메케한 냄새가 났다. 다시 맡아보니 젖 냄새였다. 살 냄새였다. 여뀌풀 냄새고, 박하와 숭애 냄새였다. 꿀방망이와 방아풀 냄새였다. 냄새는 비린 듯 아린 듯, 콜콜하고 시고 달았다. 항아는 냄새나는 어린 여울에게 젖을 물렸다. 여울의 상큼한 옹알이 소리를 들으며 숨을 들이마셨다. 연거푸 짖어대는 승냥이 소리와 여태도 들려오는 왕궁의 불소리, 불꽃이 튀는 소리를 들으며 숨을 내쉬었다.

한 마리 물고기가 헤엄쳐왔다.

"여울…… 여울아……."

항아는 손을 들어 여울을 불렀다. 그는 보이지 않고 배소 소리만 출렁거렸다. 온몸을 휘감아왔다. 어디론가 둥둥 떠가는 기분이 들었다. 도무지 닿을 수 없을 것 같은 곳, 온갖 다채로운 무늬와 색깔로 일렁이는 곳. 그녀는 낯설고 경이로운 세상으로 무장무장 흘렀다. 어지럼증을 느끼며 소리를 따라나섰다.

여기에서 점점 멀어졌다. 너무 멀어져 이제는 발이 땅에 닿지 않았다.

"푸……."

항아는 길게 이승을 뱉어냈다. 살 속에 있던 것도 핏속을 흐르던 것도, 뼛속 마디마디에 스며들었던 이승마저 모조리 쏟아냈다.

마침내 몸속의 모든 구멍을 닫았다. 더는 숨 쉴 일이 없어지자 배소 소리도 사라졌다. 어린 여울이 젖 빠는 소리만 들렸다. 젖을 빨며 옹알이하는 소리만 오래오래 귓전을 맴돌았다.

멀구슬나무꽃

고창 고인돌 유적지 진입로에는 살구나무가 심어져 있었다. 연두색 열매들이 가지 끝에서 대롱거리고 더러는 바닥에 떨어져 뒹굴었다.

"와, 어떻게 살구나무 심을 생각을 했지. 누굴까, 처음으로 생각해낸 사람은?"

은일이 감탄했다. 걸음까지 멈추고 나무를 올려다봤다.

"참, 왜 여기서 만나자고 했어. 무슨 특별한 이유라도 있나."

창민은 아차 싶었다. 오랜만에 다시 만나 반가운 것과는 별개로, 그늘 한 점 없이 뜨겁고 따분한 들판을 걸을 생각에 은근히 짜증이 났다. 그렇다고 따지듯 묻는 것으로 표출될 줄은 그 자신도 예상하지 못했다.

"아, 그게 있지……."

그녀가 말끝을 흐렸다.

"정창민, 육학년 때 소풍 왔었는데 기억 안 나니?"

"어떻게 기억하냐, 한두 군데도 아닌데."

대답하면서도 내심 놀랐다. 아무리 오래전 일이라 해도 그렇지, 아무것도 떠오르지 않는다는 사실이 그는 믿기지 않았다.

"그렇구나…… 살구꽃 폈을 땐데."

아쉬운 듯 그녀가 중얼거렸다.

살구꽃…… 그는 얼떨떨한 기분으로 살구꽃을 생각했다. 매화인지 몰랐다. 벚꽃인지도, 복숭아꽃일 수도 있었다. 반딧불이나 사슴벌레 혹은 딱정벌레나 장수하늘소 같은 곤충이라면 그런대로 구별해 말할 수 있을지 몰라도 꽃이나 푸나무에 대해서는 대부분 건성으로 보아 넘긴 탓에 그 꽃이 그 꽃 같았다. 그녀도 마찬가지였다. 한 학년에 두 반뿐이었는데도 몇 번이나 같은 반을 했는지, 한 번이라도 짝꿍이 됐었는지 기억하지 못했다. 말을 섞어봤다거나 적어도 서로를 마주 봤던 기억마저 없었다. 그에게 그녀는 여러 여자 동창 아이 중 하나였다.

진입로가 끝나면서 길은 왼쪽과 오른쪽, 간이건물 뒤쪽 산으로 갈라졌다. 무질서하게 늘어선 고인돌들 위로 햇볕이 자글거렸다. 바람 한 자락 없는 들판이 뜨겁지도 않은지 그녀가 흥얼거리며 오른쪽 길로 접어들었다. 우북한 풀을 헤치고 고인돌로 가까이 다가갔다. 울타리를 넘었다. 덮개돌이 처마처럼 쑥 내민 아래에 서서 환하게 웃었다.

"정창민, 저기 마을 앞으로 난 길 있지. 전에는 그리로 왔었어. 아까 왔던 길은 모두 논밭이었거든…… 아, 그래서 기억이 안 나."

고개를 끄덕이는 둥 마는 둥 하면서 그는 마을과 앞길을 봤다. 낯이 익은 것도 같고 아주 낯설기도 했다.

"바위가 풀로 덮인 줄도 모르고 네가 저 위에서 뛰어내렸잖아. 코피 터지고 무르팍 깨지고, 와, 그때 모습을 찍어놨어야 했는데."

자기 앞에 있는 작은 돌 하나를 가리키며 그녀가 말했다.

"에이 무슨, 내가 얼마나 점잖았는데."

"못 믿겠으면 확인해 보든가."

그녀의 말이 채 끝나기도 전에 그는 바짓가랑이를 걷었다. 양쪽 무릎은 말짱한 곳이 없었다. 부딪치고 깨져서 생긴 흉터뿐 아니라 낫으로 베인 자국까지 어수선했다.

"이력 한번 화려하네요."

말하곤 그녀가 하르르 웃었다.

화려하다는 말이 하도 어실력없어 그는 그녀와 자기 무릎을 번갈아 보다 바짓단을 내렸다. 그녀가 어린애들처럼 이름 앞에 성을 붙여가며 말할 때마다 쑥스러웠다. 삼십 년 세월이 몽창 사라지고 다시 육학년이 된 기분마저 들었다.

"정창민, 저거 봐. 굉장하지."

어느새 위로 올라간 그녀가 커다란 거북 모양으로 된 돌무덤 앞에 섰다.

거대했다. 육중했다. 세상사를 초월한 경지, 그곳에 이른 선지식. 뜬금없이 떠오른 선지식이란 말에 어리둥절해져서 그는 울타리에 둘러싸인 고인돌을 망연히 바라다봤다.

약속 시간보다 일찍 도착한 그는 고인돌박물관으로 먼저 갔다. 특별히 보고 싶은 게 있었던 것은 아니었다. 하고 많은 곳을 두고 그녀가 왜 이곳을 약속장소로 정했는지 궁금했다. 안에 그런 게 있을까 싶었다. 박물관은 모두 삼층으로 되어 있었다. 고인돌의 기원이나 분포현황과 분포지역, 형태와 구조, 고인돌의 기능과 그 시대에 살았던 사람들의 생활방식이나 유물들을 소개하고 있었다. 눈길을 끌었던 것은 고인돌의 축조방식에 관해서였다. 엄청나게 큰 바위를 여러 사람이 지렛대를 이용해 쌓았다고 설명하는 그림을 보면서 그는 잠깐 고개를 끄덕였다.

"저기에 기대어 있다가 나도 모르게 잠든 적도 있어. 그때 기분은 뭐랄까, 어떤 신비로운 기운이 내 안으로 스며들었다고 해야 할까. 몇 번 와봤는데 올 때마다 그런 기분이 드는 게 이상하지…… 정창민, 저거 봐."

그녀가 가리키는 고인돌 왼편에는 감나무가 있었다. 그것 말고는 무성한 풀뿐이었다.

"살구나무야."

그녀가 말하며 풀을 헤치고 성큼성큼 걸어갔다. 감나무 뒤편에 또 다른 나무가 서 있었다. 과연, 얼른 봐도 고목이었다.

"이 아래 서 있으면 아득한 무엇과 교신이 되는 것 같았어."

솔직히 말해 지금 그의 심경은 복잡했다. 그녀가 말하는 신비로운 기운은 어떤 건지, 아득한 무엇은 뭐고, 교신이 된다는 말은 또 무슨 뜻인지 알아들을 수 없었다. 그건 그녀의 생각이니 그렇다 쳤다. 한데 저 작은 굄돌들 위에 놓인 바위는 무엇인가. 저토록 어마어마한 바윗덩이를 어떻게 올렸을까. 저렇게 올릴 생각을 어떻게 했을까. 수천 년 동안 바윗덩이를 지탱하고 있는 저 굄돌의 힘은 어디서 올까. 박물관에 설명해놓은 대로 지렛대를 이용해 쌓았다고 한다면 도대체 얼마나 많은 인력이 투입됐을까. 계산 자체가 안 되었다.

"저걸 어떻게 올렸을까? 박물관에는 지렛대를 이용했을 거라고 쓰여 있더라고."

"지혜를 모으지 않았을까. 앎이 쌓여서 만든 지혜. 삭고 삭아서 가슴에 사랑으로 쌓인 지혜. 그게 힘으로 나왔을 것 같아. 지금의 우리는 어떻게 쓰는지도 모르는 힘으로. 그 힘이 저렇게 한곳으로 모인 것 아닐까."

"한 곳? 어떤 곳, 지배자에게로?"

"글쎄, 지배자인지도 모르지, 지도자일 수도 있고. 이렇게 말하면 웃으려나. 난 어떤 '곳'으로 생각하거든. 근원이라 말하는 곳. 그곳을 소망하면서 힘을 모았을 것 같은데…… 어떻게 행동으로 구체화되었는지는, 음, 실은 나도 상상 불가능."

조금 전에 아득한 무엇이라고 했던 게 근원인 모양이었다. 그는 막막한 기분으로 고인돌과 살구나무, 나무 아래에 선 그녀를 봤다.

그녀 말에는, 액면 그대로 받아들이기에는 석연치 않은 부분이 분명 있었다. 그게 어떤 건지 좀 더 생각해 봐야겠지만 세상사를 너무 원론적으로만 보는 경향이 있구나, 하는 생각이 먼저 들었다. 대개의 것들을 두루뭉술하고 예쁘게만 보려 한다거나, 지금 말한 것처럼 표현이 구체적이지 못하고 막연하면서도 비약이 심한 것도 그랬다.

"정창민, 이 울타리 말이야. 얘가 고인돌과 우리를 단절해놓고 있다는 생각 안 드니? 여기 고인돌만 그런 건 아니지. 중요한 유물이나 유적들은 대개 울타리나 유리 같은 걸로 막아놨잖아. 가까이 가고 싶어도 못 가게, 그들과 교감하기 어렵게 말이야. 그러면서 전통 운운하는 게 이상하지 않니?"

"그거야 제대로 보존하려면 어쩔 수 없지. 안 그러면 남아나겠냐?"

"내가 잘못 생각하고 있을까. 유물이나 유적들은 직접 만져보고 안아보고 써보기도 해야 한다고 생각하는데. 그것들이 조금씩 마모되어 우리에게로 스며들게. 전통이 내게로 흐르게 말이야. 조상의 숨결을 직접 느끼는 거지. 그들의 영혼을 내 안에 받아들이는 거야. 이 세상 어느 것도 혼자 있지 않잖아. 너와 내 생각만이 아니라 조상들의 생각과도 서로 주고받으며 만든 게 지금 우리가 사는 세상이잖아. 초등학교 졸업식 날 선생님도 그러셨지. 그때는 무슨 말인지 몰랐는데 이제는 조금 알 것 같아."

"나도 박물관에는 몇 번 가 봤지. 아까도 오면서 부여박물관에 갔었는데 유리관 속에 든 유물이나 유적들을 만져보고 싶은 생각은 별로 안 들더라. 전통이니 조상들의 생각 같은 것도, 글쎄, 궁금한 적도 별로 없었던 것 같아."

말하며 그는 돌아섰다. 얼마나 오랫동안 만지고 안아야 다 닳을까, 헤아리자니 방장산이 떠올랐다. 민둥머리 억새봉이 한눈에 들어왔다. 길게 늘어진 별봉 능선 위로 봉수대와 정상이 아렴칙하게 보였다. 서대봉과 쓰리봉이 햇볕을 받아 반들거리고, 노적봉 뒷자락이 정상을 향해 힘차게 뻗어 있었다. 그 아래에 가평학교가 있을 터였다. 소박한 교사와 운동장, 운동장 가에 선 느티나무와 팽나무, 나무를 타고 오르내리던 개구쟁이들······.

그녀가 걸음을 옮겼다. 언덕으로 올라갔다. 그도 따라 올라갔다. 뱀이 출몰할 수 있으니 조심하라는 경고문을 앞에 두고 오른쪽 길로 접어들었다. 소나무 아래에 군데군데 벤치가 놓이고, 낮은 울타리 안에도 고인돌이 여러 기 있었다. 조금 전에 봤던 것들과는 다른 형태였다.

*

감정할 현장에 당도하자, 먼저 도착한 동료 직원과 산 주인이 위성사진과 임야도를 놓고 대조해보고 있었다. 창민은 차에서 내려 그쪽으로 걸어갔다.

사진과 현장이 맞는 것 같다고 동료가 말했다. 자기가 보기에도 진입로 양옆으로 밭이 있는 것도, 사진상의 진입로와 실제 진입로의 형태도 일치해 보였다. 그는 낮은 산 능선을 올려다봤다. 논이나 밭이라면 면적의 크기나 모양이 한눈에 들어와 감정하기 수월한데 임야는 지적도상의 크기나 모양과 산의 실제의 그것을 대조해보기 쉽지 않았다. 그렇다고 위성사진만으로 평가하기에도 무리가 있었다. 그는 지적도와 임야도에 나온 면적과 모양을 다시 한번 확인한 뒤 산 주인을 앞세웠다.

주인이 남서쪽에서 북동쪽으로 난 길을 따라 올라갔다. 등고선상으로 봤을 때 해발 삼십 미터 정도 되는 부근이 정상이었다. 정상을 기준으로 좌측 산이 담보로 제공할 물건이고 오른쪽 산은 강에 인접해 있었다. 주인이 몇 발짝 더 가다 불렀다. 정상에 있는 마지막 경계점 말목이었다. 그는 동료와 함께 지적도와 항공사진, 임야도를 대조했다. 서 있는 위치에 해당하는 곳을 표시해뒀다.

— 저 아래가 금강이에요. 여기서는 백마강이라 부르죠.

주인이 강 건너편을 가리켰다.

— 저기가 부소산이구요. 보기엔 낮아도 상당히 가파른 절벽으로 돼 있죠. 낙화암이 거기 있어요. 고란사도 그 아래 있고…… 시간 되면 한번 가보세요. 낙화암에서 고란사 가는 길 괜찮아요.

옛 도읍지가 부소산이라는 나직한 산 아래에서 소박한 모습으로 봄날의 한낮을 투영하고 있었다. 그는 가평학교를 생각했다. 방장산 아래 숲이 아름다운 작은 학교라고, 학교 홈페이지 인사말에 쓰여 있었다. 유치원생을 포함해 학생 수 쉰일곱 명에 교사와 직원 스물세 명. 그가 다닐 때는 전교생이 이삼백 명 정도였다. 십 년 선배 때는 팔백 명에 가까웠다고 했다.

그 많던 아이들은 어디로 갔을까. 다 어디로? 저 도읍지도 옛것을 품은 채로 시나브로 잊혀 가고 있을까. 실사를 나왔다는 것도 잊고, 그는 강물과 조용해 뵈는 옛 도읍지를 바라다보며 생각에 잠겼다.

가끔 만나는 동창 중에서 두 놈만이 그 약속을 기억하고 있었다. 놈들의 대답은 엇비슷했다. 애들이 장난삼아 약속한 걸 가지고 신경 쓰기는. 바쁜 세상이야, 인마. 가고 싶으면 너 혼자 가든가. 얘기를 꺼냈던 자기가 오히려 민망할 정도였다. 한 놈이 생각난 듯 전했다. 선생님도 돌아가셨다던데 뭐.

강당에서 졸업식을 마치고 교실로 온 아이들은 이젠 영영 비워줘야 할 자기 자리에 앉아, 이별하게 될 선생님과 반 아이들을 바라다봤다. 아이들 하나하나를 가슴에 새기듯 둘러보던 선생님이 칠판에 '나는 어떤 어른으로 살고 싶은가'라고 썼다. 그때까지도 대통령이요 장군이요, 말하는 얼빠진 놈들이 있는가 하면 시인이 꿈이라 말하는 난해한 아이도 있었다. 그는 군청 직원이 되고 싶다고 대답했다. 한 여자애가 현모양처가 되는 게 꿈이라고 말했을 때, 남자애 하나가 현모양처가 무슨 일을 하는 사람이냐고 묻는 바람에 강당에서부터 침울하게 가라앉았던 분위기가 한바탕 들썩거렸다. 맨 나중에 김명세가 우렁차고 활달한 목소리로 대답했다.

저는 어떻게 하면 사람들이 행복하게 살 수 있을까, 고민하는 어른으로 살고 싶습니다.

선생님이 고개를 끄덕끄덕했다. 군청 직원도 좋고 시인도 좋고 현모양처도 좋아요. 세상에는 수없이 많은 사람이 수없이 많은 일을 하면서 살고 있으니까. 그런데, 꼭 기억해둬야 할 것이 있어요.

여러분도 방금 들었죠. 창민이 하고 싶은 것과 명세가 하고 싶은 것은 서로 달랐어요. 선생님 생각도 여러분 생각과 물론 다르겠지. 지금 우리가 사는 세상은 이렇게 여러 사람의 생각이 모여서 만들어낸 거예요. 그러니 서로서로 존중해줘야 세상이 더 아름다워지겠죠, 라고 말했다.

반 아이들은 어느새 언제 만날까 하는 문제로 시끌벅적해졌다. 고등학교를 졸업하고 만나자고 누군가 말하자 다른 누군가는 대학을 졸업하고 나야 어른이 되는 거라고 반박했다. 대학교를 못 가는 애들은 그럼 어른이 될 수 없느냐고 따지듯 되묻는 아이한테 반 아이들이 야유를 보냈다. 그때 결론처럼 김명세가 제안했다.

앞으로 삼십 년 후에 여기 이 자리에서 만나면 좋겠습니다. 그때면 어떤 어른으로 살고 있는지 알 수 있지 않겠습니까?

그는 창밖을 내다봤다. 삼십 년 후와 하늘 중에서 어떤 게 더 멀까. 아무리 생각해봐도 알 길이 없었다. 조용해진 반 아이들도 명세를 쳐다봤고 명세는 발랄하고 경쾌한 얼굴로 아이들을 둘러봤다.

그게 좋겠구나. 한데 삼십 년 뒤에도 선생님이 이 세상에 있을까.

선생님이 말했다. 아이들이 술렁거리자 웃었다. 만날 날짜를 정하자고 했다. 앞에 앉은 녀석이 졸업식 날 만나자고 했다. 입학식 날 만나자는 둥 1월 1일이나 명절 때 만나자는 둥 여러 의견이 나왔다. 누군가 개교기념일이 좋겠다고 제안하자 다른 녀석들도 맞장구쳤다. 각자의 짝꿍과 손가락을 걸었다.

산 주인이 먼저 떠나고 동료도 갔다. 그도 차 안으로 들어왔다.

시동을 걸었다. 바로 출발하지 못하고 창밖만 주시했다.

한쪽에서는 반차까지 냈으니 가자고 했다. 다른 쪽에서는 장난 삼아 한 약속인데 꼭 지킬 필요가 있냐고 반문했다. 가도, 가서 아이들을 만나더라도 보여줄 무엇이 있는가. 고등학교와 대학을 마치고 재수까지 해가면서 겨우 취직했다. 본점 은행에 다닌다며 뻐기다 지점으로 밀려나고는 한동안 술에 찌들어 지냈다. 얼마 전에야 가까스로 승진했다. 옛날 일은 까마득히 잊어버리고 기고만장, 또 몇 날 며칠 동안을 축하주에 기대어 거들먹거리며 지냈다. 선거철만 되면 열 받고, 가진 자들의 도덕적 해이에 삿대질하면서도 자기가 노래방 도우미와 모텔에 가는 건 그럴 수도 있다고 여기며 엄벙덤벙, 실떡벌떡…… 한마디로 별 볼 일 없는 인생이었다.

달리는 차의 속도보다도 마음은 더 빨리 서울로 학교로 오르락내리락했다. 다음 나들목에서 도로 올라가자, 작정했다. 막상 나들목이 보이면 지나쳤다. 지나치고 나서는 후회했다. 마지막 나들목이 나올 즈음에야 그는 편안해졌다. 중학교라면 고등학교라면 아니 대학이라면 어림없었을 거라는 생각이 들었다. 초등학교 동창 아이는 고향의 다른 이름이라고, 학교가 있는 마을에 이르렀을 때 비로소 알아차렸다.

교문을 들어섰다. 오래된 나무들이 울창한 숲 아래에 차를 세우고 나왔다. 높고 웅장한 능선이 한눈에 들어왔다. 그는 학교를 보호하듯 굽어보는 방장산을 올려다보다 '꿈을 이루는 가평학교'라 쓰여 있는 교사로 천천히 걸어갔다. 사람도 자동차도 보이지 않았다.

현관문도 잠겨 있었다. 왼쪽으로 돌아가 복도로 난 문을 돌려봤으나 마찬가지였다. 도르래 우물은 사라지고 수도꼭지들이 나란했다. 뒷문도 잠긴 채였다. 그제야 그는 출입문마다 경보시스템 설치 구역이라는 표지판이 붙은 걸 발견했다.

강당 앞 화단에 무엇인지 모를 자줏빛 싹이 돋아나고 있었다. 그 옆에는 노란 꽃이 땅바닥에 바짝 붙어 나풀거렸다. 민들렌가, 생각하며 그는 강당 안을 들여다봤다. 창문을 통해 들어간 빛줄기가 여기저기에 그늘을 만들었다. 그늘은 햇빛의 각도에 따라 텅 빈 강당 안을 적막하게 떠돌았다.

이 층의 교실 유리창이 저녁나절 해를 반사했다. 그는 6학년 2반 이름표가 붙었던 곳을 올려다봤다. 그 안에는 창민들이 꿈꿨던 무궁무진한 세상이, 시인이 현모양처가 대통령과 장군이 지금도 그대로 기다리고 있을 것 같았다. 문만 열면 군청 직원이 반갑게 손을 내밀 것 같았다. 그는 '꿈을 이루는 가평학교'를 다시 봤다. 잠긴 것은 문이 아니라 어쩌면 창민들이 자기 자신을 걸어 잠근 채 꿈을, 학교를 외면해오고 있었던 게 아닐까 하는 생각이 들었다. 삼십 년의 세월은 롤러코스터였다. 균형 잡기란 여간 힘들지 않았다. 꿈은 그러므로 재활용도 곤란한 폐품이었는지 모른다.

운동장 가를 가득 메운 느티나무와 은행나무와 팽나무 가지들이 마른 바람을 타고 흔들렸다. 전에는 없던 정자가 보였다.

흰 재킷에 청바지를 입은 여자 하나가 정자에 서 있었다. 난간에 한쪽 발을 올려놓은 채 이쪽을 바라다봤다. 그는 혹시나 하는 심정으로 그리로 걸어갔다.

— 정창민?

여자가 먼저 알은체해왔다.

동창들의 얼굴이 빠르게 스쳤다. 그중 한 아이, 얼굴은 물론 이름마저도 가물가물한 여자아이 하나가 이쪽을 보며 웃었다. 그도 설핏 웃어 보였다.

— 조은일이야.

문득 새잎이 돋아나느라 몸부림치는 느티나무 가지들, 그들과 부대끼며 내는 애절하면서도 청청한 바람 소리를 들은 듯했다. 그는 엉거주춤 손을 내밀었다.

— 아, 조은일…… 너도 우리 반이었구나.

생소한 이름이었으나 그는 내색하지 못했다. 슬그머니 손을 거두었다.

— 정말 오랜만이지. 잘 지내는 모양이야, 좋아 보여.

— 다른 애들은…… 혹시 명세 왔었어?

그는 금세 후회했다. 잘 지냈냐? 어디 살아? 묻는 게 순서 아닌가 싶었다.

— 아직.

— 짜식, 통 연락도 없이 지내는 모양이던데. 이번엔 볼 수 있을까 기대했더니…….

그녀가 잠깐 머뭇거렸다. 저물어가는 저수지 쪽을 건너다봤다.

— 학교 다닐 때도 저렇게 해가 호수에 담겨 여러 빛깔로 넘실거

리는 모습을 보곤 했는데…… 애들을 기다리는 동안 별별 생각이 다 들더라. 정말 반갑네.

두 사람은 정자에 앉아 어린 시절을 얘기했다. 누가 공기놀이를 잘하고, 누가 달리기를 잘하고, 누가 변소에서 담배를 피우다 들켰는지 같은 이야기들. 졸업한 뒤로 한 번도 보지 못한 아이들의 소식을 주고받기도 했다. 김명세가 자기 동네에 살았었다고 그녀가 말했을 때 그도 선생님이 돌아가셨다더라고 전했다. 이따금 자기 일에 대해 두서없이 말했다. 그렇게 어른이 된 자신들을 드러내었다.

저녁 해가 완전히 기울도록 더는 아무도 오지 않았다. 언제부턴가 켜켜이 쌓이기 시작한 침묵이 두 사람 주변을 맴돌았다. 간혹 흘러나오는 몇 마디 말도 곧장 침묵 속으로 빨려들었다. 춥다고, 배고프다고, 그만 일어나자고 말하는 그녀 뒤로 학교가 이편을 굽어봤다. 그는 그녀와 희미하게 어른거리는 '꿈을 이루는 가평학교'를 번갈아 쳐다봤다.

*

가던 길을 멈추고 은일이 소나무 옆에 핀 꽃 한 송이를 어루만졌다. 색깔이나 모양으로 볼 때 백합은 아닌 듯 보였다. 원추리라고 그녀가 알려줬나.

자기가 사는 아파트 주변에도 원추리는 흔했다. 주황색이므로 원추리는 모두 주황색이라 여기던 터라 창민은 연노란색 꽃이 낯설게 보였다.

"어렸을 때는 꽤 있었는데. 흔히 보는 원추리와는 색깔부터 다르지?"

귀한 무엇을 만난 것처럼 그녀가 말했다.

그는 어려서 보고 자란 것들을 대개 잊어버리고 살아왔다. 곤충이나 새나 물고기의 이름을 기억하는 것도 이제는 만만치 않을 것 같았다. 그래서일까, 그녀가 나무나 꽃이나 풀에 대해 예민하게 반응하는 게 이상했다. 친근해서인지, 성향 탓인지 분간이 잘 안 됐다.

"정창민, 넌 왜 군청 직원이 되고 싶다고 했니? 대개는 그냥 공무원이 되고 싶다고 말하잖아. 특이하게 들렸나 봐, 가끔 궁금했거든."

"들으면 웃을 텐데…… 고창군청 마당에 멀구슬나무가 있어. 오월에 연보라색 꽃이 피는데, 우리 엄마가 좋아하시는 꽃이야."

"아…… 멀구슬나무가 면사무소에 있었다면 신림면 직원이 꿈이었겠네?"

말해놓고도 우스운지 그녀가 키득거렸다.

"나도 그 꽃 아는데. 향기 참 발랄하지, 소녀처럼…… 한데 왜 은행에서 일해? 나도 교사하고 있긴 하지만."

글쎄…… 그는 우물쭈물 대답하지 못했다. 솔직히 거기에 대해 생각해본 적은 거의 없었다.

"김명세는 그랬지. 어떻게 하면 사람들이 행복하게 살 수 있을까 고민하는 어른으로 살고 싶다고 지금도 그 애 말에 울컥해질 때가 있어. 사실 난 시를 써본 게 언제였나 기억도 안 나거든. 시를 써야 할 목적도 잃어버린 지 오래고."

"지금이라도 쓰면 되잖아, 꼭 목적이 있어야만 쓰나."

자기 말이 공허하게 들렸다. 그는 느리고 무료하게 흐르는 냇물을 바라다봤다.

가끔 명세는 지금 어떻게 살고 있을까 궁금했다. 그녀처럼 자기도 명세의 말이 떠올라 종종 가슴이 무거울 때도 있었다. 명세와 경쟁의식을 가질 만한 추억거리는 없었다. 어차피 서로 다른 가치관으로 살고 있을 것이므로 비교하는 일은 불필요하다고 생각했다. 그냥 명세가, 어떻게 하면 사람들이 행복하게 살 수 있을까, 생각하는 어른으로 살고 있는지 궁금했다. 자기가 은행원으로 고객과 일에 치여 하루하루를 소진해가고 있듯 명세도 자기의 뜻과는 어긋나는 일을 하면서 살고 있을 거라 단정까지 하면서.

"방향을 모르겠거든. 내가 어디로 가고 있는지."

그녀의 목소리가 약간 습하게 들렸다.

"난 한때 문학이나 예술이 세상을 바꾸는 유일한 거라 믿은 적 있어. 결국 세상을 바꾸는 건 문학도 예술도 아니라 바로 나. 내 생각, 내 욕망, 내 의지 같은 것이라는 걸 알게 됐지. 나 아니면 세상은 절대 바뀌지 않는다는 걸 말이야. 당연하잖아. 세상은 수많은 '나'들로 이루어져 있고, 문학이나 예술은 '나'의 행위나 그 결과물 아니겠어."

문학과 예술이라니. 그런 걸 고민하다니. 그는 뭐라 대꾸하기도 어색해 죽 늘어선 고인돌로 시선을 옮겼다.

잿빛 구름이 몰려와서 우중충해지고 다시 햇볕이 내리쬐면서 환해지기를 되풀이하는 저녁나절 들판으로 새가 날았다. 날면서 저들끼리 휘이 휘이 신호를 보냈다. 그는 잠깐 새들의 소리 속에 섞여드는 어떤 다른 소리를 들은 듯했다.

"은일아, 지금 막 생각났는데, 저기 매점 자리에 고욤나무가 있었던 것 같아. 나무 아래에 널따란 바위가 있었고, 거기 앉아서 짜장면 먹지 않았나."

제대로 못 들었는지 그녀가 멍한 표정으로 이쪽을 봤다. 까르르 웃었다.

"하이고, 고생하셨소. 기억 하나 끄집어내기가 그리도 힘들었소?"

노인네처럼 말했다.

장난삼아 한 말일 텐데, 그는 가슴 한쪽이 뻐근해져 공연히 발로 풀을 비볐다.

"웃어서 미안해. 저건 매점이 아니라 운곡습지 탐방안내소야. 저 뒤로 난 산길 있잖아, 그리로 가면 습지가 있거든…… 저기, 그때 바위야. 옮겼더라고. 아 참, 거기서 뭘 먹었다고, 짜장면? 에이, 이삼십 명이나 되는 애들한테 무슨, 도시락이었겠지."

짜장면이었는지, 그녀 말대로 도시락이었는지 되짚어보기도 전에 기억 하나가 또렷이 떠올랐다. 누군가를 찾던 일이었다. 어둑해지도록 들판을 헤매고 다니던 반 아이들과 거의 울 것 같던 선생님 얼굴도 떠올랐다. 일렬종대로 산길을 오르던 아이들의 얼굴. 손에 나팔을 만들어서는 누구야, 누구야! 목이 터지도록 부르던 소리. 새들 소리에 섞여든 소리는 바로 누군가를 부르던 그때 아이들의 목소리였다.

"정창민, 그 애가 나였어."

그녀가 불쑥 고백했다.

"너 지금 그때 일 생각하고 있잖아. 민폐 끼쳤던 아이가 나라고…… 저 너머로 가고 싶었거든. 근데 고개를 넘자마자 무섬증이 일어서 도로 왔어. 선생님이 그런 말만 안 했어도 안 갔을 텐데."

"나 참, 선생님이 뭐랬는데. 난 기억 안 나는데?"

그는 퉁명스럽게 대꾸하고 말았다. 안 그래도 그날 찾아 헤매게 만든 아이가 누구였는지 물어볼 참이었다. 한데 얘도 그 기억을 떠올리고 있었단다. 어떻게 동시에 같은 일을 기억할 수 있지. 더구나 그 아이가 얘였다고? 어처구니가 없었다.

"우리는 아주 먼 곳에서 왔다고 하셨잖아. 어머니의 어머니, 또 어머니의 어머니…… 저 고개 너머에서 바다 건너서, 아득한 곳에서 왔다고. 고인돌 속에는 그곳에서 온 바람이 들어 있다고 하셨어. 난 그 바람의 출처를 알고 싶었거든."

"그래서 저 고개를 넘어갔단 말이야? 혼자?"

"응."

이쪽을 똑바로 바라보며 그녀가 대답했다.

응, 이라는 대답이 마치 눈에서라도 나온 듯 그는 그녀의 눈을 들여다봤다. 어쩐 일인지 이마만 보였다. 자세히 보니 자그마한 얼굴에 이마가 반이나 되어 보였다.

아, 마빡반. 그는 쿡, 웃고 말았다. 야, 마빡반! 놀려대는 아이들 앞에서 손등으로 눈물을 훔치며 가던 어린 여자애가 떠올랐다. 마주 보는 지금 그녀의 이마도 환했다. 싱싱하게 환했다.

그녀가 왜 웃느냐 물었다. 계속 물었다.

"마빡 반. 그게 네 별명이었잖아. 이제 기억난다야."

말해놓고도 그는 계속 쿡쿡, 웃었다.

갑자기 소낙비가 쏟아졌다.

"어, 비다."

그녀가 소리쳤다.

그는 자기도 모르게 그녀의 손을 잡고 뛰었다. 가까운 돌무덤 아래로 가 섰다. 풀섶에 떨어지는 빗방울이 다시 튀면서 바짓가랑이를 적셨지만 피할 곳은 달리 없었다.

언덕 아래에서 백합 두 송이가 비를 맞고 있었다. 그도 백합과는 친근했다. 축 처진 여름날 희고 생생한 냄새를 풍기며 집 안을 발끈 뒤집어놓곤 하던 꽃. 그에게 백합은 그런 꽃으로 각인되어 있었다.

야생은 보기 드문데, 하며 그녀가 그쪽으로 가려들었다. 그는 손에 힘을 주었다.

달맞이꽃이 샛노랗다고 그녀가 말했다.

"며느리밑씻개와 메꽃 사이에 우뚝 서 있는 것은 지칭개야. 그 옆에는 소루쟁이고 되게 크지. 저게 한 포길 걸…… 그 옆은 명아주,

지팡이 만드는 거."

조근조근 풀이름들을 말하는 그녀 목소리가 나직하면서도 낭랑하게 들렸다.

"야, 은일이 넌 식물 이름을 많이 아는구나. 저기 산길 초입에 선 나무는 뭐야?"

그는 손에 조금 더 힘을 주며 물었다.

"가장 가깝게 보이는 게 신나무. 단풍나무 일종이야. 신나무 옆에는 산사나무. 그 옆에는 자귀나문데 야합화라고도 해. 대개 집 안 정원에 심어두잖아. 자귀나무와 나란히 선 것은 너도 알지, 단풍나무. 신나무랑 약간 달라 보이잖아."

"단풍나무 아래 있는 것은 무슨 덩굴이야? 많이 본 것 같은데."

빠져나가려는 그녀의 손가락을 깍지 끼어 잡으며 그는 다시 물었다.

"댕댕이넝쿨 아닌가. 넝쿨을 삶아 말려서 바구니를 짰대. 예전에 할머니가 가르쳐주셨거든. 근데 그 넝쿨인지 아닌지 잘 모르겠다. 저기 보라색 꽃은 달개비. 하트 모양 이파리 있지, 그건 족두리풀. 씀바귀는 너도 알걸. 내 기억에는 싸랑부리라고 했던 것 같아."

"맞아, 싸랑부리. 토끼가 좋아하는 풀이야. 어려서 많이 뜯어다 줬거든. 무릎의 흉터도 그래서 생긴 거야."

그도 기억해냈나. 미끄러지는 손을 꼭 쥐었다. 자꾸만 풀이름을 물었다.

"독새풀, 감똑꿰미, 강아지풀, 돼지풀, 환삼덩굴……."

그녀가 풀죽은 소리로 대답했다.

풀들은 지천으로 널려 자기가 피운 꽃과 이파리에 다시 빗방울 꽃을 피우거나 지우거나 법석을 피웠다.

어느 결엔가 씨앗이 하나 날아들었다. 풀씨인지 꽃씨인지 나무 열매인지 모를 씨앗이 가슴 가운데 커다란 방을 만들었다. 이윽고 부풀어 올랐다. 손에 땀이 났다. 근질거렸다. 그는 손을 들어 옷자락에 문질렀다. 문지르고 문질러도 금세 축축해졌다.

"정창민, 이거 볼래?"

그녀가 휴대전화기를 꺼내어 내밀었다.

"어렸을 때 살던 집에서 찍은 거야. 중학교 때 이사한 뒤로 지난번 개교기념일에 처음으로 가봤거든. 내가 태어난 집을 부수고 새로 지었더라고. 앞마당에 있던 자귀랑 목련도 없애버렸던데, 이 살구나무만 놔둔 거야. 왜 그랬을까 물어보고 싶었는데 아무도 없데."

꽃송이가 다닥다닥 붙은 살구나무 가지가 휘영청 늘어져 있었다. 연분홍색 꽃들이 해사했다. 수수하면서 친근했다. 귀여웠다. 고향 집 사랑방 앞 살구나무가 생각났다. 채 익지도 않은 살구를 따려고 나무에 오른 적은 많아도 꽃을 보려고 오른 적은 한 번도 없었다는 사실을, 그는 문득 기억했다.

"네 마음속에 멀구슬나무꽃이 있다면 내게는 이 살구꽃이 있어."

그는 고개를 주억거리며 살구꽃을 들여다봤다. 오래오래 들여다봤다. 지금부터는 살구나무가 어디에 있든 금세 알아볼 수 있을 것 같았다. 여자 동창들이 다 모인다 해도 곧바로 조은일을 찾을 수 있겠다 싶었다.

"난 가끔 고향을 생각해. 마을 앞 시정과 느티나무, 집으로 오르던 고샅길, 넓고 평평한 마당, 지대석으로 오르던 돌계단, 대청마루, 마루 천장 들쇠에 매달려 흔뎅이던 문, 종일 해가 들어오던 큰 방…… 사랑방 앞 마루에 앉으면 건너다보이던 뺌산, 마당가에 노랗게 피어있던 키다리꽃, 자목련과 살구나무, 뒤안 대밭 앞에 우뚝 서 있던 밤나무…… 고향이라는 이미지에 대해서 생각한다는 게 맞겠지. 너무 미화하는 것은 아닌가 싶기도 해. 대개의 기억이 그렇잖아. 아무리 고통스러웠던 일도 지내놓고 보면 아름답고 때로는 그립고……."

아마도 자기가 살았던 옛집을 추억하는 모양이라고 그는 생각했다. 이제는 그녀의 기억 속에만 살아 있을 집을.

"가슴속 고향이니까. 나도 마찬가지야. 어렸을 때 늘 잠자던 사랑방이 군에서 제대하고 들어갔는데 그렇게 비좁게 보일 수 없었어. 내가 전과는 달라졌는데 그 생각은 하지 못하고 방이 작아졌다고만 생각한 거지. 세상도 비슷하게 보는 것 같아. 내가 변했으면서도 세상이 변했다거나 인심이 각박해졌다고 오해하는 경우가 많잖아. 아까 네가 말한 것처럼 너와 내가 사회고 국가고 세상인데."

"그래, 맞아. 있잖어, 내가 다니는 학교 근처에 돼지공장을 짓는데."

"돼지공장?"

"왜, 이상하니. 규격돈으로 키워 판다는데 공장이라 부르는 게 맞지 않을까. 암튼 냄새 땜에 못 살 거라고 사람들이 난리가 난 거야. 날마다 면사무소나 군청으로 몰려가서 데모한다? 나도 동료 선생들이랑 가끔 가곤 하는데, 데모가 끝나고 나면 선생들이랑 식당에 가서 삼겹살을 구워 먹어. 어느 땐 일 인분도 모자라서 이 인분도 먹어…… 사실 데모할 필요도 없지. 내가 고기를 먹지 않으면 군이 공장을 지을 까닭이 있겠냐고. 이 간단한 방법을 놔두고 시간 들여, 돈 들여 난리들을 피워요…… 와, 너도 그렇구나. 나처럼 표리부동한 놈들 때문에 무지 열받아 있나 봐."

말하곤 그녀가 웃었다. 해맑은 웃음소리가 비가 그친 저녁 들판으로 퍼지며 통통 튀었다.

"정창민, 너는 말, 언어가 왜 만들어졌다고 생각해?"

느닷없이 물어왔다. 웃음소리를 마저 음미해보기도 전이었다.

"너랑 나랑 소통하기 위해서 생겼지. 당연하잖아."

마치 오래전부터 생각해왔듯 그는 대답했다. 굳이 '너랑 나랑'을 강조했다. 그녀가 '너'와 '나'를 보통명사가 아닌 고유명사로 들어줬으면 하는 바람으로.

"나는 있잖아, 내가 마음먹은 대로 행동이 안 될 때가 되게 많거든. 아까도 말했지. 돼지공장 못 짓게 하려고 시위하면서도 삼겹살은 맛있게 먹어요. 마음으로는 안 먹으려고 하는데 그게 잘 안 돼. 그래서 생각해봤는데, 말은 있지, 타인과의 소통보다 먼저 나와 내 자신과의 소통을 위해서 생긴 것은 아닐까 싶어."

순간 별이 하나 반짝, 별봉 위에서 빛났다. 그는 자기 가슴속 씨

방에서 씨앗이 꿈틀거리는 소리를 들은 듯했다.

"나 자신과의 소통도 물론 중요하지. 한데 은일아, 나는 지금 너와의 소통이 굉장히 중요해졌어."

그녀가 말없이 이편을 바라다봤다. 한참을 바라다보더니 하늘로 고개를 들었다.

그도 하늘을 올려다봤다. 이제 별은 하나가 아니었다. 금방이라도 쏟아질 것처럼 빛나는 별들이 어둑한 세상을 내려다보고 있었다. 저토록 많은 별이 있었다니 믿기지 않았다. 저 별들을 모두 잊고 살아온 자신도 믿기지 않았다. 가슴속에 별이 없는 사람과는 말을 섞지 말라고, 아주 오래전에 선생님이 말했던 게 생각났다.

"저기 카시오페이아 보이지? 거기서 동쪽으로 빗금을 그어봐. 국자 모양 있잖아, 작은곰자리야. 손잡이 쪽 끝에 있는 별이 북극성이래. 예전 사람들은 저 북극성을 보고 길을 찾았대. 하지만 지금은 아무도 별을 보고 길을 찾지 않지. 찾는 방법도 잊어버렸을 거야. 한데 왜 저리도 빛날까."

그녀의 목소리가 별들에나 가 닿은 듯이 아득하게 들려왔다.

"네가 묻기 전에는 명세가 우리 동네 아이였는지 잊어버리고 있었어. 아무도 소식을 모르데. 여러 경로를 통해서 겨우 그 애 동생 연락처를 찾아냈는데…… 지금 네팔에 살고 있다고 해. 여기서 의대 다녔다니까 그쪽 일하면서 살 거라더라. 가끔 마나슬루에 등반한 사진을 메일로 보내온다는데 영혼의 산이라나, 자랑이 대단하다더라고…… 육학년 때, 아까 고인돌 있지, 내가 자버렸다고 한 데.

그 앞에 명세가 있었어. 너희들은 못 봤을걸. 내가 훔쳐보는지도 모르고 두 손을 모으고 서서 고개를 수그리고 있었어. 무서워서 울었지. 소리도 내지 못하고 눈물만 흘리고 있는데, 어느결에 다가와서는 내 눈물을 닦아주는 거야. 싱긋 웃는 거야…… 내가 본 게 환영이었을까. 묵념하던 모습이나 눈물을 닦아주던 모습이 꼭 환영 같아서."

"마나슬루라면…… 히말라야산맥에 있는?"

뜻밖이었다. 그는 거의 소리치듯 물었다. 끄덕이는 그녀에게 탄식하듯 다시 말했다.

"야, 상상도 못 했는데……."

발랄하고 경쾌한 명세의 얼굴이 또렷하게 떠오르면서 동시에 우렁차고 활달한 목소리가 들려왔다. 저는 어떻게 하면 사람들이 행복하게 살 수 있을까 고민하는 어른으로 살고 싶습니다, 라고 말하던 그 목소리가.

"정창민, 너한테서 다시 연락이 왔을 때 난 여기 고인돌 유적지를 떠올리지 않을 수 없었어. 졸업식 날 약속을 지킨 아이라면 당연히 기억하겠지 생각했거든. 근데 넌 안 그랬나 봐. 뙤약볕에 싸돌아다니게 해서 미안하네."

그녀의 목소리가 들판으로 나직하게 퍼지듯 들렸다. 어설프고 날것인 채로 청아했다.

"아니. 난 오늘 아주 중요한 걸 알게 됐어. 그동안 잊고 지내왔는데, 멀구슬나무꽃을 다시 생각하게 됐거든. 널 만나 이런저런 얘길 나누면서 솔직히 다른 감정이 생기는 것도 사실이야. 나도 이게 어떤 건지 잘 모르겠어. 하지만 은일아……."

"정창민, 언제 전주박물관에 한 번 가봐. 만날 게 있을 거야."

"뭔데?"

"금동신발."

그녀가 손가락으로 남서쪽을 가리켰다.

"여기 들어올 때 회전교차로 있었지. 거기서 아산면 소재지 쪽으로 한 일 킬로미터쯤 가면 왼편에 봉덕리 고분이 있어. 국가지정문화재 사적으로 지정된 곳이래. 마한시대 모로비리국의 수장 고분으로 추정하고 있다는데 거기서 금동신발이 나왔대. 금동신발도 국가지정문화재야. 보물 제2124호. 지금 국립전주박물관에 전시돼 있거든. 난 그 신발을 볼 때마다 우리가 어디에서 왔는지, 어떤 곳이었는지 말해주는 것 같아서 되게 신비롭더라."

"그래. 네 말을 들으니까 향로 있잖아, 백제금동대향로, 그게 생각나네. 아까 내려오면서 부여박물관에 들렀다고 했잖아. 봉황이랑 용 또 이상한 새, 물고기, 사람…… 새겨진 모양들이 무척 다양하면서도 신기하더라고."

"볼 때마다 감탄할걸…… 참, 금동신발에도 용이랑, 사람 얼굴을 한 새, 봉황 같은 문양이 있어. 둘의 연관성을 찾아보는 것도 재밌겠네."

별들은 점점 많아지고 더욱 또렷하고 풍성해졌다. 그는 그녀의 말을 새겨들으며 별 아래를 걸었다. 그녀의 손을 잡고 걸었다. 씨앗

하나를 가슴에 품은 채 나란히. 그녀의 손끝에서부터 전해오는 게 혹시 살구꽃 향기일까 생각하면서. 멀구슬나무꽃 향기일지도 모르겠다 생각하면서.

뻐꾹나리

해발 202미터 무연봉 아래가 무연리였다. 서너 개의 지붕으로 마을을 형성하고 있었다. 가장 가까운 마을과도 한참이나 떨어진 채였다. 이쪽에서 그쪽으로 연결된 다리도 없었다. 강이 앞을 지나지 않는다면 고립무원이 따로 없을 정도로 외부와 절연된 인상이었다. 無緣里무연리일까. 그는 컴퓨터 모니터를 켜둔 채로 종이지도를 찾아들었다. 책상 위에 펼쳤다. 고개를 바짝 수그리고 손끝으로 무연리를 어루만졌다.

마을은 자그마했다. 완만하고 풍성한 산봉우리에 감싸여 고요해 보였다. 저녁놀을 받은 깃털 구름이 발그레한 제 몸을 강물 속에 맡긴 채 유유히 흘러가는 저녁이면, 낮에는 아스라이 아른거릴 뿐이던 마을이 비로소 꿈틀거렸다. 달이 솟구쳐 오르기라도 하는 날에는 온 지붕으로 달빛을 받아 안으며 벙글었다. 달도 별도 뜨지 않는 날은 아무것도 보이지 않았다. 동이 트고 강물이 감빛 물비늘을 일으키며 깨울 때까지 닭소리도 개소리도 희미했다. 최소한의 인연만으로 오랜 세월을 강물과 더불어 흘러온 마을이 무연리라니. 이런 곳을 일러 지극한 세상이라 하던가. 그는 감격스러운 마음으로 지도를 쓸었다.

사무실 문을 열자마자 비린내가 쏟아져 들었다. 그는 어지럼증에 멈칫 섰다. 수많은 모종이 접목 핀에 물린 채 포트들 속에 들어 있었다. 이 근동의 특산물인 방울토마토 모종이었다. 대개가 하우스 촉성 재배용이거나 시설 억제 재배용으로, 그들이 자라면서 풍기는 비린내였다. 닭이 돼지가 소가 온갖 항생제를 먹고 속성주사를 맞아가며 사람의 먹을거리로 커가듯 모종들도 그런 것들로 연명했다. 비좁기만 한 포트 속에서 살다가 또 다른 하우스 속으로 가는 게 그들의 운명이었다. 신선하지도 깜찍하지도 않은 새싹, 장차 엉성한 열매들을 치렁치렁 매달게 될 모종.

막 접목 작업실을 나가려던 참이었다. 반장이 불러 세웠다. 그는 아, 하고 짧은소리를 뱉었다. 갑자기 갈마드는 생각들로 머리가 복잡해져 나가지도 못하고 어정거렸다.

작업대 앞에는 농 비치도 앉아 있었다. 대목인 밑짝과 접수인 위짝을 한 손으로 마주 잡고 다른 손으로 접목한 부분을 핀으로 고정하는 그녀의 표정은 심각했다. 조금 도도해 보였다. 마치 딴 세계에 몰누해 있는 것처럼, 저만의 세계가 외따로이 존재하는 것처럼 눈빛도 들떠 있었다. 볼 때마다 그는 막연한 무엇을 느끼곤 했다. 호의나 호감과는 다른 어떤 것.

뎅 뎅 뎅. 괘종시계가 오후 세 시 종을 울렸다. 농 비치가 두 손을 털며 일어났다.

"같이 가?"

반장이 물었다. 그녀가 웃으며 고개를 흔들었다.

"농협 갔다 온다는디, 따라가 봐야 혈라나?"

망설이는 투로 말하며 반장이 그녀의 뒤꽁무니에서 시선을 떼지 못했다.

그는 말렸다. 아저씨가 진작부터 곳곳에 당부해뒀을 터였다. 농협이든 새마을금고든, 버스정류장이든 슈퍼마켓이든, 어디든.

그녀 일로 아저씨가 처음 집에 찾아온 것은 이른 새벽이었다. 가출한 지 세 달이나 지난 뒤였다. 그는 아저씨와 그녀가 일하고 있다는 식당으로 갔다. 자동차로 두 시간도 넘게 걸리는 곳이었다. 주방 한 귀퉁이에서 설거지하고 있던 그녀가 두 사람을 보자 고개를 수그렸다. 트고 갈라진 손을 붙들고 아저씨가 애원했다. 아이를 갖자. 당신한테 자식이 있으면 달라질 거야. 그녀가 슬그머니 손을 빼내었다. 말없이 나갔던 것처럼 돌아올 때도 그랬다. 초췌하고 파리한 얼굴을 차창 밖으로 돌리고 앉아 집에 도착할 때까지 입을 다물었다. 두 번째 가출했을 때는 그 혼자 찾아갔다. 대도시의 여관이었다. 별로 미안해하는 기색도 없이 내처 침대의 시트커버를 벗겨내었다. 로또에 당첨된 사람들이 왜 모두 숨어 살아야 하는지 이해된다고, 하지만 또이 콤 테 데이 러우 헌, 이라고 알아들을 수 없는 말만 반복해서 중얼거렸다.

"이해가 안 돼. 대학까지 나왔다면서요?"

그녀가 보이지 않게 되자 나리 엄마가 말문을 열었다. 목소리가 통통 튀었다.

"뜬금없이 뭔 소리랴?"

호영 엄마가 물었다.

그는 그들의 말을 흘려들으며 비닐막 쪽으로 갔다.

"농 비치요. 베트남에서 대학 나왔으면 대단한 일 아닌가? 아닌 말로 팔자 필라고 맘만 먹으면 거기서도 얼마든지 가능할 거란 말이죠."

"워째 이상하게 들리네이? 우리 동서도 대학 나왔는디 잘만 살잖여, 농사짐서?"

"에이, 아줌마 동서하고는 입장이 완전 다르죠. 우리 대한민국이야 개나 소나 다 댕기는 게 대학인데, 뭐."

"그게요, 제 선배 하나도 베트남 여자랑 결혼했는데요. 여자 집으로 다달이 얼마씩 보내드만요. 애초에 그렇게 하기로 하고 데려온대요. 계약결혼인 셈이죠."

김이 나섰다. 호영 엄마 눈치를 살폈다.

"아니, 돈 써서 데려올 거면 여기도 널렸잖아. 왜 하필 타국 사람을 데려와? 난 그게 도통 이해가 안 된단 말이지."

"시절 모르는 소리 좀 봐. 아, 딸 같은 마누라가 어디 흔헌가? 그러고, 말이 났응게 허는 말이네만 요새 것들이 어디 몸뗑이다 흙 묻힐라고 허남? 나리 엄마 말마따나 대학 나왔네, 힘서나 흙은 고사허

고 이앙기가 뭣인지, 트랙터는 어따가 쓰는지 알기나 혀? 모르긴 몰
러도 둘을 구분헐 줄도 모를 것이여. 날마다 마주침서도 관심이나
있간디. 고런 것에 관심 쏟다가는 낙오자가 되고 만다는디."

"오, 그리운 단일민족."

나리 엄마가 잘린 모종을 들고는 영탄조로 말했다.

호영 엄마 말대로, 요즘에는 이앙기와 트랙터를 구분할 줄 아는
아이가 드물었다. 대신 피부색의 옅고 짙음과 이목구비의 다른 점
은 분명하게 구별할 줄 알았다. 오래전부터 학교에서는 물론이고
유치원에서까지도 다문화가정 아이들이 따돌림을 당하고 있다는
소식이 심심찮게 들려왔다. 농 비치가 아이를 원치 않는 이유도 혹
시 이 때문일까. 그는 문득 궁금해졌다.

김이 말했다.

"야, 정말 오랜만이네. 단일민족, 거기다 그리운이라니, 외국어
같아요."

그는 못 들은 척 유리온실로 들어갔다. 섭씨 이십육 도, 세팅해둔
그대로였다.

"우리말 참 잘하더라. 뭐더라. 어, 구질구질하다 서글프다, 그런
말까지 섞어가면서 하는데, 목소리만 들으면 딱 한국 사람이더라
니까?"

"농 비치가 그리서 물어봤능가? 어이 총각, 우리나라에 순수혈통
이 몇 프로나 되끄나?"

"그런 게 어딨어요? 농 비치가 물어봐요? 하긴 베트남에도 소수

민족이 더러 있다데요."

호영 엄마 말에 의외라는 듯 김이 되물었다. 대뜸 양쪽 손에 대목과 접수를 들었다.

"여기 한번 보셔봐요. 자, 이놈허고 이놈허고 같은가요?"

접수와 대목을 번갈아 들어가며 물었다. 사람들이 고개를 흔들면서 아니라고 대답했다.

"사람도 마찬가지잖아요. 단지 이것들처럼 수동적이 아니라 능동적이라는 게 다를 뿐이죠. 뭐, 피치 못할 사정도 있을 것이지만."

"능동적인 게 국제결혼이라면 수동적인 건 뭐야?"

나리 엄마가 김의 양손에 들린 모종을 보며 물었다.

"우리가 사는 여기는 부여잖아요. 백제의 옛 도읍지. 그전 도읍지는 웅진이고, 웅진 즉 공주로 옮기기 전에는 한성이었고요. 백제는 고구려 사람들이 내려와 세운 나라였다잖아요. 고려 때는 몽고가 쳐들어왔는데 아예 눌러앉은 사람도 부지기수였다고 하고. 임진왜란이나 일제 강점기 때는 또 어땠겠어요. 그 사람들, 혼자 살진 않았을 거 아니에요. 한마디로 마구 섞였다는 거죠. 엄밀히 말하자면 단일민족이니 순수혈통이란 것은 없다, 우리 민족은 세계에서 유일한 단일민족이다, 하는 말들은 결과적으로 다 수단인데 그 수단이라는 것도 인제는 철 지난 바닷가다, 그거죠."

"놈 비치가 우리나라로 시집온 것은 뭣이냐, 전쟁은 없었응게 냅두고, 그럼 수단이라는 것이여? 뭔 수단이라는 것이여?"

호영 엄마가 알아듣지 못하겠다는 듯 되물었다. 호영 엄마에게 동조하듯 다른 사람들도 호기심에 찬 얼굴로 김을 바라다봤다.

"하따, 잔소리로 마빡 빠술껴?"

잠자코 있던 반장이 핀잔했다. 동시에 농 비치가 들어섰다. 사람들의 표정이 머쓱해졌다. 그러면서도 누구는 알 것 같다며 고개를 끄덕이는가 하면, 도대체 결혼이 뭐길래? 전쟁이 어쨌다고? 수동은 뭐고 능동은 뭣이래여? 자그만 소리로 되물으며 자리에 앉는 농 비치를 힐끔거렸다.

"자자, 입만 부지런해갖고는 오늘 일 못 끝냉게 알아서들 허드라고"

반장이 사람들을 다그치더니 새 비닐 두루마리를 가져왔다.

그는 가려던 배달을 미루고 1온실로 들어갔다. 반장과 구멍 난 곳에 비닐을 덧대고 나머지는 한쪽에 세워뒀다.

모종들이 퍼렜다. 막 활착실에서 나온 것도 곧 포장실로 들어갈 것도, 바람에 파리하게 흔들리며 비닐을 통과한 햇볕에 제 몸을 맡기고 있었다. 그는 새삼스럽게 모종들을 쳐다봤다. 너무 익어버린 볕과 어쩌다 맞이하는 바람 말고 저것들을 키우는 게 또 있을까. 살찌우는 게 있을까. 스프링클러에서 쏟아지는 지하수와 영양제 살균제 소독제…… 말고는 없었다.

온실 유리의 오른쪽 벽면에 금이 가 있었다. 사오십 센티미터 정도 돼 보였다. 그는 습관적으로 온도계를 먼저 확인하고 손가락으로 금 간 부분을 문질러보았다. 바람이 새들어오지는 않아도, 아침저녁으로 일교차가 벌어지고 있으니 서둘러 바꾸는 게 좋을 것 같았다.

파종기를 점검해보고 다시 사무실로 들어갔다. 마음 같아서는 무연리를 먼저 가보고 싶었다. 모종이야 내일 갖다줘도 되지 않을까? 억지를 부리는 거였다. 이미 출하실에 있는 모종을 두고, 하루 사이에도 훌쩍 커버리는 모종을 두고 그는 하는 수 없이 사무실을 나왔다. 멍청하게 서 있다 생각난 듯 발아실 문을 열고 들어갔다. 사물들이 눈에 익기를 기다려 온도계를 봤다. 아침에 점검했던 대로였다. 수분 측정기에 표시된 습도도 일정했다. 파종 후 만 이틀도 되지 않은 종자들이 벌써 자신의 껍데기를 깨고 있었다. 별 탈이 없다면 예정대로 모레쯤 온실로 옮기면 될 것 같았다.

대목의 본 잎이 서너 개, 접수의 본 잎이 두세 개 정도가 나올 때까지 모종은 포트 속에 담겨 온실에서 자란다. 자란 모종은 다시 접목 작업실로 간다. 접목이 끝나면 활착실 차광막 아래서 몸을 추스른다. 그때부터는 하우스로 갈 채비를 해야 한다. 만약 이 모든 절차에 순응하지 못한다면 여지없이 팽개쳐지고 만다. 각자 자기 안에서 요동치는 상황이나 여건 따위는 불필요한 수식일 뿐이지 개성이나 독특한 성향일 수 없다. 삐삐나 꼬꼬, 원홍노랑초롱이나 앉은뱅이황금, 흑진주니 레드벨핑크니 하는 방울토마토의 품종 특성에 따라 온도나 습도가 맞춰질 뿐이다. 김의 말대로, 단일민족이라거나 순수혈통이라 치켜세우는 일 따위를 통치자들의 수단이라고 한다면 모종은 아버지의 돈벌이 수단이다. 이 육묘장은 결국 사람의 입에 봉사할 상품을 생산하는 공장과 다를 게 없다. 닭공장 돼지공장 소공장과 무엇이 다를까. 그런 생각을 하고 있자니 가슴이 먹먹해 왔다.

그는 육묘장을 나와 발길 닿는 대로 걸었다. 아무리 걸어도 육묘장 언저리거나 선산 들머리였다. 해가 벌써 서쪽을 향해 가고 있었다. 지금쯤 해는 무연리 앞을 흐르는 강물 속에서 물결과 함께 출렁이고 있을 것이다. 저물녘까지 뒤채며 출렁이다가 푸르르 몸을 털고는 떠날 것이다. 그도 다른 곳으로 가고 싶었다. 지금과는 다른 삶을 살 수 있는 곳, 자기만의 삶을 사는 곳으로. 아버지와는 다른 삶을 영위할 수 있는 곳으로.

*

큼지막한 종이봉투를 든 어린 그는, 뜰채를 어깨에 메고 앞서가는 형을 뒤따랐다. 나지막한 선산 아래로는 본 적도 없는 조상들의 무덤이 따가운 햇볕을 받은 채 졸고 있었다. 형이 할아버지의 무덤 앞에 뜰채를 내려놓고 어딘가로 달려갔다. 한참 만에 돌아온 손에는 원추리며 도라지꽃이 가득 들려 있었다.

나비 한 쌍이 무덤 주위를 날아다녔다.

"형아, 호랑나비야. 무진장 커."

형을 부르며 그는 팔랑거리는 호랑나비를 눈으로 따랐다. 말없이 무덤 앞에 꽃을 내려놓는 형을 보았다. 두 손을 모으고 고개를 숙이는 형이 이상해 보였다. 다음 무덤에 그다음 무덤에, 계속해서 꽃을 놓고 고개를 숙이기를 되풀이하는 형이 퍽 낯설었다.

나비는 계속해서 날아다녔다. 앞서거니 뒤서거니 팔랑거렸다. 그

도 나비를 따라 팔랑거렸다. 밭인가 하면 무덤 앞이었다. 무덤 사인
가 하면 산길이었다. 별안간 앞이 캄캄해졌다. 나비는 사라져 버리
고, 짙고 푸르게 우거진 나무들만이 앞을 가렸다. 어디쯤인지 분간
이 되지 않았다. 그는 제자리를 빙빙 돌다 고개를 들었다. 하늘이 내
려다봤다. 우쭐우쭐 솟은 나뭇가지들에 찔린 듯 새파랗게 질려 있
었다. 무서웠다. 그는 비어져 나오는 눈물을 훔치며 두리번거렸다.
사르르 사르르, 나뭇잎이 바람에 쓸리는 소리 사이로 뻐꾸기 소리
가 들렸다. 여기야. 여기로 와, 부르는 것 같았다.

강이다! 그는 탄성을 질렀다. 구름이 강물 속에서 제 몸을 오므렸
다 폈다 너울거리고, 강 저쪽 가장자리에서는 미루나무며 버드나무
들이 팔랑팔랑 제 모습을 강물 속에 비추고, 해는 강물 속에서도 자
꾸만 흘렀다. 강물을 따라 달리자 망초가 뒤로 달아났다. 개미취도
억새풀도 돌멩이도 순식간에 뒤로 달아났다. 그는 멈춰서서 손가리
개를 했다. 강 저편 산봉우리 아래 옴팡한 곳에 마을이 있었다. 몇
개 되지 않은 지붕이 풍성한 산봉우리 그늘에서 더위를 식히고 있
었다. 소리쳐 부른다면 금방이라도 활짝 벌어질 것 같았다.

먼발치에서 무언가 빛났다. 꽃이었다. 곧고 길게 뻗은 줄기에 손
바닥보다도 크고 넓은 이파리가 어긋나 있었다. 이파리 새를 뚫고
올라온 꽃봉오리가 여러 개였다. 활짝 핀 하얀 꽃잎에는 자줏빛 알
들이 박혀 눈부셨다.

축 처진 꽃을 본 아버지가 손에 호미를 들려주었다.

"묻어주고 와. 다 제자리가 따로 있는 법이여."

어디에서 캐왔냐고 묻지도 않았다.

"이름이 뭐예요, 아빠?"

그는 아쉬운 마음에 뽀로통해져서 여쭈었다.

"뻐꾹나리라고 헌단다. 뻐꾸기 가슴팍에 난 털같이 요렇게 점이 백였다고 붙여진 이름이여. 아주 귀헌 것인디 어쩌다가 눈에 띄었는지 모르겠구나?"

다 제자리가 따로 있다니. 그 말은 너무도 낯설게 들렸다.

"아빠, 내 자리는 어디예요?"

"어디긴, 집이제."

아버지가 머리를 쓰다듬으며 대답했다. 빙그레 웃었다.

평생을 당신이 난 곳에서 한 발짝도 밖으로 나가 본 적 없는 아버지였다. 몇 대째 한 곳에서, 몇 년 전에 겨우 내부를 고쳤을 뿐인 사랑채 안채 행랑채라는 기본구조는 똑같은 집에서 살고 있었다. 새벽이면 일어나 집에서 일 킬로미터 남짓 떨어진 선산과 육묘장을 걸어서 한 바퀴 돌아보는 것으로 하루를 시작했다. 돌아오면 괘종시계의 태엽을 감고 마루에 앉았다.

그와 형은 졸린 눈을 비비며 마루로 나갔다. 장구채를 잡았다.

"산아 말 물어보자 고금을 네 알리라……"

시조창 하는 아버지 목소리가 고고하게 집 안을 감쌌다. 낭창낭창하게 굼실거리는 전성에서는 길고 넉넉한 강물이 흘렀다. 어느 순간 바다로 안겨들 듯 잦아들었다. 형의 장구 장단은 아버지의 소리를 빛나게 하는 힘이 있었다. 그의 것은 맛이 없고 지루할 뿐으로,

아버지의 소리와 종종 어긋났다. 시조가 끝날 때쯤이면 대개 밥상이 차려졌다. 아침 일곱 시. 그가 기억하기로는 괘종시계를 볼 줄 알던 때부터 줄곧 그 시간이었다.

치표를 해둬야겠다고 아버지가 말했다. 그는 알아듣지 못했다. 의미는 고사하고, 치표라는 말 자체를 들어본 적도 없었다.

무슨 말인가를 대답해야 한다고 조급해하던 형이 조심스럽게 여쭸다.

"제가 어렸을 때 선조들 묘소를 지금 선산에 옮기셨는데…… 다시 이장하실 생각이세요?"

태어나기도 전이었다니 그는 알지 못하는 일이었다.

"이장이 아니라 죽으면 돌아갈 자리를 미리 잡아놓는 거여."

명이야 예견할 수 없는 일이란 걸 그도 알았다. 그래도 그렇지 겨우 회갑인데…… 일러도 터무니없이 이르단 생각이 들었다. 자리가 없는 것도 아니었다. 선조들의 묘소 아래로는 양지바른 땅이 넓고도 넓었다. 다른 이에게 당신의 자리를 빼앗길 일이 없는 선산이었다. 어째서 죽은 후의 당신까지도 소유하려 드는지. 그는 아버지의 생각을 수긍할 수 없었다.

어딘가 처박혀 있을 주민등록증이 떠올랐다. 만 열일곱 살이 되던 어느 날 그는 주민등록증 교부통지서를 받았다. 태어나면 출생신고를 해아 하고, 주민등록번호라는 숫자로 그 사람을 식별하고, 의무적으로 주민등록증을 소지해야 하고, 의무적으로 주민세를 내야 한다는 것을 처음 알았다.

아버지가 다정하게 말했다.

"인제 어른이 되았으니 생각이며 행동거지도 더 의젓해야 혀. 어른과 아이는 제 말과 행동에 책임을 지느냐 못 지느냐로 알아보는 법이여."

그는 어른이 되면 무엇이든 자유로울 거라고 기대해왔다. 어른이 되자마자 의무라는 말을 듣게 되었다. 자유가 아니라 의무라고 하는 말에도 놀랐지만, 주민등록증으로 어른과 아이를 구분 짓는 논리는 너무도 이상했다. 그런 일을 전혀 이상하게 여기지 않는 아버지의 목소리를 들었을 때는 또 어떠했던가. 그날 새로운 허공을 봤다. 허공에서 부유하는 바람을 봤다. 잡으려 해도 잡히지 않는 바람. 어딘가로 인도하는 바람. 그때부터였을 것이다. 바람처럼, 주민등록증이 없는 곳으로 떠나고 싶었던 것은.

청명인 봄날은 화사했다. 치표란 걸 하기에 더없이 좋은 날이었다. 그와 형은 막걸리 두 병과 마른명태와 사발을 들고 선산으로 갔다. 인부 하나가 구덩이 속에서 알흙을 고르고 아버지는 뒷짐을 진 채 시조라도 읊듯이 선조들의 묘소를 둔전둔전 돌아다니고 있었다. 여느 때와 다르지 않았다. 하기야 아버지의 다른 표정을 별로 본 적이 없었다. 육묘장에 있을 때나 집에 있을 때나, 비가 올 때나 바람이 휩몰아칠 때나, 아프거나 즐거운 일이 있어도 언제나 그 눈빛 그 입매였다. 잔잔하면서도 엄숙한 기운에 휩싸인 가선 진 눈동자, 두툼하면서도 곧은 콧날, 입꼬리에 얹힌 얄브스름한 미소는 주름과 더불어 온화하면서도 단정한 인상을 주었다.

변한 건 오히려 형이었다. 주눅 든 사람처럼 표정이 굳어 있었다. 시뻘게진 얼굴을 감추려는지 몇 번이고 손바닥으로 마른세수를 했다. 누가 부르기라도 하듯 자주 뒤를 돌아다봤다. 가끔 입을 벌려 웃으면서도 두 눈을 파리하게 떨곤 했다.

"되았네, 그만 올라오게."

아버지가 알흙 고르던 인부를 불렀다.

어기적거리며 올라온 인부가 새삼스럽게 구덩이를 내려다보다 혼잣소린 듯 말했다.

"요새는 다 화장허드만요. 석관보다는 옻관이 낫다고도 허던디, 관도 없이 살장을 허시겠단 말이지유?"

굴삭기가 구덩이를 다시 흙으로 메웠다. 아버지가 그것을 지켜보면서 바람에 나풀대는 겉옷자락을 가종크렸다.

"글쎄, 내가 죽으면 저놈들이 어쩔랑가 몰라도 거치적거리는 것은 싫네."

낙낙한 목소리로 대답했다.

그는 속으로 놀랐다. 봉분이 다 만들어지고 그 위에 떼가 입혀질 때까지 아버지의 의중을 헤아려보려 애썼으나 헛일이었다.

아버지가 느리고 흡족한 걸음새로 봉분 주변을 둘러봤다. 모양이 흐트러지지는 않았는지, 떼는 단단하게 입혀졌는지 손으로 일일이 쓸거나 두드러가며 살폈다. 가묘 앞에 흰 종이를 깔고 위에 마른명태를 놓았다. 빈 사발을 내밀었다. 형이 떨리는 손으로 술을 따르자 마른명태 아래에 술잔을 내려놓았다. 옷매무새를 여미고 맑은 하늘을 올려다봤다. 두 손을 가지런히 모았다.

"꼭 저렇게까지 하셔야 하나?"

형이 두런거렸다. 공연히 이편을 힐끔거렸다.

"덩치에 안 맞게 왜 그럴까. 아버지가 진짜 돌아가시기라도 한 것처럼 굴잖아."

그는 비아냥거렸다.

"아직 아무것도 해놓은 게 없는데."

"누가, 아버지가?"

자기도 모르게 그는 공격적으로 되묻고 말았다.

집 안 곳곳에 더운 바람이 고여 들었다. 몇십 년인지도 모르는 채한자리에 붙박여 있는 괘종시계나, 시계추처럼 집과 선산과 육묘장을 오가는 아버지나, 모든 일에 조심스럽고 공손하기만 한 형은 고인 바람을 탓하지 않았다. 늙은 감나무에서 희누런 감꽃이 피어나고, 얼마 지나지 않아 어린 열매를 매달았다. 고여 든 바람에 삭아버린 어린 감이 꽃잎을 끝에 매단 채로 하나씩 둘씩 떨어져 버려도 누구 하나 개의치 않았다.

괘종시계가 없는 곳, 선산이 없는 곳, 육묘장이 없는 곳, 늙어버린 감나무가 없는 곳, 주민등록증이 없는 어딘가를 찾아 그는 수많은 나달을 허공에서 보냈다. 깊숙한 숲속이거나 사막이거나 바다 가운데였다. 배가 고프면 먹고 졸리면 잤다. 아무런 생각도 들지 않았고 하지도 않았다. 조금씩 현실에서 멀어져가는 자신을 확인할 때면, 두렵고 불안하기보다 허랑하면서도 무엇인가 가슴에 가득 차

오르는 것을 느꼈다.

"인제는 집에 있어야겠다."

아주 멀리 떠나기 위해 집 안으로 들어섰을 때였다.

그는 늙은 감나무 같은 아버지를 바라다봤다. 여전히 따스한 눈빛이었다. 감이 익어가거나 떨어지거나 두 눈 어디에도 노여움 같은 것은 묻어나지 않았다. 자연스럽게 실고랑을 이룬 눈가의 잔주름마저 따스하게 빛나는 두 눈을 받쳐주고 있을 뿐이었다.

형이 갔다고 했다. 삼 년쯤 되었다고 했다. 소식을 접한 순간 그는, 그때 형이 그토록 두려워했던 건 어쩌면 자신의 삶이 얼마 남지 않았다는 본능적인 예감 때문이었는지도 모르겠다 생각했다.

어려서부터 형은 아버지의 판박이였다. 아버지가 당신의 아버지를 따랐던 것처럼, 일거수일투족도 모자라 아버지의 생각까지 좇아가기 위해 무진 애를 썼다. 어느 날은 아버지의 태엽 감는 소리가 일정하지 않다고 걱정했다. 시조창 하는 소리가 여느 때와 달리 뻣뻣하다 싶으면 형은 육묘장의 분무 시설이나 인부들의 거동에 더욱 신경을 썼다. 아버지가 포트들을 손으로 두드리며 눈을 크게 뜨거나, 두어 번 보고 말 발아실을 몇 번이고 들여다보면 이미 파종한 종자들을 거름더미 위에다 버리라는 신호로 받아들였다.

그는 형처럼 아버지의 말을 이해하고 받아들이고, 따라 할 순 없었다. 자기 자리가 따로 있다고 생각했다. 그 자리는 결코 집이 아니었다. 육묘장은 더더욱 아니었다.

떠날 수도 머물 수도 없는 상태로 지금까지 끌려왔다. 여전히 새벽이면 선산으로 가는 아버지를 대했다. 형의 유골이 묻힌 소나무를 오래도록 쓰다듬고 당신의 가묘며 선조들의 묘소를 살피는 아버지. 육묘장까지 둘러보고 집으로 돌아와서는 사랑채 마루 벽에 걸린 괘종시계의 태엽을 감는 아버지. 책상다리로 앉아 추강의 밤이 드니 물결이 초노미라, 로 시작하는 평시조를, 이제는 당신의 무릎을 쳐가며 읊조리는 아버지. 조반을 들고 나면 작업복으로 갈아입고 집을 나서는 아버지. 한 번 더 육묘장을 들러 사무실 직원이나 반장에게 무엇인가를 이르는 아버지. 대부분 농가의 하우스를 찾아가 모종이 제대로 자라는지 살피거나 종묘상에 들러 직접 종자를 사 오는 아버지와 그는 날마다 마주했다.

*

강을 건너자마자 길이 갈라졌다. 그는 산봉우리 쪽으로 난 길을 따라갔다. 몇 킬로미터를 더 가자 다시 갈래 길이 나왔다. 산봉우리를 에둘러 개울이 흐르고 개울을 따라 길도 계속 이어졌다.

그는 무연리를 향해 갔다. 아무것에도, 바람에도 걸리지 않고 홀로 허허로운 채로 흐르고 싶었다. 그것이 자신에 대한 최소한의 배려라고 믿었다.

무연리로 가는 길은 좀처럼 보이지 않았다. 그는 도로변에 트럭을 세웠다. 티맵을 켜서 알아볼 심산으로 핸드폰을 찾았으나 없었다. 일부러 사무실에 두고 나왔는데 잊어버리고 있었다.

산봉우리와 산 아래를 휘감아 흐르는 개울과 몇 가닥의 갈래 길이 보였다. 저 길은 또 얼마나 많은 길을 낳을까. 얼마나 많은 것들이 저 길과 연결되어 있을까. 다 어디로 갈까. 도대체 어디를 향해 가고 있을까. 그는 햇살을 받아 번득이는 길을 보고 또 봤다.

무연리라는 이정표가, 아주 구체적인 모습으로 성큼, 앞을 가로막았다.

무연리 전방 3.5km.

일순 가슴 한쪽에서 모탕 빠개지는 소리가 들렸다. 차를 세웠다. 돌아갈까. 아냐, 돌아갈 순 없어. 대로변에 표지판이 서 있다고 해서 그곳이 곧 무연리는 아니잖아. 갈등하다 그는 천천히 가속페달을 밟았다.

茂緣里무연리였다. 왜 無緣里무연리로, 인연이 없는 마을로, 그토록 맹랑한 이름으로 착각했는지 당혹스러웠다. 마을 앞에는 '정보화시범마을'이라는 기다란 입간판이 서 있었다. 이 차선 포장도로가 마을 입구까지 이어지고 골목도 온통 시멘트로 포장되어 있었다. 그는 무연1리, 무연2리를 지나 일 킬로미터 남짓 휘어 돌아들었다. 비로소 선산 마루에서 건너다본 마을이 나왔다. 원무연이었다. 원무연 앞에도 비닐하우스가 많았다. 자기가 날이면 날마다 모종에 영양제와 여러 약제를 주듯 농부 하나가 어깨에 통을 메고 오이 넝쿨 여기저기에 무엇인가를 분무하고 있었다.

그는 서너 채의 지붕과 비닐하우스를 몇 번이고 돌아다봤다. 그들을 감싼 무연봉을 올려다봤다. 앞으로 흐르는 무연한 강물을 봤다. 자기 가슴속에서도 강물이 흘렀다. 뎅그렇고 쓸쓸하게 물결을 일으키며 흘렀다.

막 돌아왔는지 아버지가 육묘장 안을 둘러보고 있었다.

"연락헐 수가 있어야지요."

반장이 밥문 소리를 했다. 아버지 눈치를 보며 그에게 휴대전화기를 건넸다.

"서둘게."

말하며 돌아서던 아버지가 이편을 쳐다봤다. 언제까지 그럴 참이냐? 세상 어느 것이 자기를 이리 봐주소, 저리 봐주소, 강요하든. 네가 그리 볼 뿐이란 걸 아직도 모르겠어? 꾸짖는 듯한 얼굴이었다.

그는 밖으로 나갔다. 출하실 앞에 트럭을 세우고 사무실로 다시 들어섰다.

"늦어서 미안합니다. 아…… 내일 바로 정식허실 거면…… 납품서에 계좌번호가 있습니다. 그럼……."

아버지가 통화 중이었다. 지금 가야 할 곳인 모양이었다. 주임이 결재서류를 아버지 앞에 내밀었다.

"2온실 뒤쪽 유리에 금이 갔어요. 아침까지도 멀쩡했는데, 아무래도 갈아야 헐라나벼요."

"한 장이라 다행이구만. 낼 아침에 연락해서 수리하도록 허고, 다른 데도 세세히 살펴보게. 바람이 들어오면 온도편차가 심해져서 곤란혀. 그리고 비닐막을 더 준비해 둬야겠어."

"알겠습니다. 아, 저기…… 가불 좀 해달라고 허는데."

"가불은 안 되네. 자네도 알잖는가?"

출하증명서를 받아야 하는데 주임이 줄 생각을 안 했다. 달라고 할 상황도 아닌 듯했다. 그는 머뭇머뭇 눈치만 살폈다.

"누군가, 그 사람이?"

"농 비칩니다."

"농 비치?"

"친정에 돈을 좀 부쳐야 한대요. 친정아버지가 아프다는 연락을 받았대요. 갈 형편은 못 되고 해서 돈이라도 부치고 싶은가 봐요. 헌데 아저씨도 이 일을 알까요."

"일한 지 얼마나 되았제?"

"오늘이 삼 주째지요, 아마."

"불러오게."

아무런 감정도 실려 있지 않은 목소리로 아버지가 명했다. 표정만큼이나 변화가 없었다. 그는 그제야 주임에게서 출하증명서를 받아들고 사무실을 나왔다. 모종이 실린 트럭에 올랐다.

시무룩한 기분으로 시동을 걸었다. 길고 까실까실한 바람 소리가 엔진소리에 감기며 퍼졌다. 짐칸에 아무리 많은 모종이 실려 무거울지라도, 가슴은 빈 채로 둥둥 떠서 어디론가 날아갔다. 깊은 숲속으로, 더 깊은 동굴 속으로, 때로는 황량한 벌판으로, 끝 모를 사막으로 끊임없이 가고 또 갔다. 바람은 몇백 개인지도 모르는 포트들 속으로, 여기저기 널린 하우스로도 불어 들까. 뜬금없는 생각에 그는 헛웃음을 웃었다.

어디를 둘러봐도 비닐하우스뿐이었다. 물비린내가 풍겨왔다. 물비린내가 아니었으면 선뜻 구분할 수 없을 정도로 물과 비닐하우스의 어름은 흐릿한데, 둥그런 달빛은 아랑곳없이 사방으로 내리비쳤다. 그는 비닐하우스 안으로 포트들을 날랐다. 흑진주와 레드벨핑크라는 이름의 방울토마토 모종이 든 포트들을.

"너는 왜 새하얗게 웅크리고 있지?"

마지막 포트를 든 채 그는 달을 향해 중얼거렸다. 자기가 듣기에도 무기력하면서도 방, 뜬 소리였다.

멀리 시가지의 불빛이 황량하게 일렁였다. 그는 시가지로 가는 길을 외면하고 논길로 들어섰다. 비좁은 농로를 달리자니 문득 주임이 전해준 이야기가 생각났다.

저녁 해가 시야를 어지럽히던 날이었다고 했다. 모종을 배달하고 돌아오던 형은 마주 오던 차를 비키다가 그만 자동차와 함께 논으로 뒹굴고 말았단다. 논에서는 굴삭기 여러 대가 흙을 갈아엎던 중이었는데 그중 하나가 논바닥에서 버둥거리는 형을 보지 못한 채 느리게, 지겨울 정도로 느리게 몸뚱이를 밟고 지나갔다고, 주임이 눈물을 글썽이며 형의 마지막 날을 전했다. 그가 아버지의 말 없는 압력에 못 이겨 육묘장으로 출근한 첫날이었다.

주눅 든 사람처럼 표정이 굳어 있던 형의 얼굴이 떠올랐다. 파리하게 떨던 두 눈동자가 보이는 듯했다. 두 손으로 연거푸 마른세수하던 형, 누가 부르기라도 하듯 자주 뒤를 돌아보던 형이 앞을 가로막는가 싶었다.

부시럭, 뒤에서 소리가 났다. 기분이 오싹해졌다. 그는 거의 본능적으로 차를 세웠다. 눈을 치켜뜨고 룸미러를 쏘아봤다.

뜻밖에도 농 비치였다. 미안해요, 사과해왔다. 내려주세요, 덧붙였다.

한숨이 났다. 왜 트럭의 뒤 칸에 숨어들었는지, 어떻게 두어 시간이나 소리도 없이 있었는지 물을 여유도 없이 그는 차의 시동부터 껐다.

"도대체 왜 이래요? 이번에는 어디로 내뺄 작정이죠?"

자기가 생각해도 지나친 말이긴 했다. 단발머리를 쓸어 올리던 그녀가 쳐다봤다. 도도하다 못해 오만한 눈빛을 되쏘았다.

그는 채근 조로 다시 물었다.

"아저씨도 아세요?"

대답 대신 그녀가 머뭇거렸다. 무슨 말을 해야 하는지 찾고 있는 표정이었다.

짐작대로인 것 같았다. 기운이 빠졌다. 이럴 거면 헤어져 버리지, 골치 아프게 왜 저러고 사나 싶었다. 그는 한심스러운 기분을 숨기지도 않고 충고하듯 말했다.

"자꾸 이럴 게 아니라 정식으로……."

"결혼시장에 내 사진 걸어요. 그, 마음 알아요? 미끼 지렁이, 똑같아요. 그쪽 아저씨, 두 배도 넘는 지참금 제안해요. 난 로또에 된 것처럼 기뻐, 기뻤어요……."

갑자기 그녀가 말을 쏟아내기 시작했다. 시제는 분명하지 않아도 유창했다. 어느 곳에 어떤 단어를 넣어야 말이 되는지 제대로 알고 있었다.

"나는 나가지 안, 못, 해요. 자기 다 사 와요. 내 속옷도 가끔, 이렇게 살아도 좋다. 아버지 같아도 나를 사랑하는데, 갈등해요. 나는 종일 한국어 배워요. 오 년 동안. 만약 안 망, 망하면, 일이 계속 있어요. 더 오래 걸려요. 알아요? 난 내 세상을 살고 싶어서 결혼, 해요. 사기? 아이가 두 사람 있어요. 숨겨요. 그런 남자는요?"

대답하라는 듯 그녀가 이쪽을 쳐다봤다. 두 손을 마주 비볐다. 그녀의 얼굴로 달그림자가 어른거렸다.

정부에서 정책적으로 한글을, 한국의 문화를 가르친다고는 하지만 근본적인 이질감은 어쩔 수 없을 것이다. 아마 농 비치도 그런 상황에서 갈등하고 있는지 모른다. 그리 생각하다 그는 고개를 저었다. 그녀의 말속에는 그것과는 다른 무엇이 있는 듯했다. 아이를 갖자고 해도 반대해서 가질 수 없다고 아저씨가 여러 번 말했다. 그것도 자신만의 세상을 만들기 위해서일까. 자신만의 세상. 나만의 세상…… 그는 창밖을 봤다.

문득 온실에 보일러는 틀었는지 궁금했다. 아직은 괜찮을 것 같기도 했다. 오늘 유리를 갈아 끼웠어야 했는데, 싶은 생각도 들었다. 괜히 미루다가 일 치르는 건 아닌지 걱정이 되었다. 글쎄, 농 비치는 농 비치대로의 삶이 있을 것이다. 조금 전에 배달해준 모종들도 그들 나름의 길을 가겠지. 하나 그 삶이라는 것이 도대체 어떤 선택권도 주어지지 않는 게 문제였다. 오직 아저씨의 아내로, 아이의 엄마로 살아야 하는가. 치렁치렁 열매를 매달기 위해 살아야 하는가. 능동태인가 수동태인가. 무수히 많은 생각이 압박해왔다. 뒤죽박죽인 채로였다. 그는 숨을 멈추었다. 나도 나만의 삶을 찾아 헤매고 있잖은가. 포트 속에서 똑같은 온도와 똑같은 습도와 똑같은 햇빛을 받으며 똑같이 크는 모종이 아니라, 오직 나만 살 수 있는 삶, 나만이 만들 수 있는 삶을 찾아 방황하고 있지 않은가 말이다. 한데 지금 걱정하고 있는 건 뭐지. 내가 지금 뭘 하고 있지.

이제껏 육묘장 일을 걱정해본 적이 없었다. 다만 익은 습관으로 발아실을 점검하고 스프링클러를 돌리고 활착실에 들러 차광막을 들춰보고 온실 이곳저곳을 기웃거렸을 뿐이었다. 왜, 언제부터 육묘장이 들어차 있었는지 모를 일이었다. 그토록 벗어나고자 했던 열망은 그럼 무엇이었을까. 그는 혼란스러워졌다. 육묘장에 야생종자는 없다. 씨앗이 육묘장으로 들어오는 순간 야생이기를 포기해야 하므로 결국 야생물일 수 없다는 것이 아버지의 논리였다. 아버지의 의중을 어렴풋이나마 알 것도 같았다.

"농 비치, 당신만의 세상이 어떤 것인지 모르겠지만, 글쎄요. 세상일이 말처럼 그렇게 간단할까요. 누구나 다 제자리가 따로 있다고 합다. 내 생각에 당신 자리는 여기, 우리 아저씨 아내로 사는 게 아닐까 생각합니다만……."

그렇게 말은 했지만 실은 그 자신도 모르겠다 싶었다.

"나, 거기 아니에요."

그녀가 짧게 대답했다.

"그럼 어디죠? 식당? 여관? 아니, 이번에는 어디 클럽 같은 데라도 알아냈나요?"

"왜 못해요?"

"무연리는 없어요. 이 세상 어디에도 인연이 없는 곳은 없다구요. 당신이 사람과의 인연을 끊어버리고 어딘가를 향해 간대도 여기 이 길을 따라서 가야 해요. 길은 또 수없이 많은 길로 갈라지고, 길에는 언제나 인연이란 놈이 웅크리고 있거든요."

말뜻을 알아들었을까, 그녀가 움찔 몸을 옹송그렸다. 그뿐 눈동자에 어느새 차고 강렬한 기운이 몰려들었다. 오직 어딘가로 가야 한다는 일념으로 뭉쳐진 기운.

룸미러에 비친 그녀의 눈동자를 그는 오래오래 들여다봤다.

"왜 하필 지금이죠? 왜 하필…… 납니까?

텅 비어 있었다. 아무것도 묻어 있지 않았다. 무미하고 건조할 뿐이었다. 그는 문득 아버지의 목소리를 들은 듯했다. 장단만 있을 뿐 고저가 따로 없는 소리를.

그녀가 몸을 폈다. 호흡을 가다듬었다. 양해를 구할 필요는 없다는 듯 입을 열었다. 찬 듯 투명한 듯 때로는 바람에 나부끼듯, 달그림자처럼 목소리가 한들거렸다.

"그쪽도 나와 같아요. 눈 보면 알아요. 그쪽 사람, 나도 사람…… 나는…… 부탁이에요. Tôi không thể đợi lâu hơn. Tôi sẽ không chờ đợi nữa."

또이 콤 테 더이 러우 헌. 또이 세 콤 쩌 더이 느어.

난 더 이상 기다릴 수 없어요. 더는 기다리지 않을 거야.

몇 번이고 반복해서 말했다.

냄새가 났다. 비릿하고 아픈 모종 냄새가 가슴 저 밑바닥에서부터 올라와 목울대를 치받았다. 입안에 고였다. 그는 입을 벌려 냄새를 풀어냈다. 창문을 열었다. 어지럼증을 느끼며 전조등을 켰다. 차에 시동을 걸고 천천히 아주 천천히 가속페달을 밟았다.

중정머리 없는
인간

1

나는 무릎으로 두루미의 양 날갯죽지를 치켜 붙들었다. 황록색 부리를 손으로 움켜쥐고 대가리를 간신히 작업대에 올렸다.

벌어진 부리 틈으로 놈의 소리가 삐져나왔다.

"도라…… 호라…… 호라라, 호락!"

다급하게 쿨렁거렸다. 끊어질 듯 끊어질 듯 시간을 허비했다.

내 거처는 외진 곳에 있다. 몇 날을 가도 사람 하나 만날 수 없는 산악지대의 숲속이다. 함에도 여간 조심스럽지 않았다. 놈의 소리는 몇 킬로미터 밖까지 뻗어나갈 정도로 크고 날카로워 작업 때마다 매번 오장이 섬뜩했다.

부리를 잡은 손에 힘을 주었다. 도치로 놈의 모가지를 내리쳤다.

"호라오락!"

단말마의 비명이 튀면서 놈의 몸통이 바닥으로 나가떨어졌다. 모가지에서 핏물이 흘렀다. 나는 잽싸게 대가리를 들었다. 피가 역류하면 단정月頂에 손상이 간다. 손상이 가면 말짱 헛일이었다.

놈의 검은 모가지에서 김이 피어올랐다. 그때껏 두근거리는 심장 박동을 따라 불규칙적으로 퐁퐁 밀려 나왔다. 띠를 이루다 시나브로 둥그렇게 빛으로 뭉쳤다. 빛 덩이는 대가리로 번들번들 비쳐들었다. 단정 둘레를 빙 돌았다. 바닥으로 흘렀다. 몸통을 감싸듯 돌더니, 등으로 복부로 다리로, 꽁지 앞으로 가 한참을 일렁였다. 꿈틀꿈틀 대가리 쪽으로 다시 올라왔다. 초점 없는 놈의 눈앞에서 오래 머물렀다.

강변 모래밭이나 한적한 습지에서 우짖는 놈들의 소리에는 햇살에 반짝이는 물소리가 들어 있었다. 태곳적부터 불어오는 바람 소리로 가득했다. 영락없이 낭랑하고 투명한 피리 소리 같았다. 놈이 죽어가면서 내는 소리에는 아무것도 없었다. 오로지 빛이 쏠리는 소리뿐이었다. 빛이 지나는 대로 소리도 따라 흘렀다. 허공이 공명통이라도 되는 양 사방으로 퍼지다 어느 때부터는 도란도란…… 무언가를 달래듯 웅얼거렸다. 느닷없이 가게 된 자신인지, 자기를 보내는 나인지, 제가 살다가는 이 세상인지 헷갈렸다.

빛은 무시로 출렁이면서 오래오래 작업장을 떠돌았다. 마당으로 버들방전으로 서나서나 흩어졌다. 자취도 없이 사라졌다. 나는 우울한 기분으로 놈의 몸통과 대가리를 번갈아 쳐다봤다.

무리 중에서 내가 겨냥한 놈은 이놈이었다. 두문동 앞 모래톱에

서였다. 놈이 하박근에 화살을 꽂은 채로 몇 걸음 겅중거렸다. 몇 번을 퍼덕이다 거꾸러졌다. 옆에 있던 놈이, 수컷이었겠지, 안타깝게 지켜보면서 절규했다. 또라오라…… 또라오라…… 고고하고 처절했다. 이별이 얼마나 사무쳤으면 저토록 온몸으로, 뼈를 깎듯 울까. 놈을 트럭 우리에 몰아넣으면서 나는 수컷의 울음소리에 뜨거워진 가슴을 쓸어내렸다. 내게도 누군가 있었으면…… 그때 생각했던가.

나는 작업대에 대가리를 내려놨다. 벌어진 놈의 눈꺼풀을 감겼다. 부리를 잘라냈다. 작업대 구멍에 모가지를 집어넣고 대가리를 똑바로 세웠다. 단정 둘레에 난 희고 검은 털들을 일일이 뽑아낸 다음 날카롭게 벼려둔 회칼을 들었다. 단정을 도려낼 차례였다. 일련의 과정 중에서 가장 조심스럽고 긴장되는 순간이었다. 예민해진 탓에 눈알에 핏발이 서는 것 같았다.

침을 모아 삼키고 정신을 집중했다. 칼끝을 세워 왼쪽 눈두덩 위부터 오른쪽 눈으로, 다시 오른쪽 대가리로 돌아가며 붉은 살갗을 도려내었다. 잠시 중단하고 숨을 한번 몰아쉬었다가 길게 뱉어냈다. 다시 정수리 뒤를 지난 다음 왼쪽 목덜미로 향했다. 단정이 비로소 들떠 덜렁거렸다. 이제 대가리에서 완전히 떼어내는 일만 남았다. 살을 지나치게 두껍게 발라내면 말릴 때 자칫 부패하기 쉽고 얇으면 색깔이 바래서 제값을 받지 못하기 일쑤다. 나는 단정에 붙은 살이 돌기보다 일 점 오 배 정도로 두툼하게 조절해가며 칼질했다. 마르고 나면 중元을 장식하기에 안성맞춤인 두께로 마를 터였다.

돌기들 틈에 난 검은 털을 마저 뽑아내자 살갗이 더 붉고 밝고 해

맑아졌다. 여전히 부드럽고 따뜻했다. 삐뚤랑하면서도 깜찍한 알갱이들 속에 들었을 오래된 물소리 바람 소리가, 고고하고 깨끗한 소리가 손바닥을 통해 가슴으로 전해졌다. 단정은 이맘때가 가장 아름답다. 아무리 살바람이 불어도 봄은 봄이고 봄은 사랑과 함께 온다. 사람이든 짐승이든, 배 속에 새끼를 만들 무렵이 가장 이지고 아름다운 법이다.

차조기 기름을 꺼내었다. 부패를 방지하고 제 색을 오랫동안 유지하는 데 이것만 한 게 없었다. 향은 비린내를 없애는 데도 효과적이었다. 나는 자그마한 종지에 기름을 따랐다. 폭이 좁고 가느다란 납작붓에 기름을 조금씩 묻혀가며 단정에 발라나갔다. 너무 많이 바르면 마르는 데 시간이 걸리고 색깔도 탁해지기 일쑤였다. 대충 바르게 되면 미처 발리지 않은 데가 생겨 그 부분만 색이 바래버렸다. 수많은 돌기와 돌기 틈까지 기름을 다 바르고 났을 땐 집 안이 온통 차조기 향으로 진동했다. 내 눈알도 뻑뻑하고 붓을 든 손도 무지근해지며 피로가 몰려왔다.

오래전부터 나는 활과 화살을 써서 두루미를 사냥해왔다. 처음 얼마간은 여러 방법을 써봤으나 내내 이 방식을 고수해왔다. 놈의 몸통을 붙들어 세운 채로 전지가위로 모가지를 잘라보기도 하고 활에 독약을 묻혀 눈알을 겨냥해 맞추기도 하고…… 첨단 장비총 같은 것를 갖추면 여러모로 편하고 양도 많아지겠지만 독이 몸속으로 퍼지면 단정이 쉬 상한다. 무엇보다 총소리 때문에 일을 그르치기 쉽다. 건조기를 장만하거나, 화학약품을 써서 단정을 도려내고 또 말린다면 편하긴 할 것이다. 사실 이것이 좋다 저것이 좋다 따질 필요 있을까.
두루미 사냥 자체가 법으로 금지돼 있는 마당에……

　나는 채반에 단정을 편편하게 펴 널었다. 헛간 그늘진 처마 밑에
채반을 매달았다. 짐승이나 날것이 닿지 않게 방충망도 쳐두었다.
햇빛을 과하게 받거나 부족하게 받아도 본래의 색깔을 잃어버리는
통에 신경을 바짝 조여야 했다.

　몇 해 전에는 가까스로 잡은 한 놈이 철망으로 된 우리에서 도망
친 일이 있었다. 어찌나 요란하게 울어대던지, 나는 소리라도 잡아
붙들어 매야겠다는 심정으로 안절부절못하고 쫓아갔었다. 사냥 중
에 더러 놓치긴 했어도 우리에 가둬둔 놈이 도망가는 일은 처음이
었다. 번식기가 아니어서 다행이라고, 단정이 눈까지 파고들어 볼
품없었다고, 색깔도 흐리터분했다며 아쉬움을 달래야 했다.

　바닥에 널브러진 두루미의 몸통을 양 무릎으로 부여잡았다. 가슴
팍에서부터 배 아래까지 칼로 죽 가른 다음 양쪽으로 벌렸다. 알 두
어 개를 떼어 접시에 담았다. 길고 구불구불한 창자를 훑어내자 배
속이 휑해졌다.

　가볍디가벼운 뼈들만이 앙상하게 도드라진 저 속에 소리가 들어
차 있었다니 볼 때마다 신기했다. 수만 년의 세월 동안 쌓이고 쌓여
온 소리. 빛으로 뭉쳐 있었던 소리. 나는 텅 빈 충만함을 실제로 본
듯 기이한 기분으로 놈의 다리를 분질렀다. 몸통을 토막 내어 작업
대에 늘어놨다. 여러 살점 덩어리가 마치 내 꿈의 잔해인 양 몽롱하
게 번들거렸다. 이제는 어떤 꿈이었는지 알지 못하는, 단지 나도 한

때 꿈이라는 걸 꾸었다는 것만 오롯이 남아, 달그닥달그닥 내 속에서 부딪쳤다.

내장을 자루에 담아 들고 밖으로 나왔다. 될수록 거처에서 멀리 떨어진 곳으로 가 땅을 팠다. 봄 흙냄새가 훅, 달려들었다. 막 솟구치는 풀과 돋아나는 나무 싹 냄새가 가슴을 상큼하게 울린 것도 잠시 비린내가 사정없이 콧속을 파고들었다. 앞으로 며칠 동안이나 이놈의 비린내와 씨름해야 하나…… 술 생각이 간절했다.

희미하게 인기척이 들렸다. 흙을 다지다 말고 소리 나는 곳을 건너다봤다. 한 사내가 이쪽으로 걸어오는 게 보였다. 사람을 보는 게 대체 얼마 만일까. 나는 앉은 채로 다가오는 그의 모습을 멍청하게 지켜봤다.

사내의 표정은 봄 산처럼 퍼석했다. 두리번거리지도 않고 곧장 이쪽으로 오는 것이 수상했다. 작업장 바닥에는 두루미 살덩이들이 널려 있고 도마에는 또…… 나는 허겁지겁 집으로 돌아왔다. 그것들을 한쪽으로 밀치고 짚으로 덮었다. 대가리는 미처 손도 못 썼는데, 사내가 다짜고짜 마당으로 들어섰다. 여기저기 기웃거렸다. 한쪽 어깨가 틀어져 놀림이 둔해 보였다. 낯이 익었다. 어디서 봤지, 기억을 더듬어봐도 머릿속은 온통 비린내뿐이었다.

"생이 분명했어."

사내가 두런거렸다.

퍼뜩 얼굴 하나가 스쳤다. 시장에서였다. 우리에서 도망친 두루미를 쫓아갔던 날이었다. 그 사내가 틀림없었다.

2

전속력으로 낙하하는 무엇을 발견했을 때는, 사람들 모두가 그것이 자기를 향해 달려든다고 여겨 피하려 했을 때는, 무시무시한 소리와 함께 유리 파편들이 시장 바닥 여기저기로 튀어 나뒹굴고, 두루미 한 마리가 깨진 유리 복판에 처박혀 파들거렸다.

놈이었다. 내 우리에서 도망친 두루미. 덩치는 작아도 단정이 다른 놈들보다 또렷하게 컸다. 한쪽 끝이 눈으로까지 붉게 파고 들어가 얼른 알아볼 수 있었다. 우리에서 도망은 쳤어도 곧장 날지 못했다. 가슴팍의 상처가 다 아물지 못했을 거였다. 웬만하면 날갯죽지에 화살을 겨냥하는데, 어찌 된 일인지 가슴팍에 살이 꽂혀 있었다. 잡힐 듯 잡히지 않는 놈을 쫓아 얼마를 갔는지, 한나절을 꼬박 보냈다. 놈이 몇 걸음 종종거리다 비상했을 때는 멀리 시장이 보였다. 그만 포기하지 않을 수 없었다. 나는 주린 배를 채우고 몇 가지 필요한 것도 살 겸 상점으로 들어가던 길이었다.

단정에 피가 고이면 끝장이었다. 나는 제발 피가 역류하지 않기를 바라며 달려갔다. 사람들이 놈을 빙 둘러싸고 있었다. 눈을 씀벅거리면서 동강 나버린 부리를 헤벌리고 허공을 올려다보는 놈의 꼴을, 찌에 걸려든 물고기를 보듯 내려다봤다. 꺾인 목을 늘어뜨리고 흐느끼는 놈을, 날개조차 까딱 못하고 다만 초점을 잃지 않으려 두 눈에 힘을 주고 파들거리는 놈을, 사람들이, 대어를 낚은 표정으로 응시하더니 낚싯줄을 감아올리며 술렁대기 시작했다.

역시나 단정에서 김이 서려 흘렀다. 빛으로 뭉쳐졌다. 빛 덩이가 단정 둘레를 돌고 몸통을 돌았다. 눈앞으로 가 머물렀다. 도라라 도라라라…… 한참을 도닐다 떠나갔다.

나는 사람들을 헤치고 들어갔다. 일단 놈의 부리부터 움켜잡았다. 내 쪽으로 끄는 순간 누군가 날갯죽지를 부둥켜안았다.

—안 돼!

사내 하나가 달려들었다. 놈을 가로막고 서는 바람에 모두가 일순 동작을 멈췄다.

사내의 氣중은 손톱만 했다. 흐리터분했다. 오랫동안 씻지 않았나, 머리칼이며 얼굴이 지저분했다. 볼도 홀쭉 들어가 거무튀튀했다. 눈동자만이 살아 있었다. 안 된다는 말이 눈에서나 나온 듯 검게 반짝거렸다.

—혹시 경찰이시오?

칼잡이가 고개를 치켜들며 물었다. 소리의 출처를 찾듯 이쪽으로 저쪽으로 눈동자를 굴렸다.

—제 발로 떨어진 걸 가지고, 순산들 소용 있을라고?

낫잡이가 대꾸했다. 침을 찍 뱉었다. 침이 사내의 얼굴로 떨어졌는데도 무시하곤 놈의 꼬랑지를 잡아챘다.

내가 볼 때도 사내가 막고 나설 이유는 없었다. 두루미로 무엇을 해야 하는지는 뻔했다. 평생에 한 번이나 올까 말까 한 횡재라는 걸 사내라고 모르지 않을 터였다.

칼잡이가 놈에게 칼을 휘둘렀다. 사내가 막고 나섰다. 그 바람에 내 손에서 빠져나간 놈의 부리가 사내의 어깨에 부딪혔다. 다른 사람이 날갯죽지를 잡아당겼다. 사내가 놈의 두 다리를 붙들고 팔에 힘을 주었다. 낫잡이가 놈의 모가지를 낚아채자 사내가 놈을 안고 거꾸러졌다. 낫잡이가 사내를 밟고 섰다. 낫을 휘둘렀다. 분명 놈의 모가지를 겨누었을 텐데 베인 것은 사내의 어깨였다. 사내가 바닥으로 뒹굴었다. 핏물이 땅바닥으로 낭자하게 번졌다. 나는 재빨리 누군가의 손에서 칼을 빼앗아 들었다. 놈의 모가지를 쳤다.

쇠붙이들끼리 부딪치며 불꽃이 튀었다. 날카로운 소리가 겨울 저녁 하늘을 가로질러 나갔다. 내가 먼저 대가리를 잡았으니, 대가리만 잡았다고 다 된 것은 아니라느니. 왜 남의 손에 상처를 내느냐는 둥, 당신이 내 가슴팍을 먼저 치지 않았느냐는 둥 사람들은 칼보다도 예리하게, 낫보다도 차갑게 불을 내뿜었다. 서로를 죽일 듯이 눈알을 부라렸다.

돌아가는 몇몇 사람들의 손에는 피범벅이 된 두루미 살덩이와 단정 찌꺼기들이 들려 있었다. 누구 하나 사내를 의식하지 않았다. 오히려 깃털이 덕지덕지 붙은 채로 땅바닥에 널브러진 그를 밟았다. 물크러진 두루미 살점을 밟듯 밟고 지나갔다.

나는 시장을 벗어나는 사람들을 물끄러미 쳐다봤다. 핏물이 엉겨 붙은 손으로, 참으로 오랜만에 내 중을 만져보았다.

角.

사람이라면 누구나 이마에 솟은 角. 팥알보다 작은 것에서부터 엄지손톱보다 큰 것까지 다양한 중. 눈코귀입의 생김새가 사람마다 다르게 생겼듯 길거나 짧거나, 둥글거나 뾰족하거나, 가늘거나 두 껍게 생긴 중. 마음이 중심을 잡을 수 있도록 해준다는 중. 몸의 세 포 하나하나가 바깥의 상황에 따라 적절히 반응하도록 기능하는 기 관이라고 배워온 중. 하여, 그 사람이 처한 상황이나 기분에 따라 커 지거나 작아지거나, 부풀거나 쪼그라들거나, 도드라지거나 누그러 지거나, 붉어지거나 창백해지거나 푸르죽죽해지거나, 탁하거나 맑 아지는 중. 동물 중에서 유일하게 사람에게만 있는 중. 그런 중이 언 제부터 제 마음대로 몸을 부리게 되었는지, 자기식대로 외부를 해 석하고 그 해석에 따르도록 오히려 몸에 강요하게 되었는지 아무도 모른다. 사람들이 중을 왜 욕망이라 주저 없이 이르게 되었는지 알 려고 드는 사람은 거의 없다.

왜 중을 치장할까. 누가 최초로 시작했을까. 아득히 먼 옛날부터 였다니 나는 알지 못한다. 다만 자기의 욕망이나 기분이 밖으로 드 러나는 게 불편하거나 두려운 사람이 먼저 중을 가리기 시작했을 거라 짐작할 뿐이다. 시간이 지나면서 자연스럽게 치장하는 것으로 바뀌었겠지. 멋있게, 좀 더 아름답게 보이도록, 힘을 과시할 목적으 로. 아니면 그 반대일지도 모르겠다.

중을 치장하는 일이 결국 자기의 속내를 더 적나라하게 드러내는 게 돼버렸는데 사람들은 이를 생각이나 할까……. 그나저나 나처럼 단정 밀매꾼으로 사는 사람은 얼마나 될까. 혹시 이 작자도 나 같은 부류일까.

사내가 눈을 떴다. 아픈지 얼굴을 찡그렸다. 병원에라도 가 봐야 하지 않겠느냐고 내가 넌지시 묻자, 고개를 까딱까딱하면서 굼뜨게 일어났다.

— 생이랑 똑같았는데.

문득 사내가 두런거렸다. 표정이 없었다. 생은 무엇이고 이 상황과 무슨 관계가 있다는 것인지. 내 궁금증에는 아랑곳없이 사내가 비닐봉지 하나를 찾아 들었다. 두루미에게서 빠진 깃털과 살점 쪼가리들을 그러모아 봉지에 담았다.

어두침침해진 하늘로 가끔 먹구름이 몰려왔다 가고, 구름이 지나간 자리마다 희부연 별이 피어났다. 사내가 별 아래를 걸어갔다. 기우뚱거리며 걷는 사내의 걸음에 따라 봉지가 달랑거렸다.

3

"이번에도 두루미소리였나."

주위를 둘러보면서 사내가 두런거렸다.

나는 뜨끔해서는, 그러잖아도 퉁명스러운 목소리를 더 볼통스럽게 만들어 뱉었다.

"거, 생이 뭔지 모르겠소만 두루미를 찾는 거라면 갯가에나 가보쇼."

"찾아야 합니다. 그래야 심도 찾을 수 있어요."

"심이라니, 마음 말이오? 아니 당신한테는 마음이 없단 말이오?"

되묻지 않을 수 없었다. 멀쩡하게 생겼으면서 저런 신천빠진 소리를 지껄이다니.

氣은 전보다 작아진 듯 보였다. 쪼그라진 채로 달라붙어서 얼마 지나지 않아 없어질 게 분명했다. 심이 중을 말한다면 찾으러 다닐 만도 해 보였다.

"心 말입니다, 심포 안에 있던 심. 심이 떠나버린 심포는 지금 몸 이곳저곳으로 떠돌아다니고 있어요. 중이 휘두르는 대로 말이죠."

갈수록 가관이었다.

사내의 말에 의하면 사람에게는 심포心包라는 게 있다고 한다. 心 을 담았던 장기라고. 원래는 가슴 가장 안쪽에 자리하고 있었는데, 심이 사라지자 몸 안 여기저기를 떠돌아다니게 되었다는 것이다. 심이 심포에 있었을 때는, 사람들이 지금처럼 자신의 욕망을 채우 기에 혈안이 되지 않았고 짐승이나 푸나무들과도 화평했단다. 심이 사라지면서 중이 생겨났는데, 중으로 인해 세상이 요 모양 요 꼴로 변질되어버렸다는 것이다.

"당신 말대로라면 심이란 놈은 그럼 어디로 갔단 말이오?"

비위가 상했다. 사람에게 심포라는 장기가 실재한다는 말도 금 시초문이요, 멀쩡하게 있는 마음이 사라졌다고 해대니 요설도 이런 요설이 없었다. 자기 중이 부실하다고 남의 것까지 얕잡아 보나. 같 잖은 기분마저 들었다.

"정말 생이랑 소리가 똑같았는데……."

대답 대신 사내가 중얼거렸다. 나를 골똘히 쳐다봤다.

나는 사내의 시선을 마주 보고 싶지 않았다. 그때껏 접시에는 두루미알이 담기고 도마 위에는 단정 자리만 옴폭 파인 놈의 대가리가 널브러진 채였다. 사내가 볼 게 두려웠으나 당장 치우기도 지랄 같았다. 더웠다. 아직 봄인데, 나는 왜 봄이 오자마자 더워지는지, 생각하니 더 열이 올랐다.

"허공중에 있겠지요. 두루미가 그걸 생의 소리로 알려주는 겁니다. 두루미는 心이 떠나는 걸 봤거든요."

"뭐라고?"

나는 버럭 소리를 질렀다. 사내의 목덜미를 낚아챘다. 물론 화낼 일은 아니었으나 채반으로 가 있는 그의 시선을 돌려놓을 방법은 그것뿐이었다.

사내가 객객거리며 내 쪽을 봤다.

"사람들이 왜 단정으로 중을 치장하는지 아십니까? 본능적으로 심을 그리워하는 겁니다. 어림없는 일이지요. 단정으로 중을 치장한다고 떠나버린 심이 돌아오겠습니까? 사람들은 몰라요. 치장할 줄만 알지, 두루미가 왜 우는지 알려고 하지 않아요. 두루미 울음소리 들어봤나요? 생이랑 똑같지 않던가요?"

픽, 웃고 말았다. 생의 소리가 어떤지는 몰라도 두루미 울음소리라면 질리도록 들어봤다. 적어도 두루미만큼은, 단정과 놈의 지긋지긋한 소리에 대해서만큼은 일가견이 있다고 자부한다. 그런데 사내가, 볼품도 없는 중을 매달고서 감히 내게 타령을 읊조렸다.

"다시는 이곳에 오지 마쇼. 가만두지 않을 거요."

멱살을 놓자 사내가 숨을 크게 들이마셨다가 내뿜었다. 검고 투명한 눈동자로 나를 봤다.

"오랫동안 찾아 헤매고 있습니다만, 세월이 흐를수록 불길한 예감뿐입니다."

고백하듯 말했다. 예감이란 것이 덤비기라도 한 듯 두 손으로 어깨에서부터 목과 가슴팍을 쓸었다. 아랫배까지 내쳐 쓸어내렸다. 두루미 모가지에서 나온 빛 덩이가 제 죽은 몸뚱이 구석구석을 돌아보는 것과 너무도 흡사했다.

나는 순간, 등짝을 흐르는 식은땀에 진저리를 쳤다.

"이봐요. 생, 생 하는데 도대체 그게 뭔데 그러오?"

"내가 불던 악기지요. 여러 음을 한꺼번에 낼 줄 아는 관악기입니다."

그제야 나는 사내의 손을 내려다봤다. 손바닥이 얄포름했다. 손가락도 가늘면서 길었다. 전체적으로 고르고 예쁘장했다. 손가락의 마디와 마디 사이가 쏙 들어가 무엇에든 신중하게 반응할 것 같은 모양새였다. 저런 손을 가진 사람은, 내가 겪어온 바로는 쓸데없는 고민을 지고 다녔다. 현실에 안주하지 못해 늘 피곤해 보이는 축이었다. 설령 악기를 불었더라도 깊고 큰 울림을 주기에는 어려웠겠다 싶었다.

"소리를 따라오면서, 笙의 소리와 두루미 소리가 다르다는 걸 알게 되었지요. 생은 생이고 두루미는 두루미니까요."

"잠깐만…… 정리를 좀 해봅시다. 그러니까 당신은, 생이라는 악기를 찾으러 방랑한다는 거요? 두루미 소릴 따라서, 무작정 말이오?"

되는대로 떠들었다. 내 의지와는 상관없이 어느새 사내의 이야기에 귀를 세우고 있었던가 보았다.

"생은 학소지에 있었지요."

"학소지?"

"얼마 전에, 두루미가 추락하는 걸 보고서야 기억할 수 있었습니다."

허무맹랑했으나 흥미롭게 들렸다. 나는 입맛을 다시며 사내를 건너다봤다.

어차피 단정은 처마 밑에서 꼬들꼬들 말라가고 있다. 고깃덩이야 사내와 굽거나 삶아 먹으면 되겠지. 술도 있으니 안주로 좋겠구먼. 보아하니 저런 몰골로는 단정 밀매꾼 하긴 어려워. 신고할 인물도 못 되는 것 같아……. 그런 것 저런 것 다 제쳐두고, 나는 사내에게, 딱히 사내일 필요는 없어도, 내가 지금까지 얼마나 많은 두루미를 잡았으며 누구누구에게 단정을 팔았는지 자랑하고픈 마음 간절했다. 아무에게나 함부로 털어놓을 수 없는 혼자만의 비밀을 갖고 있다는 게 이토록 가슴 벅찰까. 털어놓고 나면 벌렁대던 게 조금 가라앉을까. 나도 모르게 기대했다.

"아, 나는 신이라고 합니다."

그제야 생각났다는 듯 신이 자기를 소개했다. 붉어진 눈으로 작업장을 둘러봤다.

나는 그를 돌려세웠다. 방으로 밀어 넣고 냉장고에서 바이주白酒

를 한 병 꺼냈다. 육포 조각과 사치마沙琪玛 몇 개를 그릇에 담았다. 맹물을 안주 삼는 버릇이 있어 놔서 주전자에 물도 그득 채워 들고 방으로 들어갔다.

푸르뎅뎅한 손으로 그가 사치마를 집어 들었다. 몇 끼는 굶은 것 같은 몰골인데도 입으로 들어가는 양은 보잘 게 없었다.

나는 술 두 잔을 거푸 비우고 물을 마셨다.

"아주 오래전에 나는 학소지를 떠나왔습니다. 떠나왔다는 기억 뿐, 그때가 언제인지, 그곳이 어디에 있는지 어떻게 생긴 곳인지, 이생인지 전생이었는지도 지금은 다 잊어버렸어요. 생각나는 것 은…… 가장 나종 기억인 것 같습니다만 아버지와 함께 갔던 무덤 이군요."

이 작자도 배보다는 말이 더 고팠을지 모르겠다는 생각이 문득 들었다. 나는 또 술 한 잔을 마시고 물을 들이켰다. 어디 한번 실컷 떠들어봐라, 눈으로 말했다.

자기 앞에 놓인 빈 술잔에 물을 따라 한 모금 마시고 그가 다시 입을 열었다.

"옛날 무덤에는 여러 가지 모양의 벽화들이 있었어요. 그중에서 어린 내 눈길을 끈 것은 무릎을 구부리고 앉아 악기를 연주하는 사람이었습니다.

— 와, 저 사람이 들고 있는 악기가 뭐예요, 아빠? 사람과 악기가 꼭 하나같아요.

— 어디 보자, 생笙이라 씌어 있구나.

나도 읽어서 이미 알고 있는 것을 아버지가 구태여 대답하셨습니다. 벽화에는 여러 악기가 그려져 있었어요. 완함도 있고 피리도 있고 거문고나 가야금도 있었습니다. 내게는 왠지 생이 친숙하게 느껴졌습니다. 처음 보는데도 전혀 낯설지 않았거든요.

— 어, 아빠. 저 사람들 이마 좀 보세요. 氣이 없어요. 왜 중이 없지요?

이상해서 다시 여쭸습니다.

— 머리칼 속에 숨겨놓았는지 모르지. 옛날 사람들은 저렇게 머리칼을 길러서 이마 옆에다 묶었단다.

장난기 가득한 목소리로 아버지가 대답하셨지요.

— 아빠, 옛날에는 그럼 중이 머릿속에 있었어요?

나는 큰 소리로 되묻고 말았습니다. 당연하지 않습니까. 머릿속에 있던 중이 어떻게 이마로 내려올 수 있다는 겁니까.

— 원, 녀석. 농담한 걸 가지고 놀라기는…… 아빠도 그런 얘긴 들어본 적 없단다.

무안했던지 아버지가 얼버무리시더군요.

— 있잖아요, 아빠. 혹시…… 다른 동물들처럼 사람도 처음엔 중이 없었던 게 아닐까요?

그런 생각은 그날 처음 가졌습니다. 내게도 중이 없던 때가 있었을지도 몰라, 하는 생각이 엄습했습니다. 그전까지만 하더라도 사람이 동물과 다르다는 걸 당연하게 여겨왔거든요.

— 그렇게 말하는 사람들도 있기는 한 모양이더라. 몇몇 인류학

자들이 문화와 중의 관계를 그런 식으로 파악하고 있다는 거야. 문화가 발달할수록 중도 점점 커지거나 모양도 제각각 달라져 왔으니 그럴듯한 말이긴 하다만…… 글쎄다, 왜 하필 중만 그래야 하겠니? 눈코귀입 모두 마찬가지 현상이 나타나야 맞는 것 아니겠어?

— 문화? 문화가 뭐예요, 아빠?

처음 듣는 말이었습니다. 또 여쭐밖에요.

· — 음, 어떻게 설명해야 알아듣기 쉬울까…… 우리가 입은 옷을 예로 들어볼까. 사람은 동물과는 달리 몸에 털이 거의 없잖니. 겨울에는 춥고 여름에는 더울 수밖에…… 몸을 보호할 만한 게 필요했을 텐데, 우리가 처음으로 입었던 옷이 바로 나뭇잎이었단다. 그러다 짐승 가죽이나 털로 만들어 입었지. 옷감을 만들 수 있게 되자 다양한 모양의 옷들이 탄생했단다. 지금이야 동양사람이든 서양사람이든 대개 비슷비슷한 옷을 입는다만 백여 년 전까지만 하더라도 지역이나 민족마다 다 다르게 입었단다. 전통이란 말 들어봤지. 전통 옷, 전통음식…… 우리가 사는 집도 마찬가지야. 옛날 사람들은 굴을 파고 그 속에서 살았다고 배웠지…… 넌 초가집은 본 적도 없겠구나. 요새는 기와집도 흔치 않던걸. 그러고 보니 슬라브집이나 고층아파트에 사는 사람들이 대부분이구나. 어쨌거나, 사람이 사람답게 살아가는 데는 집이니 차니 돈이니 하는 것들만 필요한 게 아니라 지금 너와 내가 주고받는 이 말도 필요하지. 또 행동의 규범을 알려주는 윤리나 도덕뿐만 아니라 법도 필요하단다. 우리가 사는 이 사회를 조화롭게 만들어주는 필수 요소들이지. 그런 것들을 바

로 문화라고 하는 거야.

— 아빠, 그럼 나무나 짐승들에게는 문화라는 게 없어요?

내 물음에 아버지가 껄껄 웃으시더군요.

— 문화나 문명은 우리 인간만이 창조할 수 있어. 짐승들이 달에 갈 수 있겠니. 기차나 자동차를 만들 수 있겠어. 날짐승이나 네 발 달린 짐승들은 감히 상상할 수 없단다. 한 곳에 붙박여 사는 나무들이야 말할 것도 없지.

— 그건 사람 눈으로 본 거잖아요, 아빠. 나무나 짐승들에게도 그들 나름의 문화라는 게 있지 않을까요.

사실 그렇잖습니까. 그걸 인간이 해독하지 못하고서 제멋대로 오해를 하는 걸 겁니다.

— 신아, 동물이나 식물은 우리 인간처럼 위대한 예술이나 건축물이나 역사를 갖고 있지 못한단다. 도덕이나 윤리로 사는 게 아니라 본능으로 살아. 무엇보다 이 중이란 게 없잖니.

아버지가 당신의 중을 만져가면서 열심히 설명하셨지만, 그러면 그럴수록 어린 나는 아버지의 말씀을 받아들이기 어려웠습니다.

— 그건…… 그건 아닐 텐데. 왜 그런 것들을 꼭 위대하다고 생각하죠. 나무나 짐승들에게도, 사람이 해독하지 못하는 무언가가 있을 거예요. 그들에게도 마음이나 언어가 있을 거예요. 중만 없을 뿐이잖아요. 그러니까 문화라는 게…….

그 후로도 몇 번이나 더 옛날 벽화를 봤습니다만 사람의 이마 어디에도 중은 없었습니다. 보이지 않았을까요…… 그렇게 나는 아버지를 떠나왔습니다. 벽화에 그려진 사람에게는 왜 중이 없을까? 정말 그때 사람들에겐 중이 없었을까? 내게도 처음부터 중이 있었던 것은 아닐지 몰라. 없던 중이 그럼 언제부터 이마에 돋아나게 됐을까…… 어린 내 걸음걸음에는 온통 그 물음뿐이었습니다."

나는 대꾸하지 않았다. 중이 작거나 없는 놈은 병신이다. 좌우지간 키워야 해. 중이 커야 사람 구실을 제대로 할 수 있어. 그렇잖으면 두문동에나 처박혀야지 별수 있겠냐. 특히 사내대장부라면 누구보다도 중을 크고 강하게 키우려고 노력해야 해. 내 아버지는 늘 그렇게 말했다. 다른 어떤 것보다 '중정머리 없는 놈'이란 욕을 가장 치욕스럽게 생각했다. 그의 아버지도 내 아버지와 별반 다르지 않은 것 같았다. 물론 중에 대한 내 생각도 마찬가지였다.

그가 풀죽은 소리로 이어 말했다.

"하지만 나는 내가 온 곳을 잃어버렸습니다. 잊어버렸어요. 전생인지, 전 전생인지…… 너무도 아득한 옛날이어서 전혀 기억할 수 없어요. 생을 찾으면, 찾아서 다시 연주할 수만 있다면 心이 돌아올 테고 심이 돌아오면……."

"그래서 무작정 두루미를 찾아다니기 시작했다?"

도끼로 두루미 모가지를 치듯 나는 그의 말을 단호하게 잘랐다. 술을 입에 털어 넣었다. 전생이라니, 전전생이라니. 중정머리 없는 놈이 아니고서야…….

"두루미 고향이 곧 내 고향이니까요."

그가 대답했다. 눈을 감았다. 상념에 잠긴 듯 중도 펑퍼짐해졌다.

방금 그가 한 말을 곧이듣는다고 하더라도, 사람의 이마에 중이 없다는 건 상상이 되지 않았다. 코가 없는 사람을, 눈이 없는 사람을, 입이 없는 사람을 어디 상상이나 할 수 있겠는가. 중이 없다면 내가 두루미 단정을, 목숨을 걸고서 도려낼 필요가 있겠는가 말이다. 그놈의 벽화가 잘못 그려졌을 것이다. 아니 이 사내, 신이 뭔가를 크게 착각하고 있는 게 분명했다.

그가 떠나고 며칠이 지나도록 나는 빈둥거렸다. 흥미를 느꼈다고 해서 그의 말에 혹한 것은 아니었다. 어느 누가 시답잖은 말에 마음을 팔겠는가. 笙 때문이었다. 놈들이 죽을 때 내는 울음소리가 겨우 생이라는 악기 소리와 똑같다니, 그놈의 소리에 놀라 허둥댔다니 기가 찰 노릇이었다. 아, 그래서 내게도 그리 들렸을까, 피리 소리 같다고? 나는 생이라는 악기를 본 적 없었다. 소리도 들어본 적 없었다.

4

두문동은 흥예시 북동쪽에 있다. 강에 뜬 섬마을이다. 좌표상으로 봤을 때 북위 48.565도, 동경 127.716도 부근에 위치한다. 그리로 가려면 먼저 홍예 시가지를 벗어나 간간이 이어지는 마을과 높고 낮은 구릉을 지나야 한다. 이어 동북쪽으로 산악지대가 펼쳐지고 거기서부터는 도로도 편도 일 차선으로 줄어든다. 산악지대 가운데로 뻗은 비포장도로를 따라 두어 시간을 더 달리면 개천이 오른쪽으로 꺾어지면서 도로와 헤어지는 지점에 이른다. 이제부터는 망망한 삼림지대다. 초원이 보일 때까지 내처 한 시간 남짓 직진한다. 초원을 가로질러 또 이삼십 분을 달린다. 오른쪽으로 홍예시의 변방인 드넓은 모래사장이 나타나고, 모래톱 끝에서 비로소 섬을 둥그렇게 휘도는 강을 만나게 된다. 강에는 두문동으로 들어가는 교각이 놓여 있다. 길이가 삼사백 미터나 되는데도 자동차 한 대가 겨우 지나갈 정도로 폭이 좁다. 너무 낮게 놓인 탓에 홍수가 나면 물에 잠기기 일쑤다. 놓은지도 오래되어 군데군데 난간마저 부서진 채다.

다리를 건너자마자 고갯길이다. 비정상적으로 돌출한 산봉우리들이 수문장처럼 앞을 막아선다. 순간 여기가 어딘가, 당황스러울 수도 있다. 마음이 진정되고 주변도 조금씩 눈에 들어오기 시작하면 두문동이라는 사실을 비로소 상기하게 될 것이다. 그쪽 사람들은 예전부터 두문불출했다. 다리를 없애버리자는 말까지 나올 정도였다니, '두문불출'이란 말이 예서 비롯되었다는 설도 그럴듯하게 들린다. 행정구역이 달라서일까. 두문동에서 남쪽 남강이나 서쪽 요천을 왕래하는 다리는 따로 없다.

남에서 월동하고 올라온 두루미들은 으레 두문동 건너편 모래톱에 둥지를 틀었다. 이곳만큼 단정학丹頂鶴이 많이 모여드는 곳도 드물었다. 광활한 초원지대와 망망한 갈대숲을 끼고 도는 모래사장은 놈들뿐 아니라 다른 새들에게도 멋진 보금자리였다. 시야가 넓어 놈을 사냥하기에도 최적이었다. 무엇보다 근처에 인가가 없었다. 두문동 사람들이야 거의 세상에 나오지 않는 치들이니 신경 쓸 필요도 없었다. 나는 해마다 놈들보다 먼저 와 갈대숲 한쪽에 진을 치고 기다렸다. 여기서 육칠십 킬로미터나 떨어진 홍예의 산악지대에 거처를 잡은 것도 순전히 이곳에 서식하는 두루미들 때문이었다. 단정을 파는 것은 예나 지금이나 법으로 금지되어 있다. 외진 곳에서 작업할 수밖에 없는데 이 또한 내 정서와 딱 들어맞았다.

일찌감치 자리를 잡은 놈들이 족히 백여 마리는 되어 보였다. 갈댓잎이 푸릇하게 올라오기 시작하는 물가에서 무리 지어 노닐었다. 모가지를 길게 늘여 빼고 하늘을 올려다보던 한 놈이 곁에 있는 놈의 깃털을 부리로 콕콕 쪼았다. 다른 한 놈은 한쪽 다리로 서서 나른한 한낮의 기운을 품은 채 졸았다. 어떤 놈은 부지런히 부리로 꼬랑지 기름을 찍어서는 깃털마다 바르는가 하면, 또 어떤 놈은 물속으로 처박다가 아직 녹지 않은 얼음조각에나 부딪혔는지 부리를 치켜들고서 또르르, 또르르 짜증을 부렸다.

나는 망원경을 빙 돌려가며 살피다 한 놈을 찍었다. 활에 살을 끼웠다. 깃털을 손질하는 놈의 단정이 다른 놈들보다 월등하게 크고 해사했다. 깃털도 정갈하고 가지런한 걸 보면 놈의 성격도 어지간히 바지런한가 보았다.

어찌나 천방지축 움직여대는지 활 쏠 기회를 잡기가 쉽지 않았다. 바람도 이리저리 방향 없이 휘둘리며 모래까지 몰고 왔다. 시야가 부예졌다. 나는 망원경에서 눈을 떼었다. 눈을 잔뜩 찡그리고 놈이 경중거리는 꼬락서니를 건너다봤다.

놈이 갑자기 멈춰 섰다. 따라라…… 따라…… 따라나…… 고개를 치켜세우고 우짖었다. 화답이라도 하듯 어린 녀석들도 대가리를 높이 쳐들었다. 삐잇 삣…… 피잇 핏…… 일제히 소리쳤다. 놈이 큰 날개를 퍼덕이며 발돋움했다. 홀연 비상했다. 다른 놈들도, 다른 새들도 우왕좌왕, 무엇엔가 놀란 듯 외마디 소리를 지르며 일제히 날아올랐다. 건너편 요천 쪽 모래톱에 내리는가 싶더니 어느새 서쪽 하늘을 까맣게 물들였다. 새들이 떠난 모래사장에는 바람만 어지럽게 휘몰아쳤다.

그제야 두문동 북쪽 산봉우리 하나가 이상해졌음을 알아차렸다. 무엇인가 희미하게 일렁였다. 아지랑이 같진 않았다. 나는 그쪽으로 망원경을 돌리고 초점을 맞췄다. 연기였다. 하얀 연기가 바람을 타고 피어올랐다. 점점 잿빛으로 바뀌었다. 얼마 지나지 않아 검고 붉은 연기가 산봉우리 위로 올라왔다. 불이었다. 산봉우리가 불에 타고 있었다.

내가 잠복해 있는 곳은 모래톱이었다. 두문동 강 건너편이었다. 한참이나 떨어져 있었지만 바람이 하필 이쪽으로 불어왔다. 나는 망원경과 장비들을 주섬주섬 챙겨 들었다. 막 돌아서려던 찰나, 초원에서 새바람이 불어왔다. 두문동 바람과 만나 회오리로 몰아쳤다. 모래 먼지가 사방에서 일어났다.

불은 어느새 옆의 산봉우리로 향했다. 방향 없이 휘둘리는 바람을 타고 이 산으로 저 산봉우리로 번졌다. 고갯마루로 향하더니 순식간에 길을 덮쳤다. 양쪽을 타고 내려왔다. 강물까지 태워버릴 기세로 붉게 쏟아졌다. 심장이 벌렁거리고 사지가 떨려왔다. 공포가 엄습했다. 나는 주섬주섬 장비를 챙겨 들었다. 돌아섰으나 마음뿐, 발바닥이 모랫바닥에 딱 달라붙어 떨어지지 않았다.

두문동 사람들한테는 정말 氣이 없더냐고, 홍예 시장이 내게 물어왔던 게 떠올랐다. 중에 치장했던 것을 새것으로 바꾼다기에 단정을 가지고 간 날이었다. 감히 시장을 알현할 수 있는 특권이 단정을 파는 한은 내게도 있었다. 높은 직에 있거나 부자일수록 중을 천연 단정으로 치장하기를 선호했다. 엄연히 법으로 금지되어 있지만, 권력자나 돈 많은 자들에게는 그 법이란 게 태반이 이현령비현령이었다. 내가 단정 밀매꾼으로 사는 것도 그 덕분이긴 했다. 어쨌거나, 성벽 같은 산봉우리와 입구를 틀어막은 컴컴한 숲을 보고선, 병신들이 투표나 하겠나? 하면서 되돌아섰다는 말이 나돌았다. 그게 사실인지도 모르겠다 싶었다.

*

나는 실제로 두문동에 가봤다. 화살에 맞은 두루미를 쫓아가다 의도치 않게 다리를 건넜다. 높고 날카롭게 뻗은 산봉우리들을 오르자 깊은 숲속이었다. 호라 호라라라 호라 호라…… 놈이 약 올리는 소리가 사방에서 들려왔으나 찾아낼 방법이 없었다. 겨를도 없었다. 숲은 울창하고 숲에 가려 하늘도 보이지 않았다. 사방을 분간할 수 없는데 길이라고 보일까. 새들이 푸드덕거리고 짐승들 우짖는 소리만 음산하게 들려올 뿐 말 그대로 적막강산이었다. 누구든 두문동으로 들어가면 다시는 돌아 나오지 못한다는 소문이 떠올랐다. 왈칵 두려움이 몰려왔다.

아득한 옛날부터 사람들은, 두문동 사람들을 氣 없는 놈들이라 일러왔다. 병신들이라고 비웃었다. 중을 생기게 하려고 인육을 먹는다는 소문도 파다했다. 최근 일이었다. 인구조사 차 조사원 하나가 그곳에 들어간 뒤로 지금까지 돌아오지 않고 있다고 했다. 중 없는 사람들에게 먹혔는지, 자발적으로 눌러앉게 되었는지를 놓고 의견이 분분했다. 물론 중 없는 사람들에게 먹혔다고 말하는 사람들이 대부분이었다. 눌러앉았을 거라 말하는 사람들에게도 나름대로 이유가 있었다. 조사원은 늘 중 없이도 살 수 있다. 중은 욕망에 불과하며 중 없는 사람들이 사는 곳이야말로 낙원이 아니겠냐, 그리 말해왔다고 했다. 그 말을 믿는 사람들은 대개 두문동을 동경했다. 동경으로만 그쳤다. 그곳에 대해, 중 없는 삶에 대해 아는 게 아무것도 없어서인지 몰랐다. 평생 자기가 살아온 곳을 버리고 떠나는 일이, 말을 뱉듯 툭 던져버릴 수 있는 것도 아니려니와 개똥밭에 굴러도 이승이 좋다고, 이곳 아닌 저곳이 극락인지 지옥인지는 가봐야 알지, 싶었다.

나는 동동거리다 무언가를 밟고 쓰러졌다. 눈을 뜨니 낯선 곳이었다. 내 한쪽 다리는 천으로 묶이고 팔은 여기저기 긁혀 볼썽사나웠다.

나이 지긋한 사람이 나를 내려다보고 있었다. 정말 氣이 없었다. 중 없는 사람을 눈앞에서 맞닥뜨리고 보니 몸이 먼저 전율했다. 심장까지 벌렁거렸다. 나는 눈을 꾹 감아버렸다.

— 뱀에 물리셨더군요. 뱀도 무척 놀랐을 겁니다. 건드리지 않는 다면 짐승이 먼저 덤비는 법은 없지요.

목소리가 온화했다. 이방인이란 걸 전혀 의식하지 않는 듯했다. 내가 눈을 뜨자, 내 팔뚝에 흘린 핏물을 천 같은 것으로 닦아내면서 미소까지 지어 보였다.

노인네의 싸대기를 갈기고 싶었다. 중정머리 없는 놈이라고 쏘아붙이고 싶었다. 어찌 된 일인지 내 심장 뛰는 소리가 느긋해져 있었다.

나는 노인의 부축을 받으며 일어났다. 절뚝거리며 길로 내려섰다. 뜻밖의 광경에 몇 번이나 멈칫멈칫 섰다.

소문대로 두문동은 새 대가리 형상의 분지였다. 동북쪽과 남서쪽으로 약간 길쑴하면서 둥글었다. 밖에서 봤던 바위투성이 산봉우리들이 병풍처럼 사방을 둘러싼 채 길고 아기자기하게 분지 중심으로 뻗어내렸다. 동쪽 능선 하나가 갈라지면서 골짜기를 이루었는데 길쑥하게 들어가 있어 새의 부리를 연상시켰다. 내가 들어왔던 다리는 그럼 새 모가진가, 하는 생각이 절로 들었다.

골짜기마다 똬리를 틀 듯 마을이 들어앉아 있었다. 어림잡아도 서른 뜸은 되어 보였다. 마을마다 수십 개의 지붕 색이 울긋불긋 다채로웠다. 완만한 경사지는 대개 밭과 구릉이고 아래 평지에는 다랑논들이 오밀조밀했다. 논 가운데 제堤가 있었다. 마을 네댓 개와 맘먹을 정도로 상당히 컸다. 부리 쪽으로 약간 치우친 것이 새의 눈처럼 보였다. 주변에 무성한 수초와 하늘, 마을의 지붕들을 되비쳐 내며 반들거렸다.

어디를 둘러봐도 밖에서는 전혀 상상하지 못했던 풍경이었다. 실제인가. 나는 마을로 다가갈수록 눈을 더 똥그렇게 뜨고 사방을 휘둘러보았다.

흰 저고리에 먹빛 고쟁이를 입은 사람들을 만났다. 옥수수밭에서였다. 서걱서걱, 옥수수 따는 소리가 경쾌하게 들렸다. 아이고 어른이고 모두 중이 없었다. 그늘 한 점 보이지 않았다. 나를 보고도 당황하거나 어색하는 기색은 조금도 없었다. 환하게 웃기까지 했다. 오히려 내가 메떨어지는 것 같은 표정으로 그들을 보았을 것이다.

한 여자아이가 댕댕이바구니에 옥수수를 따 담았다. 옥수수알을 갉아먹던 벌레가 떨어지며 아이 옷자락에 달라붙었다. 나는 무심결에 벌레를 떼 내어 발로 이겼다. 그들의 눈동자가 모두 나를 향했다. 어처구니없다는 듯이, 충격을 받았을 때나 짓는 표정으로 나를 뚫을 듯 쳐다봤다.

멋쩍게 돌아 나오는 내 등 뒤에서 두루미 울음소리가 들려왔다. 또라오라, 또라와…… 또라오라…… 분지 안이 놈의 울음소리로 넘실댔다. 가끔 갓난아이 우는 소리가 두루미 울음소리에 섞여 들렸다. 앞서거니 뒤서거니 평화로웠다. 여기가 두문동이 맞나, 도무지 실감 나지 않았다.

나를 돌봐주던 아이에게, 이곳에 사는 사람들은 모두 몇 명이나 되느냐고 물었다. 대답 대신 아이가 산자락 사이로 다소곳하게 고개를 내민 마을의 지붕들을 하나하나 가리켜 보였다. 이곳에서 나가는 사람이나 외부에서 들어오는 사람도 있느냐고 다시 묻자 살풋 웃었다.

운신할 수 있게 되자 나는 아이를 졸라 산자락으로 밭으로 논으로 싸돌아다녔다. 곳곳에서 사람들을 만났지만 다투는 것을 보지 못했다. 몇 날을 가도 헌사한 소리 하나 들리지 않았다. 서두르는 법도 없었다. 밤과 낮은 있어도 어제와 내일은 없는 듯했다. 봄 여름 가을 겨울이야 있을 테지만 일월 이월 삼월 같은 달도 없는 듯했다. 두문동에는 시간이란 게 애초부터 존재해본 적이 없는 것 같았다.

사람이 사는 곳인가. 사람이라면 왜각지걱 떠들어대기도 하는 것 아닌가. 바람이 들어 멋질리기도 하고 문뱃내를 풍기며 비틀거릴 수도 있지 않나. 아니 벌레를 잡은 게 뭐가 잘못된 거지. 나는 이해할 수 없었다. 몸을 추스르면서 보낸 삼사 주가 내게는 몇 년처럼 답답하고 지루했다. 두루미를 찾느라 어쩔 수 없이 이쪽을 기웃거리고는 있어도 가보고 싶다는 생각은 다시 들지 않았다.

*

나는 끝내 모래밭을 벗어나지 못했다. 장비가 모래에 파묻혀가도 어찌하지 못하고 바람 거센 강기슭을 서성거렸다. 낮은 봉우리든 높은 봉우리든, 두문동의 산봉우리들이 모두 연기로 휩싸이는 모습만 넋을 놓고 올려다봤다. 거대한 연기에 묻혀가는 섬을 응시했다.

화산이 폭발할 때가 저럴까. 나는 금방이라도 무너져 내릴 듯 버티고 선 다리 쪽으로 눈길을 내리며 생각했다. 지금쯤 마을도 아수라장이 돼버렸겠구나. 사람들이 다리로 달려 나오겠구나. 빠져나오려면 얼마나 걸릴까. 무사히 나올 수나 있을까. 잿빛 연기에 질식하듯 재채기를 해대면서도 걱정스럽고 궁금했다. 다리 쪽으로 더 바짝 다가갔다.

아무리 기다려도 소식이 없었다. 모습은커녕 사람 살려, 외치는 소리 하나 들리지 않았다. 아무리 중 없는 놈들이라 해도 그렇지, 제가 죽는데도 초연할 수 있을까. 가슴이 두근거렸다. 소름이 돋았다. 불길도 점점 더 사납고 험악하게 솟구쳐 올랐다. 금방이라도 모래톱까지 점령해 들 것 같았다. 나는 엉거주춤 일어났다. 모래에 파묻힌 연장들을 챙겼다. 이제야말로 달아날 때다 생각했으나 마음대로 되지 않았다. 누군가 내 바짓가랑이를 붙들고는 기다려, 기다려. 협박하는 것 같았다. 기분마저 오싹해졌다.

산봉우리를 벗어나 드디어, 한 사람이 나왔다. 시커먼 연기를 헤치고 고갯길을 내려섰다. 다리로 달려왔다. 아이였다. 어깨에서 무언가 들썩거리는 것이 기다란 자루 같은데 너무 멀어 확인하긴 어려웠다. 그러면 그렇지. 나는 아이를 선두로 사람들이 몰려나올 거라 예상하고 기다렸다.

해거름 녘이 되도록 코빼기도 안 보였다. 똘오라…… 또라오라…… 두루미 울음소리만 요란했다. 아침 해가 떠오르도록 지긋지긋하게 우짖었다.

해도 더는 두문동을 비추지 못했다. 종일토록, 눈물처럼 비어져 오르는 연기 자락만 어루만지다 떠났다. 시커먼 산봉우리가 겨우 선 능선 위로 구름이 지나갔다. 어느 때부턴가 두루미 울음소리도 들리지 않았다. 두문동은 이제 컴컴하고 거대한 무덤이 되었다. 무덤으로 밤이 내렸다. 조등이 켜졌다. 수천수만의 조등이 깜박였다. 나는 공중의 조등과 강물 속 조등을 번갈아 바라다봤다. 벌떡거리는 가슴으로 모래톱을 얼쩡거렸다.

5

홍예 시장은 두문동에 접근하는 것을 금지했다. 금지하나 마나, 누구도 저곳으로 자청해서 들어간 사람을 본 적 없다. 폐허가 되어버린 지금뿐 아니라 예전에도 그랬다. 함에도 나는 이 앞에서 보초를 서고 있다. 정확하게 말하자면 두문동으로 가는 다리 입구 초소에서, 방화 혐의로.

내게 물품을 가져다주는 수송병에 의하면 홍예시의 언론에서는 세상에서 유일한 지상낙원이 사라졌다며 애도했다고 한다. 요천에서는 무고한 인명과 자연을 몰살시킨 자는, 내가 되는가, 처단해야 한다고 강도 높게 비난했다고 한다. 남강에서는 두문동으로 가는 길을 폐쇄하지 않았다면, 사실 폐쇄한 게 아니라 사람들이 나다니지 않았을 뿐인데, 이런 일은 없었을 것이라며 홍예 시장의 정치 스타일을 지적했다고 한다.

화재로 인한 피해는 엄청났다. 사망자가 수천 명이나 된다고 했다. 두루미와 새들도 떠나버렸다. 꽃도 풀도 나무도 모두 불에 탔다. 두문동이 통째로 사라져버렸다. 여론의 화살은 자연 홍예 시장에게로 돌아갔다. 처음에 시장은 자연적으로 발생한 화재라고 발표했다. 그것은 선거에 불리하게 작용하는 결과를 가져왔다. 그때 그곳에 있었으므로 내가 제물이 되었다. 거부한다면 단정을 불법 채취해 팔았다는 죄목으로 협박했을 것이다. 이곳으로 보내면서 시장은 내게 은밀히 말했다. 당신이 준 단정은 다른 어떤 것보다 근사했는데…… 무척 안타깝군요.

아무도 왕래하지 않는 이곳엔 바람조차 없다. 보이는 것은 두문동의 헐벗은 능선뿐이다. 드넓은 초원과 허허롭게 뻗은 모래사장, 두문동을 휘돌아 흐르는 강물뿐이다. 저녁나절이면 번지는 핏빛 버덩만이 내가 살아 있다는 것을 확인해준다. 그러니 두루미를 기다리는 내가 정상은 아닐 게다. 이제 활도 화살도 없는데, 활시위를 겨눌 만한 두루미가 올 리 없다. 붉고 맑으면서도 말랑말랑한 단정을 가진 두루미가 와줄 리 만무하다. 돌아오라, 돌아오라 울며 지저귀는 두루미를 기다리다니…… 내 속에 웅크려 앉은 오래된 버릇이 혹시 두루미를 사냥해야지 않겠느냐고 다그치는가.

언제부터 두문동에 氣 없는 사람이 살기 시작했는지 모르는 것처럼 두루미가 언제부터 이곳에 둥지를 틀게 되었는지 아무도 모른다. 이 세상에 사람이 살기 시작한 게 언제부터였느냐는 질문처럼 막막하다. 두문동에 잠깐 머무를 때였다. 나를 간호하던 아이가 말했다. 옛날 옛적에 한 사람이 있었다고 두루미가 그와 함께 춤을 췄다고 그가 떠나자 꽃이 피어났다고 두루미꽃이 피면 사람들은 호숫가에 모여 그가 돌아오기를 기도한다고 아이 말대로라면 두루미와 중 없는 사람들이 동시에 두문동에 살기 시작했다는 말이 되는가 보다.

나는 다이어리를 펼쳤다. 펜을 들었다. 흰 종이를 물끄러미 내려다보다 글씨를 썼다.

나는 고독으로 뚤뚤 뭉쳐진 인간……

쓰다 말고 펜을 놓았다. 쓸쓸함이 밀려들었다. 가슴 깊숙한 곳으로 고여 드는 것 같았다.

다이어리는 수송병이 주고 갔다. 전보다 서너 배나 많은 물자를 싣고 온 날이었다. 선물이라면서 색연필 몇 개와 함께 내밀었다.

— 올 때마다 오늘이 몇 월 며칠이냐고 묻지 말고 여기에 표시하십시오 이 숫자가 오늘 날짜이니 이렇게 하시면 됩니다.

직접 동그라미까지 쳐주었다.

녀석도…… 날짜 물어보는 게 그리도 귀찮았을까. 보이는 것은 하늘과 초원과 강이요, 날 선 두문동의 바위산이다. 듣는 것이라곤 모래바람 소리와 강물이 뒤채는 소리와 어쩌다 허공을 찢듯 지나가는 비행기 소리뿐이다. 시간이 지날수록 그것들이 나를 두려움 속으로 옭아 넣었다. 날짜라도 알면 다를 것 같았다. 그게 수송병에겐 답답해 보였는지 모르겠다.

군모까지 벗고 수송병이 허리를 수그렸다.

— 앞으로는 오지 못할지도 모릅니다.

— 제대하는 모양이구먼. 축하하네.

나는 진정으로 우러나서 말했다.

수송병이 고개를 흔들었다. 시장이 다시 갈렸다고 했다. 두문동은 이제 위험지역이 아니니 보초 서는 걸 고려해 봐야겠다고 말하더라며, 내 총에서 총알을 꺼내어 자기 가방에 넣었다.

— 곧 자유의 몸이 되실 겁니다. 건강에 유의하십시오, 할아버지.

할아버지라는 말에 가슴이 덜컥 내려앉았다. 나는 수송병을 배웅하면서도 할아버지, 할아버지 되뇌어 중얼거렸다. 셈을 해보나 마나, 삭신이 쑤시고 눈도 침침하고 모든 놀림이 굼떠지는 것이 염치없게도 할아버지가 돼가고 있다는 증거였다.

다이어리를 한 장 넘겼다. 숫자뿐인 새하얀 종이가 눈부셔 찔끔, 시도 때도 없이 나오는 걸 어찌하겠나, 눈물이 났다.

여기에 나는 무엇을 쓸 수 있을까. 가슴이 먹먹해 와서, 메마르고 푸른 하늘과 하늘 담은 강물을 하염없이 건너다봤다. 두루미가 오지 않는 모래톱을 봤다. 두루미 밀렵꾼이었다고 쓸까. 단정 밀매꾼이었다고? 글쎄. 나는 보초병, 이제는 언제 해고될지도 모르는 예비 자유인인데.

신이 떠올랐다. 넋 나간 사내. 두루미가 그리워지더니 덩달아 딸려온 모양이나. 수송병에게 신의 얘기를 해주고 싶었다. 한데 나는 신의 무엇을 말하고 싶었을까.

공책엔 수송병이 표시해둔 날 말고 내가 동그라미 친 날은 없었다. 그제 다녀갔나. *그끄저께쯤인가.* 지난주였을까. 나는 동그라미가 쳐진 날 뒤로 연거푸 몇 개의 날짜에 연필로 표시하고 종이를 판판하게 폈다. 천천히 동그라미를, 흔들리지 않도록 손에 힘을 주어 그려나갔다.

사람이 태어나서 가장 먼저 그리게 된다는 그림, 동그라미. 나는 동그라미 왼쪽에서 앞으로 한 개의 선을 그었다. 다시 동그라미 아래로 길게 긋고, 동그라미보다 몇 배는 크고 기다란 동그라미를 선 옆으로 그렸다. 기다란 동그라미 밑으로 기다란 선 하나를 내려그었다. 다른 한 선은 반만 비슷이 올려 그었다. 큰 동그라미까지 닿게 했다. 처음 그린 동그라미 속에 다시 두 개의 아주 작은 동그라미를 그린 다음 안을 검은색으로 칠했다. 그 위에 타원형을 그려 넣었다. 연필을 바꿔 들고 안을 붉고 깨끗하게 칠했다.

나도 모르게 내 氣을 만져봤다. 아직은 건재한 것 같아도 다른 사람을 본다면 생각이 달라질지도 모르겠다. 하긴 수많은 세월을 여의었다. 센 머리칼은 어깨를 덮어 땟국물이 흐르고 중에 난 터럭 몇 올이 자라나 코끝을 간질인다.

사람들은 자기의 꿈을 위해 이 중을 치장한다. 중을 치장하기 위해 돈을 번다. 두루미가 천 년이 지나면 청학青鶴이 되고 이천 년이 지나면 현학玄鶴이 되어 불사조가 된다는 말이 사실이라면, 인간의 궁극적인 꿈은 불사조가 되는 것일까. 사람들이 나 같은 사람에게서 단정을 사서 중을 치장하는 것은, 두루미 중에서도 붉게 빛나는 단정이야말로 꿈을 이루게 하는 힘이 있다고 전해오기 때문이다.

뇌혈관이 도드라져 돌기로 변한 단정. 이 단정으로 중을 치장할 때마다 그들은 불사조에 한 발짝 다가섰다고 믿을 것이다.

일반 사람들은 대부분 가짜 단정으로 중을 장식한다. 요즘 젊은 사람들은 독수리나 용, 사자나 호랑이 모양으로 꾸미려 든다. 여자들은 꽃 모양으로 멋을 내거나 보석을 박아 반들반들 빛나게 한다. 중에 터럭이 난 사람은 아예 기르기도 한다. 모두가 다 자기 꿈이 이루어질 날을 기다리면서, 꿈이 이루어지기를 소망하는 것이 중을 치장하기를 소망하는 것으로 전도되고 있다는 것에는 관심조차 두지 않으면서.

중은 갈수록 더 크게, 더 높이, 더 화려하게, 더 위협적으로 바뀌어 가고 있다. 치장이 지나쳐 병원 신세를 지거나 간혹 아주 골로 가버리는 사람도 생겨난다고 한다. 덕분에 중을 보고 그 사람을 좀 더 노골적으로 볼 수 있으니 세상살이가 수월해졌을까. 겉으로 드러난 것 때문에 진짜를 볼 수 없으니 더 혼란스러워졌을까. 수송병이 들려준 소문들도 거의 중을 어떻게 키울 것인가로 고민하는 사람들 얘기였다. 새로 부임한 시장까지도 합세한 모양이었다. 두문동에 두루미 생태원을 짓겠다니……. 시찰단이 방문할 거라고 했는데 언제쯤 오려나. 그때쯤이나 되어야 나는 이곳을 떠날 수 있을까.

오늘은 정말이지 누군가 와줬으면 좋겠다. 신이라면 좋겠다. 아이여도 괜찮겠다. 그래, 수송병이어도, 시장이어도, 시찰단이어도 상관없으리라. 몇 날이고 말이란 걸 해봤으면 좋겠다. 두루미에 대해서. 단정에 대해서. 끝없는 구릉과 구릉에 피어난 들꽃들과 들꽃을 물들이는 저녁놀, 송알송알 빛나는 물 알갱이들과 하염없이 늘어져 있던 내 집 근처의 버들방천과 이제는 두루미를 품지 못하는 갈대숲에 대해서…… 두문동과 거기 살던 중 없는 사람들에 대해서. 그러면 신은 학소지를 말할까. 笙과 두루미 울음소리에 대해 밤새워 얘기할까.

꿈에 대해서는 어떨까. 나도 꿈이란 게 있었다. 기억이 맞는다면, 어릴 적 내 생활기록부에는 새가 되고 싶다고 씌어 있을 것이다. 학이 되는 게 꿈이라고, 큰 날개를 퍼덕이며 훨훨 비상하는 내 모습을 상상하자면 지금도 가슴이 뛴다. 나는 이 아득한 모래톱과 강 건너편 두문동을 내 날갯죽지로 보듬고 싶었다. 할 수만 있다면 홍예와 요천과 남강을, 하늘과 땅과 우주의 모든 것을 다, 넓은 내 날갯죽지 안에 품고 싶었다. 비록 단정을 팔던 밀매꾼, 두문동 앞을 지키는 보초병, 곧 자유의 몸이 되어도 갈 데 없는 나그네에 불과하지만, 먼 훗날에는 나만의 날개를 퍼덕이며 우주로, 우주를 넘어선 어떤 곳으로 날고 싶다고 고백하면…… 신은 말할까. 자기는 학소지로 가는 게 꿈이라고, 학소지에서 心이 돌아오기를 기다리며 笙을 부는 게 꿈이라고.

6

아침나절이었다. 초소에서 일 킬로미터 남짓 떨어진 곳에 누군가 서 있었다. 오랜만에 사람을 봐서 반갑다는 마음도 잠시, 나는 버석

거리는 눈을 끔벅이며 붙박이처럼 서 있는 사람을 주시했다. 늙어 빠진 이 몸이야 언제 죽어도 죽을 터였다. 두렵지 않으나 내게는 본분이 있었다. 지금 내 본분은……? 망설이지 않을 수 없었다. 나는 파수꾼인가 자유인인가.

등 뒤에 바랑 같은 것이 매달려 있는 걸 보면 방랑자인가 싶었다. 기다리자니 지루했다. 가서 물어볼까 생각하다 도리질했다. 두루미는 조금의 기척에도 훌쩍 날아가 버리고 만다. 나는 또 몇 날 몇 달 동안 놈을 찾아 헤매 다녀야 할 것이다.

드디어 움직이기 시작했다. 나는 총알도 없는 총을 어깨에 걸치고 그를 겨냥했다. 조금 더 가까이 오면 암호를 대라고 소리칠 참이었다.

그 아이였다. 나를 간호했던 아이, 이마에 막 솟기 시작한 氣을 단 아이가 내 앞으로 다가왔다. 중은 정말이지 아리잠직하게 빛났다. 그렇게 바깥세상의 어른이 되어가고 있었다.

"할아버지, 저기로 가게 해주세요."

두문동을 가리키며 아이가 말했다.

나는 총대를 거두지도 않고 아이를 봤다. 여기까지 왔을 때는 저곳으로 돌아가려는 거겠지, 싶으면서도 들여보내야 하나 말아야 하나 망설이지 않을 수 없었다. 나는 보초병인가 자유인인가. 시장은 내게 어떤 통보도 해오지 않고 있다. 혹시 나라는 존재를 잊어버린 게 아닐까. 아니 저렇게 중을 달고서 두문동으로 가겠다고.

"너도 봐라. 민둥산에다 잔풀만 삐죽삐죽 났을 뿐인데, 가서 뭘 어쩌겠다는 거냐?"

겨우 말했다.

"이게 소리가 나질 않아요. 얼마 전부터 안 나요. 아무리 불어도 안 나요."

자루를 내려놓는 아이의 눈에서 하염없이 눈물이 흘러내렸다.

누구나 제 설움에 겨워 우는 법이다. 그간에 저 어린 것이 겪었을 곡절이 짐작이 갔다. 내 처지 또한 아이에 비할 바 아니라는 감회가 일면서 덩달아 나도 눈시울을 붉히고 말았다.

"생이에요."

울음 섞인 목소리로 아이가 말했다. 조심스럽게 자루를 벗겨 냈다.

笙이라는 말에 나는 눈물을 닦다 말고 내려다봤다. 두 손으로 잡으면 폭 안길 듯 작고 둥그런 박통 안에 대나무로 된 길고 짧은 막대가 우후죽순 꽂혀 있었다. 검지 굵기만 한 게 모두 열일곱 개였다. 박통 안이 제 보금자리라도 되는 양 생기발랄해 보였다. 깜찍했으나 작았다. 속상할 정도로 왜소했다.

"얘야……."

아이를 불러놓고도 나는 말을 잇지 못했다. 망망하게 서서 입속으로 자꾸 바람만 들이마셨다. 물론 거창하고 아름답기를 바란 건 아니었다. 적어도 가까이할 수 없는 어떤 신비한 힘을 지니고 있으려니 상상했었다. 신의 말대로, 心의 소리를 끄집어내 줄줄 아는 악기라면 평범한 모습은 아니어야 했다. 더구나 저리 작아서야 어디

두루미 울음소리를 제대로 낼 수나 있을까. 옆에 신이 있었다면 따귀라도 한 대 갈겨주고픈 심정이 들었다.

인상까지 찡그려가며 신은 기억을 더듬었다.

─ 생은 내 숨으로 불었으나 소리는 내 안의 心에서 울려 나왔지요. 호수에 비친 내 모습에 취해 물속으로 빠져들기 전까지는…… 물에 비친 나는 아름다웠습니다. 잡고 싶었습니다. 언제까지고 가슴에 품고 싶었습니다. 물속으로 뛰어들었지요. 무엇엔가 부딪혔을까요, 이마가 바스러질 듯 아팠습니다. 상처가 나 피가 흐르는 것도 같았습니다만 그것은 문제가 아니었어요. 나는 더 깊이 들어갔습니다. 내 완벽한 아름다움을 잡으려고, 점점 구중지연九重之淵으로 빠져들었어요. 내가 일으킨 파문 때문에 이미 갈가리 찢겨버리고 없는 나를 찾아 허부적허부적…… 부딪힐 때의 충격으로 떨어져 나왔겠지요. 心이 笙 곁에서 떨고 있었어요. 두려움에 떨며 내게 소리쳤습니다. 돌아와! 연못 주변에서 먹이를 쪼던 두루미가 놀라서 허둥댔어요. 경중거리다 푸르릉 날아올랐습니다. 돌아오라, 돌아오라! 心의 소리를 흉내 내면서요…… 그것으로 그만이었습니다.

이제야 기억이 났다. 그 저수지가 학소지라고, 신은 말했었다. 나는 아이를 불렀다. 두문동을 가리켰다.

"얘야, 저곳에 있던 저수지 말이다. 뭐라 불렀는지 기억나니?"

내가 듣기에도 내 목소리는 몹시도 흔들렸다.

"학소지요."

"그럼, 그곳에서 생을 불던 사람이 있었겠구나?"

"있었지요. 부는 사람에 따라 소리는 모두 달랐지만요."

나는 갈증이 났다.

"네가 언젠가 그랬지? 두루미꽃이라고. 그 꽃이 피면 사람들이 저수지 앞에 모여서 어떤 사람이 돌아오기를 기도했다고 말이다. 혹시 너도 그 사람 본 적 있니?"

"그건 전설이에요. 할아버지의 할아버지 때부터 전해오는……."

아이가 비로소 나를 쳐다보며 대답했다. 비웃는 듯한 표정이 잠깐 스쳤다.

"아, 그랬지. 까마득한 옛날이라고 했지……."

실망스러웠으나 하는 수 없었다. 나는 아이의 중을 쓰다듬으며 한숨처럼 뱉었다. 점점 미궁 속으로 빠져드는 기분이 들었다. 전에 만났던 이는 그럼 누구였을까. 기억을 더듬어보자니, 그날 시장 사람들에게는 신이 전혀 보이지 않았던 것도 같았다. 그에게 침을 뱉고 몸뚱이를 밟고 지나가고, 낫까지 휘둘러댔다. 나는 그 뒤로도 만났는데, 함께 방에 앉아 대화도 나누었는데…….

혼란스러운 나와는 상관없이 아이가 조잘거렸다.

"어른들이 늘 말씀하셨어요. 두루미는 신과 사람을 연결해주는 새라고. 그 사람이 타던 소리는 무척 신령스러웠나 봐요. 소리에 따라 두루미들이 춤을 췄다고 전해오는 걸 보면. 소리를 내기는 했어도 우리 중 누구도 두루미를 춤추게 하지는 못했거든요. 마을에서 가장 어른이었던 우리 할아버지도 그걸 무척이나 애석해하셨어요."

허허, 그랬을 것이다. 여유로운 표정으로 나를 보던 노인네. 뱀에 물리셨더군요. 뱀도 아마 많이 놀랐을 겁니다. 건드리지만 않으면 짐승은 덤비지 않지요, 하던 노인네. 어느덧 나는 노인네를 그리워하고 있었다. 예전의 두문동은 참으로 아름다운 곳이었다. 온통 산으로 둘러싸여 있으면서도 옹색하지 않았고, 강물이 흘러 돌아도 드세지 않았고, 사람들은 흰색 저고리에 검은색 고쟁이를 입고 있었지만 넉넉해 보였다, 노인네처럼. 그런 노인네도 두루미를 움직이게는 못했다니.

"다시 한번 불어보거라. 설마 너 혼자 남았는데 외면이야 하겠냐."

건성으로 말했다. 내가 들어도 말에 성의라고는 눈곱만치도 들어 있지 않았다. 나는 그토록 갈팡질팡했다.

내 심정을 알 리 없는 아이가 두 손으로 공손하게 박통을 보듬었다. 오른손 검지를 대나무 관 안으로 쏙 집어넣은 다음 통 앞에 기다랗게 나온 취구라나, 거기에 입술을 댔다. 관 아래에 뚫린 구멍을 손가락 끝으로 눌렀다 떼었다 하며 사뭇 숨을 불어넣고 빨아들였다. 그때마다 볼따구니가 빵빵해지다 볼록해지다 했으나 생은 기어이 묵묵부답으로 일관했다.

7

아이는 笙을 두고 갔다.

사실대로 말하자. 나는 아이에게서 강제로, 빈총까지 겨눠가며 생을 빼앗았다. 그때 아이의 표정을 어떻게 말로 다 표현할 수 있을까. 내 눈에도 선명하게 보이던 氣을 어떻게 말해야 하나. 바늘처럼 뾰족하게 솟구치던 중. 빨갛게 변하면서 금방이라도 찌를 듯 노려보던 중을.

정말이지 나는 이놈의 생을 너무도 갖고 싶었다. 두루미가 그리웠다. 두루미 울음소리가 그리웠다. 생이 소리를 낼 수만 있다면 돌아오지 않을까 싶었다. 돌아오면, 나는 다시 두루미의 단정을 만질 수 있을까. 해맑은 살갗을 어루만질 수 있을까.

시장에게 아이를 보낸 것은 정당한 일이다. 마침 시 직원이라며 서넛이 방문한 날이었다. 생태원 조감도를 그리려고 두문동에 답사 왔다고 했다. 내가 아이를 소개하자 생존자가 있었느냐며 놀라워했다. 도움이 되겠다면서 차에 태웠다.

아이에게 미안한 마음은 들지 않는다. 나의 본분은, 언제 자유인이 될지는 모르겠으나 파수꾼이다. 보초병으로서 임무를 완수하게 되어 기쁘고 그런 내가 대견스럽다.

나는 나지막한 바위에 걸터앉았다. 여러 차례 깊게 숨을 들이마시고 길게 내쉬었다. 점차로 마음이 가라앉기를 기다렸다가 자루에서 笙을 꺼내었다. 힘을 주면 부스러질까 봐 가볍게 두 손으로 박통을 감싸 안았다. 취구에 입술을 댔다. 아이처럼 관 아래에 뚫린 구멍 두어 개를 막고 취구에 숨을 불어넣었다.

쇠청만 부르르 떨뿐 소리가 나지 않았다. 기다란 관의 구멍을 눌러도, 중간 길이 관의 지공을 눌렀다 떼어도, 가장 짧은 관에서도 소리는 생겨나지 않았다. 나라고 특별한 사람은 아닐 테니. 더구나 나는 두문동에 살았던 적도 없다. 버클레하게나마 남은 이 중 때문인지도 모른다. 아이도 막 생겨나기 시작한 중을 달고 있었다. 혹시…… 나는 고개를 저었다. 氣과 笙은 아무 관계도 없을 것이다.

날이 날마다 나는 생을 불었다. 힘을 준 나머지 손끝에 빙 둘러 굳은살이 박이고 굳은살이 얄팍해져서 마침내 벗겨지도록. 입술이 부르트고 갈라져 피가 나도록. 해가 뜨고 지고 초승달이 부풀어 올랐다가 이지러지도록. 들풀 싹이 돋아나고 꽃이 피었다가 시들도록. 비가 쏟아지고 난 뒤 두문동 하늘 위에 걸린 무지개를 보고, 허망하게 사라지는 홍예를 보면서. 강의 얼음이 녹고 물에도 물이 들고 단풍 물이 빠지며 고요해지도록.

가장 짧은 관의 지공을 누르고 불면서 올려다본 두문동의 하늘은 매화 빛깔로 밝아왔다. 하야면서도 푸르고 푸르면서도 발갰다. 검회색의 구릉들과 메마르게 몰아치는 바람, 바람에 나풀거리는 내 바짓자락 모두 강물 속에 잠겨 뒤채었다.

나는 가장 기다란 관의 지공을 누르고 취구에 숨을 불어넣었다. 笙을 안은 내가 강물에 비쳤다. 우멍하게 패인 눈언저리와 박통에 반이나 가려지는 몸통과 죽관 만큼 얇아진 손가락을 하고, 나는 한낮의 해를 머금은 채 트림하는, 두문동을 휘돌아 흐르는 남강물과 마주했다. 이제야 더위쯤은 거뜬하게 견디고 있는 내가 무척이나 낯설었다.

핏빛으로 물들어가는 요천을 보면서 생을 불었다. 해가 지는 요천의 하늘은 언제 봐도 가슴이 미어졌다. 장관이라거나 아름답다는 말보다 더한 말로 표현해야 한다고, 세상을 달구듯 들끓다 점차로 멀어지는 저놈의 저녁놀을 볼 적마다 나는 두런거렸다. 만약 생이 소리를 보여준다면 지금 누르는 이 가운데 죽관 소리와 닮았을까.

말에 멋을 부릴 줄 아는 사람들의 표현을 빌리자면, 저 놀 빛은 나를 시원으로 데려가듯 아득했다. 강렬했다. 눈물이 났다. 나는 한 번도 저토록 불타본 적 없었다. 왜 이 세상에 나왔는지 궁금하게 생각한 적 없었다. 나만의 날개를 퍼덕이며 우주로, 우주를 넘어선 어떤 곳으로 날고 싶던 꿈같은 건 잊은 지 오래였다. 단정을 좇아, 돈을 좇아 조급하고 격하게 달려왔을 뿐이다. 이렇게 두문동에 걸려 넘어지고 말았다. 지금은…… 그날이 그날인 채로, 언제부터 표시를 안 했나, 오늘이 며칠인지도 모르는 채로, 살아갈 날을 기대하기보다 살아온 날들에 끄달려 하루하루를 소진해가고 있다. 소진하면서 생을 분다. 소리하지 않는 생만 주구장창 불어댄다.

마음 가는 대로 몇 개의 지공을 눌렀다. 나는 취구로 들어온 세상의 숨을 들이마셨다. 해가 떠나버린 하늘을 마셨다. 시나브로 검어지는 강물을 마셨다. 어두컴컴한 강 건너 두문동을, 그리로 가는 고갯길을, 간당간당 세상과 이어진 다리를 깊이 깊숙이 들이마셨다.

나는 가슴속 찌꺼기를 세상으로 쏟아냈다. 아직도 내 깊숙한 어디에서 활개 치는 두루미를. 활과 화살을. 도치와 칼을. 작업대와 두루미 우리를, 차조기 기름과 단정을 널어 말리던 채반을…….

집 앞의 버들방천을 버리고 눈을 떴을 때 나는 다리 위에 서 있었다. 두문동 고갯길을 오르고 있었다. 천지사방 하얀 눈밭에 별빛이 내려와 새파랬다. 별빛을 피해 걷느라 나는 연방 비틀거렸다.

바위산 봉우리들이 먹빛으로 어두웠다. 숲도 캄캄했다. 그 무엇도 보이지 않았고 아무것도 분간할 수 없었다. 초매草昧의 한때가 이랬을까. 하도나 적막해 내 숨소리가 우레처럼 들렸다. 분지로 불어 내리는 어두운 바람에 휘청, 몸마저 흔들렸다.

무장무장 풀어지는 어둠을 따라 산봉우리가 제 모습을 드러내기 시작했다. 내 키보다 클 것 같은 자작나무들이 숲에 가득했다. 흰 눈 속에서 더욱 희게 떨었다. 그래, 하세월이 흘렀다. 바람은 또 얼마나 불어오고 불어갔던가. 소나무도 사시나무도 제법 많았다. 낙엽송 아래에 떨기나무들도 어리렁추렁청 늘어져 있었다. 새봄이 오면 저 관목 빈 가지에도 새파란 싹이 돋아나리라.

눈시울이 뜨거워지면서 무엇인가 내 안에서 꿈틀, 움직였다. 밖으로 난 문고리를 흔들었다. 얼핏 문이 열리고 틈으로 바람이 불어 들었다. 바람에 한 소리가 실려 왔다. 아주 희미했으나 밝았다. 성글었다. 뼈가 없는 것처럼 느긋하게 풀어져 고요했다.

고요한 소리가 내 정수리로 모여들었다. 미간으로 내려갔다. 늘 어두운 곳, 시끄럽기만 한 곳, 바깥이 아무리 고요하고 밝아도 고요와 밝음을 알아채지 못하던 가슴을 적셨다. 나는 그제야 바깥의 눈을 감고 내 안으로 향했다. 가슴으로 흘러드는 소리를 보았다. 배꼽으로 내려가는 소리, 단전으로 미끄러지는 소리를 응시했다.

소리는 마냥 흘렀다. 깊은 곳으로, 더 깊은 곳으로, 한없이 깊은 곳으로 침잠해 들었다. 맨 밑바닥에 고인, 더께 져 소리라고도 할 수 없는 소리 위에 살포시 내려앉았다. 낡고 오래된 소리, 한 번도 소리 내지 못한 내 소리가 뒤채였다. 굼틀거렸다. 하르릉, 깨어났다. 깨우는 소리와 깨어난 소리가 하나로 모였다. 한 모롱 지나 두 모롱을 돌아 꼬리뼈에 당도했다. 명문으로, 척추를 타고 대추로, 목 뒤 오목한 아문을 지나 뒤통수로 올라왔다.

백회를 뚫고 나온 내 홑소리는 세상에 닿자마자 겹소리가 되었다. 맑고 투명했다. 둥글고 넓었다. 세상 끝을 향해 가듯 깊고 길게 뻗어나갔다. 높게 낮게 허공으로, 자작나무 숲으로, 풀숲으로, 바위 봉우리로, 푸른 강물로 흩날리며 흘렀다. 소리에도 숨이 있을까, 생각하며 나는 숨을 멈췄다.

소리도 그쳤다. 앞서 나간 소리가 적막한 골짜기로 퍼졌다. 사방에서 메아리쳤다. 반향을 음미하며 나는 왼손 중지로 지공을 눌렀다. 취구에 숨을 불어넣자 이내 새로운 소리가 태어났다. 소리에 두 눈동이 눈을 떴다. 호라…… 호라라…… 숨 쉬었다. 호라오라…… 도라호라…… 학소지가 화답했다.

무언가 내 이마를 탁, 치고 지나갔다. 나는 화들짝 놀라 두리번거렸다. 주뼛주뼛 이마를 짚었다. 밋밋했다. 氣이 잡히지 않았다. 위고 아래고 옆이고 없었다. 정수리에도 뒤통수에도 귀밑에도, 샅샅이 더텄으나 어디에도 남아 있지 않았다.

"心은 몸속에 있는 것이지, 몸 밖에 있는 것은 애초부터 아니었습니다. 笙 소리를 듣는 순간, 학소지가 내 안에, 바로 내 안 깊숙한 곳에 있었다는 걸 알았습니다…… 氣이 아니라 내 안에 깊숙이 숨겨진 마음으로 봐야 세상이 보인다는 것도, 부유하지 않는 그 깊은 마음으로 보는 세상이 진정한 세상이라는 것도 이제야 알 것 같습니다. 결국 몸뚱이는 내가 아니었어요. 단지 세상과 나를 연결해주는 매개체일 뿐……."

나는 생을 가슴에 보듬었다. 신의 말이 그 안에서 울려 나온 듯. 신의 소리를 끌어안듯이.

지난날들이 멀어져갔다. 강으로 갔는가, 살랑살랑 물결이 일었다. 꽃으로 피었을까, 자그맣게 층층이 매달린 두루미꽃 하얀 송이들이 천지사방에 벙글었다. 성벽 같은 산봉우리에도, 늘어진 산자락과 빈터에도, 연하디연한 이파리를 매단 교목들이 느시렁느시렁 봄으로 흔뎅였다. 학소지 속 하늘도 물무늬를 일으켰다. 어서 오라고, 내게 푸르게 손짓했다.

8

난데없이 차 소리가 들렸다. 오랜만에 수송병이 오는가. 날짜를 헤아려보다 그만두었다. 내게 날짜라는 건 소용없어진 지 오래였다.

여러 소리가 한꺼번에 들리는 게 수송병 차만은 아닌 듯했다. 시찰단인가. 나는 부리나케 笙을 자루에 넣었다. 두리번거리다 자작나무 아래로 갔다. 구덩이를 파고 맨 아래에 풀을 깔았다. 생을 놓았다. 생 위에 다시 풀을 덮었다. 흙이 새어들지 못하도록 두툼하게 덮었다.

고갯마루까지 온 차들이 줄지어 섰다. 모두 다섯 대였다. 열댓 명이나 되는 사람들이 우르르, 각자의 차에서 몰려나왔다. 시장 일행인지 모르겠다 싶었다.

"야, 정말 훌륭합니다."

한 사람이 색안경을 벗으며 탄성을 질렀다.

"두문동이 우리 홍예시에 있다니, 축복이 아닐 수 없습니다."

사방을 휘 둘러본 사람이, 마치 모조리 살펴봤다는 투로 말했다. 아쉬움이 묻은 소리로 이어 말했다.

"너무 외지긴 하지요?"

"요즘엔 외진 곳이 더 인기 아닙니까."

다른 한 사람이 대꾸했다.

나는 두건 쓴 사람을 찾았다. 내 기억이 맞는다면 두건 쓴 이가 시장의 시중을 드는 사람일 터였다.

"저, 나는 강 건너에서 보초를 서고 있소만……."

두건 쓴 사람 하나가 다가왔다. 나를 빤히 쳐다봤다. 얼굴빛이 달라졌다.

"할아버지가 여기서 보초를 서고 계셨어요? 언제부터요?"

굉장히 반가워하는 얼굴로 내 손을 붙들었다.

나는 어안이 벙벙해졌다. 나를 알아보는 사람이 있을 거라는 생각은 하지도 못했으려니와, 내 손을 잡은 이가 누구인지도 알 수 없었다.

"오래전에…… 저기서, 할아버지가 뱀에 물리셨을 때 제가……."

"아니, 네가. 자네가 어떻게……?"

나를 간호한 아이였다. 내게 笙을 빼앗긴 아이였다. 내가 시장에게로 인계했던 아이였다. 방금 내가 뱉어낸 말속에는 그것들이 꽉 들어차 뻑뻑하고 어수선했다.

"헌데, 머리에 두건은?"

"시장님의 심부름을 하고 있어요_{옆에 서 있는 사람에게 다가섰다.} 시장님, 이분이 여기에서 보초를 서고 계신답니다."

시장이라는 자가 고개를 끄덕이며 나를 바라봤다. 氣이 훌륭했다. 크면서도 특별히 모가 나거나 도드라진 부분 없이 똑 고른 것이 성격도 호탕할 것 같았다. 가운데 완만하게 올라와 박힌 천연 단정이 한결 품격을 높여주었다. 함에도 뭔가를 감추고 있는 듯한 인상이 들었다.

"노인장께서 예전에 단정을 보급하는 수고를 하셨다고요?"

목소리도 굵고 자연스러웠다. 미소도 풍채만큼이나 넉넉했다.

"면목 없습니다."

말은 그렇게 했지만 나는 시장에게 미안해할 이유가 없었다. 두루미가 떠오른 탓이었다. 내게 죽어 나간 두루미에게 미안하고 죄스러운 마음이 들어서였다. 놈들은 지금 어디서 나를 원망하고 있을지.

"무슨 그런 말씀을…… 그건 그렇고, 이곳을 좀 안내해 주셔야 할 텐데요."

"저야 아는 게 있겠습니까만, 원하신다면 그렇게 하지요."

시장이 그중 가장 중후하게 생긴 차로 갔다. 아이가 뒷문을 열어주자 올라탔다. 다른 사람들도 각자 자기들 차에 올라 시동을 걸었다.

아이가 동료들이 서 있는 곳으로 가 뭔가를 가리켜가며 이리저리 손짓하고는 내게로 왔다. 이마가 납작했다. 두건에는 새가 수 놓여 있고, 아이와 잘 어울려 보였다.

"저희 차로 가세요, 할아버지."

생글생글 웃으며 권했다. 맨 앞차로 가더니 뒷문을 열고 내가 타기를 기다렸다.

"할아버지도 제가 궁금하셨지요? 저도 가끔 할아버지를 생각했어요. 지금은 두루미 사냥은 하실 수 없을 테고…… 참, 뱀에 물리셨던 자리는 흉터 안 생겼어요?"

뭐라 대꾸할 새도 없이 조잘거렸다. 생을 빼앗겼던 일은 다 잊어버린 모양이었다. 제가 살았던 곳에 왔는데도 감회가 일지 않는가 보았다. 그건 그렇다 치고, 어디를 봐도 남자인데 꼭 여자아이처럼 수다스러워, 대답 대신 나는 차창 밖으로 눈길을 돌리고 말았다.

풀꽃이 지천으로 핀 길로 차들이 달려갔다. 먼지가 풀풀 날렸다. 아무리 내가 보초를 서고 있었어도 날짐승과 들짐승들은 몰래 들어왔던가 보았다. 여기저기에서 사뭇 시끄럽게 우짖었다. 하긴 자기네와는 다르게 생긴 짐승들이 불쑥 들이닥쳤으니 두려울 터였다.

완만한 경사지에는 광대나물이니 조개나물 같은 봄풀이 흐드러지고 논이었던 곳에는 독새풀이 만발했다. 무성한 풀 사이로 두루미꽃이 모다기모다기 피어난 모습이 눈에 들어왔다. 학소지가에는 갯버들 대여섯 그루가 유록색 이파리들을 늘어뜨린 채 실바람에 간들거렸다. 내 거처에 들어선 기분이 들었다. 나도 모르게 점점 맥박이 빨라졌다.

빈터에 차가 섰다. 나는 다리가 후들거려 몸을 지탱하기 어려웠다. 차에서 내려 겨우 힘을 주고 섰을 땐 온몸이 땀으로 흥건해졌다.

어디부터 둘러봐야 하나 고민하다, 나는 옥수수밭이 있던 쪽으로 걸음을 옮겼다. 밭으로 가는 길에 두어 채의 집이 있었을 텐데 축대로나 쓰였을 돌들만 시커멓게 뒹굴었다. 묵은 갈대가 허리춤까지 닿고, 독새풀이 널린 밭에서 간혹 무엇인가 슥, 뱀인지도 모르지, 스치는 소리가 들리곤 했다. 갈대 새싹은 겨우 새끼손가락만 하게 올라오고 있었다.

걸어가다 말고 뒤를 돌아다봤다. 아무도 따라오지 않았다. 빈터에 선 채로 주변을 둘러보고 있던 누군가 내게 손짓했다. 내려오라는 뜻인 모양이었다.

아이가 두건 쓴 이들과 무슨 알약 같은 것을 손바닥에 털어 물과 함께 삼켰다. 나를 보더니 싱긋 웃었다.

"여기 서서 봐도 다 보이는걸요. 시장님도 그리하실 거예요. 쉬세요, 할아버지."

나는 국수나무 아래에 자리를 잡고 앉았다. 시리면서도 상큼한 바람이 불어왔다. 벌들이 연방 이꽃 저꽃 속을 들락거렸다. 조개나

물꽃이 이파리를 죄다 벌리고 햇볕을 흠향하고 있었으나 나는 거기에 관심을 쏟기 어려웠다. 도무지 아이의 언행이 낯설었다. 자기의 고향에 왔는데도, 저 말고는 단 한 사람도 살아남지 않았는데도 전혀 반응이 없었다. 저도 메마른 아이였나. 독한 아이였나…… 나는 고개를 저었다. 지금 내가 보고 있는 것이 전부는 아니려니. 허상 너머에 비로소 진실이 있으려니. 아이에게는 아이만의 무엇이 있으려니, 뒤늦게 짐작했다.

"여기 호수는……."

아이가 시장 일행에게 학소지를 소개하기 시작했다. 내게도 했던 이야기였다. 까마득한 옛날에 한 사람이 있었다고 그 사람은 이 호숫가에서 생을 불었다고 악기 소리에 맞춰 두루미들이 춤을 췄다고 그 사람은 떠나고 꽃으로 피어났다고 두루미꽃이 피면 두문동의 모든 사람이 호수 앞에 둘러 모여 그가 돌아오기를 기도했다고.

"이게 두루미꽃입니다. 날개를 양쪽으로 활짝 펼치고 있는 모습이라는데 저는 잘 모르겠습니다."

"방금 생이라고 했나. 어떻게 생긴 거지?"

두루미꽃에는 관심이 없는지 시장이 대뜸 물어왔다.

나도 모르게 숨을 멈췄다. 아이가 생을 달라면 어떡하지? 잃어버렸다고 해야 하나, 너무 오래돼서 망가져 버렸다고 해야 하나. 신이 가져가 버렸다고 할까. 나는 아이를 똑바로 보지 못했다. 오금이 저렸다. 다리가 후들거렸다. 등짝으로 식은땀이 지나갔다. 눈까풀마저 떨려왔다. 눈길을 어디 둬야 할지 막막해졌다.

"죄송합니다. 옛날 일을 모두 기억할 수는 없어서……."

"아, 미안하게 됐네. 내가 잠시 잊고 있었군."

푸, 그제야 숨을 뱉었다. 나는 아이가 기억하지 못하는 것이 무슨 큰 은혜라도 되듯 반가웠다. 그나저나 그때 화재 때문에 기억을 잃어버렸나. 궁금해서 몇 번이나 아이를 봤지만 차마 물어볼 순 없었다.

"어떻습니까. 아직 숲이 휑해 보입니다만, 관광지로는 손색없지요?"

한 사람이 시장과 일행을 둘러보며 말했다. 너도나도 고개를 끄덕이는 걸 보니 동의하는 눈치였다.

"전적으로 저 수행원아이를 가리켰다 덕입니다. 수행원 말을 들었다면 누구든 와보기를 별렀을 거예요. 이곳을 관광지로 조성하자고 제안했을 때 모두 반대한 걸로 알고 있습니다. 누구나 편치 않은 마음이었을 테지요. 특히 저 수행원은 그때의 충격으로, 이곳에서 살았던 때 말고는 아무것도 기억하지 못합니다. 화재가 있기 전으로 회복시키는 것이 수행원뿐만 아니라 그때 희생된 사람들의 영혼을 조금이나마 달래주는 게 아닌가 싶습니다."

다른 누구보다도 시장이 고개를 끄덕끄덕하는 데 힘을 입은 모양이었다. 그 사람이 다시 말했다. 다시 보니 전에 답사한다며 왔던 사람 중 하나 같았다.

"환경영향평가를 해봐야 알겠지만, 이곳은 강과 산으로 둘러싸여 분지를 형성하고 있습니다. 동서 길이 7.3 남북 6.2킬로미터로,

면적으로 환산하면 48.36제곱킬로미터입니다. 평수로 계산하면 1,460만 평 남짓 되죠. 저 산봉우리들을 보십시오. 얼마나 수려합니까. 이토록 아름다운 곳은 요천, 남강 어디에도 없습니다. 오직 우리 홍예시에만 있습니다. 강 주변을 정비해서 유람선을 띄우고 위락시설을 갖춘다면 휴양지로 이만한 곳은 없을 겁니다."

"그것만 가지고는 너무 식상하지 않을까요?"

누군가 의문을 제기했다.

"물론입니다. 지금 청사진을 준비 중이라 섣불리 말씀드리기는 곤란합니다만, 조류생태원과 연구소를 염두에 두고 있습니다."

"괜찮은 아이디어입니다. 오면서 보니 모래사장과 갈대밭이 엄청나게 넓던데 그것을 이용하면 충분하겠군요."

"조류연구소야 요천에도 두세 곳이나 있다고 들었습니다. 강 건너 남강에도 있지요. 그쪽과 어떻게 차별을 둘 생각이신지요?"

"우리 홍예가 홍예로 불리게 된 것은 여기 두문동 덕분 아닙니까. 바로 이 저수지 위에서 무지개가 뜬다니까요. 상상이 가십니까. 이 천혜의 경관을 사람들 입맛에 맞게 조금만 바꾼다면 성공은 확실합니다."

"거, 국장이 머리 좀 아팠겠구만."

시장 말에 모두가 박수로 호응했다. 시장의 중이 흡족하면서도 발그레한 기운으로 풍성해졌다. 국장의 것도 잔뜩 부풀어 올랐다.

뭐가 뭔지 도통 알아들을 수 없는 말들뿐이었다. 그러니까 이곳 두문동을 관광지로 만들어서 수많은 사람이 들락거리게 하겠다는 말인가 보았다. 한데 연구소는 뭘까. 옛날에 내가 그랬듯이? 설마…… 나는 고개부터 흔들었다. 아무래도 방정맞은 생각이었다.

"두문동 사람들은 대단했어요."

시장이 말했다. 요새 들어 부쩍 헛소리가 들리던데, 잘못 들었나. 나는 몇 번이나 귀를 후볐다.

"중은 없어서는 안 될 기관입니다. 세상을 돌게 하는 윤활유고, 이 윤활유가 없었다면 인간은 이미 멸종하고 말았을 테니까요. 요즘 들어 중을 모지락스럽게 키우느라 심적으로 여유가 없어진 것은 사실입니다만 상대적으로 종교나 명상이 더욱 승해지지 않았습니까. 여러분도 귀가 닳도록 들으셨지요. 세상에서 필요치 않은 것은 단 하나도 없습니다. 모두가 있어야 할 까닭이 있어서 생겨났어요. 필요악이란 말도 있잖습니까. 이 중도 당연히 우리 인간에게 소용이 있어서 만들어진 기관입니다. 한데 두문동 사람들은 포기했어요. 인간이기를 포기한 거죠. 그래서 그들이 더욱 대단하다는 생각이 듭니다. 아, 그렇다고 제가 중 없는 사람들을 좋아한다 생각하진 마세요. 허허허……."

시장의 의도가 뭔지 헷갈렸다. 일행도 뜨악한 표정으로 그의 얼굴을 쳐다봤다.

중을 느긋하게 풀어가며 시장이 말을 이었다.

"이전 시장들도 이 두문동에 대해 심각하게 고민하신 것으로 알고 있습니다. 전에 화재 났을 당시에 재임한 시장께서는 특히 더 고민을 많이 하셨다고 들었습니다."

"그분이 아무도 모르게 화재를 지휘했다는 설도 있지 않았습니까?"

기자인 듯한 사람이 시장의 말에 반문했다.

"글쎄요, 설은 설일 뿐이라고 생각합니다만…… 여기 이렇게 증인도 있잖습니까?"

시장이 가리키자 모두 나를 쳐다봤다.

그때 나는 허리를 꼿꼿하게 세우기가 불편해 약간 구부리고 있었다. 자연 호수로 눈길이 갔다. 호숫물이 바람을 따라 너흘거리는 걸 지켜보다, 불현듯 빛이 일어 눈을 치켜떴다. 푸르스름하면서도 붉은빛이 호수 주변을 휘, 둘러보더니 사라졌다. 잘못 봤나 싶어 눈을 비비고 다시 보는데, 하필 나를 응시하는 사람들과 눈이 마주쳤다.

"그분의 부친 때문이었다는 말도 돌았죠."

국장이었다.

"어느 날 말도 없이 사라져버렸답니다. 부친은 늘 말했다고 해요. 중 없이 사는 삶이 진정한 삶이라고. 전 시장님과는 정반대이니 자연 골이 깊어졌겠지요. 선거유세 기간에 시장이 이곳을 찾아오기도 했답니다. 무슨 이유에선지는 몰라도 그냥 돌아가자고 하더랍니다. 그러면서, 중 없는 자들은 인간이기를 포기했어. 인간 아닌 자들이 어떻게 투표하겠나, 그랬다는 겁니다. 어쨌든 우리는 이곳에 살았던 사람들에게 감사해야 합니다. 지금까지 그들이 살고 있었다면 이 아름다운 곳을 우리가 어떻게 차지하겠습니까?"

"뭐, 차지하지 못할 것도 없지요."

시장의 말에 누군가가 대꾸했다. 모두 고개를 끄덕였다.

9

계속해서 보초를 서야 하는지 아이에게 물어봐야 하나, 돌아갈 채비에 바쁜데 노인네가 주책바가지라고 욕이나 하지 않을까. 아무렇게나 처박아둔 笙도 걱정되었다. 풀밭에 뻘쭘하게 앉아 있기도 어색했다. 마침 소피도 해야 했다. 나는 빈터를 벗어나 묵은 갈대가 우거진 곳으로 걸어갔다. 적당한 곳을 찾아 괴춤을 내렸다.

국장과 기자가 대화를 나누며 어슬렁거리는 모습이 눈에 들어오는가 싶더니 어느결에 가까이 다가왔다. 별말이야 하겠나 싶어서 나는 그냥 일을 봤다. 두 사람도 나를 개의치 않는 눈치였다.

"저 사람들은 제때 알약 하나씩만 먹으면 중이 자라지 않아요. 그렇다고 모두 편안해지진 않습니다. 기억이 떠오르면 불안에 시달리죠. 해서 일정 기간의 기억을 억제하는 주사도 함께 맞게 합니다. 가장 행복했던 기억만을 갖도록…… 행복할 때는 다른 걸 욕망할 겨를이 없지 않습니까. 욕망이 없는데 중이 자랄 리도 없구요."

"두건 쓰는 이유가 그거로군요. 그렇다면 중이 거세당하는 것 아닙니까? 스스로 없애려는 게 아니란 말이죠."

"맞습니다. 시간이 지나면서 서서히 없어지도록 하는 거죠. 중 없는 사람들은 그러니까 두 부류에요. 욕망하지 않아서 중이 없는 사람과 저렇게 거세당하는 사람."

"지금도 욕망하지 않는 자들이 어딘가 있겠죠."

"물론 있을 겁니다. 그게 바로 통치의 묘미 아닐까요? 두문동을 찾아 관광지로 만드는 것, 중 없는 사람들에게 중을 키우게 만드는 것 말입니다. 솔직히 중 없는 사람들만 있다면 통치 또한 존재하지 못합니다. 필요악…… 아까 시장이 한 말 잊으셨습니까."

"맞아요, 맞아. 그런 의도였군요. 허허허…… 하지만 단정이 자꾸 줄어드니 걱정입니다."

"그거라면 염려하실 필요 없습니다. 연구소를 공연히 만들자고 했겠습니까. 표방이야 연구소지 사실은 두루미사육장을 염두에 두고 있으니까요. 사육장에서 대량으로 생산해낸다면 단정 판매를 합법화하는 것은 당연한 순서죠. 그래야 일반인들도 마음 놓고 중을 꾸밀 수 있지 않겠어요."

"두루미를 가둬서 키우자는 겁니까?"

"물론입니다. 사람이든 두루미든 어차피 이 지구란 별에 갇혀 살고 있지 않습니까. 이웃 나라들도 진작부터, 암암리에 해오고 있다고 들었어요. 뭐니 뭐니 해도 중을 치장하는 데는 단정이 최고죠. 거기다 고기도 먹고 깃털로 옷을 만들어 입는다면 일석이조 아니 일석삼조 아닙니까."

"이거야 원, 머잖아 우리 인간은 사라져 버리고 불사조만 남는 게 아닌지 모르겠습니다. 아니 신이 되나요?"

화루룽…… 또라 또라하 또라하라앗……!

별안간 천둥이 쳤다. 천지사방을 뒤흔들었다. 두문동이 삽시간에 소리 속에 갇혔다. 누구도 감히 움직이지 못했다.

또라하…… 또라하라호…… 호옷, 호옷!

소리는 크고 날카롭게 뻗어나가다 어느 순간부터 흐느꼈다. 너헐너헐 흐느끼며 두문동을 맴돌았다.

그제야 두세두세, 두건 쓴 이들이 시장을 에워쌌다. 차 안으로 밀어 넣었다. 국장과 기자도 각자의 차로 내뺐다.

소리는 계속해서 두문동을 휘어 돌고, 소리에서 벗어나려는 듯 그들이 달아났다. 바퀴에 시퍼런 물이 들도록 두루미꽃을 짓이겨가며 고갯길로 내달려 올랐다.

"할아버지, 할아버지!"

아이가 차 창문으로 고개를 쑥 내밀고 소리쳤다.

"해제래요. 이제부터 할아버지는 자유,"

"또라, 또라, 또라하라 하라, 하랏!"

괴춤을 올리다 말고 나는 고개를 들었다. 아이의 외침이 笙의 소리에 묻히는 것을, 차들 위로 시뻘겋게 쏟아지는 생의 마지막 소리를 멀뚱멀뚱 보고 또 들었다.

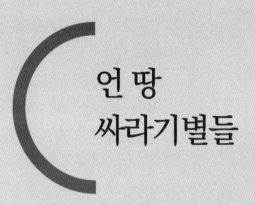

언 땅
싸라기별들

송운재 봄

1

방장산 허리를 즈려밟고 산벚꽃이 벙글었다. 연분홍 꽃잎들은 온 산자락을 덮을 기세로 타들어갔다. 얼마 지나지 않아 조팝나무가 터져 오르고, 찔레꽃이 훠이훠이 연자봉 비탈을 감싸 안았다. 골짝마다 바람이 불어왔다. 송홧가루와 바람이 났는가, 바람은 산 아래로 들판으로 나돌다 날아가서는 논바닥과 밭두렁에, 초가지붕이며 시정 마루에 찰싹 드러누워 노라면서도 진한 송진내를 풍겼다.

도연은 이 들판 저 산마루를 쓸어안듯이 둘러봤다. 천지사방에 흐드러진 봄을 깊이 들이마셨다. 마음은 어느새 해사하고 나른한 꽃잎들을 타고 붕붕 날았다. 학교까지 날아가 손톱 같은 꽃잎들을 교실 바닥에 흩뿌려놓았다. 트고 갈라진 생도들 손에도 한 줌씩 쥐여주었다. 생각난 듯 면소 너머로 고개를 돌렸다. 느리적느리적 책보를 고쳐맸다. 돌멩이를 걷어찼다. 길바닥에 고였던 아침햇살이 돌멩이 뒤를 따라가며 포르르 피어올랐다.

바깥마당 가운데에 서당방 꼰대가 서 있었다. 도연은 고개만 까딱하다, 아차 싶어 똑바로 섰다. 조용했다. 여느 때 같으면 인사는 만행의 근본이니 명심보감을 배웠다는 놈이 버르장머리 없다느니 하면서 혀를 찼을 텐데, 이상한 일이었다.

"허 참, 꽃은 산속의 달력이여."[1]

꼰대가 두런거렸다. 단단히 취한 목소리였다. 날리는 꽃잎들을 따라 이리저리 눈길을 돌리면서 허 참, 그려. 또 중얼거렸다. 장죽을 빨았다.

도연은 입을 비쭉거리며 고샅길을 내려왔다. 걷다 말고 찔레꽃 덤불을 건너다봤다. 하얀 꽃이 햇살을 받아 아슴아슴 빛났다. 달착지근하면서도 쌍그름한 기운이 심장 속으로 달음질쳐왔다. 박동 소리도 커졌다. 허 참, 꽃은 산속의 달력이여. 그는 꼰대를 흉내 내다 웃었다. 공자 왈 맹자 왈 찾아대던 것과는 영판 안 어울려 보였다. 아무리 생각해도 꼰대가 지어낸 말은 아닌 것 같았다.

학교 판자 건물이 어른거렸다. 운동장에는 남자 생도들이 새끼줄로 감아 만든 공을 차느라 이리저리 뛰어다녔다. 운동장 가에 다문다문 둘러앉아 공기놀이하는 여자 생도들도 보였다. 그 옆에 또래

---

1) 花是山中曆: 김시습의 시 「悶極」 중에서.

여학생 둘이 멀찌감치 떨어져 마주 보고 서 있었다. 고무줄을 어깨 높이로 들고 백두산 뻗어내려 반도 삼천리, 무궁화 이 강산에 역사 반만년, 대대로 이어 사는 우리 삼천만, 복되도다 그 이름 대한이로세[2] …… 노래를 불렀다. 고무줄 가운데에 선 여자 애들이 폴짝 뛰어 고무줄에 한 발을 올렸다. 가랑이에 줄을 넣은 뒤 나풀 줄을 넘어갔다. 모두 학교에 빠진 듯했다. 생도뿐만 아니라 생도들이 일으키는 흙먼지까지도 신명 나 보였다. 도연은 푸, 한숨을 쉬었다. 저처럼 학교 다니기 싫은 애는 한 명도 없는 것 같았다.

도연은 열 살에 소학교에 들어갔다. 학교 공부는 하늘천따지보다 지루했다. 장사 놀이 같은 셈 공부가 특히 그랬다. 육학년이 되도록 정의라는 뜻과 정의의 실행이라는 말은 알쏭달쏭했다. 민주정치는 무엇이고 인민의 국가는 왜 있어야 한다는 건지 알아들을 수 없었다. 그딴 것들을 배워서 외우고 시험까지 치러야 한다니 납득하기 어려웠다. 그는 어떻게 하면 학교에 가지 않을까 궁리했다. 학교가 없는 나라도 어딘가 있을 것 같았다. 선생님은 말했다. 이놈아, 호강에 겨운 소리 그만해. 다니고 싶어도 못 다니는 애들이 얼마나 수두룩한지 알아? 그러면서 출석부로 머리통을 때리기 일쑤였다.

아버지도 이르곤 했다.

─ 신식핵교 댕깅게 좋지야? 누이덜언 이놈아, 핵교는 고사허고 서당 문턱도 못 넘어봤어. 서당 아제들을 봐라. 지름 좔좔 흐르는 양복에다가 구두에다가 얼마나 빛이 나냐? 고것이 다 열심히 공부헌

---

2) '대한의 노래': 원래는 '조선의 노래', 이은상 작사·현재명 작곡, 1932.

결과 아니겠어. 인자는 신식공부라야 사람대접받는 시상이란 말여. 서당 노인네가 아무리 공자 왈 맹자 왈 떠들어봐야 누구 하나 훈장 어른이라고 떠받들댜? 아제들이 고렇게 기세등등헝게나 모가지라도 틀어 븨는 것이여.

교실 안은 조용했다. 부덕이만 제 동생을 업은 채 서성이고 생도들은 웅성거리지도 않고 제자리에 앉아 있었다. 반에서 가장 시끄럽게 구는 짝꿍조차, 지난번 시험보다 일 점이라도 떨어진 생도들은 수업 시간에도 모래를 퍼 날라야 할 거라고 선생님이 말했다고, 마치 저만 들었다는 듯 말하곤 입을 다물었다.

책보를 끄르고 책과 잡기장과 필갑펜통을 꺼내었다. 손으로 턱을 괴고 앉았다. 눈을 감았다. 이번에도 꼴찌에서 두 번째일 게 뻔했다. 한 달이면 반이나 수업을 빼먹으면서도 공부 잘하기를 바란다면, 아버지 말마따나 창새기 빠진 놈이라 아니할 수 없었다. 그는 코를 쑥 빠뜨리고, 제발 다리가 부러져 오지 않으면 좋을 선생님을 기다렸다.

어느 날 밤에, 글ㅅ방 선생님이 돈 일 전을 내어놓으시면서, "누구든지, 이 돈 일전으로, 방안에 가득 물건을 사오너라." 하셨소. 한 생도가 곧 돈을 받아가지고 나가더니, 초 한 자루를 사가지고 들어왔소. 방에 들어오는 길로 불을 꺼서, 캄캄하게 하였소. 그러고는 사가지고 온 초에 불을 켠즉, 캄캄하던 방이 갑자기 환하게 밝아졌소. 선생님과 생도들은 모두 탄복하였소.[3]

---

[3] 〈초등국어교본 상〉 중 十四, '어린아이 슬기', 군정청 문교부 발행, 서력 1945년 12월 30일.

탄복은 책에서 뿐으로, 급장이 다 읽고 자리에 앉기도 전에 생도들은 일 전으로 부지런히 박하사탕을 사고 오꼬시와 센베이를 사 날랐다. 말만으로도 행복해했다. 저잣거리에서 전학 온 생도 하나가 들어본 적도 없는 사탕 이름을 말했을 때는 한바탕 와자해졌다. "캬라멜 사 먹으면 좋겠다! 그거 하나면 박하사탕 열 개하고도 안 바꿀 텐데" 아닌 게 아니라 전학 온 생도의 손엔 생전 처음 보는 사탕이 들려 있었다. 누르스름하게 반들거리며 생도들을 유혹했다. 도연은 재빨리 그것을 낚아챘다. 껍데기째 입속에 욱여넣었다. 입을 막 다물려는 찰나, 누군가 뒤통수를 치는 바람에 캐러멜이 도로 튀어나왔다. 교실 바닥으로 떨어져 나뒹굴었다.

퍼뜩 눈을 떴다. 캐러멜은 온데간데없고, 선생님이 앞에 서 있었다.

"야, 뭣 힜간디 아침부터 자울거려?"

짝꿍이 큰 소리로 말하자 생도들이 웃었다. 웃음소리에 놀랐는지 부덕이 동생이 울음을 터뜨렸다. 교실 안은 난장만큼 시끌벅적해졌다.

"조용, 조용! 부덕이 너, 만날 동생을 업고 오면 어떡해?"

선생님 목소리가 높아졌다. 부덕이가 엉거주춤 통로로 가면서 손가락으로 포대기를 찔렀다. 동생이 더 자지러지게 울었다.

"결석 아니면 학교 와서 졸기니, 너는 이놈아, 도대체 학교엔 왜 다니는 거냐? 이럴 거면 아예 나오지 마."

선생님이 검지 끝으로 머리통을 밀면서 말했다. 다시 와르르, 생도들이 웃어젖혔다. 도연은 고개를 푹 수그렸다.

"자, 조용히 하고, 주목."

교단으로 올라간 선 선생님이 시험지 뭉치를 교탁 위에 펼쳤다. 교실은 금세 가설극장 안처럼 조용해졌다. 생도들은 어서 징이 울리기를 기다리는 사람들 같았다. 변사가 배우들의 입 모양에 따라 대사를 읊조릴 것을 재촉하는 사람들처럼, 침만 꼴딱꼴딱 삼키다가, 자기 점수가 불릴 때마다 탄성과 탄식을 번갈아 쏟아냈다.

"내 말 안 들리나? 음악 점수가 어떻게 된 거냐고 묻고 있지 않아? 사십 점이라니, 보고 쓴 거 아냐?"

도연은 발딱 고개를 들었다. 생도들을 휘 둘러봤다.

"너야, 너. 아직도 졸고 있나?"

선생님이 머리통을 쥐어박으며 꾸짖었다. 생도들이 키득키득 웃었다.

사실 시험 볼 때마다 연필을 굴렸다. 공부하려고 매번 방바닥에 엎드리면, 누런 종이에서 깜장 글자가 떨어져 나와 나풀나풀 사라져 버리곤 했다. 밤 내 나풀대는 글자들을 잡느라 잠까지 설칠 지경이었다. 그런데 어찌 된 영문일까. 다른 과목도 아니고 음악 시험문제를 사십 점이나 맞다니. 책도 한번 펼쳐보지 않고 연필만 굴려 썼는데 어떻게 그럴 수 있지. 도연은 연방 고개만 갸우뚱거렸다.

"결석도 모자라서 이제는 시험지도 남의 걸 보고 써? 중학교 가기가 어디 징검다리 건너듯 쉬운 줄 알아. 도대체 넌 뭐가 되려고 그러냐. 어디 말 좀 해봐?"

"방장산이오."

도연은 중학교라는 말이 직신직신 가슴팍을 누르는 것을 겨우 참았다.

"방장산이라니? 산? 느네 동네 뒷산 방장산?"

선생님이 산 자를 두 번이나 높이 치켜들어가며 되물었다. 생도들이 시석시석 웃기 시작했다.

"제군들, 사람이 산이 될 수 있다고 생각하나?"

"아니요."

선생님 물음에 생도들이 일제히 큰 소리로 대답했다.

"육학년이나 되는 놈이 생각한다는 게 기껏 고거냐?"

가엾고 한심하다는 얼굴로 선생님이 쳐다봤다.

"위대한 대한민국의 국방군은 지금, 우리의 삼천리 금수강산이요 옥토요 낙원을 짓밟고 더럽힌 놈들을 쳐부수고, 조국의 완전 통일을 위해 전진하고 있다. 이 땅을 다시 평화의 터전으로 만들기 위하여 기꺼이 제 한 목숨 바치고 있단 말이다. 제군들도 우리의 조국과 민족을 위해 무엇을 할 것인지 생각하길 바란다. 자 김도연, 다시 대답한다. 방장산엔 뭐가 있지?"

"나무랑 풀이랑 새랑……."

도연은 풀죽은 소리로 얼버무렸다.

선생님의 관자놀이에 힘줄이 섰다. 오늘도 각오해야만 할 것 같았다.

"방장산에는 지금 빨갱이들이 숨어 있다. 빨갱이가 되고 싶나?"

얼굴까지 벌겋게 달아오른 선생님이 청소함으로 갔다. 가면서도 몇 번이나 정말로 방장산이 되고 싶으냐고, 빨갱이가 되고 싶으냐고 물었다. 그때마다 도연은 빨갱이가 아니라 방장산이 되고 싶다고 대답했다.

목이 메었다. 제 마음을 몰라주는 선생님이 야속했다. 귀때기를 잡아끌고 와 가슴팍에 손수건을 달아준 아버지가 원망스러웠다. 학교에 다니지 않아도 되는 나라가 어디엔가 꼭 있을 텐데 찾지 못하는 자기도 답답했다. 도연은 정말로 방장산이 되고 싶었다. 방장산에서 소나무가 되고 야막나무가 되고 싸리나무가 되고, 새가 되고 너구리가 되고…… 방장산의 모든 것이 되고 싶었다. 빨갱이라니, 당치도 않았다.

두 손으로 책상을 짚고 엎드려 뻗쳤다. 선생님이 각목으로 엉덩이를 때리기 시작했다. 철퍼덕 철푸덕. 매가 쌓여갔다. 늘어갈수록 생도들이 웅얼거리는 소리는 점차로 작아졌다. 열 대째 맞을 때 교실 안은 적막에 휩싸였다. 열두 대째 매질 소리에 부덕이 동생이 울음을 터뜨렸다. 스무 대 맞을 때까지도 그치지 않았다. 부덕이가 선생님의 눈치를 봐가며 포대기를 두드렸다. 자꾸 이쪽을 힐끔거리며 입술을 깨물었다. 도연은 힘을 다해 아픔을 참았다. 부덕이 동생이 더 크게 울어 젖힐수록, 부덕이 눈에서 눈물방울이 떨어질 때마다 질근질근 입술을 깨물었다.

2

찔레꽃 덤불을 헤치자 둥우리가 나타났다. 꿩알은 모두 다섯 개였다. 찔레꽃 색깔도 있고 회색빛이 감도는 것도 있었다. 도연은 알 하나를 꺼냈다. 이빨로 껍데기를 깨고 속엣것을 빨아 삼켰다. 비릿하면서도 고소한 맛이 목을 타고 넘어갔다. 다시 하나를 꺼내어 풀 위에 놓았다. 나머지 것들도 꺼내었다. 두고 가자니 아까웠다. 모두 먹자니 새끼 새가 궁금하고 가져가자니 양쪽 다 구멍 나버린 봉창은 소용없었다.

둥우리까지 가져가기는 망설여졌다. 모든 걸 한꺼번에 잃어버릴 까투리에게 미안한 마음이 들었다. 그래도 껍데기를 깨고 발긋한 새끼가 나와 눈을 뜬다면…… 도연은 둥우리에 알을 담았다. 두 손으로 안고 길로 나섰다.

아랫마을 쪽에서 사람들이 올라왔다. 처음 보는 얼굴들이었다. 산나물을 뜯으러 다니는지 너나없이 바랑을 짊어지고, 보퉁이를 안거나 머리에 이고 있었다. 누비옷이 다가왔다. 도연은 번새번새 휘둘러보는 그의 눈길을 피해 고개를 수그렸다.

앞코가 떨어져 나간 검정 고무신과 다 닳아 돋을무늬가 희미해진 흰 고무신이 나란히 지나갔다. 누런색인지 흰색인지 구분할 수 없을 정도로 더러운 남자 고무신 두 켤레와 여자 고무신 두 켤레가 지나갔다. 십이 문이나 될 것 같은 검정 고무신과 군화가 지나가자 하얀 고무신이 눈에 들어왔다.

도연은 저도 모르게 고개를 들었다. 여자였다. 자기보다 두어 살은 더 먹어 보이는 처녀였다. 희누런 저고리에 먹물색 고쟁이를 입고 있었다. 저녁 햇살을 받은 동공이 검누레했다. 먹물색 헝겊 쪼가리에 묶인 머리채가 등에서 너울거리고, 소매를 걷은 팔뚝은 푸르딩딩한 멍과 긁힌 자국들로 어지러웠다.

그들이 대여섯 걸음을 걸으면 도연은 두어 발짝을 따라갔다. 그들이 두리번거리면 숨었다가, 앞을 보고 걸으면 뒤따라 걸었다. 그들이 사당굴 모퉁이를 돌아 모습을 감추자 샛길을 질러 가까이 따라붙었다.

부르면 대답할만한 거리를 두고 처녀가 가고 있었다. 도토리나무 잔가지들을 부러뜨리며 사분사분 걸어갔다. 어쩌다 뒤늦게 피어난 진달래꽃을 따 입에 넣으면서 걸었다. 도연은 처녀가 지나치고 간 꽃을 뜯어 연방 둥우리에 담았다.

"너는 뭐여? 누가 보냈어?"

누비옷이었다. 괴춤을 올리며 다가왔다. 금방이라도 한 방 날려버릴 것 같은 표정이었다. 처녀 일행도 가다 말고 뒤돌아섰다. 도연은 이러지도 저러지도 못한 채 그들의 시선에 붙들려 쩔쩔맸다. 누비옷이 제 목덜미를 낚아채 쳐들었으나 어찌할 짬도 못 내고 끙끙댔다. 둥우리와 속에 든 새알과 진달래꽃이 한쪽으로 쏠렸다. 가슴마저 쿵쾅거렸다. 꼭 꿈을 꾸는 것만 같았다.

"아부지, 무단시 헛심 쓰지 마소. 저 아래 사는 갑고만. 꼭 우리 희명이……."

처녀였다. 처녀가 하던 말을 멈추고 이쪽을 봤다. 그렁그렁해진 눈으로 와서는 누비옷의 손을 붙들었다. 그 말 때문이었을까. 누비옷의 눈에도 물기가 묻어나는 듯했다. 치켜 올라갔던 눈썹이 내려오고, 목덜미를 잡은 손아귀에서 힘이 빠져나갔다. 왜 해필…… 허리가 동실한 여자가 지청구하며 다가왔다. 저고리 품이 꽉 맞아 배꼽 언저리가 볼록 튀어나와 있었다.

누비옷이 손을 떨구었다. 돌아섰다. 앞을 가로막는 넝쿨이며 풀들을 손으로 부러뜨리며 갔다. 일행도 갔다. 숲속을 비집고 들어선 저녁 햇살이 그들의 등에 조각조각 노란 무늬를 만들었다.

처녀가 밀쳤다. 도연은 꼼짝도 하지 않고 서서 저의 신발 앞부리만 내려다봤다. 요거, 하며 불쑥 둥우리를 내밀었다. 새알을 주겠다는 건지 진달래꽃을 먹으라는 건지 둥우리를 통째로 가져가라는 건지, 제가 생각해봐도 어정쩡했다. 아닌디. 이게 아닌디, 하며 그는 숙였던 고개를 더 아래로 수그렸다.

하얀 고무신이 돌아섰다. 놀을 등진 채 숲속으로 걸어 들어갔다. 앞을 막은 아그배 나뭇가지를 꺾어내며 갔다. 어쩌다 피어난 난초꽃을 살짝 비켜 걸었다. 정금나무에 감기기 시작하는 어둠을 툭툭 분질렀다. 가다 말고 서서 먹색 천을 풀어 입에 물었다. 헝클어진 머리칼을 손가락으로 빗었다. 땋아 다시 묶었다. 바랑을 고쳐맸다. 나무들 새로 보이는 하늘, 찢어진 하늘을 한참이나 올려다봤다.

도연은 옆구리에 흐릿하고 쓸쓸한 놀을 끼고 돌아섰다. 묽스그레한 아픔이 밀려들었다. 처녀는 어디서 와서 어디로 갈까. 왜 가기만 할까. 가도 가도 산뿐이고 산속에는 집도 없을 텐디. 봄판이라 먹을 것도 없을 텐디…… 그는 둥우리를 우두커니 내려다봤다.

"고 알, 꼭 새끼 까게 혀. 알었제?"

처녀였다. 꽃은 지고 이파리만 포릇포릇 돋아난 진달래 나무들 사이에서 꼭 진달래꽃 같은 얼굴로 말했다. 발그레한 얼굴에 유독 눈동자가 빛났다. 푸슬푸슬 빛났다. 사늘하게 빛났다. 왜 아릿하면서도 애처로워 보이는지, 도연은 눈길을 내리뜨렸다.

튼 손으로 처녀가 둥우리의 테두리를 쓸었다. 왼손잽인가? 생각하던 참이었다. 도연은 처녀의 가슴에 쓰러지듯 안겼다. 불현듯 주위가 고요해졌다.

"희명아……."

처녀가 중얼거리며 머리를 쓰다듬었다.

"불쌍헌 우리 희명이……."

제대로 들었는지 어쨌는지 도연은 알 수 없었다. 소리가 웅얼웅얼 울려서였다. 처녀의 심장 소리와 제 심장 소리가 한꺼번에 쿵쿵대서였다. 가슴속 무엇인가가 와그르르 허물어지는 것 같아서였다.

"얼레, 쟈 좀 봐…… 여명아, 시방 뭣 허고 있냐?"

허리가 동실한 여자가 지청구하며 뒤뚱뒤뚱 다가왔다.

도연은 여명의 품에서 튕겨져났다. 언제 그랬냐는 듯 외면하는 처녀를, 소매로 눈두덩을 훔치며 돌아서는 그녀를, 허리가 동실한 여자와 함께 어둑한 산속으로 들어가 버리는 여명을 멀뚱멀뚱 쳐다봤다.

"여명아⋯⋯."

나직이 불렀다. 여명이 사라진 길을 보고 서서 몇 번이고 불러봤다. 여명은 따뜻했다. 갓 피어난 진달래꽃처럼 발갰다. 여명은, 몽글몽글 아랫배에서부터 점차로 올라와 어느새 가슴팍이 먹먹해지도록 가득 차버렸다.

발걸음은 하염없이 무거운데 가슴은 콩콩 뛰었다. 제 안 어디에 불이 하나 켜진 것 같았다. 별빛일까. 달빛일까. 도깨비불일까. 도연은 불빛에 덴 듯 가슴을 떨었다.

"내 강아지, 오늘도 울력있능갑네. 뭔 놈의 핵교가 꺼찟만 허면 울력이래여."

우물가에서 어머니가 말했다. 쑥이며 나숭개를 씻던 손을 앞자락에 닦으며 일어났다.

걱정도 재산이란 말은 요럴 때 써먹는구나, 싶었다. 기분이 조금 풀어졌다. 도연은 어깨를 더 축 늘어뜨려 보이고 마루로 올라섰다. 둥우리를 마루 한쪽에 놓았다.

헛간 여기저기를 둘러봐도 둥우리 둘만 한 곳이 없었다. 소망에 붙은 닭장에서는 장닭이 눈을 홉뜨고 쳐다보고 외양간에서는 덩치 큰 소가 서 있었다. 큰 발로 슬쩍 건드리기만 해도 알은 흔적도 없이 으깨어져 버릴 것 같았다. 잿더미에 잠깐 묻어두고 생각해보자 싶었지만, 내일이나 모레쯤 퍼내야겠다고 하던 아버지 말이 떠올라 그마저도 소용없었다. 마루 밑에 두자니 검둥이가 걸리고 돼지막에는 마땅한 곳도 없고, 아버지한테 들키면 끝장인데⋯⋯ 요리조리 둘러봐도 안전한 곳은 사랑방 벽장뿐인 듯했다. 도연은 마루에 책보를 던지고 고무신을 벗었다.

"얼씨구, 인자는 도적질까장 허겨? 야 이 자석아, 열다섯 살이여. 낫살을 밑구녁으로 처먹었어도 이놈아…… 속창알머리 없는 놈으 새깽이."

도연은 둥우리를 뒤로 감췄다. 아버지는 무엇이든 허투루 보는 법이 없었다. 어떻게 해서든 알들을 아버지의 눈에서 멀리 떨어뜨려 놔야 했다. 그는 고무신을 꿰찼다. 마당으로 내려섰다. 쭈뼛쭈뼛 뒷걸음질을 쳤다. 사립문 밖만 넘으면 되었다. 나뭇단 속에 넣어두면 될 것이었다. 몇 발짝밖에 남지 않았다.

"얼렐레? 돌, 돌팍."

어머니가 다급하게 외쳤다. 동시에 도연은 돌부리에 걸려 발라당 나자빠졌다. 고무신짝이 벗겨지고 발뒤꿈치가 까졌다. 둥우리에서 쏟아진 알들이 떨어져 데구르르 굴렀다. 어째야 쓰까이, 걱정을 쏟아내며 어머니가 달려왔다. 그는 어머니 손에 일어났다. 먼지를 터는 둥 마는 둥 둥우리를 챙겨 들었다. 이짝저짝에서 뒹구는 알을 둥우리에 주워 담았다.

작대기를 찾아든 아버지가 성큼성큼 쫓아왔다.

"왼종일 울력허고 왔다는디. 아, 이까짓 알 몇 개 줏어온 거 갖고 작대기를 꼭 들어야 쓰겄소?"

어머니가 앞을 막았다.

"에미가 돼 갖고 참 좋은 풍월 읊는다. 오늘도 소갈재 쪽으로 아홉 사람이나 갔다고 안 허등가? 시절 모르고 감쌍게나 저 지랄이여. 이놈아, 암디나 허대 댕기지 말라고 허대, 안 허대? 글고, 고것이 비암알이면 어뜩헐 거여. 이리 못 와?"

"비암알은 무신…… 얌전허게 핵교 댕기는 것만도 어딘디? 아, 저만 헐 때는 다 그러는 것이제."

도연은 둥우리를 토방에 놓았다. 마당을 가로질렀다. 문밖으로 도망쳤다. 어머니의 역성에 울적했던 기분이 펴졌다. 고무신도 꿰차지 못하고 어기적어기적 고샅으로 달아나면서도 웃음이 났다. 시정으로 달려가면서도 웃음이 났다. 달리는 앞머리에서 초저녁달도 함께 웃었다.

세상의 모든 것들이 자기를 중심으로 뻗어 있는 것 같았다. 만발한 꽃도 들판에서 불어오는 바람도 시원했다. 꼴찌에서 두 번째여도 나쁘지 않았다. 선생님에게 엉덩이를 맞는 것쯤이야 다반사라면 다반사였다. 뭐 어떤가, 알이 저토록 무사한데.

새끼가 껍데기를 까고 나올 때쯤이면 여명이 올라나. 도연은 여명의 냄새를 맡듯 코를 벌름거렸다. 제 땀 냄새만이 코 난간을 무너뜨렸으나 아무래도 좋았다. 마음은 마냥 달떠오고, 바람맞은 얼굴에는 해사한 낯꽃이 피어났다.

꿩알이 밥상에 올라와 있었다.

"니가 줏어왔응게 두 개 먹어라이. 오매랑 애비는 한 개씩 먹을 팅게."

아버지가 심드렁하게 말했다.

도연은 수저를 들 생각도 잊고 아버지와 알을 봤다.

"얼마나 심들면 숟가락도 못 든대여?"

걱정하며 어머니가 삶은 알을 깠다. 밥 위에 올려줬다.

"얼릉 지어야 편허게 배울 것 아녀. 공부 끝나고 쬐께씩 허는 거 갖고 호들갑스럽기는."

이편을 흘겨보던 아버지가 숟가락으로 밥을 가득 퍼서 입에 넣었다. 알도 먹었다. 우걱우걱, 껍데기째 씹어 삼켰다.

고 알 꼭 새끼 까게 혀, 하던 여명의 목소리가 가슴팍을 쳤다. 낭창낭창 후려쳤다. 내 둥치 줘, 내 알들 내놔! 하면서 까투리도 머리통을 쪼아대는 것 같았다. 도연은 이래저래 밥 먹고 싶은 기분이 싹 달아나버렸다.

송운재 여름

1

도연은 숟갈을 든 채 정짓방을 건너다봤다. 큰누이와 조카들은 자기네 집으로 가고 없었다. 경찰인 매형이 돌아왔기 때문이었다. 소탕 작전에 투입되어 아랫녘으로 차출되어 갔다 몇 달 만에 돌아왔으니 반가운 일이었다. 이제부터는 책보를 챙길 때마다 조카들이랑 실랑이를 벌이지 않아도 되었다. 땅따먹기나 패지치기^{딱지치기}를 하며 놀아주지 않아도 되었다. 홀가분할 줄 알았는데 울적했다. 소중한 어떤 것을 잃어버린 것처럼 막막했다. 늘 만나는 아침인데도, 어제 아침과는 아주 다른 아침 같았다. 딱히 누이와 조카들이 가버려서만도 아닌 듯했다. 왜 어제가 그리워지고, 되돌아가고만 싶은지 알 수 없었다.

"아이그 수완지근! 어디 무솨서 살겄다고?"

누가 들을세라 어머니가 속삭이듯 말했다.

"시상이 어뜨코 될라고 이러까이? 어찌서 이짝저짝으로 펜을 갈라서 싸운다는 것이여? 벌쎄 몇 년째여."

"거, 말 조심허소. 씨잘데없이 나불댔다가는 신세 조징게. 사람들 모인 디도 가차이 가들 말고…… 그러나저러나 휴전이라고 허등마는, 서울서 너머 멀어서 그렁가. 여그는 아적도 한복판잉 거 같어."

아버지도 어머니처럼 속닥였다.

"아부지, 학교서는 사람덜이 일치단결히야 민주주으가 실천된다고 갈쳐주던디, 어써 모여 있으면 안 된다는 것이어요?"

도연은 물었다. 아버지 말이 이상해서 물었으나 딱히 그 때문도 아니었다. 무엇이든 따지고 싶었다. 큰 소리로 다투고 싶었다. 코피가 터질 때까지 싸우고 나면 시원할 것 같았다.

"참, 휴교령인가 뭣잉가 내린다고 허등만?"

느닷없이 어머니가 물어왔다.

도연은 씹다 만 밥을 꿀꺽 삼켰다. 멀뚱멀뚱 어머니를 올려다봤다.

지난밤 병수 아제의 초라한 모습과 병호 아제의 번득이는 눈빛이 서로 맞물리면서 바람으로 불어왔다. 서당에서부터 불어와 집 안을 휘돌아나갔다. 마을을 지나, 난데없이 한기를 일으키며 아랫마을로 내려갔다. 도연은 순간, 왜 따지고 싶고 다투고 싶은지 알 듯싶었다. 왜 피가 나도록 싸우고 싶어 하는지도. 한데…… 불끈불끈 치솟는 먹먹함은 무엇 때문일까. 가슴속이 싸해지는 것은 왜일까. 설레다가도 별안간 나락으로 떨어져 내리는 기분이 드는 것은 대체 왜일까.

"오늘 가봐야 알어요."

겨우 대답하고 도연은 물을 마셨다. 한숨을 쉬었다. 휴교령이 내릴 거라는 말은 금시초문이었다. 한 보름만 지나면 방학이니 휴교령이 내린대도 상관은 없었다.

"쌈박질을 헐라먼 저그덜찌리나 허등가, 왜 아그덜 공부까장 훼방을 놓느냔 말여. 좌우당간에 핵교 쉬먼 애비랑 짐도 매고 논두렁도 깎자이, 깔도 비고?"

아버지가 토방으로 내려서면서 다짐을 주었다. 낯을 찾아들었다.

"핵교 댕길 적으는 핵교서 일허고, 안 가면 집이서 일허고, 우리 막둥이는 글먼 언지나 쉰대여?"

"논두렁 깎는 것도 일이랑가? 거, 막둥이라고 오냐오냐 허믄 못쓴낭게 그러네이? 자고로 남아는 심이 있어야 혀."

"하나빽이 없는 아덜인디, 에미가 위허제 누가 위허겠소?"

고무신을 털어 앞에 놓으며 어머니가 말했다.

연방 머리칼을 쓰다듬는 어머니를 뿌리치고 도연은 사립문을 나섰다. 학교에 가야 할지 말아야 할지 망설여졌다. 오늘은 방장산에 가려고 했다. 어제 몰래 보리쌀까지 광목 자루에 담아 사당굴 숲속에 숨겨둔 참이었다. 길이 많다고 걱정할 필요는 없었다. 여명은 그 많은 길 중 어느 한 곳으로 갔을 뿐이었다. 부덕이네 집에서는 빨아 넌 기저귀가 없어졌다고 하고, 사구정굴 밭에 심어 놓은 고구마를 누비옷 입은 사내가 넝쿨째 훑어가는 것을 봤다고 검바우 할아버지도 말했다. 여명이네는 지금 방장산 어느 골짜기에 머물러 있는 게 확실했다.

자기도 어젯밤에 여명을 만났다. 뒤란 대숲 속에서였다. 바람결에 사각사각 부딪는 댓잎에 달빛이 비치고 있었다. 명주실처럼 수천 가닥으로 흐르는 달빛이 그녀의 얼굴에서도 물결을 이루었다. 아리아리하게 난실거렸다. 그녀가 달빛을 손에 가득 담아 자기의 머리칼이며 얼굴에 뿌려주었다. 오직 그녀의 손끝에 제 모든 감각을 열어둔 채 도연은 누웠다. 눈이 감겼다. 그녀가 금세 달아나버릴 것만 같아 불안한데도 자꾸만 감겼다. 눈꺼풀이 이토록 무거운지 전에는 알지 못했다.

어느 결엔가 설핏 눈을 떴을 때였다. 웬 낯선 여자가 자기를 안고 있었다. 도연은 여명을 찾아 두리번거렸다. 몸을 일으켰으나 스르르 힘이 빠져나갔다. 여자를 뿌리치고 싶은데 여자의 무릎을 베고 누웠다. 자신의 행동이 너무도 당황스러웠으나 어찌할 염을 낼 수 없었다. 그는 진달래꽃 냄새를 맡듯 숨을 깊게 몰아쉬었다. 여자의 냄새가 가슴 깊숙이 파고들었다. 가슴이 덜컹거렸다. 아랫도리가 근질거리고, 자꾸만 그리로 힘이 들어갔다. 심장 뛰는 소리도 쿵쾅쿵쾅 아래로, 점점 아랫도리로 내려갔다. 어느 순간 아랫도리가 여자의 손에 잡혀버렸다. 뿌리치고 싶었다. 뿌리치기 싫었다. 숨이 가빠왔다. 그는 저도 모르게 숨을 몰아쉬며 여자의 품속으로 파고들었다. 깊숙이 더 깊숙이 저를 부리며 진달래꽃 냄새를 들이마셨다. 가슴이 미어졌다. 아랫도리도 점차로 부풀어 올랐다. 무릉도원이 이런 곳일까. 가슴이 터질 것처럼 황홀한 이게 무릉도원일 거야. 그는 몸을 떨었다. 진달래꽃 냄새에 안겨 부르르 뒤챘다. 아랫도리에 압박감이 느껴졌다. 뒤채면 뒤챌수록 참기 어려웠다. 심장도 터질 듯하고 숨마저 막혀왔다.

마침내 아래가 폭발했다. 무엇인가 쑤욱, 몸에서 빠져나갔다. 황홀감도 순식간에 사라져버렸다……. 도연은 발딱 일어나 앉았다. 사타구니와 속옷이 끈적끈적한 무엇으로 범벅되어 있었다. 설핏 밤꽃 같은 냄새가 스쳤다. 그는 낭패스러운 마음으로 속옷을 벗었다. 걸레로 사타구니를 닦아냈다. 빼닫이에서 새 옷을 꺼내 입었다. 창피했다. 허전했다. 풀리지 않은 무언가가 또록또록 사무쳤다. 서러움이 북받치면서 싸한 기운이 목울대로 넘어왔다. 뜨거웠다. 아니, 아니었다, 그것은 똑 짚어 말할 수 있는 어떤 게 아니었다, 와랑와랑, 소리 지르고 싶었다. 너무도 아릇해서 화가 닐 지경이었다.

걸레를 넓게 펴 속옷을 가운데 놓았다. 두르르 말아 쥐고 일어났다. 방안을 서성댔다. 두엄자리에 버릴 수는 없었다. 이 밤에 태울 수도 없었다. 그렇다고 방 모서리에 처박아둘 수도 없었다. 도연은 방문을 열었다. 살금살금 칙간으로 갔다. 통 속에 그것을 던지고 막대기로 꾹 눌렀다.

달이 하늘 복판에 떠 있었다. 도연은 채 차지 못한 달을 올려다보다 고개를 갸웃거렸다. 서당 쪽으로 걸음을 옮겼다. 아까부터 사람 소리가 들려왔다. 웅얼거리는 소리만 들어서는 누구인지 분간이 안 되었다. 그는 서당의 바깥마당과 안마당을 구분 짓는 담장을 돌았다. 구멍이 뚫린 곳이 있나 살펴보다 꼰대와 눈이 딱 마주치고 말았다. 마주쳤다고 생각한 순간 꼰대가 하늘로 고개를 젖혔다. 병수 아제가 땅바닥에 무릎을 꿇고 앉아 있고, 병호 아제가 병수 아제를 내려다보고 서 있었다. 얼마나 지났을까. 꼰대가 지대석으로 올라갔다. 댓돌 위에 신발을 벗고 마루에서 방으로 들어가는 꼰대의 옷자락이 달빛에 허여푸릇 팔락였다.

도연은 학교에 가는 척 아랫마을까지 내려갔다. 들판을 멀찍이 돌아 사당굴로 올라왔다. 보리쌀 자루는 그대로 있었다. 겨우 한 말이나 될까 싶은데도 짊어지자마자 어깨가 한쪽으로 기울었다. 그는 자루를 추스르며 샐쭉 웃었다. 아버지가 알게 되면 당장에 쫓겨날 판이었다. 너 같은 도적놈은 내 아덜 아녀, 하며 작대기를 들고 쫓아올 게 뻔했다. 그는 월계를 지나쳐 유점 뒤 수리봉 중턱으로 올라갔다. 소갈재로 방향을 잡았다. 소나기처럼 흐르는 땀을 손바닥으로 닦아내며 아리봉 길을 돌아 쓰리봉 중턱으로 올라갔다. 발작 소리에 놀란 새들이 포릉포릉 날았다.

아버지는 늘, 구식공부뿐 아니라 신식공부도 병수 아제나 병호 아제처럼 많이 한 사람은 우리 면에는 없다고 했다. 꼰대는 언젠가 배움은 지식을 쌓는 것이라고 일렀다. 지식은 아는 사람이고 아는 사람은 곧 벗이라고, 오랜 벗인 병호 아제와 매형에게 말하는 것도 들었다. 그런데 늙은 아버지를 앞에 세워두고 형인 병수 아제가 동생인 병호 아제 앞에 무릎을 꿇고 있었다.

정의란 무엇인가, 정의의 실천이란 어떤 것을 두고 하는 말일까 도연은 생각했다. 공민책에는, '사사로운 리익과 부질없는 욕심을 떠나 동포와 人類를 위하여 도리에 맞는 일을 정정당당하게 하는 것을 정의라고 합니다'[4], 라고 씌어 있었다. 도리에 맞는 일을 정정당당하게 하는 것이 정의라고 한다면 어젯밤 그 광경은 이상했다. 이상하기 짝이 없었다.

쓰리봉 중턱에서 내려다본 뺌산은 손바닥만 했다. 마을은 손바닥보다도 작았다. 서당은 마을의 집들과 뒤섞여 구분조차 어려웠고, 시정의 느티나무들도 콩알만 했다. 그 속에 아버지가 있고 꼰대가 있었다. 병수 아제가 있고 병호 아제가 있었다. 어머니 말대로 어떻게 될지 알 수 없는 세상이 피를 흘리고 있었다. 도연은 숨을 몰아쉬었다. 뜨거운 햇살이 가슴으로 파고들었다.

한 톨 한 톨 파고드는 소금 같은 햇살 아래 서서 도연은 지난밤을 연거푸 생각했다. 열이틀 달이라도 떨어뜨릴 것처럼 자신만만하게 "나는 반동분자다. 나는 인민의 적이다" 선창하던 병호 아제

---

4) 〈초등공민〉 5, 6합병용, 넷째과, '정의(正義)'중에서. 군정청문교부발행, 1946.

와 동생 앞에 무릎을 꿇고 앉아 "나는 반동분자다. 나는 인민의 적이다" 볼통거리듯 복창하던 병수 아제를. "진작 그럴 것이제, 꼭이렇게 찾아오도록 해야 쓰겠소? 그래도 우리는 용서허요, 곧 인민의 세상이 올 것잉게…… 다시는 내 앞에 나타나지 마쑈이. 성님잉게 봐주는 경계요. 그러고, 아버님께 요 부끄런 모습을 보여드려 죄송시럽고만이요. 이만 가보겠습니다" 쌩, 바람을 일으키며 떠나던 병호 아제를. 세상에서 가장 슬픈 모습으로 서당 방문을 열고 방으로 들어가던 꼰대를. 병호 아제가 일으키는 바람이 힘겨운 듯 가슴팍을 부여잡으며 기어이 고꾸라지던 병수 아제가 오래오래 눈에 밟혔다.

아그배나무와 보리똥나무가 나지막한 키로 해를 보고 있고 푸르죽죽한 야막나무 이파리들이 톱니를 들이대며 앞을 가로막았다. 다문다문 억새가 푸르렀다. 도연은 서대봉 골짜기 아래로 방향을 잡았다. 연방 푸나무들이 발에 감겨왔다. 어깻죽지가 쑤셔왔다. 땀에 젖은 옷가지가 허벅지를 감아왔다. 그는 숨을 몰아쉬며 자루를 내려놓았다. 하늘은 쩽그랑 소리가 날 정도로 투명했다. 여명이 어디 있는지 알 수 없는 것처럼, 바람도 어디에 숨었는지 보이지 않았다.

여명을 생각할 때마다 시작이라는 말이 생각났다. 무엇을 어떻게 시작하고 싶은지 저도 알지 못했다. 그녀와 나란히 방장산이 되고 싶다는 막연한 바람만이 가슴속에서 부풀부풀 피어올랐다. 한숨으로 나오려 했다. 도연은 다시 자루를 짊어졌다.

고개를 수그리고 발아래를 유심히 내려다봤다. 이 산속 어디고 자기 발길이 닿지 않은 곳은 거의 없었다. 땔감을 구하러, 버섯을 채취하러 수도 없이 다녔다. 여기도 전에 몇 번이나 지나다녔다. 나무들은 물론 바닥에 떨어진 이파리와 이파리로 덮인 흙까지도 자기의 발자국을 고스란히 기억하고 있을 것이다. 혹시 여명도 이곳을 지나갔을까. 내가 디뎠던 데를 밟고 지나갔을까. 나도 지금 그녀의 발자국 위를 딛고 있을까. 도연은 가다 서고, 가다 섰다. 자기 발자국 위에 그녀의 발자국도 찍혔으리라 생각하니 그녀를 마주한 것처럼 가슴이 두근거렸다.

어둑한 녹색 그늘을 가르며 실제로, 무엇인가 후닥닥 달려갔다. 멀어서 제대로 봤는지는 알 수 없었다. 도연은 주변을 둘러봤다. 서대봉에서도 가장 후미진 곳에 와 있었다. 만일에 지금 달려간 게 사람이라면 여명이네 중 한 사람일 것이다. 선생님이 말한 게 사실이라면 빨갱이일지 모른다. 아니 그들을 뒤쫓는 누구일 수도 있다. 그는 자루를 내려 보듬었다. 자기 맥박 소리가 새나가지 못하도록 가슴을 꾹 눌렀다.

짙고 무거운 적막만이 치렁치렁 늘어져 있을 뿐 좀처럼 인적은 보이지도 들리지도 않았다. 전후좌우 어디고 온통 더위를 문 소나무와 시퍼렇게 날이 선 채로 번들거리는 참나무와 하염없이 가는 가지를 할랑거리는 쪽동백나무들뿐이었다. 그것들을 헤치고 나서기에 이 산속은 너무도 호젓했다. 식은땀마저 온몸을 덮쳐왔다. 도연은 자루를 더 꽉 부둥켜안았다.

조께만, 조께만 더! 하는 소리가 들렸다. 쉰 발짝이나 떨어져 있을까 말까 한 무덤가였다. 소나무 몇 그루가 서 있는 그늘이었다. 도연은 살금살금 기어갔다. 상수리나무 둥치 뒤에 몸을 숨기고 고개를 내밀었다.

누비옷과 다른 사내가 누운 여자의 팔을 양쪽에서 붙들고 있고, 아낙 하나는 누운 여자의 두 무릎을 붙잡은 채 여자와 함께 힘을 쓰고 있었다. 걸레인지, 그들은 그런 걸 걸치고 있었다. 주위에는 사금파리 같은 그릇 몇 개와, 자그마한 솥이 화덕에 걸리고 손잡이가 어긋난 낫이며 호미가 뒹굴었다. 도연은 저도 모르게 휴, 한숨을 내쉬었다.

악! 여자가 외마디소리를 질렀다. 고개를 외로 꺾으며 누비옷과 사내의 손을 탁, 놓아버렸다.

"잠지네, 잠지여."

아낙이 한숨 섞인 소리로 말하면서 낫을 들었다. 여자가 힘겹게 손을 든 것은 그때였다. 아낙에게 무슨 소린가를 하는 것 같았다. 여자에게 바짝 고개를 숙이고 있던 아낙이 놀라는 표정을 지었다. 갓난애의 엉덩이를 때렸다. 아이가 빨긋한 얼굴을 구기며 입을 벙긋벙긋 벌렸다.

여명이 머리에 물동이를 이고 달려왔다. 얼굴이 시뻘겠다. 머리칼과 옷은 물에 젖어 축 늘어지고, 맨발이었다.

도연은 일어섰다. 저도 모르게 두어 걸음 앞으로 나섰다. 하마터면 여명아, 부를 뻔했다. 그녀가 머리에 인 동이를 내려 제가 지고 싶었다. 솥에 물을 붓고 화덕에 불을 지펴주고 싶었다. 선생님이나 아버지에게 얻어맞을 때도 아무렇지 않았는데, 왜 자꾸만 가슴이 따끔거리고 아픈지 알 수 없었다.

아낙이 물에 적신 천을 짜서는 갓난애의 몸뚱이를 닦았다. 닦으면서도 몇 번이고 갓난애의 엉덩이를 토닥였다. 울어봐. 울어보란 말이다, 재촉했다. 갓난애는 그때마다 입을 벌렸다. 얼굴에 새빨간 주름만 만들 뿐 소리를 내지 못했다.

여자가 가냘픈 손으로 자기 가슴을 쳤다. 파리하고 누런 눈을 반쯤 뜬 채 아낙이 닦는 대로 몸을 내맡긴 채 꺽꺽거렸다.

사내가 탯줄과 호미를 들고 한쪽으로 갔다. 쭈그리고 앉아 흙을 파헤쳐 탯줄을 묻었다. 누비옷이 질통을 들고 아래로 내려가자 여명이 거무튀튀한 강보에 갓난애를 감쌌다. 품에 안았다. 횟대보에 그려진 홍학처럼 그녀는 소나무 그루터기에 걸터앉아 언제까지고 움직일 줄을 몰랐다.

도연은 자루를 앞으로 밀었다. 힘겹게 메고 왔건만 막상 주려니 보잘 게 없었다. 이리 쉽게 마주칠 줄 알았다면 더 지고 왔어야 했다. 서너 말쯤은 너끈히 질 수 있었는데…… 그는 주머니에서 붉은 비단 댕기를 꺼내었다. 자루 옆에 놓아둘까 어쩔까 망설였다. 어머니의 장롱 속에서 훔쳐낸 것이었다. 여명을 만나면 주려고 내내 주머니 속에 넣고 다녔으나 아무리 생각해도 오늘은 아닌 듯했다.

붉은 댕기가 흔뎅였다. 바람 한 점 없는데 속절없이 흔뎅였다. 도연은 그것을 주머니에 도로 쑤셔 넣었다. 머뭇머뭇 돌아섰다. 골짜기를 내려왔다. 쓰리봉 아래로, 소갈재로, 수리봉으로, 사구정굴로,

맹마골재로, 유점으로, 월계로, 월계제로.

책보를 끄르고 옷을 벗어 던졌다. 물속으로 풍덩 뛰어들었다. 온몸으로 뜨거운 물이 밀려왔다. 도연은 맞은편으로 헤엄쳐 갔다. 송사리 떼가 솟구쳐 오르고 붕어들이 흩어졌다. 잠자리가 머리 위를 날았다. 그가 지나갈 때마다 물에 비친 햇살이 갈라졌다가 오므라들었다.

한낮은 고요했다. 도연은 물이 뚝뚝 떨어지는 몸에 옷을 걸쳤다. 책보를 멨다. 먼지를 일으키며 풀길을 걸었다. 옷은 금세 다 마르고 검정 고무신은 뜨거워졌다. 온몸에 땀이 차올랐다. 그는 풀밭에 드러누웠다. 마음도 부렸다. 눈을 감았다. 아무것도 생각하고 싶지 않은데 자꾸만 생각났다. 학교가, 꼰대가, 병수 병호 아제가, 소리 없는 갓난애가, 언제 만날지 기약 없는 여명이 뒤죽박죽 떠올라 얽혀들었다.

무엇인가 쉭, 바람을 일으키며 지나갔다. 눈을 뜨자 뾰족한 빛날이 눈 속을 파고들었다. 풀밭에는 햇살만이 자글자글할 뿐 아무것도 없었다. 도연은 눈을 찡그리며 천천히 일어나 앉았다. 앉은 채로 빙 돌며 주변을 살폈다.

뱀이었다. 두 마리였다. 예닐곱 발짝 앞에서 서로의 대가리를 향해 혀를 날름거리고 있었다. 꼬리를 들어 상대의 기다란 몸을 찰싹찰싹 두드리는 꼴이 꼭 흘레붙는 개들 같았다. 도연은 발딱 일어났다. 기척을 느꼈는지 한 놈이 달아났다. 다른 놈이 뒤쫓아 갔다. 다시 상대의 대가리를 향해 제 대가리를 박았다. 허물이 벗겨졌다. 살점이 패였다. 놈들이 꼬리를 세웠다. 기어이 서로의 눈알을 내리쳤다.

서로의 몸통을 감았다 풀어졌다 하던 놈들이 이쪽으로 향했다. 한 놈이 대가리를 세우고 노려봤다. 달려들었다. 다른 놈도 달려들었다. 온몸에 전율이 일었다. 소름마저 돋았다. 도연은 부리나케 막대기를 찾아들었다. 놈들을 쳤다. 몇 번 치지도 않았는데 막대기가 부러져버렸다. 그는 책보를 끌렀다. 책을 던졌다. 잡기장을 던졌다. 필갑을 던졌다. 변또를 던졌다. 놈들이 소용돌이를 일으켰다. 소용돌이 속에서 그는 맴을 돌았다. 사람이 건드리기 전에는, 짐승은 절대로 먼저 덤벼들지 않는다고 어른들은 말했다. 그 말은 말짱 거짓이었다.

뱀들이 길게 늘어졌다. 떨어져 나간 살점이며 허물들이 책과 잡기장에 튀어 너저분했다. 도연은 그것들을 손바닥으로 비벼서 털어냈다. 필갑과 변또와 함께 책보에 싸서 어깨에 멨다. 마음 같아서는 놈들을 토막토막 잘라버리고 싶었지만 대가리를 한꺼번에 묶어 막대기에 매달았다. 만장처럼 들고 거리로 나섰다. 땅바닥에 질질 끌며 동구로 들어섰다.

"우리 막둥이 오는가? 학교 댕겨오니라 심들었제?"

아버지였다. 시정 마루에는 아버지가 혼자 앉아 있었다. 인사를 하는 대신 도연은 고개를 갸웃거렸다. 아버지의 표정이 여느 때와는 달라 보였다. 시방 몇 살인 중 아느냐고 단단히 꾸짖어야 옳은네, 어찌 된 영문인지 목소리마저 나긋나긋했다.

"울력 허니라고 바짓가랭이가 다 찢어져부렀네이?"

아버지 말에 도연은 그제야 제 아랫도리를 내려다봤다. 풀물과 핏물이 밴 바짓가랑이는 엉망이고 종아리도 여기저기 쓸리고 긁혀 울긋불긋했다.

"아, 일을 헐라치면 손도 비고 종아리도 실키는 것은 다반사제. 그란디 오늘은 비암까장 잡은 거 봉게 한가힜는 갑다이?"

"공부도 힜어요."

"암만, 공부가 첫째고말고. 어디 보자, 우리 막둥이가 오늘은 뭣을 배왔을꼬? 어디 애비헌티 한번 갈쳐줄랑가?"

진작에 책이라도 들춰볼걸. 아무리 머리를 굴려 봐도 책보 속에 든 책 이름도 생각나는 게 없었다. 도연은 불안한 얼굴로 아버지를 쳐다봤다.

"그새 까먹어버렸고만? 아적 해도 안 떨어졌는디 배고프냐?"

"긍게, 긍게……."

아버지가 일어났다. 금방이라도 후려칠 것처럼 손을 들고 다가왔다. 도연은 슬금슬금 엉덩이를 뒤로 뺐다. 뒷걸음질 쳤다.

"긍게라니? 옆집 년이 장으 강게나 씨오쟁이 빼 들고 따라 간다 등만. 요 가남생이 없는 놈으 자석, 가라는 핵교는 안 가고…… 거그 못 서?"

아버지 고함이 온 마을을 훑었다.

도연은 잽싸게 달아났다. 가슴팍을 파고드는 더운 바람을 훕 훕, 베어 물며 마을을 빙 돌았다. 막대기에 묶인 뱀도 돌았다. 비리고 역겨운 냄새를 풍기며 돌았다.

시정 마루에는 아무도 없었다. 전에는 너나없이 앉아 있었다. 아이들은 마루에 앉아 꼰지꼰지를 하며 놀고 어른들은 부채를 부쳐가며 김치를 안주 삼아 막걸리를 마셨다. 이제는 따로 놀았다. 두 사람만 같이 있어도 어디론가 붙들려가고, 가서는 늑신 얻어터진다고 아버지 어머니가 말하곤 했다.

해가 저물고 박꽃이 피어났다. 목이 탔다. 숨이 차올랐다. 고무신 짝은 어디로 가버렸는지 맨발이었다. 아버지가 점점 다가왔다. 금방이라도 우악스럽게 어깻죽지를 잡아챌 것 같아 설 수도 없었다. 서당 바깥마당에 꼰대가 서 있었다. 입에 물렸던 장죽을 빼냈다. 이편을 따라 고개를 이리저리 돌렸다. 손을 휘휘 저었다.

도연은 우뚝, 섰다. 숨을 몰아쉬고 허리를 숙였다. 막대기로 마당에 금을 그었다. 주욱, 뱀들도 따라 마당을 쓸었다. 핏물과 흙 알갱이들이 뭉쳐진 채로 길게 늘어졌다. 그는 막대기를 멀리 던졌다. 힘껏 소리 질렀다.

"이 금 넘어오면 내 자석…… 어?"

도연은 벌어진 입을 더 크게 벌렸다. 그 자리에 붙박여 섰다.

막대기가 꼰대의 품으로 나가떨어졌다. 뱀 한 놈이 꼰대의 팔에 걸려 덜렁거리고 다른 한 놈은 꼰대의 품에 안겨들었다.

달마저 떠올랐다. 귀퉁이가 문드러진 달은 소갈머리 없이 아무 곳에나 빛을 뿌려댔다. 꼰대 팔에 엉거주춤 늘어진 뱀들이 달빛에 희벌겋게 번득였다. 들렸다 내려졌다 하는 아버지의 발등이 검누렇게 흔들렸다. 지붕을 타고 오르는 박꽃들도 희덕수그레한 빛으로 간드랑거렸다.

"요것을 어쩐다요? 주시겨라, 지가……."

아버지가 엉거주춤 다가가며 꼰대에게 손을 내밀었다.

"되았네."

꼰대 목소리가 달빛에 쟁그랑거리는가 싶었다.

"요것을 어서 났는고?"

"쩌그, 거시기, 월계저수지 앞이서, 긍게로 풀밭이서, 두 놈이서 막 쌈박질을 혔는디, 저헌티까장 뎀비서는, 암 디나 뚜드려 패갖고 서나……."

도연은 떠듬떠듬 대답했다. 살생은 두려움 때문에 하는 거라던 꼰대의 말이 귓가에 쟁쟁거렸다.

"두 놈이 쌈박질을 허드란 말이냐?"

꼰대가 혼잣소린 듯 다시 물었다. 대답은 들을 것 없다는 듯 안마당으로 걸어갔다. 아이고, 지가 갖다가 묻을 것인디. 아버지가 뒤를 쫓아가며 사뭇 거들어도 지대석으로 올라갔다. 아궁이 앞에 그것을 놓고 댓돌 위에 신발을 벗는 둥 마는 둥, 방문을 열고 들어가 버렸다.

도연은 점점 높이 떠오르는 달을 올려다봤다. 이런 날 작대기로 맞는다면 무척이나 앵할 것 같았다. 째지게 기분 좋을 것 같았다.

2

"이 새복에 어디 가냐? 함부로 나댕기면 곤란헐 것인디?"

병호 아제였다. 어둑한 고샅길을 올라오고 있었다. 왜 함부로 나다니면 안 된다는 것이어요? 그러는 아제는 왜 오밤중 걸음이당가요? 되묻고 싶었으나 도연은 뻴 일 없으시지라? 인사하고 한쪽으로 비켜섰다.

아제가 서당방 지대석에 올라서서 아버님, 하고 꼰대를 불렀다. 불이 켜진 방에서는 꼰대의 앉음새만 어른거릴 뿐 아무 소리도 나오지 않았다. 아제가 헛기침을 두어 번 한 뒤 신발을 벗었다. 방으로 들어갔다. 꼰대 앞에 선 아제가 허리를 구부리고 앉았다 일어났다. 다시 앉았다. 이내 조용해졌다. 그렇게 날을 샐 모양이라고 생각하며 도연은 산 쪽으로 걸음을 뗐다.

"인민을 위해서라면 핏줄도 끊어야 헌다더냐?"

꼰대가 먼저 날을 조금 밝혀왔다.

도연은 담벼락에 바짝 붙어 돌아 안마당으로 갔다. 지대석으로 기어올랐다. 아궁이 앞에 쪼그려 앉자 넓고 깊고 시커먼 아가리 속에서 바람이 불어 나왔다.

"얼매나 모진 짓거리를 허고 있는지…… 내 것이 더 크고 좋담서 애먼 사람덜을 구뎅이 속으로 밀어 넣는디, 그러들 말어. 쌈박질을 헐라먼 둘이서나 허란 말여."

꼰대의 목소리가 한여름을 싹 몰아낼 정도로 선득하고 차갑게 들려왔다.

"구뎅이가 아니라고 우겨댈 셈이냐? 구뎅이 판 것이 아니라 탑을 쌓는 것이라고이…… 구뎅이나 탑이나 매 한 가진디 왜 고것을 모르는지 모르겠구나. 하늘이 똑바로 안 뵈는 것은 매 한 가진디…… 그만 나오니라. 그리야 내가 시방까장 구뎅이를 팠구나, 탑을 쌓았구나 허고 깨달을 것이여."

불길처럼 치솟다가 가라앉았다. 조용해졌다. 그렇게 동이 터오기를 기다리는 모양이었다. 도연은 무료한 시간을 어쩌지 못하고 아궁이 앞에 쪼그려 앉은 채로 깐닥깐닥 졸기 시작했다.

"요것은……?"

드디어 아제 목소리가 문지방을 넘어왔다. 방에 들어간 뒤로 처음 듣는 목소리였다. 도연은 졸음을 쫓느라 고개를 흔들었다. 아궁이 밖으로 고개를 쑥 내밀었다.

"방으다가 왜 요런 것은 놔두시고? 어쩐지 들어설 적부텀 냄시가……."

"역겹드냐?"

꼰대가 물었으나 아제에게서는 아무 대꾸도 들려오지 않았다. 어디선가 닭이 울었다. 여치 소리도 들려왔다. 도연은 빨간 댕기를 꺼내어 들여다보다 주머니에 도로 집어넣었다. 사당굴 풀섶에 숨겨둔 자루도 걱정되었다.

"생명이 있는 것은 모다 죽니라. 죽으면 이렇고 썩어. 그러다 요 껍데기마저 허공중으로 흩어지거나 흙으로 가제. 시방 너그덜은 요

썩어버릴 껍데기를 붙들고 미쳐가고 있고나. 알맹이는 언다 됐는지도 몰르고 말이다."

새벽이 어둠의 모서리를 자르듯, 꼰대 목소리가 조근조근 아제를 조여드는 것 같다고 도연은 생각했다. 그러면서도 무엇을 놓고 말하는지, 알맹이는 뭐고 껍데기는 뭐라는 건지 몹시도 궁금했다. 자기도 모르게 일어섰다. 아궁이 천장에 머리만 찧고 도로 앉았다.

"아버님은 글면 알맹이는 뭐라고 생각허십니까? 아직도 요순시절을 되뇌실 작정이셔요? 공자왈 맹자왈만 허실 참인가요? 죄송허지만 요새 시상은 고런 곰팡내 나는 사상을 뛰어넘어도 한참 넘었습니다. 이미 평등사회를 위해 모두 들고 일어났다, 이 말입니다."

아제가 꼰대의 말 위에 자기 말을 새로 칠했다.

"오냐, 평등사회 참 좋은 말이고나. 헌디 말이다. 니 속을 가만히 구구다보니라. 니가 참말로 인민을 위허고 평등사회를 추구헌다먼 니 속을 똑바로 봐. 고것이 진실헌 마음인가 아닌가, 왜 떳떳허게 댕기들 못허는가, 니 자신을 똑바로 보란 말이다…… 언지까장 걸주시절⁵⁾을 되풀이헐라는고"

꼰대의 말이 작으면서도 단단하게 뭉쳐져 방문을 넘어왔다. 마당으로 날아갔다. 마을을 지나 부연 하늘로 번져갔다. 도연은 그 모습을 골똘히 보고 들었다.

이제가 방문을 열고 나왔다. 댓돌로 내려섰다. 신발을 밟고 서서 하늘을 봤다. 꼰대의 말이 구름 속으로 가 점점이 나부끼는 것을, 그

---

5) 고대 중국의 하나라 걸왕과 은나라 주왕으로 폭군의 대명사로 불림.

렇게 새벽하늘 속으로 번지는 것을 물끄러미 쳐다보는 듯했다. 도연은 그런 아제와 아제의 신발을 번갈아봤다. 흙탕물처럼 검누른 얼굴과 흙탕물로 범벅된 군화를.

3

아무래도 여명이네는 방장산에서 떠나버린 모양이었다. 소갈재로, 쓰리봉 골짝으로 종일 찾아 헤매었으나 기저귀 하나 남아 있지 않았다. 도연은 서대봉 중턱 덤불 가에 보리쌀 자루를 내려놓았다. 나뭇잎으로 덮지 않고 그냥 두었다. 여명이 지나가다 발견하면 좋겠다고 기대하면서, 자루 주변에 널린 나뭇잎들을 깨끗이 치웠다.

사당굴 모퉁이를 돌아 내려왔다. 처음 여명과 마주쳤던 산속으로 들어갔다. 도연은 진달래 가지를 밀쳐내고 걸었다. 정금나무를 헤치며 걷다, 그녀가 머리칼을 새로 땋았음 직한 곳을 하염없이 서성였다. 서성이다 다시 걸었다. 그녀의 발자국에 자기 발자국이 덮이도록, 그녀가 서 있었던 곳이며 걸어가던 곳을 어림잡아 딛고 또 디뎠다. 딛고 서서 제가 온 길을 돌아다봤다. 지나온 발자국마다 햇볕이 고여 들었다. 쌀뜨물 같은 아픔이 또록또록 고여 들었다.

뒷골로 들어설 때였다. 저벅저벅, 군화 소리가 시정을 할퀴며 올라왔다. 온 마을 개들이 짖어대고 사람들 몇이 아무 집으로나 들어가 몸을 숨겼다. 군화들은 제 키만 한 총을 메고 마을로 들어섰다. 서당으로 올라갔다. 순식간에 바깥마당을 한 바퀴 돈 다음 칙간 문을 열었다 닫았다. 안마당으로 들어갔다. 문이란 문은 모조리 열었다 닫더니 서당방 문까지 활딱 젖혔다.

꼰대가 앉은뱅이책상 앞에 앉아 있었다. 바깥마당에서부터 소란을 피우고 올라온 것을 번연히 알 텐데 눈을 감은 채 미동도 하지 않았다. 그들이 벽장을 뒤지고, 당신을 일별하고 나갈 때까지도 그대로였다. 장대로 마루 밑과 아궁이 속을 쑤시고 가도록 아무 말도 하지 않았다.

한바탕 일었던 먼지가 가라앉았다. 밥 짓는 연기가 지붕 너머로 피어올랐다. 이따금 개들이 짖고, 때를 모르게 된 장닭이 울었다. 어디선가 쑥부쟁이 냄새가 날아왔다. 강냉이를 찌는지 달큼한 냄새도 풍겨왔다. 도연은 마루에 앉아 밥을 먹었다. 온종일 어디를 싸돌아다녔느냐고 물어보지 않는 아버지와 함께, 수저가 밥그릇에 긁히지 않도록 조심하면서 밥을 뜨고 된장찌개를 먹고 가지무침을 먹었다.

방학이 끝났는데도 학교에 가지 않았다. 학교에 간다고 집을 나서지도 않았다. 아버지 어머니도 휴교령이 내린 걸 알고 있었다. 도연은 논밭으로 나가는 아버지 어머니를 멀뚱멀뚱 쳐다보다 제 방으로 들어가 틀어박혔다. 천장을 보고 누워 눈으로 여명을 그리거나 잠을 자거나, 쪼그리고 앉아 초점을 맞추지 않은 채 벽이나 지창을 봤다. 지창은 때와 날씨에 따라 색깔이 달라졌다. 그가 가장 눈여겨보는 때는 해거름 무렵이었다. 창호지가 햇볕에 노랗거나 발그레하게 물들었다. 구름그림자가 열브스름히 흘러가기도 하고 실 같은 연기가 얼비치는가 하면 댓잎이 툭, 떨어지기도 했다.

매형이 행방불명되었다는 소식은 댓잎이 떨어지는 모습을 보고 있을 때 찾아왔다. 큰누이가 조카 하나를 등에 업고 또 하나는 손에 붙들고서 마루에 엎어지듯 앉았다. 부들부들 몸을 떨었다.

"김 서방이 병호 그 사람이랑 어울려 댕겼다드만요. 아랫녘으로 차출돼 갔을 적으 항꼬 있던 사람인디, 김 서방이 행방불명이 되았다고, 역부로 와갖고 일러주등만이라. 사라진 지 메칠이나 되았닥 험서 저를 이상시런 눈으로 쳐다보는디……."

김 서방은 매형을 두고 하는 말이었다. 아랫녘에서 돌아온 지 얼마 되지 않았지만 긴급소집명령에 집을 비울 때가 더 많았다고 했다.

"서에서도 안대여?"

아버지 목소리가 가늘게 떨었다.

"그 사람도 순산디, 저헌티 일러줄 정도면 서에서는 이미 여그저그 뒤지고 댕겼겠지라. 어쩐다우? 무서 죽겄소."

"에려서부텀 붙어댕긴 결과가 제우 요 모냥이더냐?"

급기야 아버지가 한탄했다.

도연은 제 방으로 들어왔다. 어디로 눈길을 두어야 할지 막막했다. 서당 구석구석을 군홧발로 밟아대던 사람들의 모습이 자꾸만 어른거려 도리질했다. 도리질 때문인지 문틈으로 들어오는 바람 때문인지 호롱불이 흔들렸다. 흔들리는 불빛에 횟대보도 꿈틀거렸다. 그때마다 홍학이 푸드덕 날아가 버릴 듯 소나무 가지가 위태롭게 구겨지다 펴지다 했다.

새벽이 오기는 왔다. 아침도 왔다 가고, 낮도 어김없이 지나고 있었다.

이번에는 서 사람들이 걸막에서부터 총을 쏘면서 들이닥쳤다. 마루고 방이고 정지고, 외양간이고 문간방이고를 가리지 않았다. 돼지막으로도 난사했다. 돼지가 나자빠지고 닭 한 마리가 고꾸라졌다. 해가 두어 걸음이나 자리를 옮겼을까 말았을까 한 시간이었다. 집 안은 순식간에 쑥대밭이 되어버렸다. 쑥대밭에서, 아버지 어머니와 누이가 수수깡처럼 서서 떨었다. 도연도 떨었다. 조카들을 양쪽에 끼고 마루에 서서 울컥울컥 무서움을 삼켰다.

그들이 떠나고 얼마나 지났을까. 마을 사람들이 하나둘 찾아들었다. 와서도 어떻게 해야 할지 모르겠다는 듯 허공을 올려다보고 쑥대밭을 둘러봤다. 서로를 쳐다보다 계면쩍은 듯 아버지 어머니와 누이를 건너다봤다.

땅거미가 져가는 마당에 서서 새뱅이 양반이 흠, 헛기침했다. 사람들을 돌아다봤다. 바깥을 살피고 사립문을 닫았다. 그러자 너나 할 것 없이 어질러진 세간들을 제자리에 갖다 놓고 부서지거나 깨진 것을 두엄자리로 옮겼다. 널브러진 닭과 돼지를 우물가로 옮기자 조카들이 울음보를 터뜨렸다. 누이의 치맛자락 뒤로 숨어들며 울었다.

헛간으로 간 검바우 할아버지가 보릿단 앞에서 멈칫했다. 누이를 힐끗 보고는 한 다발을 들어 마당으로 던졌다. 두 개 세 개 네 개 다섯 개 여섯 개⋯⋯.

거기에, 매형이 있었다. 양팔을 눈앞으로 모으고 몸을 둥글게 말고 있었다. 미간을 잔뜩 찌푸린 채 눈을 깜박거렸다. 오매, 이것이 워쩐 일이랑가? 탄식하는 어머니 말에 응하듯 몸을 일으켰다.

매형이 마당 가운데 무릎을 꿇고 앉았다. 밑도 끝도 없이 죄송하다고 했다. 가봐야겠다고 했다. 병호를 원망하지 말라고 했다. 겁에 질린 조카들을 쳐다보며 주춤주춤 일어났다. 고개를 꾸뻑 숙이고는 대문 쪽으로 갔다. 문을 열고 고샅으로 내달았다. 그때껏 망연해 있던 모두가 자실한 얼굴이 되어 정신없이 멀어져가는 매형의 뒤통수를 쳐다봤다. 오래오래 쳐다봤다.

그렇게, 하루가 갈 줄 알았다.

탕! 탕! 탕!

사당굴 쪽에서 총성이 울렸다. 불쑥, 어둠이 들이닥쳤다.

스물다섯 살의 누이가 걷어내기에 어둠은 너무도 두껍고 무거울 것 같았다. 고개를 내리 꺾고 앉아 매형을 보는지 길바닥을 보는지 움직이지 않았다. 눈동자만이 살아 있었다. 도연은 그런 눈빛을 기억했다. 검누레한 동공 속에 들어차 있던 빛. 차가우면서도 슬프고 원망이 가득 차 있으면서도 애처로워 보이던 빛. 여명의 눈에서 봤던, 푸슬푸슬 날리던 빛.

어둠을 안고 누이가 서당으로 갔다. 한 번도 밟아본 적 없다는 서당의 문턱을, 연방 벗겨지는 고무신짝을 두 손에 쥐고 치맛바람 소리까지 내면서, 처음으로, 넘어를 갔다. 누이도 비로소 서당 문턱을 넘어보는구나. 도연은 터무니없는 생각에 몸서리쳤다.

누이가 뭐라 말해주기를 바랐다. 저토록 꺽꺽, 자신의 넋을 부려가며 울기만 할 게 아니라 꼰대한테, 병수 병호 아제한테, 핏물만 튀기고 있는 세상에, 동이 터오지 않을지도 모르는 하늘한테 모질고 긴 저주를 퍼붓기를 바랐다.

마루에 나앉은 꼰대도 울고 있었다. 송운재松韻齋라는 현판을 머리에 이고 앉아 초점 없는 눈으로 쑥불만 보고 있는 것을 보면 알 수 있었다. 시들어가면서도 댑싹 키만 큰 키다리꽃으로 눈길을 돌리는 것을 보면 그랬다. 장죽에서 뿜어져 나오는 담배 연기가 여느 때보다 터무니없이 가늘어진 걸 보면, 정말 그랬다.

새벽이 왔다. 누이가 울음을 그쳤다. 밤새도록 한마디 말도 안 한 채였다. 하긴 무슨 말이 필요할까. 이미 가버리고 없는데, 매형은 다시 올 수 없는데 말은 도대체 무슨 힘이 되어줄 수 있을까. 누이의 볼은 밤새 푹 꺼져 우물처럼 파이고 퀭해진 눈은 시퍼렇게 번득였다. 쓰러질 듯 걷는 누이에게서 도연은 여명을 보았다. 누이에게도 여명에게도 미안하고 부끄러웠다.

어머니는 저녁마다 누이 집으로 갔다. 십리 길을 하루도 거르지 않고 갔다가 새벽이면 돌아왔다. 집으로 데려오면 제 집으로 가버리고, 데려와 주저앉히면 다시 가버리는 누이를 어찌할 수 없으니 당신이 다닐 수밖에 달리 도리가 없기는 했다.

누이가 부스스한 얼굴로 문을 열어주었다. 며칠 전에 왔을 때나 엇비슷한 것 같아 도연은 마음이 불편했다. 조카들은 서로 엉겨 잠들어 있고, 바느질하던 중이었는지 누이의 손에는 헤진 어린애 저고리가 들려 있었다.

어머니가 흑임자죽 한 숟갈을 떠 누이 입 앞으로 가져갔다. 누이가 창백한 얼굴을 한쪽으로 틀었다.

"조께만 먹어봐. 어찌됐든 간에 살어야 헐 것 아녀. 저 에린 것들 땜시라도 얼릉 기운 채리고 일어나얄 것 아니냐고."

사정에 못 이긴 듯 누이가 입을 벌렸다. 서너 번인가를 받아먹자, 어머니가 누이에게 숟가락을 들려주었다.

"그려! 옳제! 잘헌다!"

누이가 죽을 떠 입에 넣을 때마다 어머니도 추임새를 넣으며 함께 먹는 시늉을 했다. 더는 볼 수 없어 도연은 마당으로 내려오고 말았다.

사당굴에서는 밤이면 무엇인가 빛났다. 푸르게 번득이는 그것이 무엇인지 도연은 알지 못했다. 새뱅이 양반은 매형의 혼이 아직 이승을 떠나지 못한 증거라고 말했다. 검바우 할아버지는 도깨비불이니 가까이 가지 말라고 했다. 누군가는 말했다. 매형의 몸뚱이에서 흘러나왔던 핏물이 미처 땅에 배지 못해서 생기는 빛이라고. 그걸 인燐이라 한다고.

송운재 가을

1

아버지가 서당 방바닥에 머리를 조아렸다.

"속창아리 없는 놈이, 핵교는 죽어도 안 댕긴다고 뻣댕게나 도리가 없고만이라우. 훈장 어른께서 옆에 찌고 조께 갈쳐주셔야 쓰겠어요."

지난여름보다 더 홀쭉해진 얼굴로 꼰대가 고개를 흔들었다. 이렇다 저렇다 대꾸하지 않았다. 장죽만 빨았다. 담뱃가루가 발개졌다가 사그라들 때마다 노리끼리한 연기가 한숨과 함께 가늘게 피었다. 매형의 일로 할 말이 없어서라고 도연은 넘겨짚었다. 병수 병호 아제의 일로 괴로울 거라는 생각이 들기도 했다.

계속해서 머리를 조아리는 아버지 뒤로 액자가 보였다. 천자문 배울 적에도 벽에 걸려 있던 거였다. 액자 속 그림은 지금도 푸르스름했다. 푸름 속에 짐승과 사람과 새와 나무 들이 있었다. 마을도 있고, 산도 바위도 있었다. 물도 있었다. 방장산을 그대로 그림 속에 가져다 놓은 듯 생생했다. 도연은 액자에서 시렁으로 시선을 옮겼다. 꼰대가 손수 엮었을 천자문과 명심보감 같은 서책들이 꼰대의 한숨처럼 차곡차곡 쌓여 있고, 책과 책 사이에 자그마한 단지가 하나 놓여 있었다. 고추장 단지만 했다. 회포대 종이로 싸서 새끼줄로 뒹긴 아가리에 반대기가 덮였는데, 전에도 있었는지 없었는지 아리송했다.

"씰데없는 짓이네."

담배 연기가 흩어지듯 꼰대 목소리가 방안으로 퍼졌다. 쓸쓸하게 내려앉았다.

"구학문은 인자 쇠양없다는 말씸이싱게라우?"

"구학문이고 신학문이고, 너머 배우는 것이 문제여. 배운 놈덜이 더 무식허네."

도연은 꼰대 말에 전적으로 동의했다. 복교령이 내려졌었도 학교에 가지 않겠다고 한 건, 배우지 않아도 잘 살 수 있다고 생각하기 때문이었다. 아버지 어머니는 자기의 말뜻을 알아듣지 못했다. 알아듣게 설명할 주변도 그에게는 없었다. 아버지한테 멱살을 잡힌 채로 꼰대 앞에 붙들려오기는 했으나 서당방에 처박혀 있을 날이 벌써부터 까마득했다.

"그리도 넘의 아들아이들은 모다 핵교에 댕기는디…… 구학문이라도 배와놔야 당허고 살든 않겠지라우."

"이 사람아, 넘들 이길라고 배운당가?"

꼰대가 장죽으로 바닥을 쳤다.

조금만, 조금만. 도연은 꼰대를 응원했다. 나는 인자 못 갈치네, 한 마디면 아버지도 포기할 것이다. 그렇게만 된다면 서당이고 학교고 갈 필요 없다. 여명이만 찾으면 된다. 그녀와 함께 방장산에서……. 시절이 수상하다고는 해도 어김없이 꽃은 피고 열매가 익고 눈이 오고 또다시 꽃은 핀다. 그는 저도 모르게 두 손을 그러쥐었다.

"나도 인자 적적허긴 허네만……."

"고맙구만이라, 참말로 감사허구만이라우."

도연은 문을 박차고 나와버렸다. 고샅으로 달려나갔다. 시정을 지나쳤다. 다랑논 사이를 달리다 냇가랑 앞에 우뚝 섰다.

아직도 푸릇한 버들가지가 축 늘어져 물살에 흔들렸다. 버들잎들이 바람에 떨어졌다. 도연은 물속으로 자기를 밀어 넣었다. 종아리를 빙 돌아 흐르는 버들잎을 따라 걸었다. 한기가 파고들어도, 소름이 돋아도, 시퍼런 입김을 토해내면서도 이빨을 앙다물고 걸었다. 점점 더 깊은 곳으로 첨벙첨벙 걸어 들었다.

난데없는 구령 소리가 아침나절을 갈랐다. 사람들이었다. 수십 명이나 되었다. 총대와 탄알을 메고 두 명씩 짝을 지어 올라왔다.

"국방군이다!"

도연은 낮게 중얼거렸다. 젖은 옷차림 그대로 길로 나섰다. 엊그제 저녁때였다. 빨치산들이 소갈재 아래로 난 철로를 폭파했다고 기차가 나뒹굴어 몇십 명이나 죽거나 다쳤다고. 빨치산들이 백암산으로 입암산으로, 방장산으로 뿔뿔이 도망쳤다고. 그러니 산 쪽으로는 얼씬하지 말라며, 아버지가 당부했었다.

국방군이 마을로 들어섰다. 시정을 지나고 집 앞으로, 서당 쪽으로 갔다. 바깥마당에서 대열을 정리했다. 구령을 붙이며 사당굴 쪽으로 걸어가기 시작했다. 한 무리의 아이들이 주위로 몰려들었다. 국방군 뒤를 졸래졸래 따라갔다. 서로들 손가락으로 총대와 탄알들을 가리켜가며 수군거릴 때 까막재로 군용트럭들이 올라갔다.

도연은 땅바닥에 찍힌 어지러운 군화 자국을 내려다봤다. 크고 넓고 깊게 팬 자국을 자기 고무신으로 비볐다. 여러 번을 비벼도 없어지지 않았다. 여명이네, 그들은 발자국을 남기지 않았다. 남길 수 없었는지 모른다. 아직도 산속에 있을까. 기저귀도 고구마도 더는 없어지지 않고 있으니 딴 데로 가버렸을까. 연자봉으로 갔을까. 봉수대 쪽으로 갔을까. 그는 신발을 고쳐 신었다. 지름길로 가면 되었다. 국방군보다 먼저 가야 했다.

"이놈아, 얼릉 불 때지 않고 뭣 혀?"

쟁그랑, 소리가 날아들었다. 마루에서 지대석으로, 마당으로 내려서는 꼰대에게선 무언가 흘렀다. 시리도록 차가운 무엇. 도연은 그것에 이끌리듯, 안마당으로 아궁이 앞으로 건들건들 걸어 올라갔다.

꼰대는 온 하루를 방에 틀어박혀 문고리 한번 잡지 않았다. 어떤 날은 나무 해와라, 물 데워라, 장죽에 담배 채워라, 마당 쓸어라, 방 닦아라, 아궁이 재를 퍼내라, 어두워지기 전에 방에 불부터 밝혀라, 주문이 많았다. 꼰대의 눈 속이 깊어갈수록 서당방 공기도 답답해졌다. 시험을 앞둔 때처럼 가슴이 죄어오고 욱신거렸다. 도연은 그때마다 냇가랑으로 달려나갔다. 물속에 제 몸뚱이를 던졌다. 싸늘한 기운이 뼛속으로 파고들 때까지 헤엄쳤다. 물에서 나올 때면 몸뿐 아니라 마음속도 새파래졌다.

"들어오니라."

안마당으로 들어섰을 때였다. 마루에 서 있던 꼰대가 명령하듯 말하곤 방으로 들어갔다. 다 닳아서 만질만질해진 앉은뱅이책상 앞에 앉았다.

"천자문을 피니라."

"배왔어요. 천자문은 야듧 살 때 배왔고 아홉 살 적으는 동몽선습을 배왔어요. 글고 명심보감은 열한 살 때 배왔고, 열두 살 적으 소학을 공부허다 말었는디……."

도연은 윗목에 서서 그간에 배운 것들을 하나하나 열거했다. 새로 배울 게 있다면 추구抽句였다. 언젠가 매형이 되기 전의 매형과 병호 아제가 서로 추구의 구절들을 주고받는 것을 들었다. 지금도 도연은 매형이나 병호 아제가 읊었던 구절들을 기억했다. 병호 아제는 녹죽군자절綠竹君子節 청송장부심靑松丈夫心, 푸른 대나무는 군자의 절개요 푸른 소나무는 대장부의 마음이라는 구절이 마음에 든다 했다. 매형은 월위우주촉月爲宇宙燭 풍작산하고風作山河鼓, 달은 우주의 촛불이요 바람은 산과 강의 북이라는 구절이 좋다 했다.

"그다음에는 뭣을 배왔는고?"

"학교서 국어 공민 지리 산술 이과 음악을 배왔어요."

"천자문을 피니라."

"배왔는디……."

"니놈 허는 짓을 봉게 순 건성나발이었구나. 허니 새로 배와야 쓰겄어. 오늘부터 읊음서 쓰니라. 천지현황부텀 날마닥 써야 혀."

"히늘은 왼통 푸른색인디, 하늘 천자는 시커멓게 생겨가지고……."[6]

---

6) 하늘을 보면 푸르고 푸른데 하늘 천이란 글자는 왜 푸르지 않습니까? 를 변용함. 박지원, 『연암집 중』, 제5권「영대정잉묵(映帶亭賸墨)」, '창애에게 답함 3' p379, 돌베개, 2007년.

"이놈아, 어찌서 하늘이 왼통 포르기만 혀?"

"포른색 밲이 없잖여요?"

"니 눈에는 어찌서 포른색만 븨는지 모르겄구나. 다시 보니라."

도연은 입을 삐쭉거리며 방문을 열었다. 하늘을 올려다봤다. 하늘은 푸르고 또 푸르렀다. 마루로 내려섰다. 하늘은 푸른 허공뿐이었다. 그는 고무신을 꿰차고 마당으로 내려섰다. 문을 나섰다. 바깥마당으로 나갔다. 고샅을 지났다. 냇가랑 물이 보이고, 그곳의 하늘도 푸른색이었다. 하늘의 어디를 봐도 푸른색뿐이었다. 꼰대가 노망이 들린 모양이었다. 그렇지 않고서야 푸른색 하나뿐인 하늘을 두고 왜 푸른색뿐이냐고, 다시 보라고 할 이유가 없었다.

시정 앞에 사람들이 모여 있었다. 마을 사람들과 국방군이 뒤죽박죽 섞여 있었다. 국방군이 대열을 지어 가버리자 마을 사람들만 남았다. 그들이 한 군데로 모여들었다. 무엇인가를 내려다봤다. 겁에 질린 듯한 소리로 웅성거렸다.

눈을 비비고 보고, 비비고, 봤다. 너무도 또렷한 형체가, 실제로 거기 있었다. 길바닥에 널브러진 채, 거적때기로 아무렇게나 덮여 있는 실체가, 눈을 감고 있었다. 도연은 바짝 다가앉았다. 거적을 들쳤다. 머리칼은 허리춤에서 너풀거리고 볼은 푹 패였으나 여명이 맞았다. 옷은 여기저기 해져서 입지 않은 것만 못해 보이고 맨발인 채여도 그녀가 맞았다. 믿기지 않았지만, 틀림없는, 그녀의 팔뚝은 차디찼다.

얼굴도 손도 발도, 얼음보다 시린 여명을 도연은 뜨거운 제 두 손으로 들어 올렸다. 무릎에 누이고 하염없이 내려다봤다. 푸슬푸슬하게 빛나던 눈동자로 자신을 바라보던 얼굴을 보고 또 봤다. 그는 감긴 그녀의 두 눈을, 높지 않은 코를, 도톰하고 자줏빛으로 물든 입술을, 누리끼리한 볼을, 목덜미를, 귓불을 손으로 하나하나 만져보았다. 구멍 뚫린 어깻죽지에 피떡이 져 있었다. 만질 때마다 불긋불긋 손바닥에 묻어났다.

도연은 자기 옷자락에 손을 닦았다. 주머니에서 물에 젖은 댕기를 꺼내었다. 여명의 가슴에 놓았다. 아무렇게나 풀어 헤쳐진 그녀의 머리칼을 떨리는 손으로 쓸었다.

"얼레, 시방 뭔 짓거리여?"

댕기를 낚아챌 듯 어머니가 다가왔다. 도연은 얼른 무릎 사이로 댕기를 숨겼다. 어머니를 외면하고 여명의 머리칼을 가종크렸다. 세 갈래로 나누었다. 양손 엄지와 검지로 땋은 다음 붉고 축축한 비단 댕기로 묶었다. 비로소 마음이 놓였다. 끝끝내 주지 못하면 어쩌나 마음 조여 왔는데……. 그는 푸릇한 그녀의 볼을 쓸었다. 몸뚱이를 보듬어 안았다. 조용했다. 꽉 부둥켜안아도 싸늘했다. 제 심장만이 으르렁으르렁, 세상을 향해 울부짖었다.

"음메, 여그 아아이가, 아가 있어야!"

어머니가 소리쳤다.

그제야 도연은 여명의 옆에 누운 아이를 봤다. 아이가 눈을 찡그려 감은 채 입을 오물거렸다. 새빨개지면서 몸부림쳤다.

"야야, 부덕아. 얼릉 느그 오메 좀…… 시상으, 어쩠그나……."

도연은 저고리를 들치고 젖을 꺼내 물리는 어머니를 물끄러미 바라다봤다. 소리도 없이 빈 젖을 빠는 어린아이를 봤다. 아이가 주먹을 펴 어머니의 가슴을 더듬었다. 기운이 없는지 눈꺼풀이 자꾸 아래로 감겼다.

"아랫녘서 왔다제? 요 사람덜 말고 또 있잖여? 누비옷 걸친 사램도 있고 중늙은이도 있을 것인디, 딴 디로 도망가 버렸는가벼이?"

누군가, 누구에게랄 것도 없이 물었다.

"어끄저끄 모다리들서 봤대여. 새뱅이 냥반이 흥덕장으 가다가 맞닥뜨렸당만. 제숫거리 살라고 갔었는디, 쌀차대기를 기양 앵겨줘버렸댜. 속이 짠허담서 찬물만 벌컥벌컥 퍼마시드랑게."

누군가 대답했다.

"새뱅이 성님도 참…… 한바탕 콩을 볶아댕게나 무솨서 내빼부렀음서. 아, 성님이 내쏴버린 쌀 차대기를 나가 줏을라고 안 달려갔겄소. 장으 항꼬 갔었응게요. 근디 고놈을 차지헐라고 산사람덜이 더 자지러지게 콩을 볶아대는 통에, 쌀이고 뭣이고 간에 목심부텀 살고 봐야 쓰겄더란 말이오. 그래서 기양 와버렸는디 생각헐수록 아까 죽겄어라우…… 그란디 누비옷 입은 사나가 대장인갑드만요. 뭣이라고 고함을 지름서 이짝저짝으로 손을 젓응게나 딴 사나덜이 고 손을 따라서 여그로 저그로 막 달려가드랑게요."

다른 누군가는 새 소식을 전했다.

달구지가 왔다. 달구지를 끌고 온 국방군이 거적때기를 들추었다. 여자의 시신을 들어 올려 달구지에 실었다.

"아따, 체헐라!"

언제 왔는지, 부덕이 어머니가 아이를 안고 젖꼭지를 물렸다. 국방군 하나가 아이를 빼내려 하자 연신 가슴팍을 오므려 아이를 감싸 안았다.

허깨비처럼 서서 도연은 그 광경을 지켜봤다. 여명을 볼 수 없어서였다. 달구지에 실리고 있을 그녀를, 차마 볼 수 없어서였다.

"얼른 가. 모다 시퍼렇게 눈뜨고 있는디, 고것이 뭔 짓거리여, 이?"

어머니가 눈을 부릅뜨고 혼냈다.

도연은 돌아섰다. 누가 던졌는가, 하늘은 잉꺼려진 홍시들로 가득했다. 하늘은 불그죽죽하게 울부짖는 수천만 개의 감나무이파리로 펄럭거렸다. 시뻘겋게 외치는 맹감 열매들로 아우성쳤다. 하늘은 소리 없이 우는 아이의 새빨간 입속 같았다. 아니었다, 하늘은 온통 진달래 단풍으로 우는 여명의 울음 천지였다.

야막나무 같은 색깔로 물들어가는 하늘 아래를 도연은 걸었다. 아까시나무 잎사귀처럼 누렇게 시들어가는 하늘 아래를 걸었다. 담벼락 같은 색깔로 변해가는 하늘 아래를, 싯누런 나락 같은 하늘 아래를, 한쪽은 핏물이 엉겨 붙어 검붉고, 지붕의 마람이영처럼 썩어버린 하늘 아래를 그는 걸었다.

하늘로 달구지가 갔다. 소리를 두고 온 어린아이를 싣고 갔다. 온기라고는 조금도 남아 있지 않은 여명을 싣고 갔다. 치자색, 꽃처럼 새하얗고 열매처럼 불긋한 하늘로 갔다. 계핏가루 같은 하늘, 푸르죽죽하게 울부짖는 하늘로 갔다. 까투리 깃털 색깔로 잠포록해지는 하늘, 정금색 같은 하늘, 시금자 색으로 까무러치는 하늘로 떠나버렸다.

달렸다. 막둥아, 막둥아! 어머니가 부르는 소리에도 아랑곳없이, 도연은 시정으로 고샅으로 집 앞으로 서당으로, 아마도 하늘은 겁먹은 자기의 푸르딩딩한 얼굴을 닮기도 했을 것이라 짐작하며 달렸다. 꽃은 산속의 달력이라는 말은 꼰대가 직접 만든 게 틀림없었다. 하늘이 이토록 수많은 색깔로 펄펄하게 살아 있다는 걸 알다니. 이토록 시뻘겋게, 시퍼렇게, 시커멓게 울부짖는 걸 알다니.

"사람덜이, 사람덜이 죽었어요"

도연은 소리쳤다. 신발을 벗는 둥 마는 둥 서당 방문을 열어젖혔다.

"불부터 밝히라고 허지 않더냐?"

어둠 속에서 꼰대가 지청구했다. 손바닥으로 서안을 두드렸다.

도연은 당성냥을 찾았다. 떨리는 손으로 등잔에 불을 밝혔다. 방 안은 금세 환해졌으나 마음은 더욱 캄캄해졌다. 등잔 불빛을 아무리 깊고 길게 들이마셔도 환해질 줄을 몰랐다.

"먹을 갈어라."

꼰대가 말했다. 무심하기 짝이 없었다.

"봄에 산으로 갔던 사람들여요. 죽었당게요. 국방군이……."

"먹을 갈라닝게?"

꼰대의 눈에서 번들, 빛이 떨어졌다.

말하고 싶었다. 여명이 죽었다고, 그녀의 세상이 송두리째 사라 져버렸다고, 자기 세상마저 동강 나 버렸는데 먹 가는 따위가 무슨 소용 있냐고……. 도연은 먹을 찾아들었다. 가르랑거리는 꼰대의 숨소리를 벼루에 부었다. 터질 듯 뿜어 나오는 제 숨소리로 먹을 갈 았다. 숨 닳는 소리가 서당방을 흔들었다. 온통 먹빛으로 흔들었다

2

아버지가 소금 팔러 갈 거라는 말을 들으며 도연은 이불을 젖혔다. 일어나 방문을 열었다. 마당 한쪽에 세워두었던 들깻대 무더기가 안 보였다. 감나무며 살구나무 이파리도 모두 떨어져 버리고 노란 국화 몇 송이가 서리를 인 채 마당 가에서 떨고 있었다.

꿈속에서도 여명은 하염없이 어디론가 갔다. 쫓아 달려가면 사라 져버렸다. 그때마다 도연은 소리쳐 불렀다. 부르는 소리에 놀라 눈 을 뜨곤 했다. 지창에 비쳐드는 햇빛과 빛에 어긋나는 제 그림자를 보다가도 그녀인가 싶어 가까이 다가갔으나, 그림자는 흐릿해지다 사라져버리기 일쑤였다.

어느 때는 매형을 만나기도 했다. 아마도 매형이 되기 전 어느 날 인 듯했다. 자기를 외면한 채 병호 아제와 도란도란 얘기를 나누고 있는 매형이 그리도 야속할 수 없었다.

일어나든 이대로 나락으로 떨어져 내리든 자기 자신을 내박치고 싶은 마음 간절했다. 아버지가 질마재로 소금을 팔러 간다니 좋은

기회였다. 얼마나 누워 있었나 기억에도 없지만 무슨 상관이냐 싶었다. 늙은 아버지도 간다는데 자기라고 못 갈까. 도연은 댓돌에 놓인 고무신을 신었다. 세상이 부셔 사뭇 눈을 찡그렸다.

"어무이, 밥 조까 묵어야 쓰겄는디요."

어머니가 탕약 뚜껑을 든 채로 멀뚱멀뚱 이쪽을 쳐다봤다. 지게에 쌀가마니를 올리던 아버지도, 가마니가 땅바닥에 내동댕이쳐지는데도 모르고서 눈을 치떴다.

"얼릉 밥. 거시기 미역국 아적 있제? 고놈으다 닭괴기 찢어 넣고, 갯장어 쪼린 것도 챙기소이…… 아따, 뭣허고 있당가, 서둘르들 않고?"

어머니를 재촉했다.

"아먼, 아먼이제라!"

그제야 어머니가 탕약 뚜껑을 덮는 둥 마는 둥 정지로 들어가 딸각거리기 시작했다.

웬 미역국이며 갯장언가 했더니 엊그제가 자기 생일이었다고 어머니가 말했다. 꼬박 열흘을 앓아누워 있었다며 근심 어린 얼굴로 바라다봤다.

도연은 밥 한 그릇을 다 먹었다. 국 한 대접과 갯장어 조림과 김치한 보시기를 모두 걷어 먹고, 어머니가 내미는 숭늉도 마저 마셨다.

"저, 거시기 아부지. 저도 갈라요."

대접을 내려놓으며 말했다.

아버지 어머니가 마주 봤다. 무슨 말인지 모르겠다는 눈치였다.

"시방 고것이 뭔 소리랑가?"

"어디를 가겄다는 것여?"

어머니가 겨우 묻자 아버지도 나섰다.

"저도 지게 질 수 있어라우. 밥도 요로코 먹었는디 고까짓 거 못 질랍뎌?"

도연은 상을 밀치고 일어났다.

"허, 참! 질마재를 간다고야? 지게를 지고 간다고야? 시방 거그가 어딘 종이나 알고 허는 소리냐?"

아버지가 몇 번이고 헛웃음을 웃더니 어머니에게 물이나 한 사발 달라고 했다. 마루에 걸터앉았다. 어머니가 건네주는 물을 벌컥벌컥 마셨다.

"기양 한 번 히본 소리제? 아, 낭구 몇 번 져봤다고 쌀가맹이를 진담사 누구든 못 질 것이여? 아부지도 질마재까장 댕겨오시먼 얼마저끔이나 심들어 허시는디. 거그다가 시방이 어뜬 시절인지나 알고 허는 소리여. 열흘이나 몸져누웠든 사람이 고것이 시방 뭔 소리랑가. 이?"

당치도 않다는 듯 어머니도 달랬다.

도연은 묵묵히 기다렸다. 갈 때는 지게에 쌀가마니를 지고 가고, 올 때는 소금 가마니를 지고 와야 했다. 쌀 한 가마니와 소금 한 가마니의 무게는 같았다. 질마재까지는 집에서 자그마치 오십 리, 가고 오고 백 리였다. 전쟁이 끝났다고는 해도 어머니 말대로 아직도 아슬아슬 줄을 타고 있는 시절이었다. 그는 기다렸다. 아버지가 허락하지 않는다면 남의 집 소금이라도 팔아올 작정으로 기다렸다.

아버지가 이편을 물끄러미 바라다봤다. 서너 번이나 한숨을 깊게 내쉬었다.

"니가 무신 맴을 먹고 이러는지는 모르겄다만…… 그려, 까짓 그러자. 사내란 과단성이 있어야 혀. 그리야 심도 생기는 벱이여. 한 가맹이는 감당 못헐 팅게 반 가맹이만 지고 가 보자. 고놈 팔어다 월사금으로 주면 씨겄고만."

어머니가 펄쩍 뛰었다. 눈물바람까지 하고 들었다. 아버지가 그런 어머니를 눈으로 다독였다. 마당으로 내려갔다. 헛간으로 가더니 지게 하나를 들고 나왔다. 마당에 작대기를 받쳐 세웠다. 광에서 쌀 반 가마니를 내왔다. 지게에 올리고, 다른 지게에는 한 가마니짜리를 올렸다.

나뭇단을 지는 것과 쌀가마니 지는 것은 같지 않았다. 연방 중심이 흐트러져, 작대기로 땅을 짚고 일어서는데도 몇 번을 되풀이해야 했다. 아버지가 뒤에서 거들어주는 바람에 겨우 일어섰을 때 도연은 땀으로 흥그렁해진 얼굴을 소맷자락으로 훔쳤다.

"오매, 우리 막둥이 키 큰 것 좀 보쑈, 예? 훌쩍 커부렀당게요."

별안간 어머니가 감탄했다.

"그러고 봉게이…… 얼매 안 있으면 이 애비보담 크겄다."

아버지도 흐뭇한 얼굴로 이쪽을 건너다봤다.

도연은 뒤뚱뒤뚱 몇 걸음을 옮겼다. 아버지를 따라 고샅으로 나갔다. 시정을 지나고 새정지를 돌아 나섰다. 주막거리로 내려갔다.

서당께를 지나고 효감천을 지나고, 빈월산 앞으로 구암으로 송암으로 흥덕으로…… 수많은 생각도 마음속 길을 따라갔다. 서당방으로 사당굴로 수리봉으로 갈재로 쓰리봉으로 연자봉으로 용추폭포로…… 갈래갈래 뻗어나갔다. 그는 길에 걸려 멈추고 길에 걸려 주저앉았다, 가까스로 일어났다. 비틀비틀 걸었다. 사뭇 처지기만 하는 지게 끈을 올렸다.

흥덕과 부안면을 지나자 산길로 이어졌다. 소요산 아래를 가고 있다고 아버지가 알려줬다. 집 뒷산에서도 보이는 뾰족한 봉우리가 바로 이 산이라 했다. 도연은 아버지를 따라 이리 비틀 저리 비틀 질마재를 넘었다. 해가 쇠종그랑 둠벙 속으로 풍덩 빠져들었다. 드넓은 바다가 펼쳐졌다. 그는 생전 처음 만나는 바다를 넋을 잃고 바라다봤다.

마음속 길들 마냥 벌에도 깊거나 얕은 주름들이 가득했다. 슬픔처럼 갈매기가 둥둥 떠다녔다. 갯벌 건너 야트막한 산봉우리와 염전들 사이를 날아다니며 끼룩끼룩 울었다.

두 사람은 벌막 소금 집에서 점심을 얻어먹었다. 쉬는 둥 마는 둥 다시 쌀가마니 대신 소금 가마니를 지고 집으로 향했다. 해가 저물기 전에 당도해야 한다며 아버지가 서둘러서였다.

질마재 중턱을 오르는 참이었다. 다리에 쥐가 났다. 장딴지가 굳어오고 허벅지까지 뻐근해졌다. 도연은 중심을 잡지 못하고 휘청, 엎으러졌다. 어깻죽지 살갗이 벗겨져 쓰라리고, 가슴팍으로는 팍팍한 바람이 파고들었다. 그는 땀을 훔치며 뒤를 돌아다봤다. 벌막은 벌써 아스라이 멀었다. 그 너머에서 바다가 파도를 일으켜가며 갈매기들을 불렀다. 자기도 갈매기가 되고 싶었다. 오래도록 날고 싶었다. 날다 지쳐 떨어져 바닷속 물고기 밥이 된다 해도 두렵지 않았다. 이 땅이 아니라면 어디라도 갈 수 있을 것 같았다.

"쉽든 않지야? 요것도 자꼬 히봐야 느는 것이다이."

아버지가 풀밭에 지게를 세웠다. 이쪽으로 와 뒤에서 지게 끈을 벗겨주고 길섶에 앉았다.

"이 시상서 젤로 에로운 것은 말이다. 바로 요 숨, 요 숨을 쉬는 일이여. 조께 수월헌 일을 만나믄 사람덜은 숨 쉬는 것 맹크로 쉽다고들 허는디, 애비가 겪어본 바로는 어림없는 일이드랑게."

도연은 멀뚱멀뚱 아버지를 봤다. 무슨 뜻인지 알아들을 수 없어서였다. 얼른 다음 말을 해줬으면 싶었으나 아버지는 땀을 닦아내고는 하늘 한 번 올려다보고 벌막을 돌아다보고, 아직 더 올라야 할 고개로 눈길을 돌렸다. 대답이기라도 하듯 숨을 깊게 들이마셨다. 뱉고 마셨다가 다시 길게 뱉었다. 그제야 그는 아버지가 큰누이를 생각하고 있다는 걸 알아차렸다. 매형을 생각하고 있었다. 헐떡이는 이 시절을 생각하는지도 모르겠다고 그는 짐작했다.

질마재를 넘어서 구불구불, 소요산 길을 내려왔다. 흥덕이었다. 도연은 앞서가는 아버지 뒤를 한참이나 처져 걸었다. 자꾸 무릎이 꺾였다. 어깨가 에이고 쓰려서 만져보면 손바닥에 핏물이 묻어났다.

이제 십 리만 가면 된다고 아버지가 말했다. 도연은 안도의 한숨을 쉬며 모다리 들판으로 들어섰다.

피유웅! 피유웅!

분명 총소리였다.

"싸게 가자."

아버지가 명령했다. 눈에 힘을 주고 지게 끈을 붙들었다. 뛸 듯이 앞장섰다.

바쁜 마음처럼 걸음도 빨라지면 좋으련만, 서대면 서댈수록 어깨만 앞으로 나갔다. 도연은 땀을 삐질삐질 흘리며 동동거렸다. 양손으로 지게 끈을 꽉 붙잡았으나 가마니가 한쪽으로 쏠렸는지 중심이 잡히지 않았다. 땀마저 눈 속을 파고들었다. 그는 얼굴을 잔뜩 찡그리면서 몇 발짝이나 앞서가는 아버지를 건너다봤다.

들판 모퉁이를 돌 때였다. 들판 쪽에 있던 국방군이 산으로 몰려갔다. 산에서 내려오던 사람들이 도로 산으로 되돌아 도망쳤다. 얼른 봐도 국방군이 몇 배는 많아 보였다. 상대편에서 보면, 기를 쓰고 해봐야 부질없는 싸움일 것 같았다. 도연은 무서움도 잊어버리고 서서 그들이 쫓고 쫓기는 광경을 물끄러미 지켜봤다.

"뭣 허고 있냐? 아, 뽀짝 따라와."

아버지가 돌아다보며 성을 냈다. 뛰니라! 말하고는 다시 뒤뚱뒤뚱 뛰다시피 걸었다.

작대기로 땅을 디딜 때야 그런대로 걸을 수 있었으나 들고 뛰자니 어깨만 들썩거려질 뿐 도무지 걸음이 떼지지 않았다. 도연은 마냥 뒤뚱거렸다. 몇 발짝 앞에서 총알이 튀었다. 아버지는 연거푸 불러댔다. 땀이 흘러 시야마저 부예졌다. 온몸이 땀으로 범벅되었다. 그는 작대기로 땅바닥을 짚고 서버렸다.

산 사람들이 들판 쪽으로 달려 내려왔다. 국방군이 들판 논둑 아래로 몸을 숨겼다. 어느 사이엔가 국방군이 산 쪽으로 몰려갔다. 산 사람들이 여기저기 흩어지며 국방군을 유인했다. 휑뎅그렁한 들판과 숲 사이에서 그들은 마치 전쟁놀이하는 아이들처럼 상기된 표정으로 숨거니 나서거니 반복했다.

"아, 후딱 오란 말이다!"

아버지가 화난 사람처럼 고함쳤다.

"암디나 던져버리고 기양 뛰어!"

다시 소리쳤다.

도연은 아버지가 뛰면 멈추고, 서면 뛰는 시늉을 했다. 몇 번을 그랬다. 잘 따라온다고 생각했을 것이다. 어느 순간부터 아버지는 앞만 보고 갔다. 거리가 점점 멀어졌다. 그는 아버지가 모퉁이를 돌아 보이지 않을 때까지 시늉하다 숲속으로 들어갔다. 지게 끈을 벗겨 내렸다. 휴, 한숨을 토해냈다.

방장산 속 비좁은 골짜기에서 총알을 피하려 이리저리 쫓겨 다녔을 여명의 모습이 눈에 밟혀왔다. 막다른 곳에서 그녀가 생각한 것은 무엇이었을까. 무슨 생각을 할 겨를이나 있었을까……

사뭇 바람이 불어왔다. 바람에서는 활력이 넘쳐났다. 서로에게 총알을 퍼부으면서도, 쫓고 쫓기면서도, 죽고 죽이면서도 들떠 있다니 참 이상한 활력이었다. 꼰대는 그랬다. 좋아도 들뜨고 아파도

들뜨고 슬퍼도 들뜨는 것은, 들떠 있다는 점에서는 매 한 가지라고 춥거나 무서워서 떠는 것도, 떠는 점에서는 같다고 도연은 그 말뜻을 이제야 어렴풋이 알 것 같았다.

아이들이 온종일 동네 고샅을 휘젓고 다니며 막대기를 들고 전쟁놀이하듯, 사람들도 총을 든 채 들판을 휘젓고 다녔다. 비좁은 고샅을 벗어나 마을 앞까지 함성을 지르며 달려 나가는 아이들처럼 그들도 들판으로 물구덩이로 골짜구니로 몰아가거나 몰려갔다. 몰거나 몰려가며 탄알을 꺼내 탄피를 벗기고 탄창에 총알을 집어넣고 방아쇠를 당겼다. 계속해서 탄알을 꺼내 탄피를 벗기고 탄창에 총알을 넣고 방아쇠를 당겼다.

손을 번쩍 들고 만세를 부르는 아이들과는 달리 그들은 만세 부르지 않았다. 항복한다는 표시로 두 손을 높이 쳐드는 아이들과는 달리 그들은 도무지 두 손을 쳐들지도 않았다. 그들이 쏜 총알은 상대편으로 날아갔다. 가슴팍을 뚫고 되돌아왔다. 돌아와 자기 편의 머리를 꿰뚫었다. 양쪽에서 쏘아대는 총알들이 한꺼번에 솟구쳐 세상을 구멍 냈다. 구멍 뚫린 세상으로 저녁 해가 쏟아졌다. 검붉은 핏물이 온통 모다리 들판을 적셨다.

송운재 겨울

1

謂語助者 焉哉乎也위어조자 언재호야

　비로소 붓을 놓았다. 도연은 자기가 쓴 천자문을 우두머니 내려다봤다. 삐뚤빼뚤한 서체가 자기 마음 같았다. 가슴 저 아래에서부터 안개 같은 것이 번져 올라왔다. 그는 침을 삼켜 그것을 눌렀다. 글씨를 쓴 회포대 종이를 차곡차곡 개켜 방 한쪽에 놓았다. 위에 문진을 올렸다. 벼루를 닦아냈다. 벼루 닦아낸 종이와 붓을 들고 밖으로 나왔다. 아궁이 속에 종이를 던지고 우물로 갔다. 대야의 얼음을 깨고 붓을 담갔다.

　천자문에는 복희씨가 사람을 만들고 창힐이라는 사람이 글자를 만들었다고 쓰여 있었다. 복희씨가 없었다면 사람이 생기지 않았을까. 창힐이라는 사람도 없었고 문자도 생기지 않았을까. 문자가 없었다면 싸움도 일어나지 않았을까. 도연은 골똘히 생각했다. 복희씨가 사람을 만들지 않았다면 다른 누군가가 만들었을까. 창힐을 대신해서 다른 사람이 문자를 만들었을까. 문자가 없었던 옛날에도 싸웠을까. 그랬을 것 같았다. 뱀을 보면 알 수 있었다. 뱀도 짐승이니까……. 그는 붓을 흔들었다. 먹물이 휘돌아 맑은 물속으로 파고들었다. 말간 곳이 병수 아제 같았다. 탁한 곳이 병수 아제 같았다. 반대로 말간 곳이 병호 아제로 보였다. 탁해진 곳이 병호 아제로 보였다. 어느 순간 온통 거무레한 물로 변해버렸다.

아침저녁으로 아궁이에 불을 지피고 재를 퍼냈다. 밥을 먹고 똥 오줌을 쌌다. 이따금 냇가랑으로 달려가 얼음장을 깨고 가재나 꺽 지를 잡았다. 며칠 동안 눈이 내렸고 눈을 치웠다. 어느 날은 햇살이 쨍쨍했다. 짚시랑 끝에 매달린 고드름이 햇살이 비치는 각도에 따라 노랗게도 발갛게도 번들거렸다. 투명한 고드름 속에 스며든 여러 빛깔이 녹아 물방울로 떨어지던 날 도연은 인편으로 온 편지 한 통을 꼰대에게 전해드렸다. 그뿐, 마을에 더는 낯선 사람이 찾아오지도 지나가지도 않았다. 누군가 죽지도 않았고, 여태도 겨울이었다.

내내 졸음이 왔다. 자울자울 졸다 잠에서 깨고 보면 먹빛 가득한 방에서 꼰대가 그림이 걸린 벽을 보고 앉아 있었다. 무엇을 생각하는지, 회색빛으로 밝아오도록 꼼짝하지 않았다. 방문이 검푸른 빛인가 싶으면 푸른빛으로 훤해졌다. 연푸른빛인가 하면 흰빛으로, 이내 살구 빛깔로 환해졌다. 홍시 빛깔이 되는가 싶더니 다시 소젖 빛깔로 흰빛으로, 파래지다가 점점 쪽빛이 되었다.

도연은 청회색 하늘 아래로 나갔다. 회포대 종이가 혹시 남아 있나 정지 주변을 두리번거렸으나 없었다. 마루 밑에도, 안채에도 헛 청에도 없었다. 집으로 내려갔다. 검둥이가 꼬리치며 다리를 감아왔 다. 조용했다. 어머니 아버지가 함께 큰누이 집에 간다고 하더니 아 직 돌아오지 않은 모양이었다. 도연은 개밥그릇에 물을 부어주고 헛 간으로 갔다. 회포대 종이 하나를 빼내어 들었다. 걸막까지 따라나 서는 검둥이를 쫓으며 발그레해진 손으로 포대 한 겹을 찢어냈다.

살금살금 서당방으로 들어섰다. 어찌 된 일인지 꼰대가 누워 있었다. 모로 벽을 향한 채였다. 꼭 그림을 보고 있는 것 같았다. 도연은 꼰대 얼굴 앞으로 손을 내밀어 까딱였다. 눈동자가 움직이지 않았다. 숨소리도 가지런하게 들려왔다. 오랜만에 바닥에 닿았을 어깨도 편안해 보였다. 그는 싱긋 웃으며 방바닥에 포대 종이를 편편하게 펴고 붓을 들었다.

인심조석변 산색고금동人心朝夕變 山色古今同. 사람의 마음은 아침저녁으로 변하나 산의 색깔은 예나 지금이나 같다.

병수나 병호 아제 같은 사람은 지금도 많았다. 그들은 필요에 따라 병수 아제 쪽으로, 병호 아제 쪽으로 자기네 속을 흘리고 다녔다. 눈동자도 불안하게 흔들렸다. 어린 자기가 봐도 단박에 표가 날 정도였다. 도연은 글씨를 내려다보다, 포대 종이를 반으로 접어들었다. 붓과 벼루를 한쪽으로 밀치고 일어났다.

푸르스름 밝아오는 마당으로 내려섰다. 잿간으로 갔다. 바닥에 회포대 종이를 판판하게 펼친 다음 엉덩이를 까고 앉았다. 고개를 아래로 수그리고 엉덩이를 높이 쳐들었다. 똥이 변 자와 산 자 사이로 떨어지도록 조준했다. 밑을 닦았다. 옷을 올리고 포대 종이를 두르르 말아 끈으로 묶었다. 도연은 연방 비어져 나오는 웃음을 깨물며 잿간을 나왔다. 고샅길을 달렸다. 종이 뭉치를 시정 마루에 놓을 때 마침 연자봉으로 아침 해가 올라왔다.

한낮이 되도록 서성거렸다. 주춤주춤 시정으로 나갔다. 종이 뭉치는 마룻바닥에 던져놓은 그대로 놓여 있었다. 벌써 얼어서 단단했다. 그는 뭉치 끄나풀을 집어 들었다. 마을로 들어섰다. 우물가에 휙 던지고 서당으로 뛰어갔다.

바깥마당에 섰다. 하얗게 쌓인 눈밭을 내려다보다 발자국으로 방장산 능선을 그려나갔다. 봉우리 아래에 서당 지붕을 만들었다. 꼰대가 서당 마당에 장죽을 물고 서서 산을 올려다보는 모습을 그렸다. 지붕 밑에 아궁이도 그렸다. 지붕까지 덮을 만큼 커서 볼품이 없었다. 도연은 다른 쪽으로 가 처음부터 다시 시작했다.

발뒤꿈치를 바닥에 대고 앞부리로 둥그스름하게 산봉우리를 그렸다. 가로로 세로로 발자국을 찍어가며 갈재로 가는 길을 만들었다. 두 발을 일자로 세워 여명을 그렸다. 손가락으로 얼굴선을 그렸다. 눈과 코를 그리다 말고 내려다봤다. 이목구비가 명확히 떠오르지 않았다. 자기가 그려놓은 게 맞는지도 알 수 없었다. 그는 얼굴 안쪽의 눈을 들어내었다. 검누레한 흙이 드러났다. 그녀의 눈빛을 보는 것 같아 가슴이 덜컥 내려앉았다. 손이 시렸다. 그는 다른 손으로 그녀의 머리칼을 그렸다. 총알구멍이 선명한 어깨, 몸통과 다리를, 하얀 고무신을 그렸다. 옆에 나란하게 자신을 그렸다. 자기가 만들어낸 여명을 응시했다. 왜소하게 선 자기를 봤다.

"들어오니라."

며칠 만에 들어보는 목소리였다. 마루에 서서 손짓하는 꼰대의 모습이 먼 풍경처럼 낯설었다. 도연은 갸웃거리며 방으로 들어갔다. 방바닥에 회포대로 싼 뭉치가 뒹굴었다.

꼰대가 그것을 이편으로 밀었다.

"주인을 찾어주어라."

도연은 선뜻 집지 못했다. 등줄기에서 식은땀이 흘러내렸다. 저절로 고개가 수그러졌다. 낭패감보다 더럽다는 생각이 먼저 드는 건 어쩔 수 없었다.

"누구 것인지 몰라? 갈쳐주랴?"

"……."

겨우 집어 들었다. 마음속으로는 잘못했습니다, 골백번도 더 용서를 빌었으나 도연은 입 밖으로 내지 못했다. 다리가 후들거려 좀체 똑바로 서지도 못했다. 어찌 된 영문이냐, 여쭐 수도 없었다. 저도 답답할 지경이었다.

꼰대의 표정은 여느 때와 다르지 않았다. 목소리도 평소와 비슷했다. 앉음새나 시선 또한 단정하고 깔끔했다. 꼰대는 밖으로 화를 낸 적이 없었다. 회초리로 종아리를 때리면서도 결코 자세를 흐트러뜨리지도 않았다. 차라리 아버지처럼 소리 지르고, 작대기로 등짝을 후려치는 게 속 시원할 것 같았다. 도연은 종이 뭉치를 공손히 집어 들었다.

똥덩이를 칙간에 던졌다. 사랑방으로 바로 들어가지 못하고 마당을 어정거렸다. 눈으로 그려냈던 여명은 벌써 일그러지고 있었다. 옆에 선 자기도 볼품없이 비틀어지고 꼰대는 이미 형체를 알아볼 수 없을 정도로 녹아버렸다. 더럭 겁이 났다. 도연은 헐레벌떡 방으로 들어갔다.

"요것들도 갖다가 태우거라."

꼰대가 회포대 종이 뭉치를 밀 듯 건네었다.

천지현황 우주홍황宇宙洪荒 天地玄黃······.

천자문을 쓴 종이였다. 제대로 써진 게 한 자도 없었다. 자기가 쓴 게 맞나 의심이 갈 정도로 이상해 보였다. 천 자 하나만 보더라도 삐침과 파임의 길이가 서로 어울리지 않았다. 일월영측日月盈仄이든 진숙열장辰宿列張이든, 글자의 크기며 모양이 제각각 따로 놀았다. 도연은 화끈거리는 얼굴을 푹 수그렸다.

"순서대로 태워. 태움서나 고 글자들을 소리 내서 읊어라이. 한 자도 빠짐없이 읊어야 혀?"

마음을 읽기라도 한 듯 꼰대가 명했다.

종이를 쓸어안고 사랑방을 나왔다. 마루에서 얼쩡거리다 지대석으로 내려섰다. 아궁이로 갔다. 천 자나 되는 글자가 다 들어가도 꿈쩍 않을 커다란 아가리. 도연은 사랑방을 올려다보다 종이를 바닥에 내려놓았다. 쭈그려 앉았다. 갈퀴나무 한 줌을 아궁이에 던졌다. 당성냥을 찾아 불을 지폈다.

불꽃이 일자 얼굴이 달아올랐다. 발갛게 달아오른 얼굴 위로 희미하게 미소가 번졌다. 허 참, 꽃은 산속의 달력이여. 꼰대의 목소리가 어제인 듯 들려왔다. 연방 장죽을 빨며 허 참, 그려이. 감탄하던 소리. 그때에 비하면 무척이나 조그마해지고 말았다. 도연은 꼰대에게 죄송했다. 잘못했습니다, 꼭 말하고 싶었다. 언제였던가, 오래전에 읽었던 학교 책에 이런 구절이 있었던 게 기억났다.

'참날램은 오즉 좋은일과 옳은 일에만 나타나는 힘을 가르칩니다. 옛날 날램 있는 이는 다 옳은일 하려하는 마음은 채쭉질을하고 긇은일에 가는 손手은 칼질을 하던 사람들입니다. 긇은일을 아니하려면 큰 날램이 있어야 합니다. 속으로 긇은 마음뿌리를 빼어버리는 날램은 밖으로 큰 對敵대적을 물리치는 날램보다 덜하지 아니합니다.'[7]

"니가 욕보제?"

병수 아제였다. 기름을 발랐는지 머리칼이 번지르르했다. 뒤로 잔뜩 잦힌 어깨며 무릎을 벌리고 걷는 모양새로 보아 몸 어딘가 고장 난 것 같았다. 도연은 고개를 숙여 보였다. 아제가 흐뭇한 얼굴로 내려다봤다. 헛기침을 한 번 하더니 아버님 병숩니다, 큰 소리로 고하면서 댓돌로 올라섰다.

해가 저물어 가는데도 안에서는 말이 없었다. 들어가 등잔에 불을 밝혀야 하나 말아야 하나, 판단이 서지 않았다. 도연은 당성냥 한 개비를 꺼내다 도로 넣었다.

"아버님께서 조께 앞장서주셔야 제 체면이 서지 않겠습니까? 명색이 중앙으서 활동허고 있는데, 고향서는 아직도 놈들이 설치고 다니니 당최 부끄러워서……."

아제 목소리가 크게 들리는가 싶더니 이내 조용해졌다. 조용함을 견디지 못하겠다는 듯 뒷산에서 부엉이 소리가 웅웅, 들려왔다.

"병호놈은 어찌 되았다드냐?"

꼰대가 한참 만에야 느릿하게 물어오는 소리가 들렸다.

---

7) 〈초등공민〉 5,6학년 합병용, 열한째과 '날램(勇氣)' 중에서, 조선어학회 발행, 단기 4279년.

"지난번 편지에도 말씀드렸듯기 갈재 어디에 있는 모냥입니다. 고놈은 시방 세상이 어떻게 돌아가고 있는지를 모르고 있어요. 고놈 마음을 돌려놓으실 분은 아버님뿐입니다. 민주주의가 얼마나 인민을 위허는 것인지 아버님도 잘 알고 계시잖습니까. 제가 이렇고 동분서주허는 것도 모두…… 아버님이 보시는 앞에서 병호놈헌테 무릎 꿇었다는 사실이 치욕스럽습니다. 아버님도 제 심정을…… 저는 결대, 죽어서도 잊지 못헐 일입니다."

"그 추운 산고랑탕서 떨고 있단 말이냐? 니 눈에는 고놈이 하나의 인간으로서, 한 생명으로서 불쌍허지도 않더냐? 고런 것이 민주주으라는 것이여?"

"아버님."

부르는 소리만 짤막하게 났을 뿐 안은 다시 어두워졌다. 서로의 얼굴이 보이는지 도연은 궁금했다. 보여도 서로가 보고나 있는지.

"니가 진정으로 원허는 것이 무엇이드냐. 자유? 민주주으? 심헙? 고루고루 평등헌 시상? 아니면 고 전부든고?"

꼰대가 나직하게 물었다.

"아버님……."

병수 아제가 무슨 말인가를 하려고 하자, 꼰대가 말을 이었다.

"똥은 부유물이여. 허나 삭으면 거름이 되제. 니가 진정으로 원허는 것은 고 거름이 된 똥처럼, 삭고 삭었을 때에야 비로소 드러날 것이여. 서로가 서로에게 거름을 줘도 앙구찮은 판에 삭지도 않은 똥덩이를 던져준담사 똥독뱀이 더 올르겄냐."

도연은 갈퀴나무가 타는 불길에 천지현황 우주홍황을 쓴 종이를 던져 넣었다. 넣으면서 하늘 천 따지 가물 현 누르 황, 집 우 집 주 넓을 홍 거칠 황, 소리 내어 읊었다. 마저 읽기도 전에 종이가 후루룩 탔다. 그는 추수동장과 윤여성세를 던져 넣었다. 인잠우상과 용사화재를 태우고, 시제문자를 불살랐다. 묵비사염에 불길이 옮겨붙었다. 냇물은 쉬지 않고 흐른다고 쓴, 천유불식이 후루룩 타면서 재가 되는 모습을 조용히 지켜봤다. 내 천 흐를 유 아니 불 쉴 식, 소리 내어 읊조렸다.

장작 몇 개비를 불길에 올렸다. 언뜻 불이 수그러들다가 다시 발그레하게 타올랐다. 꼰대가 병수 아제에게 이른 것처럼, 도연은 제 마음을 들여다보듯 아궁이 속을 들여다봤다.

들여다보면서 용지약사容止若思와 언사안정言辭安定을 던졌다. 얼굴 용 그칠 지 같을 약 생각 사, 말씀 언 말씀 사 편안 안 정할 정, 두런두런 읊었다. 훅 연기가 치솟더니 눈을 덮쳤다. 매웠다. 눈물이 났다. 불길이 일어난대도 제대로 들여다볼 수 없었다. 어룽어룽 눈물 너머로 보이는 것은 불이 아니라 잿빛 연기뿐이었다.

사람 맴이 그렇고 쉽게 바꽈질 것 같음사 천성이란 말이 왜 있다는 것이여? 병호 아제도 말했듯기 꼰대는 뜬구름 잡는 소리만 헌당게. 도연은 도리질했다. 몇 날 며칠 제 속을 구구다본다고 세상이 달라질까. 점점 꼰대의 의도와는 다르게 멀리 나아갔다. 아궁이 앞에 앉아 손으로 천자문을 아궁이 속에 던지고 입으로는 그것을 읊조리면서도 마음은 하염없이 냇물 속을 헤엄쳤다. 방장산의 이 골짝 저

골짝을 헤매고 돌아다녔다.

　불이 타올랐다. 도연은 눈물을 훔치고 다시 불길을 바라봤다. 성정정일性靜情逸을 던져 넣었다. 수진지만守眞志滿이 타들어가는 모습을 보면서 지킬 수, 참 진, 뜻 지, 찰 만을 읊었다. 이 글자 저 글자, 이 불꽃 저 불꽃이 서로를 삼켰다가 뱉어내며 활활 타올랐다. 눈이 더 따가워졌다. 꼭 연기 때문만은 아닌 듯했다. 타오르는 불 속에 어른거리는 무엇이 있었다. 어찌 보면 꼰대 같고 어찌 보면 아버지 같았다. 어찌 보면 큰누이 같고 어찌 보면 여명이 같았다. 병수나 병호 아제 같았다. 매형 같았다. 누비옷과 말을 잃은 갓난애처럼도 보였다. 자기 같았다. 세상이라는 커다란 아궁이 속에서 세상 밖의 자신을 보고 있었다. 아궁이 앞에서 자기가 눈물을 흘리고 있는 것처럼 아궁이 속의 자기도 눈물을 흘렸다.

　글자들이 타오르고 하염없이 타올라 일렁였다. 눈에서도 눈물이 흘렀다. 글자들을 바라볼수록, 불길을 지켜볼수록 주룩주룩 흘러내렸다. 도연은 눈물을 닦지 않았다. 흐르는 대로, 흐르고 흐르도록 내버려 뒀다.

　언제부터였을까, 이상한 일이 벌어지기 시작했다. 불이 붙은 글자들은 여전히 아우성을 내지르며 저들끼리 얽히고설켜 드는데 마음이 환해졌다. 글자들이 얽히고설켜 들면서 하나로 뭉뚱그려지면서 연기를 내뿜는데 마음속은 말갛게 비어갔다. 시나브로 고요해졌다.

　불현듯 무엇인가 깨지는 소리가 들렸다. 이내 서당방에 불이 켜졌다.

"내려달라고 허시잖고요."

핀잔하듯 내뱉는 아제 목소리가 밖으로 튀어나왔다.

머릿속으로 퍼뜩, 시렁에 얹혀 있던 단지가 스쳤다. 몇 번이나, 들어가 봐야 하는 것 아닌가 생각했다. 도연은 망설였다. 어쩐지 끼어들어서는 안 될 것 같은 생각이 들어서였다.

"눈을 감어 보니라."

꼰대의 목소리가 담담하게 들려왔다.

아제가 눈을 감았는지 어쨌는지는 알 수 없었다. 도연은 꼰대가 마치 자기에게 이른 듯 눈을 감았다. 아무것도 보일 리 없었다. 답답했다. 시방 나는 눈 감고 있어, 라는 생각이 솟구쳐 올라왔다.

"앙것도 안 보이제? 답답허지야? 세상에 나 혼자뿐이라면 똑 그럴 것이다. 나만 있고 넘이 없다면 굳이 나를 나라고 헐 필요도 없겠지야. 또 나와 넘만 있고 시상이 없다면 나와 넘은 어디다 발을 딛고 살 것인고?"

"아버님, 제발 그만……."

도연은 아제가 하려는 말이 무엇인지 알 것 같았다. 병호 아제 말대로 곰팡내 나는 얘기는 그만 허시지요, 가 아닐는지. 그도 그럴 것이, 꼰대가 하는 말은 하염없이 귀퉁이로만 떠돌았다. 그토록 떠 흘러 다니다가는 어느 세월에 바닥에 닿을지 짐작조차 할 수 없었다.

"이 시상을 똥독 올르게 허는 사람이 누군지 생각히본 적 있드냐?"

꼰대 목소리가 다시 나직하면서도 무심하게 들려왔다.

"이 애비냐? 병호같이 너를 따르지 않는 사람들이냐? 아니면 혹시 저 어린 것이드냐? 그려, 누구도 아니고 바로 나_{자신}여, 나. 고런 나와 똑같이 생겨묵은 또 다른 나가 있어서 고 마음찌리 서로 부딪치고 깨짐서나 똥독 올르게 헌다 그 말여. 그리서 넘은 내 앞으 명경이라고 예부터 일러오는 갑드라만."

꼰대가 거칠고 길게 숨을 들이마셨다가 천천히 내쉬는 소리가 들려왔다.

"곧 좋은 세상이 옵니다, 아버님. 그런 세상을 위해서는 조금의 희생쯤은 불가피허지 않겠습니까."

잘린 우듬지가 세월이 감에 따라 마르고 갈라지듯, 이제 목소리가 조용하지만 메마르게 들려왔다.

"좋은 세상이라······ 니것 내 것이 따로 있다고, 그리서 민주주으니 사회주으니 펜을 갈르는 고런 세상을 너는 좋은 세상이라 허는지 모르겄다만, 글씨다, 애비 생각에는 시방도 충분히 좋은 세상이니라. 가만히 두면 다 제 헐 일을 험서 살어. 고것이 진정으로 좋은 세상 아니겄냐. 세상 것들이 저 혼자 생겨나서 저 혼자 살다가 저 혼자 죽는 것 같어도, 고것들은 모다 그물로 짜여 있니라. 그물을 그물이게 허는 것은 고것들이 제자리에 합당허게 있을 적에야 가능혀······ 너그덜이 설치면 설칠수록 그물만 찢어지제 달버질 것은 아무것노 없어. 한번 찢어진 그물을 다시 엮을라면······ 세상을 한쪽으로만 볼라고 허지 마라. 요새만치 사팔뜨기가 많은 시절도 드물 것이여. 이 세상에 존재허는 고 어뜬 것도 고것 자체로 유일헐 뿐 아니라 고유허니라. 청도 아니요 홍도 아니요, 가리마맹이로 흑과 백으로 가를 수 있는 것도 아녀. 시방까지 수도 없이 일렀듯기, 수천수만 가지 색깔로 존재허는 고것들을 한 색깔로 물디릴라고 허들 말어. 수천수만 가지 색깔로 존재허는 고것들 각자가 다 도림桃林이란 것을 명심허란 말이다…… 이 세상이 어디 사람 맘대로 조물딱거릴 만치 하잖은 것이드냐."

꼰대의 말은 여전히 맴을 돌았다. 맴도는 말들을 그러모아 이리저리 맞춰 봐도 가슴으로 안기질 않았다. 알아들을 만하다가도 어디쯤에서부터는 도무지 알아먹을 수 없을 정도로 허망했다. 도연은 막막한 마음으로 아궁이를 바라다봤다.

소금 자루를 서당방 마루에 내려놓던 날이었을 것이다. 도연이 월사금이라고 하자 꼰대가 허망한 표정으로 자기와 지게와 자루를 건너다봤다.

— 사람이 옳은지 책이 옳은지 몰르겠어요. 사람이 책을 만들었다는디…… 책으로 허는 공부 말고 다른 공부를 허라면 얼매든지 헐 수 있겄는디요. 거시기, 흑이 말여요, 긍게 땅이요. 감이나 배 같은 씨를 품고 있다가 어뜨코 때를 알어서 고 씨를 벌리고 땅 우로 싹을 내보내는가, 고런 공부요 또 어뜨코 이파리를 솟게 허고 꽃을 피게 허고 열매를 매달게 허고 또 이파리를 떨구게 허는가…… 고런 공부라면 백 번이고 천 번이고 헐 수 있겄고만이라우.

기나긴 말을 다 듣고 난 꼰대가 장죽에 담배를 꾹꾹 눌러 담아 불을 붙이고 입에 물었다. 이쪽을 건너다봤다. 중용을 읊조리듯 느릿

느릿 말했다.

— 이 세상에는 수십억의 사람이 있니라. 사람만 있간디. 니가 말허듯기 푸나무도 있고, 짐승도 버럭지도 있고, 눈에는 안 보이지마는 몸지보다도 더 작은 목심도 있제. 그러고, 고것들을 품고 사는 하늘 땅이 있고 바다도 있고 강도 있고 바우도 있고 목새도 있고, 해 같은 빛도 있고, 고것들헌터서 나오는 기운이라는 것도 있고······ 고 이치를 맹랑허게도 우리 인간이 밝혀내고 있고나. 그리서 예부터 지식을 벗이라고 허는 갑드라만······ 헌디 말이다. 요새 사람덜은 지식을 연장이라고 생각허는 갑드라. 연장을 잘못 쓰면 무기가 되잖다고 또 지식이라는 놈은 이 시상을 있는 그대로 보들 못허게 맹그는 가림막도 되는 모냥이여.

아궁이 속에서 글자들이 타올랐다. 넓고 깊은 아궁이 속에서 천 개의 글자들이 수천수만 가지의 빛깔로 일렁였다. 붉은빛인가 하면 푸른빛이었다. 노란빛인가 하면 감빛이었다. 자줏빛인가 하면 파란빛이고 초록빛인가 하면 연둣빛이었다. 때로는 먹빛이기도 하고 잿빛이기도 하고 하얀, 찔레꽃을 닮은 새알 빛깔이기도 했다.

그들은 진달래꽃과 이파리 색으로 서로 얽히고설켜 들었다. 불이 불을 지웠다. 색깔이 색깔을 지우며 탔다. 그 많은 색깔 사이사이에 투명한 공간이 생겨났다. 허공이라고 해야 할까. 도연은 제 마음속에도 가득해진 허공을 바라다봤다. 허공은 점차로 커지며 불을 지우는 듯했다. 닦아내는 듯했다.

"이를 위, 말씀 어, 도울 조, 놈 자. 어찌 언, 어조사 재, 어조사 호,

어조사 야."

마지막 종이를 아궁이 속에 던졌다. 나직하게 읊조렸다. 화르르 종이가 타오르며 이내 재가 되었다. 재만 남았다. 도연은 재를 쳐다봤다. 바람결 따라 일어났다 가라앉는 재를 응시했다. 빛깔이 지워진 공간은 투명했다. 점점 투명해졌다.

2

"도연아."

"……예?"

화들짝 놀라서, 도연은 저도 모르게 끝을 치켜들어 대답했다.

부르는 소리는 낯선 곳에서 들려왔다. 오래된 곳에서부터 들려왔다. 아주 깊고 아득한 곳에서부터 들려오는 듯했다. 헤아릴 수 없는 그곳은 혹시 마음 너머의 어느 곳일까.

"예, 훈장어른!"

도연은 느리고 조심스럽게, 새로 대답했다. 마루에 선 훈장 어른을 올려다봤다. 어둠 속에서 하얀 형체로밖에는 보이지 않았다. 아마도 방장산을 보고 있을 터였다. 하늘을 보고 있을지도 몰랐다. 싸라기별들이 만들어낸 또 하나의 세상을.

훈장 어른이 댓돌로 내려섰다. 아궁이 불빛과 별빛이 비치는 투명하고 밝은 어둠에 휩싸인 채 하얀 고무신을 신었다. 세상에서 가장 슬프지만 가장 아름다운 모습으로 천천히 안마당을 가로질렀다.

바깥마당으로 걸어나갔다.

뒤따라 나온 병수 아제가 액자와 단지를 아궁이 앞에 내려놓았다. 벽에 걸렸던 액자였다. 노인 하나가 먼 어느 곳을 바라다보고 있는 그림. 그림 속에는 첩첩한 산골짜기마다 구름이 일고 그 속에서 풍겨 나오는 푸르스름하면서도 아늑한 빛이 아궁이 불빛과 섞이며 낙낙하게 번졌다. 노인이 나뭇가지 위에 앉은 새들을 보면서 푸릇하게 웃었다. 노인이 가는 길마다 수많은 풀과 나무들이 나풀거렸다. 마을 뒤로는 산자락이 포근하게 늘어져 있고, 논과 밭에서는 사람들이 소와 쟁기로 이랑을 갈고 있었다. 바위틈에선가 물이 흘러 나왔다. 물은 계곡을 지나고 마을을 지나 먼 강으로 여울져갔다. 노인은 어쩌면 그곳의 어딘가로 가는 중인지도 모르겠다, 도연은 생각했다.

단지를 들었다. 뒤집자 깨진 반대기 조각들이 통터져 나왔다. 새끼줄과 회포대 종이가 바닥으로 떨어지자 손톱 같은 벌레 껍데기들이 우수수 쏟아져 내렸다. 이어서 길고 얄따란 것이 풀썩, 떨어졌다. 얼른 보아도 말라비틀어진 뱀 껍데기였다. 두 마리였다. 도연은 퍼뜩 스치는 기억을 떠올리며 단지를 한쪽에 내려놨다.

"비암 껍데기 아니냐?"

아제가 물어왔다. 손으로 껍데기를 집었다. 집자마자 피그르르 부스러지는 것을 어리둥절한 얼굴로 바라다봤다.

도연은 말없이 그것들을 빗자루로 쓸어 모았다. 아궁이 속으로 밀어 넣었다. 트득트득, 탔다. 넓기만 한 아궁이 속에서 그것들이 차지하는 공간은 트득거리는 소리만큼이나 작았다.

"아직 슨달이지야?."

뜬금없는 물음에 도연은 잠시 아제와 아궁이 속을 번갈아 봤다.

"예…… 이번이는 설날이 입춘이던디. 한 열흘 남았을 것이요."

느짓하게 대답했다. 입춘이라니. 도연은 자기가 말해놓고도 가슴이 저릿해 몸을 움츠렸다.

트득거리는 소리조차 사라진 아궁이 속은 아직도 시뻘겠다. 스산하고 무지근했다. 고잔잔했다.

액자 속 노인은 사라지고 없었다. 첩첩한 산은 골짜기마다 안개로 둘러싸이고 거기서 비쳐 나오는 희고 뭉근한 빛이 어지럽게 번득였다. 노인이 서 있던 자리에는 마른 풀들만 간드랑거렸다. 눈을 뒤집어쓴 나목들이 앙상했다. 사람들도 들판을 떠나고 소와 쟁기도 보이지 않았다. 바위틈에서 흘러나오던 물은 얼어붙고, 칙칙한 들판을 가로질러 뻗은 강에는 새 한 마리 날지 않았다.

도연은 조금 전 말을 떠올렸다. 설날이라는 말. 입춘이라는 말. 그 말을 생각하자, 밑도 끝도 없이, 훈장 어른은 봄을 데리러 갔을까, 궁금해졌다. 밤이 깊으면 새벽이 머지않았다는 걸 그분이 모를 리 없었다.

구경심

1

　구경심은 색다른 모래알을 발견하곤 눈을 가늘게 떴다. 교차로에 서였다. 남성전문의원 스마트비뇨기과 개원과 한여름밤의 풍물놀이한마당, 닭전문요리집 장닭, 불티나삼겹살 개업과 탈모가 심한 분들은 오세요, 현수막들 사이에 끼어 있었다. 별 기대는 안 한다는 표정으로 듬칫거렸다.

　참선반 운영.

　채운 시내 세심사가 출처였다. 그녀는 전화를 걸었다. 나이 지긋한 목소리의 남자가 받았다. 사무장도 스님도 안 계신다면서 번호를 남기시면 연락을 드리겠노라 했다.

2

전화해온 남자의 말을 요약하자면, 문의 전화는 여러 통 받았으나 직접 찾아온 사람은 한 명도 없다였다. 저녁 여덟 시부터 아홉 시까지 운영할 건데 궁금하면 와보든지요, 덧붙이는 목소리가 맑으면서도 지극히 퉁명스러웠다. 문의만 하고 찾지 않은 이유가 저 말투 때문인지도 몰라. 경심은 잠깐 의심했다. 말주변도 좋은 편이 아니었다. 아무리 늑적지근해도 그렇지 단어와 낱말 사이의 거리가 너무 멀었다. 앞서 했던 말이 뭐였더라, 되짚어내야 할 정도여서 제발 빨리 좀, 다그치고 싶은 심정이 되곤 했다.

언제, 왜 그런 궁금증이 생겨났는지 모르는 채 그녀는 물었다.

"실례지만 전화하신 분은 누구세요? 사무장님이신지 스님이신지……."

"나는 스님, 아니 중입니다."

남자 아니 스님이 엉거주춤 대답했다.

"아, 그러세요. 이따 저녁에 찾아뵐게요."

웃음이 나올 것 같았다. 그녀는 서둘러 전화기의 종료 버튼을 눌렀다.

"이해가 가. 스님이라고 하면 자신을 높이는 거고, 중이라고 하면 흔히 상스럽게 들리고, 승려라 하기에도 애매하고. 어쨌든 자기를 소개할 때는 중이라고 하는 게 맞겠네. 아, 나는 비구 누구누구요, 하는 게 맞나…… 사실 호칭이 별거냐, 밥 먹여주는 것도 아닌데."

"어마, 호칭이 왜 밥을 안 먹여줘요? 우리 국장님은 호칭 땜에 우리보다 봉급이 훨씬 많은데. 언니도 나보다 많잖아요?"

옆에서 듣고 있던 지성미가 한마디 했다. 페인트칠한 기다란 손톱 끝으로 볼에 붙은 머리카락을 떼어냈다.

"넌 직함하고 호칭도 구분 못하냐?"

핀잔하자 언니, 하면서 눈살을 찌푸렸다.

3

스님이 일러준 건물은 옥탑에 붙은 조립식까지 합해 모두 사 층으로 되어 있었다. 경심은 일 층 유치원을 기웃거리다 이 층으로 올라갔다. 문 앞에 슬리퍼 한 켤레가 놓여 있었다. 문은 열린 채였으나 방충망이 앞을 가로막았다. 물어볼 심산으로 그녀는 방충망 가장자리를 두드렸다.

"어서 오세요"

남자 목소리가 안에서 들려왔다.

이마와 광대뼈가 툭 불거지고 주걱턱으로 생긴 중년 남자가 좌식 의자에 앉아 이편을 건너다봤다. 삭발한 머리가 푸르스름하게 반들거렸다. 얼굴색이 약간 노리끼리했다.

그녀는 사람의 얼굴이나 몸매나 인상을 보고 나이를 가늠하는 데 번번이 실패했다. 서른쯤이라 여겼는데 마흔이 다 돼가는 사람이 있는가 하면 쉰쯤으로 봤는데 마흔 갓 지났다며 기분 나빠하는 사람한테 미안한 적이 한두 번 아니있다. 스님의 얼굴은 가늠조차 불가능하게 했다. 머리칼이 있고 없고의 차이가 이토록 엄청나구나 싶었다. 어서 오세요, 라는 말 한마디였지만 전화로 들었던 것보다 실제 목소리가 훨씬 맑아서, 목소리와 인상만으로는 나이를 좀처럼 조합해내기도 어려웠다.

"보살님은 왜…… 참선을 배우려고 하지요?"

자리에 앉자마자 물어왔다. 벼르고 있었다는 듯, 그러면서도 느려터지게, 나는 누구인데 너는 누구냐는 소개마저 생략한 채.

"글쎄, 잘 모르겠어요. 생각해본 적은 있으니까 왔을 텐데……."

순서가 뭐 이래? 그렇다고 너까지 고따위로 대답하냐. 한심했다. 아무튼 왜 참선을 배우려고 하는지 심각하게 고민해본 적은 없었으므로 그녀는 눈만 끔벅거렸다. 자기가 생각해도 적절치 못한 답변임에는 분명했다.

"절에는 다녀요?"

스님이 다시 물어왔다.

"정식으로 다녀본 적은 없구요. 절에 가면 삼배 정도는 해요. 엄마가 다니셨거든요."

"뭐 어머니들이야 흔히 절에 다니지 않나요…… 전에도 이런 거 배워본 적 있어요?"

"참선을 배운 적은 없구요. 명상센터에서 잠깐, 마음 비우는 공부를 한 적은 있어요."

"어땠어요?"

"좀 가벼워지는 느낌이 들었어요."

"그러니까…… 참선을 꼭 배우고 싶다, 그 말이네요?"

"잘 모르겠어요. 아니…… 예."

"그럼 이거 쓰세요."

스님이 신도 카드를 내밀었다.

"저기 전요…… 이거 작성하지 않고 배워도 되나요?"

그녀는 받아들지 못하고 우물쭈물 물었다. 어디 소속되는 걸 좋아하지 않아서요, 말하고 싶었으나 선뜻 나오지 않았다.

"보살, 직장엔 다니죠?"

거짓말할 수는 없으므로 그녀는 네, 대답했다.

"그럼 직장에 속한 거네……? 보살님 부모님도 계시죠?"

"지금은 고아예요."

"전에는 계셨으니까 보살이 있는 거 아니에요. 학교도 다녔지요…… 그러면 또 그 학교에 소속된 거고."

"그렇긴 하지만……."

"써요."

마지못해 카드를 받아들었다. 이름, 생년월일, 주소. 전화번호, 취미. 취미라…… 가야금이라고 해야 하나. 평면도 그리기라고 하면 웃으실까. 에라, 모르겠다. 그녀는 음악감상이라고 적었다.

"직장명이나 가족관계도 써야 하나요?"

참선하는데 무슨 이런 게 필요할까 싶어 여쭸다.

"쓰고 싶은 것만 써요."

무심하기 짝이 없는 목소리였다.

취미 같은 건 안 써도 됐잖아, 생각했지만 이미 쓰고 난 뒤였다. 그녀는 스님에게 카드를 건넸다.

"음악도 여러 가지가 있지요……."

카드를 읽어 가던 스님이 묻는 건지 아닌지 꼬리를 늘여 빼면서 두런거렸다. 당신도 모르게 느린 말투와 조화를 맞추려는 것처럼 들렸다. 말투가 빠르면 끝도 짧은 게 좋고 느리면 끝도 그에 맞도록 빼 늘여야 서로 어울릴 테니. 생각지도 못한 생각에 그녀는 빙그레 웃었다.

가야금산조를 자주 들어요, 대답하려다 말았다. 띠가 뭐냐, 생일이 언제냐. 스님이 확실한 목소리로 물어와서였다.

"참선하는데도 사주팔자가 중요한 모양이죠?"

되물으며 그녀는 아예 태어난 시까지 보태어 대답했다.

스님이 왼손 엄지로 왼손의 검지와 중지 약지 소지의 마디들을 짚어나갔다. 아이가 몇이나 되느냐 물었다. 아직 혼자라고 답하자, 왜 혼자지? 중얼거리고는 다시 짚어나갔다.

혼자니까 혼자지 왜 혼자라뇨? 속으로 따져 묻다 그녀는 자리를 고쳐 앉았다. 뭔가 있을 것 같은 분위기였다. 흠흠, 공연히 헛기침까지 해가며 오래전에 지성미와 함께 갔던 처녀 보살을 떠올렸다. 손의 마디마디를 짚어가며 천간성 천예성, 어쩌고저쩌고하던 얼굴이 스쳤다.

"보살님, 참선은 뭐라 말할까…… 자기 본래면목을 본다고 해야 할라나…… 그렇죠. 그걸…… 보고자 하는 거죠."

한 문장을 거의 삼십여 초를 소모해가며 스님이 읊조렸다. 두 손은 이미 무릎에 점잖게 얹혀 있었다.

"그러니까, 에…… 참선은…… 인연이 서로 닿아야 하는데……."

또 삼십여 초 동안 말을 흘려보냈다.

"다른 것도 그렇겠지만…… 참선은 뭐랄까…… 스승을 잘 만나는 게 중요해요. 헌데…… 이 스승 만나기가 참 어려워요. 글쎄…… 인연이…… 인연이 닿아야 하거든요."

이 말이 다 나오는 데는 분명코 일 분 이상은 걸렸을 것이다.

그녀는 푸, 한숨을 쉬었다. 내게 인연이 닿아서 스님 같은 스승을 만나게 되었다고 말씀하시는 겁니까? 되묻고 싶었으나 거두었다. 처녀 보살을 기대했던 속내가 들킨 것 같아 여간 민망하고 무안하지 않았다.

"오늘부터 하실래요, 보살님?"

"내일부터 하면…… 미처 준비하지 못해서요."

현재중한테는 아직 말도 못 꺼냈거든요. 보태어 말하려다 그녀는 그러죠, 뭐. 대답했다.

스님이 옆으로 난 문을 열었다. 자기 집보다 자그마치 세 배 내지는 네 배나 넓은, 마당 같은 방이 나타났다. 그녀는 선뜻 들어서지 못하고 입을 쩍 벌렸다.

"참선은 어린아이들이 잘해요. 사지가 물렁물렁해서…… 기혈이 잘 운행하거든요. 우선…… 아, 보살님 이름이 뭐랬더라?"

"경심이오, 구경심."

"경심 보살은……."

아까부터 스님이 계속 보살, 보살 했다. 그녀는 들을 때마다 얼굴을 찌푸리곤 했다.

"나이가 있어서 먼저 기혈을 뚫어줘야 해요. 아, 잠깐만요. 테이프가 어디 있을 텐데……?"

말하다 말고 스님이 미니오디오 앞으로 가 쭈그리고 앉았다. 종이상자에 아무렇게나 들어 있는 카세트테이프를 뒤적이는 모습이 마치 비쩍 마른 소가 빈 구유를 이리저리 훑는 것 같았다. 키득키득 웃자, 맹한 얼굴로 이쪽을 돌아다봤다. 상자 앞으로 바짝 다가앉더니 다시 테이프를 되작거렸다.

"여기 있었는데 어디 갔지……? 오, 여깄네."

엉덩이를 들었다 놓으며 스님이 오디오에 테이프를 넣었다. 재생 단추를 눌렀다.

소음뿐인 소리가 하염없이 흘러나왔다. 어느 만큼 지나자 희미하게 멜로디 같은 게 들렸다. 음악이라 말하기에는 애매한 소리였다.

"음질이 아주 안 좋은데요."

"처음부터 이랬어요. 아주…… 오래된 거죠. 이걸 시디로 만들면 좋겠는데……?"

손사래부터 쳤다. 기계 다루는 일이라면 그녀는 젬병이었다.

"이걸 들으면서 하면 좋은데 어쩌나……?"

"그럼…… 제가 한 번…… 알아나 볼까요?"

삼십 초까지는 아니더라도 거의 그만큼 소모해가며 그녀는 신중하게 말했다. 이걸 계속 들으면서 참선해야 한다면 심란해서 집중도 안 될뿐더러, 시디로 구워서 들으면 혹 나아질지도 모르겠다는 기대감이 생겼다.

"그럴래요? 그럼 두 장 만들어다 줘요"

거의 명령조로 말하며 스님이 테이프를 꺼내어 건넸다.

"참선을 시작하기 전에, 에…… 우선 몸부터 풀어야 하는데…… 다리는 이렇게 어깨너비 정도로 벌리고 발은 일자로 만들어서…… 지기를 받는 거예요"

두 다리를 벌리고 선 스님이 차려 자세에서 두 팔을 옆으로 벌렸다. 손바닥을 바닥으로 향하게 하고 천천히 올렸다. 어깨 높이쯤에서 손바닥을 살짝 올렸다가 뒤집어 하늘을 보게 했다. 머리 위로 높이 올렸다. 몸놀림이 퍽 우아했다.

"천기를 받는 거죠. 먼저 백회를 뚫어줘야 하거든요"

"백회가 정수리 맞죠?"

그녀는 감탄에 빠진 목소리로 냉큼 아는 체했다.

들었는지 못 들었는지, 스님이 이제 두 손을 머리 위로 올려 거의 맞닿을 정도로 나란히 모았다. 이마 앞으로 얼굴 앞으로 가슴팍 앞으로 배 앞으로, 천천히 누르는 듯이 하며 쓸어내렸다. 한국전통무용을 하는 것처럼 동선이 무척이나 아름다웠다.

"천천히 아주 천천히 하세요. 그래야 기를 느낄 수 있어요. 자, 이렇게 나의 삿된 기운을 땅속 일 미터 밑으로 버리는 겁니다. 예전 분들은 땅속 석 자 밑이라고 했어요. 그러니까 구십구 센치가 되겠죠. 그냥 일 미터 밑이라고 생각하면 돼요. 항상 나의 삿된 기운을 땅속 일 미터 밑으로 버린다, 마음속으로 생각하세요. 의념을 이렇게 가져야 해요. 뜻 의, 생각 념 말이에요. 자 지금부터 이십 분 동안 해보세요."

목소리도 우렁찼다. 한 번도 더듬지 않고 한 번도 멈추지 않고 그 기나긴 말을 매끄럽게 나열했다. 누구든 자신 있게 할 줄 아는 것에 대해선 본능적으로 당당해지는구나. 그녀는 스님을 통해 새삼 깨달았다. 무엇인가를 장악한다는 게 이런 거구나 싶었다.

스님이 나가고 넓은 방에 혼자 남았다. 그녀는 차려 자세로 섰다. 몸 움직이는 게 세상에서 제일 싫은데. 학교 다닐 때도 무용 시간이 싫었단 말이야. 야, 참선도 몸을 움직이는 거구나. 세상에 몸을 움직이지 않고는 아무것도 할 수 없구나. 맞아, 몸은 움직이라고 있는 거긴 해. 속으로 구시렁대면서 두 팔을 들어 올렸다. 두 손을 머리 위에서 맞닿을 정도로 가깝게 했다. 이마 앞으로 얼굴 앞으로 가슴 앞으로 배 앞으로, 쓸 듯 내렸다. 내 삿된 기운은 땅속 일 미터 아래로…… 속으로 말했다. 무엇 때문인지 말하기도 듣기도 불편했다. 내 삿된 기운은 땅속 일 미터 밑으로, 읊조리다 내 삿된 기운은 땅속 석 자 밑으로, 바꿔해 봤다. 리듬감이 살아나는 듯했다.

스님처럼 부드럽고 우아하게 하고 싶었으나 천천히 움직이려니 호흡만 거칠어졌다. 동작도 자꾸 어긋났다. 호흡과 동작이 서로 자기에게 맞추라고 치열하게 다투고 있는 게 분명했다.

몇 번을 반복했을까. 언제부턴가 숨 쉬는 게 자연스러워졌다. 대신 손바닥이 간질간질했다. 발바닥이 아프고 몸이 더운 듯했다. 그녀는 계속 양팔을 옆으로 펼친 다음 머리 위로 올렸다. 두 손을 모아 얼굴로 가슴팍으로 허리로 쓸 듯 내렸다. 지겨울 거라 걱정했는데 의외로 재밌었다.

"오늘은 그만합시다."

스님이 문을 열고 들어오며 말했다.

어느새 이십 분이 지났나. 그녀는 차려 자세로 섰다. 말없이 나가는 스님을 쳐다보다 따라나갔다.

"어떤가요?"

좌식의자에 앉으면서 스님이 물어왔다.

"아직은 잘 모르겠어요."

"잘 모르겠다고 말하는 게 경심 보살의 버릇인가요?"

"예? 아, 아니 뭐……."

모르니까 모르겠다고 하는데도 이유가 있나요? 대들고 싶은 걸 꾹 참으며 그녀는 스님 맞은편에 앉았다.

"손끝이 약간 저릿저릿했구요. 발바닥이 좀 아파요."

"손이 저릿저릿해요?"

"저릿하다고 해야 하나, 간질간질하다고 해야 하나 좀 그랬어요."

"이렇게 해봐요."

스님이 두 팔을 직각으로 올리고 양 손바닥을 펴서 마주 보게 했다. 가운데로 모았다 빌렸다 하면서 따라 해보라고 했다.

"뭔가가 손바닥을 끌어당기는 듯한 느낌이 들어요."

"기감이 좋군요. 헌데 발바닥이 아파요?"

"예, 평소에도 피곤하면 발바닥이 좀 아파요."

오른발이 시려서 여름에도 양말을 신고 잘 때가 많아요, 말할까 하다 그녀는 궁상맞아 들려 생략했다. 이상했다. 궁상맞아 들린다는 말은 들어본 적이 없었다. 궁상맞아 보인다는 괜찮은데 왜 궁상맞아 들린다는 말은 이상하지? 궁상맞게 들린다거나 궁상맞게 보인다는 말은 다 쓰잖아. 삼매경으로 빠져들었다.

"요가를, 그래…… 요가를 병행해야겠군요. 책을 한 권 사야겠어……."

아득하게 들리는 소리에 그녀는 퍼뜩 정신을 차렸다. 자세를 고쳐 앉았다. 자기가 궁상맞다는 표현에 한없이 취해 있었는지 어쩌는지 알 길 없는 스님이 말하는 소리였다. 자기더러 사 오라는 건지 스님이 직접 사주겠다는 건지 아리송했다. 집에 요가책 있어요, 하려다 자발머리 없다고 여길 것 같아 그만뒀다.

"요가를 먼저 하고 기혈 푸는 동작을 하면 한결 수월하거든요. 아무튼 참선은…… 하루 이틀 해서 되는 게 절대 아니에요. 일 년 이 년 그건 단지 숫자에 불과하고……."

스님이 말하다 중단했다. 뭔가를 또 말하려는 듯 입을 벌렸다 오므렸다, 음…… 하고 말을 만드는가 싶었다.

"아직 말할 때가 아니니 다음에…… 그러면 내일…… 여덟 시면 너무 빠른가요?"

물으며 일어섰다.

"괜찮은데요. 제가 요즘 퇴근이 늦을 때가 많아서요."

대답하고 나서도 그녀는 밍기적거렸다. 수강료에 대해 말씀하시려는 거였나? 나 혼자라는데 어쩌지? 못내 궁금해 스님을 올려다봤다. 엉거주춤 카세트테이프를 들고 일어났다.

테이프 껍데기에는 '소주천'이라 씌어 있었다. 그녀는 차 안으로 들어오면서 핸드폰으로 소주천을 검색했다. 기공 수련법 중 하나였다. 음양순환일소주천陰陽循環一小周天의 준말인데, 주천은 천체가 궤도를 따라 한 바퀴 도는 일을 일컫는다고 했다. 몸을 소우주라고 한다더니, 몸의 경락을 통해 기가 제대로 흐르도록 하는 데 필요한 무엇인가 보았다.

4

채운에 음반 가게가 사라지고 없었다. 이삼 년 전만 해도 가야금산조 음반을 샀었는데……. 공연히 속이 상했다. 경심은 일없이 시가지를 쑤시고 다니다 도로 한쪽에 차를 세우고 핸드폰을 들었다. 온라인매장을 클릭했다. 거기에도 '소주천'이란 음반은 없었다.

현재중. 그래, 걔한테 부탁하면 되겠구나. 그녀는 환호하며 전화를 걸었다. 받자마자, 테이프를 시디로 구워야 한다고, 언제까지 해줄 수 있느냐고 물었다.

"그렇게 급하면 니가 굽지 그러냐?"

아차 싶었다. 그가 지금 연수 중이란 걸 그제야 기억해냈다. 승진한 직원들을 대상으로 하는 교육이라고 했다. 어떤 일이 생기면 그 일밖에는 생각하지 못하는 그녀는 그의 상황을 까맣게 잊어버리고 있었다.

"미안하다야…… 그나저나 거기 멋진 놈 많지. 좀 사귀었어?"

"멋진 놈? 너 같이 덜떨어진 여자들만 보이는데."

"여자들만? 야, 복 터졌네…… 잠깐, 덜떨어진 놈이 어떻게 승진해? 그런 놈들이 얼마나 민첩한데? 아니, 얼마나 앞서가는데?"

그를 치켜세울 어떤 말인가를 생각하고 있던 그녀는 그것과는 너무도 동떨어진 말들을 열심히 내뱉었고 어, 왜 어긋나가지? 알아챘을 때는 이미 늦은 뒤였다.

"내가 약삭빠른지 알긴 아는구나? 너도 세상사에 관심 좀 가져보시지 그래."

"나도 관심 많지. 사람은 어디서 와서 어디로 가나, 이 세상은 언제 생겼으며 언제 없어질까, 뭐 그딴 거 말이지. 있잖아, 나 참선 배우기로 했어. 세심사에서 스님이 직접 가르쳐주신대. 시디가 바로 참선에 필요한 거거든. 구워줄 거지."

아무래도 달래줘야겠다 싶었다. 그녀는 목소리에 힘을 빼고 반음 정도로 높여서 말했다.

"아까 영화 봤는데, 너 '인생은 아름다워' 기억하지. 내가 전에 집에서 보여줬잖아."

대답 대신 그가 물어왔다. 약간 수긋하게 들렸다.

그녀는 헝클어진 머릿속을 정리하듯 고개를 갸웃했다. 그가 좋아할 만한 말이 뭘까 고민하며 '인생은 아름다워'의 장면들을 떠올려 나갔다. 마지막 장면에서 그의 어깨에 기대어 펑펑 울었던 기억이 가장 먼저 마중 나왔다.

"당근 기억하지. 너무 심하게 훌쩍거린다고 네가 지청구했잖아…… 있지, 다 좋은데 마지막 장면 있잖아, 조슈아가 보는 거, 탱크 몰고 온 군인 말이야. 왜 하필 그거여야 하냐고 유대인을 학살한 독일군이나 독일군을 학살한 연합군이나 똑같은 살생자 아냐? 사람만 죽였냐. 풀이며 나무며 벌레며 새며 짐승들과……. '아빠 말이 맞았어' 외치는 꼬맹이…… 난 그 장면에서 너무 가슴 아팠단 말이야. 탱크가 아니라 푸른 강물이었으면, 푸른 하늘이었으면. 그게 좀 거시기하다면 멋진 아빠 인형이나 따뜻한 엄마 인형이면 좀 좋아."

"사주기로 한 선물이 탱크였잖아. 아이들이 좋아하는 거니까."

"그게 문제라고. 왜 아이들이 탱크를 좋아한다고 생각하지. 어른들이 그딴 식으로 가르쳐 놓은 거 아냐."

"또 시작이군. 그냥 영화로만 보면 될 걸, 그렇게 비판해야 직성이 풀리냐. 잠이나 주무셔."

그가 전화를 끊어버렸다. 시디로 구워주겠다는 약속도 하지 않은 채였다.

5

집에서 하는 기혈 푸는 동작은 절에서처럼 편하게 되진 않았다. 그래도 흥미로웠다. 무엇보다 손바닥으로 전해지는 느낌이 좋았다. 현재중이 처음 손을 잡았을 때처럼 가슴이 와그르르 무너져내리는 듯한 기분과는 완전 달랐다. 몽글몽글 수증기 같은 게 피어나 가슴팍을 적셔왔다. 고즈넉한 기운이 퍼져 온몸이 시원해졌다. 서늘해진다고 표현하는 게 맞을 것 같았다. 경심은 오묘하게 다가오는 그것을 마냥 붙들고만 싶었다.

무명색이 떠올랐다. 네 살인가 다섯 살 때 외할머니가 돌아가셨을 때 봤던 색. 그녀가 기억하는 가장 최초의 색깔이었다.

친할머니 등에 업혀서 간 날이었다. 마당에는 커다랗고 높은 천막 두 개가 나란하게 서서 바람에 뒤뚱거렸다. 지푸라기색 천막 안에는 기다란 상이 놓여 있었다. 상 앞에 서서 어른들이 음식을 먹고 막걸리를 마셨다. 빈 그릇과 음식을 나르는 마을 아주머니들도 천막 안을 분주하게 오갔다.

어린 그녀는 엄마를 찾아 두리번거렸다. 엄마, 엄마! 큰 소리로 불렀다. 어디선가 거짓말같이 엄마가 나타났다. 온통 흰색 차림이었다. 머리에도 흰색 천 조각이 붙어 있었다. 흰색은 차고 시렸다. 이 세상 색이 아닌 듯 날카롭게 번득였다.

무명색은 그때부터 삶의 색깔이자 죽음의 색깔로 인식되었다. 삶이 시작되면서 동시에 죽음도 태어나는, 이해할 수 없는 이치에 대해 그녀는 고민하기 시작했다. 사람은 왜 사람으로 태어날까. 나무는 왜 나무로, 풀은 왜 풀로, 새는 왜 새로, 소는 왜 소로 태어날까. 집과 길과 자동차와 물건들은 모두 어떻게 해서 생겨났다가 사라질까. 무명색은 궁금증으로 빨아져서 더 희게, 희다 못해 푸르게 가슴속을 떠돌았다.

정처 없이 떠돌던 의문은 방향을 바꾸어 또 다른 의문을 불러일으켰다. 물로 인해서였다. 집에서 학교까지 가는 길에는 길과 나란히 시냇물이 흘렀다. 그녀는 이 년째 시냇물을 거슬러 초등학교에 다니는 중이었다. 나는 학교 가는데 너는 벌써 학교 갔다 오는 거야? 집이 어디야? 물어도 물은 대답하지 않았다. 나도 가도 돼? 물어도 그냥 흘렀다. 난 있지, 학교 다니기 싫거든. 너랑 하냥 가고 싶단 말이야. 그녀는 학교 가던 길을 되돌려 시냇물을 따라갔다. 자기 걸음보다 빨리 흐르는 물을 따라가느라 거의 뛰었다.

물은 돌팍을 돌아 흘렀다. 풀잎을 넘어뜨리며 가다 여울목을 만나자 단번에 뛰어내렸다. 숨이 가빴는지 잔뜩 거품을 뿜어냈다. 그러고도 계속 흘렀다. 그녀는 돌부리에 걸려 종종 넘어졌다. 배가 고파와도 참았다. 오줌이 마려워도 참아야 했다. 다리가 아팠지만 쉴 수 없었다. 물은 배도 고프지 않은 모양이었다. 오줌도 싸지 않았다. 쉬는 법도 없었다.

물과 함께 당도한 곳은 커다란 호수였다. 많은 물이 넘실거렸다. 그녀는 멍청하게 서서 호숫물을 쳐다봤다. 자기와 함께 온 물을 찾아 두리번거렸으나 그 물이 그 물 같았다. 호수와 한통속이 되어버린 물은 똑같은 색으로 똑같이 출렁거릴 뿐이었다.

갑자기 물이 노래졌다. 주변도 어둑했다. 와락 무섬증이 일었다. 속옷과 바지가 축축해지는가 싶었다. 종아리와 바짓가랑이를 타고 오줌물이 땅바닥으로 주르르 흘러내렸다. 그녀는 으앙, 울음을 터 뜨리고 말았다.

사람들이 몰려왔다. 누구 집 딸 아녀? 판백이네이, 라는 소리가 들렸다. 어떻게 저 사람들이 우리 아빠를 알지? 내 얼굴 어디가 아빠랑 똑같다는 거야? 거기에 정신이 팔려, 그녀는 어떻게 집에 돌아왔는지 알지 못했다. 그때부터였다. 나는 엄마 아빠한테서 왔고, 엄마와 아빠는 할머니 할아버지한테서 왔고, 할머니는 증조할머니와 증조할아버지한테서 왔고, 증조할아버지는 고조할머니와 고조할아버지한테서 왔고…… 단군 할아버지는 곰 할머니한테서 왔고…… 곰 할머니는 그럼 누구한테서 왔을까? 의문이 시작된 것은.

의문을 풀기 위해서는 '나'에서부터 출발해야 한다는 걸 그녀는 어른이 되어서야 깨달았다. 나는 누구인가, 나는 무엇인가. 나는 어디서부터 어디까지인가. 다시 말해 나는 몸뿐인가, 마음까지인가, 영혼까지인가, 이 모두인가. 아니면 또 다른 무엇인가. 이 모든 것을 알아야 한다는 것을.

씻지도 않고 그대로 침대에 드러누웠다. 불빛을 받아 노릇하게 보이는 천장의 벽지를 하염없이 올려다봤다. 내 안에도 저런 곳이 있겠지. 늘 들여다보면서도 무엇이 있는지 모르는 곳이. 궁금해하지도 않았던 곳이. 그곳이 혹시 내밀한 이를 만나는 곳일까. 내밀한

이를 만날 수 있다면. 아냐, 내밀한 이는 어쩌면 바로 '나'인지 몰라. '나'를 찾으면 돼. 근데 '나'를 어떻게 찾지. 알아볼 수 있을까. 그녀는 계속해서 거슬러 올랐다. 오르고 오르다 어느 순간 눈을 감았고, 이내 나지막이 코를 골았다.

6

집 앞 초등학교 소나무 숲에서였다. 여섯 번째 소나무를 막 안았을 때였다. 가지가 뭉툭하게 잘려나간 곳에서 소나무 싹이 자라고 있었다. 며칠 못 온 사이에 싹을 틔웠는지 새끼손가락만 했다.

어쩌나, 저기서 계속 살진 못할 텐데. 경심은 걱정이 되었다. 화분에 심을까. 주변 어디에 옮겨 심을까…… 서른 그루의 소나무를 다 안을 때까지 고민했으나 방법을 찾지 못했다.

지성미도 우체국장도, 집배원 고동식 씨마저도 고민할 게 그렇게 없느냐 되물었다. 누가 가져가기 전에 먼저 가져오면 되지 않느냐는 거였다. 꽃집에 갖다주면 알아서 화분에 잘 심어줄 거라며.

그녀는 현재중에게 전화했다. 연수는 제대로 마쳤느냐고 묻는 둥 마는 둥, 그가 대답을 미처 만들기도 전에, 고민거리가 생겼다고 이따 퇴근하면 만나야겠다고 거의 강요했다.

"고민거리, 너한테? 그래, 뭐…… 삼겹살에 쏘주 한 병 사주겠다고 약속하면 들어줄게."

빈정거리듯 대답하는 그에게 그녀는 알겠다. 기꺼이 사주겠다며, 그쪽에서는 보지도 못할 함박웃음을 지어 보였다.

업무가 지연되는 바람에 약속 시간보다 이십여 분이나 늦게 도착하고 말았다. 현재중이 오만상을 찌푸리고 빈 식탁 앞에 앉아 있었다. 그녀는 미안하다고 하는 둥 마는 둥, 어린 소나무에 대해서 주저리주저리 늘어놓았다.

"정말 신기한 일이잖어. 썩은 가지에서 새싹이 자란다니까. 그 애는 그곳이 자기가 살 곳이라고 믿는 것 같았어. 얼마나 위태로운지도 모르고 한들거리는데, 너무 안타깝고 가엾더라고."

"알았어, 알았다고. 일단 주문부터 하고."

그가 메뉴판을 볼 것도 없이 콩불고기를 주문했다.

"그걸 지금 갖고 싶다는 거 아냐. 안 그러면 그렇게 애달파할 필요도 없잖아. 간단한 걸 가지고 호들갑 떨 건 뭐냐."

"무슨 좋은 방법 있어?"

그녀는 눈을 똥그랗게 뜨고 얼굴을 쑥 내밀었다.

"갖다가 꽃집에 맡겨. 기왕이면 크고 멋진 화분에 심어달라고 해. 넌 게을러서, 나중에 분갈이도 안 할 게 뻔해."

"갖고 싶었다면 벌써 꽃집으로 달려갔지. 근데 그 애한테는 굉장히 큰일이잖냐. 순간의 선택이 평생을 좌우할 텐데 쉽게 결정할 일은 아니지. 암튼 너도 며칠 더 고민해봐…… 참, 이거 테이프. 소주천이라고, 참선하기 전에 먼저 기혈을 통하게 해야 하는데 그걸 도와주는 거래. 하마터면 사무실에 두고 올 뻔했잖아. 글쎄, 가는귀먹은 어떤 할머니랑 한바탕 시끄러웠거든. 느네는 시내라서 그런 손님 없지? 와, 우리 면에는 귀먹은 노인들이 주 고객이야. 거의 매일 싸운다니까. 소통이 안 돼요, 소통이. 아, 배고파."

상해진 기분을 숨기려고 그녀는 일부러 수선스럽게 떠들어댔다. 테이프를 건넸다.

"네가 말했지, 금강경에 나온다는 그…… 모래사장의 칠보반지? 지금 그걸 발견했다는 표정이구나. 후, 이럴 땐 내가 어떻게 받아들여야 하나. 너도 승진시험을 준비하든지 토익을 배우든지, 아니면 스쿼시나 수영 같은 취미생활을 하면 좀 좋아."

그가 테이프를 집어 들었다. 양쪽 면을 되풀이 돌려가면서 혼잣말처럼 중얼거렸다.

물론 그의 말 뜻을 충분히 이해했다. 하지만 나는 왜 이 세상에 왔을까, 궁금했다. 어디에서 와서 왜 여기에 머무는가. 다시 어디로 갈 것인가. 이러는 나는 도대체 누구인가. 이보다 더 절실한 문제가 세상에 있을까. 이보다 더 현실적인 고민이 또 있을까. 돈을 벌고 승진하고 결혼하고 아이를 낳고 집 사고…… 이런 것들이 현실적인 일이 아니라고 말하려는 건 아니다. 그녀는 자기가 고민하는 이것만이 중차대한 문제라고 말할 자신도 없었다.

사실 나는 어디서 왔는지 알려면 왔던 곳으로 가야 하는데 그건 불가능하다. 나를 낳아준 어머니의 자궁으로는 다시 돌아갈 수 없기 때문이다. 설령 돌아간다 해도 내가 난자에서 시작됐는지 정자에서 시작됐는지, 아니면 전혀 다른 무엇에서 비롯했는지 어떻게 알겠는가. 또 이 세상을 떠나면 어떻게 되는지도 모른다. 아예 흩어져 없어지는지 딴 데로 가는지, 딴 데로 간다면 그곳이 어디인지. 생전에 엄마가 아버지와 다툴 때마다 하던 말처럼, 지금 여기에서 사람들과 왜 지지고 볶아대는지도 모른다. 그녀는 이 모두가 나는 누구인가를 알지 못하기 때문이라고 생각했다. 나는 누구인가. 나는 무엇인가를 알면 해결되는 문제라고 보았다. 안타깝게도 그걸 알지 못했다. 도통한 사람이 있다 해도 알려줄 수 없다고 한다. 모든 건 개별적이기 때문이란다. 쉽게 말해 누군가 '별'을 말하면 나는 북두칠성을 생각하고 너는 카시오페이아를 떠올리고 당신은 금성을 연상하며 그는 오리온을 상상하는 것처럼, 각자가 생각하는 별이 다르기 때문이다. 심지어 금성도 누구는 샛별, 누구는 개밥바라기별, 누구는 비너스로 다 다르게 부르지 않는가 말이다.

"얼마나 걸려? 빨리 들을 수 있으면 좋을 텐데."

"콩고기 말고 진짜 고기 먹고 싶지 않냐? 난 지금 삼겹살에 쏘주 한 잔 마셨으면 소원이 없겠다."

불판에 고기를 얹으며 그가 투덜거렸다.

"있잖어. 난 너랑 소통을 원해. 내가 이렇게 참선을 배우려는 것도, 사실은 나와 본래의 나가 제대로 소통이 되면 좋겠다는 생각이 들어서거든. 너랑도 마찬가지야. 너랑 소통하려면 내가 더 노력해야겠지. 한데 말이지. 적어도 나를 만날 때는 고 삼겹살이나 쏘주타령 좀 안 하면 안 되냐. 만날 먹는다면서 질리지도 않어?"

지금 한 말이 앞뒤 맥락이 전혀 안 맞는 줄 알면서도 그녀는 고시랑댔다. 팔을 쭉 뻗어 그의 코를 사정없이 비틀었다.

시골의 자그마한 우체국에 직원이라고는 우체국장과 지성미와 자기 이렇게 셋이다. 오늘 지성미는 연차휴가고 우체국장마저 출장 중이어서 경심은 혼자 금융과 우편 업무를 동시에 보고 있었다. 아침나절인데도 손님이 뜸했다. 공짜 상품권이라도 얻은 것 같은 기분이 들었다. 그녀는 급한 것들을 마무리해두고 다리를 벌리고 섰다.

손바닥을 아래로 하고 두 팔을 천천히 어깨 높이까지 올렸다가 손바닥을 뒤집어 하늘을 보게 한 뒤 그대로 머리 위로 올렸다. 아무리 해도 스님처럼 우아해지려면 하세월일 듯싶었다. 그녀는 손바닥으로 머릿속 온갖 먼지들을 걷어내는 심정으로 찬찬히 세심하게 쓸어내렸다. 내 삿된 기운은 땅속 석 자 밑으로, 중얼거렸다. 한데 삿된 기운은 어떤 거지? 궁금해졌다. 온갖 먼지들은 어디서 온다는 거야? 내가 가져오는 거지. 화내는 것도 좋은 기분도 내가 가져오는 거잖아. 한데 왜 가져올까? 아니 나는 누구야? 나란 뭘 두고 말하는 거지? 막상 누군가가 구경심 당신은 대체 누구요? 하고 물어온다면, 나요? 해놓고도 선뜻 대답하지 못할 것 같았다.

나는…… ○○○○○…… 이랄까요. 공간을 무한대로 남겨둘 수밖엔 없겠다는 생각이 들었다.

그녀는 음식이든 옷이든 음악이든 책이든, 특별히 좋아하거나 싫어하는 게 따로 있지 않았다. 가야금을 즐겨 타기는 하지만 안 탈 때가 더 많고, 누워서 책 읽는 걸 즐겨 해도 읽다가 코를 골 때가 훨씬 잦았다. 차를 타고 여기저기 쏘다니는 걸 무척 좋아하시만 허구한 날 그리 했다간 기름과 월급을 태워 매연만 만들 것이므로 될수록 집에서 우체국, 우체국에서 집으로 오가는 것으로 만족했다. 한데 도 지성미나 우체국장은 자기를 일러 가야금 타기를 아주 좋아하고 날마다 누워서 책을 읽어야 만족하고 허구한 날 드라이브에 빠진 사람이라고 단정 지어 말하길 좋아했다.

딱히 좋은 사람도 싫은 사람도 없었다. 그래서일까, 우체국에 오 는 손님에게 지성미처럼 싹싹하게 대하진 못했다. 툴툴거리거나 신 경질을 부린다는 말이 아니다. 그냥 그대로, 가슴에서 우러나는 대 로 반말도 적당히 섞어가면서 방문하는 할머니나 할아버지, 아저씨 나 아주머니들을 대할 뿐이다. 그런 자기를 두고 손님들은 어디 아 프냐고, 무슨 일 있느냐고 종종 물어왔다. 그녀는 시도 때도 없이 하 는 친절만족도 조사가 불편했다. 청결이나 일 처리 속도나 능력 면 에서는 대부분 만점을 받는데 유독 친절 면에서는 4점이나 때로는 3점을 받아 지성미나 우체국장에게 미안했다. 손님들은 그녀에게 서 받은 인상이나 이미지들을, 그때그때의 자기감정과 상황에 맞게 적당히 버무려서 구경심은 아픈 사람, 무슨 일 있는 사람으로 규정 해버리듯이, 5점 4점 에라, 3점이란 점수를 매기는 모양이었다. 세 상 어느 것도 홀로, 따로, 더구나 독립적으로 존재할 수 없다는 것 을, 그 친절만족도 조사 결과가 나올 때마다 절절하게 느꼈다.

삿된 기운이 어떤 건지는 모르겠으나 그녀는 계속해서 동작을 되풀이했다. 내 삿된 기운은 땅속 석 자 밑으로, 내 삿된 기운은 땅속 석 자 밑으로 두런거리면서.

"어이구, 잘헌다."

기척도 없었는데 할아버지 한 분이 들어와 있었다. 창구 앞으로 오면서 추임새를 넣었다. 그녀는 안녕하세요, 어르신? 맞이하고는 얼른 자리로 가 섰다.

"처자가 보기보담은 쪼까 뻔정다리네이. 그렇게나 여적 남자가 안 붙는겨. 헌디 저기 처자, 워디 갔능갑네? 아, 그 처자모냥 머리에 물도 딜이고 손톱에 칠도 허고 댕기면 월매나 이뻐?"

이런 게 삿된 기운이구나, 싶은 기운이 올라왔다. 그녀는 한껏 상냥한 표정을 지으면서 어르신, 뭘 도와드릴까요? 목소리를 높여 여쭀다.

"이……? 아…… 좌우당간에 젊음이 좋긴 좋다니께. 이 늙은이 정신을 홀딱 자빠뜨리고 말여. 저그 뭣이냐, 내 할망구 통장인디 다 되았어."

할아버지가 끈적끈적한 목소리로 말하면서 바지 주머니에서 통장과 도장을 꺼내어 창구 위에 놓았다.

불쾌한 기분을 다독여가며 그녀는 통장과 통장에 찍힌 도장이 맞는지를 먼저 확인했다.

"할머니 신분증 가져오셨어요, 어르신?"

"뭔 놈으 날씨가 요 모냥이댜? 아, 에오콘이라도 틀어놓제, 처자는 더웁도 않능가비네?"

할아버지가 손으로 부채질하며 딴소리했다.

"어르신, 할머니 신분증 있어야 통장을 새로 만들 수 있어요. 가져오셨어요?"

"왜 냥 소락배기를 질른댜? 뭣이 있어야 헌다고 주민쯩? 내 주민쯩 말여?"

되물으며 할아버지가 주머니를 뒤적여 지갑을 꺼내었다.

"어르신 꺼 말고 할머니꺼요. 할머니 통장이잖아요."

"내 할망군디 뭔 주민쯩이 필요혀? 내 할망군지 몰러서 그려?"

"통장 주인의 신분증이 있어야 새로 만들 수 있어요, 어르신."

"아 쓸데없는 소리 말고 어여 맹글어 줘."

끈적끈적했던 소리는 온데간데없어지고 데퉁맞은 소리로 윽박지르듯 대꾸했다. 당신 신분증을 꺼내어 창구 바구니에 던졌다.

막무가내였다. 이렇게 절차를 무시하고 억지 쓰는 할머니 할아버지 들은 흔했다. 대개 지역주민이라 집안 내력을 모른다고 잡아떼기 어려운 경우가 많았다.

며칠 전에는 한 할머니가 와서 예금통장에 든 돈을, 만원 단위까지 다 찾아달라고 했다. 오백만 원 정도나 되었다. 본인 명의로 된 통장이므로 당연히 내드렸는데, 그 일로 지성미가 자식들한테 된통 당했다. 노인 아니냐, 노인이 뭘 알겠느냐. 우리에게 먼저 연락할 것이지 그 많은 돈을 왜 마음대로, 그것도 현찰로 빼줬느냐 따지고 들었다. 이유는 따로 있었다. 할머니에게 남자친구가 생겼다고 했다. 그 노인네한테 정신이 팔려서 어느 땐 집에도 안 들어오고, 들어와도 만날 할아버지를 굶기고, 이러쿵저러쿵…….

"어르신, 만들어드리고 싶어도 제 맘대로 하지 못해요. 할머니와 함께 오시든지 아니면 할머니한테서 위임장을 받아오셔야 해요. 할머니 신분증도 꼭 가져오시고요. 아셨죠?"

"더워 죽겠고만 왜 냥 말이 많댜……? 지대루 걷지도 못허는 할망구를 기연시 끌고 나와야 헌단 말이여? 어른을 공경허람서나. 방송서도 날마다 지깔이던디, 고게 다 개 풀 뜯어먹는 소리 아니냐고 참…… 벨 놈의 세상이랑게……?"

할아버지가 '게'를 길게 늘어뜨렸다가 살짝 올렸다. 기분 나쁘다는 듯 혀를 차며 통장과 도장을 집어 들었다. 신분증을 주머니에 쑤셔 넣었다. 인사도 받는 둥 마는 둥 나가버렸다.

누군가 스티로폼 상자를 쌓아 들고 안으로 들어섰다. 키보다 높아 얼굴이 보이지 않았다. 버섯 상자를 창구에 내려놓은 중년 남자가 다시 밖으로 나갔다. 트럭 짐칸에는 똑같은 상자들이 수북이 쌓여 있었다. 그녀는 프린터에 걸린 택배 용지부터 확인했다.

8

경심은 세심사 앞에 차를 세우고 나왔다. 전화나 문자가 와 있는지 확인하느라 잠깐 섰다. 허리가 구부정한 할머니 한 분이 왜 안 가요, 스님 기다리시는데? 하기에 네, 지금 가요. 얼결에 대답하고 계단을 올라갔다. 생각해보니 한 번도 본 적이 없는 분이었다. 신도인가. 날 언제 봤다고 아는 척하시지. 도로 아래로 내려갔으나 주변에는 아무도 없었다.

또 늦었네? 들어가자마자 스님이 타박했다. 좀 늦게 끝나서요…… 그녀는 변명하듯 대답했다. 일곱 시도 넘어서 끝난 뒤 김밥 한 줄로 저녁 식사를 해결하고 들어선 참이었다.

"그렇구나? 이렇게 늦으면 차도 못 마셔요. 잠이 안 오거든…… 집에서도 하죠?"

앉기가 무섭게 스님이 물어왔다.

"예, 근데 잘 안 되더라구요. 생각들이 무지무지 많이 왔다 갔다 해요."

"잘 되면 뭐 하러 배우겠어요. 에…… 캄캄한 방에 창문이 하나 있어요. 그리로 밖에서 햇빛이 비쳐들어요. 본 적 있죠. 먼지가 헤아릴 수도 없이 많잖아요. 그게 다 내 속에 있는 거예요…… 마음이라고. 수천수만 개의 마음이 둥둥 떠다니면서 요동친다고…… 참선은 그 마음을 헤쳐서 본래의 자기를 찾는 거예요…… 어제는 잘 잤어요?"

에이, 너무 상투적인 표현이잖아. 속으로는 툴툴대면서도 겉으로는 퍽 명랑한 목소리를 꾸며서 대답했다.

"그럭저럭요. 한데요, 가위에 눌렸는데요…… 가끔 그러거든요."

그녀는 지난밤에 가위에 눌려 힘들었던 상황을 상세하게 늘어놓았다. 갑자기 숨이 막혀왔다. 검은 옷을 입은 사람이 목을 조이는 것 같았다. 도와달라고 하고 싶은데 소리가 나오지 않았다. 움직일 수도 없었다. 이렇게 죽는 모양이구나, 왈칵 공포가 밀려왔다…….

스님의 표정이 조금씩 어둡게 바뀌는가 싶더니 조언하듯 말했다.

"요 맨 위층이 법당이에요. 올 때마다 백팔 배를 하고 내려오는 게 좋겠어요. 한 십오 분 정도면 할 테니까."

"와, 저는 딱 한 번 해봤는데 이십 분도 더 걸리던걸요."

"자꾸 하다 보면 빨라져요…… 테이프 복사는 어떻게 돼가요?"

방정맞게 끼어든다는 표정으로 스님이 면박을 줬다.

"아 그거요, 제가 아는 사람한테 부탁해뒀어요. 테이프를 엠피쓰리에 복사해서 컴퓨터에 저장한 다음에 시디로 구워야 한대요. 토요일에 그 친구를 만나기로 했는데, 그때 주겠대요."

스님이 고개를 까딱까딱하면서 방으로 들어갔다.

"어제처럼 오늘도 그렇게 해보세요. 앞으로 이십 분. 그러니까 아홉 시 오 분까지 하면 되겠네."

이르곤 나갔다.

그녀는 심호흡을 한 번 한 뒤 동작을 천천히 해나갔다. 난데없이 어렸을 적에 학교를 오가던 길이 떠올랐다. 어제 낮에 먹은 된장찌개가 생각나고 또 동창의 얼굴이, 고등학교 때 만 원을 빌렸던 아이의 얼굴이 불쑥 다가왔다. 이런, 갚을 방법이 없네, 방법이…… 마구 뒤섞이는 기억들에 치여 마음마저 산란해졌다. 언짢았다. 짜증이 났다. 우울해지기까지 했다.

얼굴이 확 달아올랐다. 그녀는 더 천천히 움직이면서 느낌을 붙들었으나 불과 몇 초 지나지 않아 사라져버렸다. 다른 기억들이 비집고 들어섰다. 물 따라가던 길, 길에 뒹굴던 조약돌. 학교 운동장에서 오징어살이 하던 아이들, 아이들이 지르던 함성, 혼자 물끄러미 그 광경을 지켜보던 어린 자기……. 기억은 점점 불어났다. 왜 아이들은 나를 끼워주지 않았을까. 나는 왜 힘이 없었을까. 지금이라도 끼워준다면 재미있게 할 수 있을 텐데…… 와, 물 따라가면서 잠자리도 봤지. 잠자리 쳐다보다 자빠졌잖아. 바지가 찢기고 무릎도 깨지고…… 왜 나는 철딱서니가 없었을까. 지금도 그렇잖아……. 불어난 기억에 생각들까지 달라붙었다. 시간이 지날수록 기억과 생각은 더 잡다하고 집요해졌다. 골머리가 지끈거렸다.

아홉 시 십 분이 지나고 있었다. 앞으로 세 번만 더 하고 마치자. 발바닥이 쿡쿡 쑤시고 다리가 뻣뻣했으나 그녀는 꾹 참고 마지막 세 번을 정성을 다해 동작했다. 마치고 무릎을 구부린 채로 허리를 오른쪽 왼쪽으로 몇 번씩 돌렸다.

"뭐야, 누구 맘대로 나와요?"

문을 열자마자 스님이 나무랐다. 노기 띤 목소리였다.

"아홉 시 하고도 십오 분이에요."

"어, 여기 시계는 아직 아홉 시 이 분인데? 거기 시계랑 여기 시계가 다르구나. 그래도 그렇지, 앞으로는 나오라고 할 때까지 계속하도록 해요."

"전 시간을 지켜야 하는 줄 알고……."

주눅이 들어 그녀는 겨우 대답했다. 억울한 마음이 들었다. 표현하자니 애들 같아 보여 말았다.

어땠어요? 스님이 물어왔다.

매번 이런 식으로 상태를 점검하시는 모양이구나, 생각하며 그녀는 스님 건너편에 앉았다. 얼굴이 더워졌다가 가라앉았다고, 볼통거리듯 대답했다.

골똘히 생각하던 스님이 벌써 그렇지는 않을 텐데…… 하더니 또 한참을 있다가 이상하네? 했다. 어느 때는 앞에만 어느 때는 뒤만 또 어느 때는 중간만 강조해 말해서, 앞뒤 맥락이나 정황을 알아서 꿰맞춰야 하는 식이었다.

"아마 오늘 날씨가 더워서…… 그래서 그랬을 거예요."

싱겁기는…… 속으로 두런거리며 그녀는 공부할 사람이 더 있는지 여쭈었다.

"불교청년회장이 다녀갔어요. 여자 혼자 하고 있다고 했더니 몇 명 더 모이면 연락하라고 하네요. 어떡하겠어요, 다른 사람들이 올 때까지 혼자 해야지."

"그렇긴 한데요."

좀 불편해서요. 그녀는 이 말을 속으로 삼켰다. 뭐가 불편하냐고 묻는다면 스님도 남자잖아요, 대답해야 하는데. 이것 참…… 곤란하기 짝이 없었다.

"한데요. 참선은 언제 해야 가장 좋아요?"

내내 궁금하던 거였다.

"시간을 묻는 거요, 때를 묻는 거요?"

"시간이나 때나 같은 말 아니에요."

"글쎄, 시간은 사람이 하루를 스물네 개로 쪼개놓은 거고, 때는 적절한 시기를 말하는 거 아닌가……. 참선하기 좋은 시간을 말하는 거라면 새벽 세 시, 그때가 가장 좋아요. 그리고 아침 열 시에서 열두 시가 좋고, 저녁은 이 시간이 좋죠. 자…… 그럼 내일 봅시다."

"사 층이 법당이라고 하셨죠?"

그녀는 불을 끄고 문을 잠그는 스님에게 여쭸다. 세심사가 절이란 걸 여태 잊고 있었네, 공연히 미안해졌다.

"가 보게? 그럼 올라갑시다."

스님이 먼저 계단을 올라갔다.

조립식 패널로 덧댄 건물이 법당이었다. 그곳에 부처님을 모시고 있었다.

"와, 여기서 해 지는 모습을 보면 좋겠어요. 해 지는 게 온전히 보이잖아요. 하늘이 넓어서 놀도 멋지겠어요."

"그런가. 일 년이나 돼가면서도 못 봤네?"

법당도 부처님도, 중얼거리는 스님 목소리도 소박했다. 하도 소박해 눈물이 날 지경이었다.

"법당에 오면 항상 삼배하세요. 여유 있게 오면 백팔배를 하는 게 좋은데…… 절하기 전에 먼저 향 피우는 것 잊지 말고."

"지금 해도 돼요?"

스님이 고개를 끄떡였다.

"그러면요, 제가 절하는 게 맞는지 한번 봐주세요."

그녀는 부처님 앞에 두 손을 모으고 섰다. 모은 채로 무릎을 구부리고 앉았다. 두 손으로 바닥을 짚었다. 상체를 숙이면서 이마를 바닥에 대고 두 손바닥을 들어 고개 위로 올렸다……. 잘하네. 그렇게 하면 돼요. 스님 목소리가 칭찬처럼 들려 기분은 좋았으나 절하고 일어설 때마다 오른쪽 무릎에서 딱딱 소리가 났다. 여간 신경 쓰이지 않았다.

"척추에서 나나, 딱딱 소리가 들리던데?"

그냥 넘어가면 좋으련만, 스님이 어리둥절한 표정을 지으며 물어왔다.

"그게…… 무릎에서 나는데요. 작년에 위층에서 바로 아래층으로 이사를 하면서 짐을 들고 오르락내리락했거든요. 무리가 갔나봐요. 그 뒤부터 좋질 않아요. 소리도 나구요."

"저런, 가부좌하기도 곤란하겠는데."

낭패란 듯이 말하며 스님이 법당문을 열었다.

9

모자를 꾹 눌러썼다. 모종삽과 비닐봉지 하나를 집어 들고 집을 나섰다. 자그마치 일주일 동안이나 고민하고 갈등하다 어린 소나무를 가까운 산으로 옮겨 심어줘야겠다고 결심한 것은 어젯밤이었다. 화분에 옮겨심기, 소나무 숲 근처 어디에 심기, 산에다 심기 중에서 어느 쪽으로 하는 게 가장 안전할까 판단하기 어려워서였다. 화분에 옮겨 심는 것이 가장 편하겠지만 소나무 입장에서는 치명적일 거라는 생각이 들었다. 경심은 소나무를 자기 소유물로 만들고 싶지 않았다. 제대로 관리할 수 있을지도 장담할 수 없었다. 이렇게 망설이다가 너무 늦어버리는 건 아닐까 조바심이 났으나 어느 쪽으로도 마음이 가지 않았다.

아침 바람이 건듯 불었다. 어느새 따가워진 햇볕이 풍성하게 내리쬐였다. 비둘기들이 이쪽 소나무에서 저쪽 소나무로 날아가고 날아들고, 참새들도 대나무숲에서 쏟아져 나와 억새밭으로 우르르 몰려갔다. 망초꽃도 잘망잘망, 초등학교 아이들처럼 발랄하게 한들거렸다. 그녀는 우북하게 자란 풀들을 한쪽 발로 젖히면서 편안한 마음으로, 조금은 아쉬우면서도 홀가분한 마음으로 솔숲에 당도했다.

없었다. 무엇인가로 후빈 자국만 폐가처럼 흉물스러웠다. 그녀는 모종삽을 떨어뜨리고 말았다. 일주일 동안의 고민이 수포가 되어서만은 아니었다. 누군가에게 소나무를 빼앗겼다는 상실감 때문도 아니었다. 소나무가 제 것인 양 당연하게 굴었던 게 미안했다. 소나무에 대한 권리가 오로지 자신한테만 있다고 착각했던 자기가 가엾었다. 소나무가 두려워 파들거리는 것을 다만 세상을 향해 한없이 천진하게 한들거린다고 가볍게 생각해버린 게 너무도 어리석었다는 후회가 들었다.

집으로 돌아왔다. 그녀는 외출복을 꺼내다 말고 옷장 문을 도로 닫았다. 이런 기분으로는 참선한답시고 자리에 앉아도 집중이 안 되겠다 싶었다. 침대에 걸터앉았다. 멀뚱멀뚱 집 안을 기웃거렸다. 읽지도 않고 처박아둔 책이 몇 권 보였다. 첫 월급을 탔을 때 샀던 오디오가 보였다. 시디 몇 개가 종이상자에 뒤죽박죽 쑤셔박혀 있었다. 그녀는 오디오 전원을 켰다. 손에 잡히는 시디를 넣고 재생 단추를 눌렀다. 이내 다시 눌러 음악을 껐다. 방바닥에 떨어진 머리카락을 집어 휴지통에 버리고 가야금을 내렸다. 방바닥에 앉아 무릎에 놓았다.

마음이 편안하지 않은데 손이라고 편할 리 없었다. 그녀는 다스름부터 헤매기 시작했다. 다스름에서 헤매는데 진양조인들 제대로 되겠는가만 어쨌든 진양조 평조는 무난하게 탔다. 중모리와 계면조도 그럭저럭 탈 수 있었다. 중중모리도 자진모리도, 중중모리나 자진모리답게는 아니더라도 다행히 넘어갔다.

휘모리만은 무난하게도 그럭저럭도, 더구나 다행히도 탈 수 없었다. 전성을 구르듯 타지 못하면 전성이 아니고, 깊고 가는 농현을 깊지도 가늘지도 않게 흔든다면 그것은 이미 농현과는 하등 상관없는 말 그대로 흔들리는 소리일 뿐이었다. 그녀는 푸, 한숨을 쉬었다. 가야금을 방바닥 한쪽으로 밀어버렸다.

10

세심사에서 돌아오니 현재중이 집 앞에서 기다리고 있었다. 안으로 들어서자마자 시디를 침대 위로 던지듯 놓았다.

"그래, 웅웅대는 이런 음악인지 소린지 들으면서 참선이란 걸 한단 말이지."

비비 틀어대듯 열 마디 말을 꾸역꾸역 뱉어냈다.

"소나무가 사라져버렸어. 누군가 손톱으로 파내갔더라고."

경심은 옷도 갈아입지 않고 서서 시무룩하게 말했다.

"야야, 게으른 놈도 한 몫 부지런한 놈도 한 몫이라잖아."

그가 대꾸했다. 침대 모서리에 비스듬히 앉아서 재미있다는 듯 쳐다봤다.

차라리 침묵하는 편이 나을 듯싶었다. 그녀는 시디를 집어 들었다. 오디오에 넣고 재생 단추를 눌렀다. 지글지글 끓는 소리가 한참 동안 흐르다, 지금부터 기공을 시작합니다. 사회자의 안내 말이 흘러나왔다.

방바닥에 앉았다. 눈을 감았다. 고맙다고도 안 해? 볼멘소리가 들렸으나 그녀는 고개를 끄덕이면서 손가락을 입술에 갖다 댔다. 사회자의 지시에 따라 심호흡을 세 번 했다. 해와 달의 기운을 받아들이듯 조용히 앉아 다음 지시를 기다렸다. 기나길기만 한 준비 음악이 끝나는 것 같았다. 사회자가, 기공사의 신호에 맞춰 자신의 경락점을 따라가라 일렀다. 이어서 '와호장룡'에서나 나오는 듯한 배경 음악이 아득한 곳에서부터 흘러들었다.

하단전, 하고 기공사가 중국말로 기를 전하기 시작했다. 회음─미려─명문─대추─아문─옥침─백회─상단전─중단전─하단전─회음─미려─명문─대추─아문─옥침─백회…… 돌고 돌았다. 처음 듣는 음악이라 귀에 거슬리긴 해도 경락점을 짚는 데는 문제 없었다. 그녀는 기공사의 목소리를 따라 소주천에 점점 심취해 들어갔다.

무언가가 가슴을 비집고 들어왔다.

"옆에 사람 놔두고 뭐 하는 거야? 너 혼자 있을 때 해도 되잖아."

나긋나긋해진 목소리로 그가 말했다. 뒤에서 브래지어 호크를 끌렀다.

"아, 미안. 근데 왜 여태 이러고 있어?"

"철딱서니 없는 니가 어디가 좋은지 모르겠다."

말하며 그가 몸뚱이를 안아 올렸다.

그녀는 얼결에 침대에 널브러졌다. 허둥지둥 그를 밀어냈다. 밀어내면 밀어낼수록 더 바짝 그에게 안겨들었다.

이제라도 고백하자, 그녀는 생각했다. 그와 결혼한다는 건 상상하기 어려웠다. 다른 누구와도 생각해본 적 없었다. 그가 고현실과 자기 사이를 오가며 무게를 재는지 어쩌는지 알 필요까지는 없어도 만날 때마다 마음 한쪽이 찜찜했다. 괜스레 고현실에게 미안한 마음마저 들었다. 그만 만나자. 지금 그 말을 하고 싶었다. 한데 말이 되어 나오지 않았다.

오디오에서는 계속해서 명문-대추-아문-백회-상단전-중단전-하단전-회음-미려-명문-대추-아문-옥침-백회…… 돌고 돌았다. 그녀는 침대에 드러누운 채 상단전을 응시했다. 하단전이 깨어나는 걸 느꼈다. 그의 손이 회음으로, 미려로 노닐었다. 자기도 모르게 신음을 쏟아냈다. 숨까지 거칠게 몰아쉬었다. 어떻게 하는 게 바른지 도대체 헷갈렸다.

11

경심은 창문으로 비쳐드는 햇살을 피해 베개 옆으로 얼굴을 박았다. 쉬는 날인데 쉬면 안 되나. 참선은 쉬는 날도 없다는 거야. 투덜거리며 이번에는 방바닥으로 내려가 침대 모서리로 파고들었다. 언뜻 시계를 봤다. 아홉 시 삼십 분. 스님이 열 시까지 오라 했었다. 그녀는 발딱 일어났다.

열시 십삼 분, 또 지각이었다.

오늘도 늦었네? 스님의 타박에, 스님은 왜 매번 시간에 목숨을 걸지? 싶었다. 이내 맞다. 참선하기 좋은 시간은 새벽 세 시 오전 열 시에서 열두 시 저녁 여덟 시라 하셨지, 떠올렸다. 그녀는 시디와 테이프를 내밀었다.

"오, 가져왔구나. 고마워요. 어제오늘은 어땠어요? 가위에 눌리거나 꿈은 안 꿨어요?"

"이제 가위에는 안 눌리는데요. 그저께는 꿈을 꿨는데 기억이 안 나구요. 어제도 꿨는데요, 제가 아기를 낳았대요. 제가 낳았다는 아기를 안고 있었어요."

"오, 좋은 꿈이네. 아기 낳는 꿈은 좋은 꿈 같은데? 자, 오늘은 어제처럼 기혈을 푼 다음에…… 한 오 분 하고, 요가로 몸을 풀어요. 그것도 오 분. 그런 다음에 앉아서…… 아, 무릎이 안 좋다고 했죠. 반가부좌도 안 되나?"

스님이 참선방그녀는 나름대로 이 방을 이렇게 부르기로 했다으로 들어가며 말했다.

"좀 힘들걸요."

그럼 이렇게 해봐요. 스님은 그녀가 가야금을 연습할 때 앉듯이 양 무릎을 한쪽으로 구부려 다리를 나란히 하고 앉았다.

"손을 어떻게 하는 게 좋을까. 아직 두 손을 모으기는 이른데…… 아, 이렇게 하도록 해요."

스님이 두 손을 양쪽 무릎 위에 가볍게 놓으며 말했다.

"이러고 앉아서 눈을 감고 머리에서부터 발끝까지 마음으로 보는 거야. 다섯 번을 반복해서 봐요. 그러니까 기혈 푸는 동작 오 분, 요가 오 분, 머리부터 발끝까지 마음으로 보는 건 다섯 번…… 자, 시작해요."

그녀는 서서 기혈 푸는 동작을 시작했다. 두 손바닥을 아래로 내릴 때마다 내 안의 삿된 기운은 모두 땅속 석 자 밑으로 마음으로 되뇌었다.

어린 소나무가 파들거리던 모습이 눈앞에서 어른거렸다. 도저히 집중할 수 없을 정도로 어른거렸다. 그 상태로 아마 칠팔 분은 지났을 것이다. 그녀는 방석에 앉아 다리를 펴고 상체를 수그렸다. 손끝으로 발가락을 잡고 후, 숨을 내쉬었다. 두 번을 더 한 다음 무릎을 구부리고 앉았다. 두 팔을 어깨너비로 벌려 앞으로 뻗었다. 가슴이 무릎에 닿을 때까지 쭉 폈다. 어깨와 목이 약간 아프면서 시원해졌다.

머리에서부터 발끝까지 한 번을 보는 데도 엄청나게 많은 생각이 오갔다. 어떤 생각은 왔는가 싶으면 어느새 사라지고 없고 어떤 생각은 지겹도록 오래 머물렀다. 소나무가 화분에 심어져 뒤채는 모습이 스쳤다. 화분에 심기기도 전에 땅바닥이나 길바닥에 팽개쳐진 채로 말라가는 모습이 비쳤다. 그녀는 고개를 흔들었다. 소나무도 제 나름의 인연이 있을 거야. 나는 그에 대해 이러쿵저러쿵 잔소리할 순 없어. 설령 잘못된다 해도 내가 어쩌겠어…….

그녀는 정면으로 자기를 보기 시작했다. 제대로 보고 싶지 않아 외면하거나 건너뛰기 일쑤였다. 젖꼭지는 보고 싶지 않고 체모도 마찬가지였다. 이렇게 건너뛰다가는 아예 모조리 건너뛰게 생겼다 싶어 정신을 모았다. 아주 조심스럽게, 정성껏 자신을 마주 세워두고 세세하게 응시하기 시작했다. 머리 이마 두 눈 코 두 귀 입 목 어깨 왼쪽 팔 오른쪽 팔과 손가락들…… 세 번째 볼 때였을까. 얼굴이 확 달아올랐다. 시나브로 식었다. 손바닥으로 전해지는 온기가 무릎을 따뜻하게 감쌌다. 부드러웠다. 손가락에 힘이 들어가 검지가 쭈뼛 서곤 했다. 그때마다 그녀는 손 모양을 가지런히 했다. 다섯 번째 볼 때부터는 피곤했다. 기력이 약해지는 게 느껴질 정도였다.

"자, 그만하고……."

언제 들어왔는지 스님이 옆에 서서 말했다.

"손바닥을 마주 비벼 봐요. 얼굴을 위아래로 두 번 쓸고 다시 손을 비벼서 이번에는 머리를 뒤로 쓸어요. 네 번 해요. 그런 다음에 귀를 주무르고 귓속도 한 번 후벼보고 가슴 팔 배 다리를 톡톡 주먹으로 두드려요."

그녀는 스님이 하는 걸 보며 그대로 따라 했다.

"다리가 무지 저려요."

"혈액순환이 잘 안 돼서 그럴 거야. 그래서 요가로 준비하고, 끝나고 나선 반드시 몸을 풀어줘야 해요. 다리를 한 방향으로만 구부리고 앉으면 골반이 틀어질 수도 있으니까 두어 시간 할 때는 한 번씩 바꿔주는 거예요…… 할 만해요?"

"잘 안 돼요."

"어떻게?"

"꼼꼼하게 보는 게 말처럼 쉬운 게 아니더라구요."

"누가 꼼꼼하게 보랬어요, 훑어 내려가듯이 보면 돼요."

"글쎄 그렇게도 잘 안 돼요."

"허허, 토 달지 말고? 기초도 안 들어갔는데 벌써 안 된다고 하면 어쩌나."

"지금 하는 게 기초가 아니면 뭐예요?"

"기초를 세우기 위한 전 단계. 오늘이 며칠째야, 십오일 일짼가."

두어 달은 앉아 있었던 것 같은데 겨우 십오일밖에 안 됐다니. 그녀는 실망하고 말았다.

"느긋하게 마음먹어요. 하루아침에 된다면 어느 놈이 주야장천 주리 틀고 앉아 있겠어요."

사뭇 화난 목소리를 꾸며가며 스님이 말했다. 주전자에 물을 끓였다. 첫물은 따라버리고 다시 물을 부었다. 집게로 찻잔을 집어 물에 헹구어냈다. 찻물이 우러나자 두 개의 잔에 차를 따랐다. 그녀는 찻물을 한 모금 머금었다. 처음엔 쌉싸름하더니 목으로 넘어간 뒤의 맛은 달큼했다.

"참선하고 나서는 바로 찬물 마시지 말아요."

왜요? 물으려다 또 지청구 먹을 것 같아 그녀는 네, 했다.

"이 차 마시고, 지금 위층에서 점심 공양을 준비하고 있을 거예요. 별일 없으면 함께 하도록 해요."

스님이 청했다.

지난번에 주차장에서 만난 할머니였다. 스님 기다리시는데 왜 빨리 올라가지 않느냐, 재촉하던 노인이 다름 아닌 공양주 보살이었다. 그녀는 스님과 허리를 둥그렇게 말고 앉은 할머니를 번갈아 쳐다봤다. 밥을 뜨는 둥 마는 둥 숟가락을 놓았다. 물을 마셨다. 재채기가 날 것 같아 슬그머니 일어났다.

12

어, 일찍 왔네? 스님이 반갑게 맞았다. 올라가서 삼배도 드리고 왔어요. 구경심은 나도 약속 잘 지키는 사람이라구, 하는 투로 자랑스럽게 대답했다.

"자 오늘은 기혈 풀기 오 분, 요가 오 분, 머리부터 발끝까지 다섯 번을 보고 나서, 다섯 번째 볼 때 그러니까 머리에서부터 내려오다가 하단전 배꼽 아래 삼 센치, 그 삼 센치 안쪽으로 다시 삼 센치 지점에다 시선을 모으세요. 거기를 마음으로 보는 거예요."

"에이, 너무 막연하잖아요. 배꼽 아래 삼 센치는 알겠는데 그 안쪽으로 삼 센치를 어떻게 봐요?"

"참 내, 눈으로 보면 보이나, 마음으로 보라고요, 마음으로."

그녀는 무안해져서 얼른 차려 자세를 하고 섰다.

"하단전을 볼 때는 눈을 지그시 뜨고 그러니까 약 삼십 도 각도에 시선을 고정하는 거예요. 아, 다리가 안 좋다고 했는데 지금은 어떤가……? 참선을 두어 시간씩 하다 보면 골반이 틀어질 수가 있댔죠. 그래서 한 시간은 이쪽 한 시간은 저쪽으로 다리를 바꿔가면서 앉기도 해요. 거기까지 하고 나면 한 시간 정도 걸릴 거예요. 자 시작."

기혈 풀기를 한 뒤에 그녀는 방석을 갖다가 자리에 앉았다. 머리에서부터 발가락 끝까지 시선을 이동해나갔다.

어느 곳 하나 또렷하지 않았다. 희부연 안개에 가려진 듯 갑갑했다. 애가 타고 서글퍼졌다. 밖에서 간간이 책장 넘기는 소리가 들렸는데 언제 스님이 왔다 갔는지 음악이 들려왔다. 선율에 앉아, 선율 사이를 날며 새들이 지저귀고 그들을 어루만지듯 미풍이 불었다. 그녀는 잠시 음악과 새소리에 귀를 기울였다. 음표 하나하나가 바람에 나부끼듯 흩날렸다. 새들이 흩날리는 음표들을 물어다 나뭇가지에 매달았다. 음표들은 어느새 초록색 이파리로, 노랗고 빨갛고 하얀 꽃으로 눈부시게 피어났다. 그녀는 다시 자기 안으로 시선을 돌렸다.

왼쪽 다리가 저렸다. 오른쪽 다리가 아팠다. 온통 신경이 그곳으로 쏠렸다. 더는 몸을 관찰하기도 어려워졌다. 어쨌든 다섯 벗을 보앉다. 여섯 번째 내려오다가 아차, 다섯 번째부터랬잖아, 중얼거리면서 그녀는 하단전을 찾았다. 왼손 검지로 배꼽을 눌러보고 그 밑 삼 센티미터 정도라고 짐작되는 곳을 잠시 누르고 있다 시선이 당도하자 손가락을 뗐다.

얼마쯤이나 지났을까. 하단전으로 무지근한 기운이 밀려들었다. 기가 모여서인지 아니면 다른 무엇 때문인지는 모르겠지만 분명 변화는 변화였다. 그녀는 한여름에도 양말을 신고 잠을 청해야 할 정도로 발이 찼다. 아랫배마저 시려 겨울에는 자주 핫팩을 붙이고 다녔다. 아무튼 배가 따뜻해지니 기분이 좋아졌다.

음악이 멈췄다. 그녀는 앉은 채로 삼십 도 전방이라고 생각되는 지점을 응시했다. 비록 생각들이 한 곳으로 모이거나 마음 안에서 어떤 변화를 느끼지는 못했어도 아랫배가 따뜻해진 것만으로도 충분하다고 나름대로 생각하면서 스님의 지시를 기다렸다.

"자, 앉은 채로 두 손을 비벼서 얼굴을 위아래로 두 번 쓸고 다시 손을 비벼 머리를 뒤로 네 번 쓸어 넘겨요. 그런 다음 가슴이며 팔이며 다리를 풀어줘요. 이렇게 두드리기도 하고 주무르기도 하고"

스님의 동작을 따라 두 팔을 두드리고 주물렀다. 다리도 쭉 펴고 두드렸지만 저리는 게 좀처럼 풀리지 않았다. 일어나기도 불편했다. 눈의 초점까지 맞지 않아 어질어질했다.

"어땠어요?"

"재밌었어요. 단전이 조금 무지근했는데 그게 마음을 모아서인지…… 잘 모르겠어요."

"오, 그래요? 사람마다 느끼는 정도가 다르니까. 그런 걸 느끼면 참선하는 데 더 흥미를 갖게 되죠."

내심 뭔가를 기대했던 모양이었다. 그녀는 실망스러워하며 치, 별거 아니었잖아. 속으로 투덜거렸다.

13

이 층의 방충망 문을 열긴 열었는데 도무지 닫히질 않았다. 구경심은 실랑이하다 조금 세게 밀었다. 탁! 큰 소리가 나면서 문이 황급히 닫혔다. 뭘 그렇게 세게 닫아요? 스님의 타박이 먼저 마중 나왔다.

책상 위에는 흰 편지 봉투들이 수북하고, 이름과 숫자가 적힌 노트가 펼쳐져 있었다.

"오늘도 어제처럼 하는데 몸을 관찰할 때, 가령 등을 볼 때 자세히 보려고 애쓰지 말아요. 그냥 스쳐가듯 보면 돼…… 어젠 잘 잤어요? 가위에 안 눌리고?"

"네, 요즘엔 안 눌려요."

그녀는 대답하면서 속으로 놀랐다. 아, 등도 보는구나. 지금껏 앞만 봤는데, 생각했다.

다행이네. 스님이 심드렁하게 대꾸하면서 참선방을 가리켜 보였다.

전날보다 훨씬 어지러운 마음이 된 자신을 보는 게 얼마나 고통스러운지. 어지러운 마음만큼이나 다리도 저려 왔다. 시선은 단전으로 모이지 않았고 그럴수록 마음자리는 더 엉켜만 갔다. 어서 시간이 흘렀으면 얼른 마음이 모였으면 얼른, 얼른……. 그녀는 구부렸던 오른쪽 다리를 펴고 대신 왼쪽 다리를 구부렸다. 쏴아, 피가 흐르는 게 느껴질 정도로 오른쪽 다리가 시원해졌다. 그것도 잠시, 다시 다리를 바꿨다. 짜증이 밀려오기 시작했다. 그녀는 눈을 감았다 떴다. 음악에 귀를 기울여도 봤다. 아무리 용을 써봐도 단전은 좀처럼 무지근해지지 않았다. 무감각. 그랬다. 저린 두 다리만 빼고 모두 무감각이었다.

"자, 그대로 두 손을 비벼 얼굴을 위아래로 두 번 쓸고 다시 손을 비벼서 머리 위에서 뒤통수까지 네 번을 쓸고, 몸을 여기저기 두드려요."

스님이 앞에 서서 동작했다. 그녀는 우울한 기분으로 일어섰다. 초점이 맞지 않는다고, 짜증 내듯 말했다.

"아, 그렇지. 그럴 땐 손을 비벼서 눈을 감은 채 눈두덩을 비벼줘요. 처음엔 시력이 좀 떨어지는 것 같아도 괜찮아져요. 낮에는 먼 산을 자주 보고……. 내일부터는 노트 한 권을 가지고 와서 몸이나 마음의 변화를 기재하도록 해요."

"오늘은 엉망이었어요. 마음이 단전에 모이지도 않구요, 다리만 저렸다구요."

"아니, 어제보다 좋았어요. 여기 앉았어도 다 보이거든. 늘 말하지만 한꺼번에 좋아지지 않아요. 느긋하게 마음을 먹어야 한다고 차차 차차 쌓여서 좋아지는 거지, 어떤 날은 좋고 어떤 날은 나쁘고 이런 게 아닙니다. 그리고⋯⋯."

무슨 말을 하려는지 스님은 한참을 입속에서만 말을 만들었다. 혹시 수강료 문제일까. 그녀는 기다렸다. 당연히 말해야 하는 부분이라고 생각했다. 얼마나 어떻게 드려야 하는지 알 수 없고, 물어보기도 조심스러워 날짜만 보내는 중이었다.

"부모님은 계신가?"

그녀는 스님을 빤히 쳐다봤다.

"안 계세요. 아버지는 돌아가신 지 오 년 됐구요. 엄마는 삼 년째에요."

"그럼 제사는 누가 모셔요?"

"제사요, 그게⋯⋯ 동생 집에서 모시고 있어요."

"형제가 몇이오?"

"삼녀일남이에요, 위로 언니가 둘 있구요. 밑으로 남동생⋯⋯."

에이 참, 왜 이딴 건 물어보지? 그녀는 고개를 비틀어 숙였다. 제사 얘기만 나오면 정말이지 할 말이 없었다. 동생에게 집안일을 무조건 맡겨버리는 게 과연 옳은가 고민이 되는 거였다. 조부모님과 부모님 제사에 설과 추석 차례까지, 동생보다 올케에게 미안했다. 똑같은 형제인데 아들이라는 이유 하나만으로 떠맡아야 한다? 뭔가 형평성에 맞지 않아 보였으나 난 결혼도 안 했는데 뭐, 하면서 그동안 모르는 척해왔다.

"그럼⋯⋯ 아니, 다음에 얘기하죠."

스님이 말꼬리를 흐렸다.

14

법당에 들어가자마자 만 원짜리 한 장을 불전함에 넣고 향을 피웠다. 삼배를 올렸다. 한참 동안 불상을 바라보다 돌아섰다.

저녁 하늘을 안은 강물이 놀에 타들어 갔다. 채운彩雲이라니, 지명에 꼭 맞는 풍광이었다. 저 빨갛고 노랗고 하얗고 푸른색들은 어디서 올까. 어떻게 저렇게 자줏빛으로 황톳빛으로 감귤빛으로 보랏빛으로 회색으로 빛날까. 물풀처럼 버드나무처럼 물새처럼 파들거릴까. 세상을 품어 안는 일은 저렇게 세상의 떨림까지도 보듬는다는 의미일까. 수많은 다채로움을 그러안은 데가 서방정토일까…… 경심은 시나브로 저물어가는 채운 하늘을 바라보다 이 층으로 내려왔다.

"오늘은 어제랑 똑같이 하고 나서 음악이 꺼지면, 앉은 채로 손바닥으로 팔을 훑어 내리는데 손바닥의 기가 팔 반대편까지 닿는 기분으로 해요. 팔에서 손바닥을 조금 떼고, 양쪽 다리도 하고…… 거기까지 해봐요."

맞이방에 들어서자마자 스님이 일렀다. 서두르는 기색이 역력했다.

조금 당황스러웠지만 참선하러 왔으니까 싶어 그녀는 참선방으로 들어가 섰다. 기혈 푸는 몸동작부터 시작했다. 문득 요가책을 차에 두고 온 게 생각났다. 그녀는 다시 주차장으로 내려가 책을 가져와 스님에게 건넸다.

316　중정머리 없는 인간

이상하게 눈물이 났다. 울적했다. 시선도 단전으로 모이지 않았다. 손으로 몇 번이나 눌러가며 시선을 고정해도 그때뿐이었다. 다리는 그다지 저리지 않았다. 왜 울적하지? 아무리 생각해봐도 우체국에서건 어디에서건 별일 없었다. 단지 몸 자체 내의 변화라면 모를까. 언젠가 들었던 음악이 다시 들렸다. 새가 지저귀고 숲속의 바람이 싱그럽고 푸른 하늘이 잡힐 듯 보이고…… 하지만 새 소리도 바람 소리도, 어느 것도 마음속으로 들어오지 않았다. 얼마 지나지 않아 시선마저 흔들렸다.

음악이 꺼졌다. 그녀는 눈을 감은 채로 마냥 앉아 있었다. 다시 한번 단전으로 시선을 모았다. 모이지 않았다. 하는 수 없이 시작 전에 스님이 말했던 동작으로 넘어갔다.

손바닥에 기를 모으지 못했는데 팔로 다리로 전할 기가 있을까. 자꾸만 눈물이 났다. 이러지 말자. 일시적인 현상이겠지. 가끔 우울했잖아. 그녀는 자기를 달래가며 양팔을 쓸었다.

"그 동작을 할 때는 눈을 뜨고 해요. 눈을 뜨고 살피면서 하라고."

스님이 앞에서 조언했으나 그녀는 팔을 보는 둥 마는 둥, 종아리를 보는 둥 마는 둥 훑어 내렸다.

"저린 다리가 풀려요, 이렇게 하니까."

"시간이 지날수록 나아질 거요."

스님이 흘리듯 대답하곤 참선방에서 나갔다.

그녀는 손바닥을 비볐다. 얼굴을 쓸었다. 손바닥에 묻어난 눈물을 옷자락에 닦았다. 몸을 풀고 일어났다. 방석을 제자리에 갖다 두고 밖으로 나왔다.

"몸을 풀어야죠."

"했어요."

"대충대충 하지 말고."

"대충대충 안 하고 다 했어요."

꼬박꼬박 토를 다는 자신이 너무도 낯설었다. 그녀는 몸 둘 바를 몰라 엉거주춤 섰다.

"어제보다 좋아 보여요. 몸을 보는 것도 자연스러워졌죠? 아, 단전은……?"

"아직 고정이 잘 안 돼요."

"그래요…… 차차 차차 나아지고 있으니 조급하게 생각하지 말아요. 자, 내일 봅시다."

그녀는 세심사에서 내려와 차 안으로 들어갔다. 시동을 켜자 라디오에서 최옥산 류 가야금산조가 들려왔다. 자진모리에서 휘모리로 휘휘 오르는 중이었다. 들을 때마다 이 부분이 가장 좋았다. 무수히 많은 소리가 반짝반짝 빛나며 허공에서 난분분 흩어지는 게 눈에 보일 정도로 생생했다. 색색으로 물든 나뭇잎들이 흩날리듯이, 강물을 꾸미는 채운의 하늘처럼. 하지만 지금은 그걸 볼 수도 들을 수도 없었다. 마음이 갑갑하고 그러면서도 휑했다.

출발하려다 언뜻 하늘을 올려다봤다. 달이 떠 있었다. 크고 둥글었다. 어찌나 무거워 보이던지 금방이라도 떨어질 듯 위태위태했다. 그녀는 차 밖으로 나왔다. 자기도 모르게 품을 벌렸다. 저 달을 누군가에게 주고 싶었다. 현재중의 얼굴이 떠올랐으나 그는 지금 고현실과 함께 있을 거였다. 문득 가슴 한쪽이 푹 꺼졌다. 그가 양다리를 걸치고 있는 게 편치는 않아도, 서운하거나 속상하거나 그것으로 열 받지는 않았다. 다만 저 탐스러운 달을 그에게 줄 수 없구나. 함께 올려다볼 수 없구나, 아쉬웠다. 아니 누군가 그리웠다. 그게 현재중인 것도 같고 그냥…… 어떤 누구인 것도 같았다. 막연한 그리움. 대상이 분명치 않은 그리움.

그리움이라는 낱말이 뇌리에서 떠나지 않았다. 가슴속에서 맴맴돌았다. 요즘 누가 그리움이란 낱말을 알까. 그리움이 얼마나 가슴 시리게 하는지, 아릿하게 하는지, 애타게 하는지 알까. 그녀는 손등으로 눈두덩을 훔쳤다. 코를 풀었다. 이 그리움은 도대체 어디서 올까. 아무래도 알 길이 없었다. 알 길 없어 계속 달만 올려다봤다.

15

경심은 도서관 주차장에 차를 세우고 나왔다. 열람실로 들어가자마자 책상 위에 스케치북을 꺼내놨다. 그동안 참선에 정신이 팔려 평면도 그릴 생각은 엄두도 못 냈는데 이제는 어느 정도 적응이 되었다.

그려둔 게 벌써 열두 개나 되었다. 아담하고 단정하고 깔끔해 보였다. 대부분 잠자는 방과 ○○방의 위치에 따라 구조가 조금씩 달라 보였다. 이번에는 잠자는 방을 남쪽으로 해볼까 생각했다. 동쪽으로 했더니 ○○방이 서쪽을 향해 있어서 외진 느낌이 들었다. 잠자는 방은 남쪽 ○○방은 동쪽으로. 그녀는 가방에서 샤프 연필과 삼십 센티미터 자와 지우개를 꺼냈다. 잠자는 방에 혹시 침대를 놓을 수도 있으니까 가로세로 삼백오십 센티미터에 이백팔십 센티미터로 정해놨고, ○○방은 최소한으로 줄여서 가로 백팔십에 세로 백오십 센티미터로 할 생각이었다. 현관이 문제였다. 남쪽으로 하자니 잠자는 방과 너무 가까울 것 같았다.

잠자는 방부터 그려나갔다. 방 아래 남쪽에 먹는 방을 그려봤다. 이번에는 씻는 방의 위치가 잡히질 않았다. 책방은 언젠가부터 남서쪽으로 잡아놨는데, 이렇게 되면 그 방마저 위치를 바꿔야 할 상황이었다. 좀 더 고민해봐야겠다 싶었다. 그녀는 그렸던 것을 지웠다. 스케치북이며 연필과 자, 지우개를 책가방에 도로 집어넣고 라마나 마하르시의 책 『대담』을 꺼내었다.

그녀에게는 한 가지 소망이 있었다. 가야금을 배우기 시작할 때때부터 생겼다. 이것을 배워서 어디에 써먹을 수 있을까. 교습소에서 나오면서 자기에게 물어봤다. 탁발이란 단어가 떠올랐고 거리의 악사란 말이 뒤이어 생각났다. 버스킹busking, 말하며 환호했다.

악사 앞에 바구니가 떠올랐다. 동전들이 쨍그랑, 경쾌한 소리를 내며 바구니에 떨어지는 게 눈앞에 보이는 것 같았다. 그녀는 종종 가야금으로 이 풍진 세상을 만났으니 너의 할 일이 무엇이냐. 부귀와 영화를 누렸으면 희망이 족할까, 하는 '희망가'를 타곤 했다. 기초 때 배운 노래였다. 노래를 탈 때마다 버스킹하면서 살고 싶다 소망했다. 그렇게 살려면 집이 있어야 할 것 같았다. 세를 내지 않는 내 집이.

나 자신을 위한 삶만큼이나 타인을 위한 삶도 중요하다고 생각했다. 내가 '나'와의 소통을 원하듯이 타인과 소통하는 것도 원했다. 그녀는 가는귀먹은 노인들을 대할 때마다 절실하게 깨달았다.

라마나 마하르시는 끊임없이 '나는 누구인가' 물어라, 청했다. 나는 누구인가. 나는 누구인가. 그것만 안다면 본래의 나 즉 참 나를 알 수 있다고. 그녀는 얼굴 여기저기에 난 뾰루지를 만지작거리며 책을 읽었다. 요새 들어 뾰루지가 더 생겨났다. 귀찮아 일주일에 한두 번은 꼭 세수를 거르고 자는 게 원인일 거였다. 따로 메이크업을 안 하는 게 다행이라면 다행이었다. 현재중은 메이크업을 하지 않는 자기에게 처음에는 수수해서 보기 좋다더니 지금은 게으르다고 핀잔할 때가 많았다.

혹시 내 안에 어떤 변화가 생겼을까. 참선에 생각이 미쳤다. 명현 반응이란 말도 떠올랐다. 몸과 마음이 새로운 상황을 쉽게, 수월하게 받아들이기에 한 달은 결코 짧은 기간은 아닐 듯했다. 입으로 먹는 호흡이나 음식이 몸이나 마음에 전적으로 영향을 미치듯이 마음으로 먹는 의식과 무의식도 여러 방향으로 작용하는 것은 자명한 이치다. 그녀는 요즘 마음으로 먹은 것들이 무엇이 있었는지 헤아려봤다. 어린 소나무 일로 속상해한 것과 참선한다고 쭈그려 앉아 있는 일 말고는 걸리는 게 없었다. 그렇다면 몸으로 먹는 음식이 문제일까. 돼지고기나 쇠고기 닭고기는 언제 먹어봤는지 기억나지 않았다. 우유와 달걀은 빵 속에 이미 들어 있으니 먹을 수밖에 없었다. 김치에 든 젓갈이나 멸칫국물도 먹었다. 간혹 고등어무조림이나 오징어두루치기도 먹은 것 같았다. 직장에 다니지 않는다면 그것들을 먹지 않아도 되는데. 그런 것들을 먹는 이유가 자기의 욕망 때문이 아니라 순전히 여건 때문이라고 핑계를 대면서, 책에서 나와 대신 음식으로 들어가 하염없이 헤매고 다녔다.

밖으로 나오니 비가 뿌렸다. 몇 방울씩 떨어지는 빗방울을 맞으면서 그녀는 하늘을 올려다봤다. 달이 떠 있나 두리번거리다 참 비가 내리지, 깨닫곤 차 안으로 들어갔다.

집에 돌아오자마자 기혈 푸는 동작으로 참선을 시작했다. 오디오에 도이터의 '고리샹카르'를 틀어두고 자리에 앉았다.

머리에서 가슴으로 시선을 내리던 그녀는 난데없이 고등학교 교복을 입은 자신의 모습에 화들짝 놀랐다. 생각해보니 사진 속 얼굴이었다. 그녀는 입꼬리를 올리며 미소를 지었다. 사진 속 모습을 계속 훑어 내려갔다. 무릎 종아리 발등…… 손가락과 발가락들까지 편안한 마음으로 보아나갔다. 이런 상태로 간다면 단전으로 마음 모으는 것도 잘 되겠거니 했으나 소용없었다. 모으기는커녕 손으로 단전을 짚어 확인해야 했다.

겨우겨우 마치고 몸을 풀었다. 열두 시 이십팔 분이었다. 왜 집에서는 매번 집중이 어려울까. 당황스러울 정도로 신경이 분산될까. 집과 참선방의 기운이 다를까. 내 마음가짐이 다를까. 그녀는 여러 생각에 끄달렸다. 일정 괘도에 오르기 전까지는 혼자 참선하는 게 쉽지 않을 것 같았다. 스님이 스승과의 인연을 몇 번씩이나 강조한 게 이런 이유에서인지도 모르겠다는 생각이 문득 들었다.

16

"어제와 똑같이 해보세요. 기혈 푸는 동작 오 분, 요가 오 분, 몸 관찰 다섯 번, 그런 다음 음악이 끝날 때까지 단전에 시선을 모으는 거예요. 마친 다음에는 손바닥으로 팔과 다리를 훑어 내리면서 기 감을 느껴보세요."

당부하듯 말하는 스님에게 고개를 끄덕이면서 경심은 곧장 참선 방으로 들어갔다.

기혈 푸는 동작을 하려고 두 다리를 벌리고 섰다. 동작이 선뜻 나 오지 않았다. 몇 번 두 팔을 어깨까지 올리다 내리기를 되풀이했다. 감았던 눈을 떴다가 다시 감고 심호흡을 두어 번 했다.

마음이 수천수만 개로 산란했다. 형체도 소리도 없었다. 먼지보 다 가볍고 먼지보다 더 많은 이놈의 마음은 다 어디에서 오는가. 어 쩌자고 오는가. 와서는 꾸역꾸역 달라붙는가. 다른 놈들까지 달고 와 눌어붙어 떨어질 줄 모르는가. 이 마음들을 어떻게 떼어내야 하 는가. 어떻게 죽여야 하는가……

몸 관찰에 들어가면서부터는 더 허둥댔다. 정수리가 이마가 눈썹 이 보이지 않았다. 온통 부옇게 두루뭉술하게 어른거리기만 할 뿐 도무지 선명해지지 않았다. 마음들은 무리 지어 소용돌이를 일으키며 넓게 굳세게 자기 자리를 확장해나갔다. 그녀는 팔에서 손가락에서 종아리에서 허벅지에서 등짝에서, 넘어졌다가 일어나고 널브러졌다가 길을 잃고 헤매었다.

단전에 겨우 시선을 모았다. 구멍처럼 작은 점이 생겨나 시나브로 커졌다. 그녀는 반쯤 눈을 감고 앉아 그 점에 마음을 집중했다.

처음엔 졸리나 생각했다. 졸리는 것처럼 자꾸 몸이 균형을 잡지 못했다. 그럴 때마다 깜짝깜짝 놀라곤 했다. 다시 보니 분명 졸린 거와는 다른 느낌이었다. 무엇일까. 무엇 때문에 시달릴까. 이제는 집중할 때도 되지 않았나……

마음이 어수선해질수록 정신의 눈은 단전 주변에서 뱅뱅 돌았다. 마음도 모이면 좋겠는데 쉽지 않았다. 둘이 따로 노니 어지럽기만 했다. 그녀는 음악이 끝나고도 한참 동안, 초점이 맞지 않은 눈으로 방바닥을 내려다봤다. 오른손을 들어 왼팔 앞으로 가져갔다. 막막한 심정이란 이런 상태를 말하는 걸 거였다. 앞에 서서 이런저런 말을 하는 스님을 외면한 채 그녀는 굳은 얼굴로 몸을 풀고 방석을 제자리에 갖다 놨다.

놀라는 걸 걱정할 필요 없다고 스님이 말했다. 간혹 순간순간 깊이 빠져드는 때가 있는데 그럴 때 나오는 현상이고, 그 현상을 선정에 든다고 말하는 거라고 덧붙였다. 겨우 한 달 남짓 됐는데, 본 단계도 아닌네 신징에 들다니…… 스님은 왜 자꾸 좋은 쪽으로만 말하지. 그녀는 고개를 갸웃했다. 스님에게 인사를 하는 둥 마는 둥 밖으로 나왔다.

17

헐레벌떡 현관으로 뛰어들던 참이었다. 스님과 처음 보는 스님 한 분이 일 층에서 막 이 층 층계참으로 오르고 있었다. 산책하고 오는 길이라며 스님이 너부데데하면서도 버클레하게 생긴 스님을 소개했다. 그 스님이 합장했다. 옷자락 새로 물컹물컹할 것 같은 팔뚝 살이 보였다. 경심도 어색하게 두 손을 모으고 고개를 수그렸다.

"조금 이르긴 하지만……."

참선방으로 들어가 앉기도 전에 스님이 운을 뗐다.

"지금까지 한 것은 집에서 계속하고 오늘부터 소주천을 할 건데요."

스님이 A4용지에 사람 형상을 그렸다. 머리에서부터 회음 대추까지 돌아가며 백회 상단전 중단전 하단전 회음 미려 명문 대추 옥침, 다시 백회로 올라가며 명칭에 대해 설명했다.

"소주천은 해와 달의 기운을 받아 몸의 전면에 있는 임맥任脈과 몸의 후면에 있는 독맥督脈을 서로 통하게 하는 임독유통任督流通을 말하는 것인데, 쉽게 말해 몸의 기운을 생동하게 하는 것이죠. 소주천을 굴리면서 생명의 시작인 단전에서 허공으로, 진정한 기의 실체인 무의 상태로 돌아가는 거예요. 바로 우주의 큰 수레바퀴에 합일하여 영원불멸한 대우주 순환에 동참하는 것을 의미해요. 오른손 바닥은 하늘을 향해 펴고 왼손바닥은 무릎 위에 살며시 놓고 편안하게 앉아 백회혈에 안테나를 세워서 해와 달의 기운이 안테나로 뻗쳐 들어온다는 의념을 가지세요. 그 기운을 느끼면서 시디에서 나오는 목소리가 하라는 그곳에 마음을 고정하면 됩니다."

그 기나긴 말을 한 번도 더듬지 않고 해내는 스님이 너무도 신기했다. 그녀는 말의 내용을 파악할 생각도 하지 못하고 입을 벌린 채 스님을 바라다봤다.

나이가 지긋한 노파 한 분이 절룩거리며 참선방으로 들어섰다. 스님이 노인에게 소주천을 다시 설명했다. 조금 전보다는 쉽게, 예를 들어 임독유통이나 영원불멸, 대우주 순환 같은 말은 빼고, 백회혈이나 의념이란 말도 쓰지 않았다.

"수레바꾸? 발통 말이구먼…… 안떼나가 어디로 들어온다는 거여?"

노인이 물어왔다. 스님이 마저 대답하기도 전에 다른 걸 물었다. 스님의 설명은 헛바퀴 돌 듯 몇 번이나 되풀이 돌았다.

"요 처자는 시집도 안 갔나벼. 이 늦은 저녁까장 절에 있는 걸 봉게 이. 어디 살아요?"

언짢아도 내색하지 못하고 있는데 얼토당토않은 걸 물어왔다. 옆으로 바짝 다가앉으며 어깨를 툭 쳤다. 지금 스님이 중요한 걸 말씀하신다며 핀잔해도 알아들었는지 못 알아들었는지 계속 딴소리였다.

빙긋 웃으며 스님이 소주천 시디를 오디오에 넣고 플레이를 눌렀다.

처음에는 소리가 들리는 대로 잘 되는 듯했다. 반복할수록 그녀는 경락점을 자꾸 놓쳤다. 미려인데 아직도 회음에 머물러 있거나 대추인데 어느새 옥침에 가 있거나, 아예 소리를 듣지 못한 채 허둥 대거나 소리 자체를 잊어버리고 자기 생각에 빠져 있을 때도 허다 했다.

스님이 소주천 시디를 껐다. 눈을 뜨라고 했다. 버클레한 스님은 나가고 없고 노인이 두 다리를 쭉 뻗은 채 아이고 죽겠어. 못허겠어, 하면서 한숨을 쉬어댔다. 이 젊은이는 잘허네, 했다. 스님도 체질이 여. 장단을 맞추었다. 모두가 속도 모르고 하는 소리였다. 스님이야 훤히 들여다보고 있겠지. 당신도 지나온 과정이지 않은가. 그녀는 무겁게 처지는 마음으로 참선방에서 나왔다.

소주천은 갑자기 맞이한 게 아닐까. 그녀는 생각했다. 아까 스님 도 조금 이른 감이 있다고 말했다. 그렇다면 내가 가는 길이 바를 수 있을까, 생각하다 에고, 그 노인한테 조금 미안하네. 그럴 수도 있는 데, 하는 데 생각에 미쳤다. 내일부터는 조신하게 있어야지. 나도 늙 으면 마찬가질 텐데. 못 알아들으니까 그럴 수도 있잖아. 한데 안 오 시면 어쩌지? 하는 걱정이 생겨났다. 우체국에 오는 어른 손님들이 떠올랐다. 둔하고 모나고 그러면서도 고집만 부리는 분들……. 노 인이 먼저 나가면서 그랬다. 할 수 있으면 오고 그렇잖으면 소양 없 지, 뭐.

이도 저도 모두 부질없는 짓이다. 빨리 가면 체할 테고 천천히 가 면 지루할 테지. 노인과도 연이 닿는다면 닿는 데까지 함께 하는 거 고, 그럴 연이 아니라면 못 만나겠지. 그녀는 피곤함을 누르고 도서관으로 차를 몰았다.

책방은 역시 동북쪽이 가장 나아 보였다. 그려놓고 보니 십사 평이 넘어갔다. 그녀는 서쪽으로 그려두었던 먹는 방 한쪽을 지우개로 지우고 이 센티미터를 안으로 줄여서 다시 그려봤다. 모양새는 한결 좋아졌으나 아쉬웠다. 뭘까…… 곰곰이 다시 살폈다. 공간과 공간 사이의 소통이 원활하지 못해 보였다. 모양새는 좋은데 소통은 원활하지 않아 보인다? 그녀는 이 부분에서 고개를 갸우뚱했다. 왜 그럴까. 아무리 머리를 짜내도 풀리지 않았다. 시간은 자꾸 흐르고, 나중에는 졸리기까지 했다. 그녀는 휴, 한숨을 쉬었다. 스케치북과 나머지 것을 책가방에 집어넣었다. 자리에서 일어났다.

18

"선선해서 문을 열어뒀나. 어머, 오늘은 집배원 아저씨도 계시네?"

최순지 여사였다. 오른쪽 팔을 쑥 내밀어 문 여는 시늉을 하며 안으로 들어왔다. 지성미가 안녕하세요? 인사했으나 받는 둥 마는 둥 곧장 집배원 고동식 씨 옆으로 가 앉았다.

"난 아저씨만 보면 지금도 가슴이 뛴다니까."

그 말에 고동식 씨 얼굴이 벌게졌다. 지성미도 눈을 똥그랗게 뜨고 고동식 씨와 최 여사를 번갈아 봤다.

"경심 씨, 연애편지 써 봤니?"

생각지도 못한 걸 최 여사가 물어왔다. 기억에서도 싹 지우고 만

것이었다.

"그딴 건 왜 써요?"

경심은 거의 화난 듯한 목소리로 대꾸하고 말았다. 연애편지라는 말만 들었는데도 이상하게 속이 쓰렸다. 나 참, 가슴은 왜 이기적이지 못할까. 가슴팍을 지그시 눌렀다.

"어머나, 다른 사람은 몰라도 경심 씬 수도 없이 써 봤을 것 같은데. 받은 편지들이 마음에 안 들었던 모양이구나. 성미 씬 써 봤니?"

"저야 뭐, 몇 번 써봤죠."

"이메일인지 뭔지 하는 거 말고 손 글씨로 쓴 편지 말야. 뭐 성미 씨야 남자들한테 인기가 별로 없었을 것 같긴 하다만."

지성미가 몇 번 써 봤다고 대답한 건, 말투로 보아 몇몇 남자애들에게 써봤다는 걸 의미하는 것 같았다. 최 여사가 모르는 척 딴청을 피웠다. 아니나 다를까, 지성미가 어이없어하는 표정으로 일어나더니 화장실로 쌩 들어가 버렸다. 최 여사가 잠깐 짓궂은 표정으로 웃고는 고동식 씨에게도 똑같이 물어봤다.

그녀는 고동식 씨의 대답이 궁금했다. 최 여사의 가슴을 지금도 뛰게 만드는 그는 얼마나 멋진 편지를 썼을까.

"솔직히 연애편지는 한 번도 안 써봤고, 난 그런 놈들이 이상했으니까. 어쨌든 배달은 수도 없이 했네. 그중에 최 여사 편지를 신명찬한테 배달한 게 아마, 내가 배달했던 연애편지 중에서 반 이상은 될 걸. 지성이면 감천이라더니, 다 내 덕인 줄 아나 몰라. 한데 말이오, 최 여사. 신명찬이 최 여사한테 답장한 편지는, 글쎄, 두어 번도 안 되는 것 같아…… 아닌가, 몇 번 더 있었나."

오랜만에 해후한 고동식 씨에게서 생각지도 않게 한 방 먹은 최 여사가 화장실에서 막 나오는 지성미에게 다짜고짜 신경질을 부렸다. 삿대질까지 했다.

"얘, 에어컨은 아껴서 뭐 하니? 아이 더워…… 오십만 원 찾아서 우리 아들한테 보내줘. 자, 여기 계좌번호."

지성미가 통장과 도장을 받는 것도 잊어버리고 서서, 씨근거리는 최 여사와 허허, 웃으면서 나가는 고동식 씨를 멀뚱멀뚱 쳐다봤다.

최 여사는 노랗게 물들여 허리까지 닿게 하고 다니는 지성미의 머리카락에 대해, 알록달록 매니큐어 칠한 긴 손톱에 대해, 뾰족한 구두코와 높고 날씬한 구두 굽에 대해 예민하게 반응했다. 아무리 머리카락을 길러도 지성미처럼 늘어뜨리고 다니기에는 초라해 보일 나이였다. 재배사에서 버섯을 따느라 손톱에 바른 매니큐어도 이틀이 가지 못해 벗겨지고, 몇십만 원씩이나 주고 샀다며 신고 와 자랑해도 오자로 휘어진 다리로 인해 새 구두는 몇만 원짜리로밖에 보이지 않았다. 그녀도 물론 최 여사의 반응에 격하게 공감했다. 이십 대의 젊음과 미모를 가진 지성미에게서 자기도 가끔 샘과 질투를 느꼈다.

"이그, 저 아줌마는 왜 꼭 나한테만 지랄하는 거야?"

최 여사도 집배원 고동식 씨도 가고 없는 조용한 공간에서 지성미의 목소리가 쩌렁쩌렁 울렸다.

"근데 이상하네. 요새는 왜 우리 아들이 S대생인데, 안 하지? 한

참 된 것 같지 않아요, 언니?"

"졸업했나 보지."

그녀는 지성미가 아직도 삐져 있는 모양이라고, 그래서 저렇게 흉을 보기 시작하는 거라고 짐작했다.

"그런가. 한데 언니, 그 아줌마 아들이 정말 서울대생일까요?"

지성미가 정말로 궁금하다는 표정으로 물어왔다.

"S대생이랬지, 서울대생이라 그랬어?"

"S대면 서울대를 말하겠지, 설마."

"인마, 그냥 들은 그대로 받아들여. 최 여사 아들이 서울대에 다니든 서울에 있는 대학에 다니든 너하고 무슨 상관있는데? 아니다, 앞일은 아무도 모르지."

"서울에 있는 대학? 맞아, 맞아. 어머, 언니 진짜 머리 잘 돌아간다. 그 아줌마라면 그렇게 말하고도 남을 사람이잖아요."

"야 지성미. 아무튼 최순지 여사는 자기 아들이 S대생이랬어."

"보나 마나 뻔해요. 아들이 서울에 있는 회사에 취직하면 그럴걸요. 우리 아들이 S그룹 다니는데, 어쩌고저쩌고 하하하. 참, 근데 그 아줌마는 왜 꼭 언니만 붙들고 말하죠? 커피는 내가 뽑아다 주는데. 솔직히 어느 땐 눈꼴시거든요. 일도 나한테만 맡기잖아요."

"니가 돈 관리하잖아. 편지를 보낸 적 있어, 택배 보낸 적 있어? 종이 만지는 나한테 최 여사가 무슨 볼일이 있겠냐고."

"아냐, 언니. S대생 아들한테 택배를 보내려고 와도 꼭 없을 때 와요. 언니를 편하게 해주려고 그러는 것 같은 생각이 들 때가 한두 번 아니거든요. 사실 언니가 뭐 그렇게 고분고분 상냥한데요. 다른 사람들한테보다 그 아줌마한테는 더 퉁명스럽게 굴 때가 많더만."

지성미가 계속 투덜거리는 것을 받아준다면 오늘도 제시간에 끝나기는 틀린 것 같았다. 그녀는 아직도 쓰라린 가슴을 어찌하지 못하고 밖으로 나왔다.

연애편지. 오른손 가운뎃손가락 안쪽에 굳은살이 박이도록 써 보낸 편지. 가수가 되고 싶고, 시인이 되고 싶고, 새가 되어 훨훨 날고 싶었던 사춘기의 푸른 꿈도 편지들과 함께 날아가 버렸다. 편지지 한 장을 채우기 위해 밤 내 뒤척이던 날들은 다시 오지 않을 것이다. 어느 놈에게 온밤을 싹둑싹둑 잘라 편지 속에 넣어 보냈는지, 보냈어도 답장 한 자 보내오지 않은 놈이 누구였는지, "야, 번거롭게 무슨 종이 편지야. 할 말 있으면 다음부턴 이메일로 보내라" 문자로 답을 보내온 놈이 누구였는지 이제는 기억에도 없으나 그 시절이 우체국으로 불렸다. 누군가의 손편지를 대신 전해주고 싶은 소망으로 이 문을 두드렸으므로.

한데 지금 무슨 짓을 하고 있지. 공과금고지서나 보험증서나 택배 종이나 만지면서 소리소리 지르고 있는 신세라니. 졸업하자마자 왔으니 십이 년인가. 십이 년 동안이나 이 짓을 하고 있단 말이지. 그녀는 철 지난 소망을 전송하는 심정으로 하늘을 올려다봤다. 땡볕이 내리쬐는 우체국 건물을 째려봤다.

19

절 앞에 주차하고 계단을 오르는데 노인이 절뚝절뚝 먼저 오르고 있었다. 며칠 오지 않아 걱정하던 참이었다. 경심은 내심 고맙고 반가워 노인을 모시고 법당으로 올라갔다. 함께 절하고 이 층으로 들어갔다.

젊은 남자 하나가 스님 자리에 앉아 있었다. 그러잖아도 오후에 스님 전화를 받았다. 늦을 것 같다고. 남자 한 명이 와 있을 테니 설명 잘해주고 함께 참선하라고. 그 사람인가 보았다.

여덟 시가 되자 그녀는 참선방으로 들어갔다. 남자에게 앉는 자세를 일러주고 소주천에 대해 간단히 설명했다.

"지금 할 게 소주천이라는 건데요. 먼저 경락점들을 가르쳐드릴게요. 여기 하단전부터 시작을 하더라구요경락점을 손으로 짚어가며. 하단전회음은 말하기 곤란해 통과 미려 명문 대추 옥침 백회, 이런 순서로 계속 반복해서 마음으로 봐요. 경락점은 중국말로 하는데 아마 그런대로 알아들으실 거예요. 다른 것들은 여기서 말하는 대로 따라서 하시면 되구요. 자, 시작할게요."

소주천을 틀고 자리에 가 앉았다.

깜짝깜짝 놀라는 정도가 더 빈번해졌다. 조는 게 아닌가 의심이 들 지경이었다. 경락점을 따라가는 것도 여느 날보다 한결 수월했다. 기가 흐르는 통로를 짐작이나 할 수 있을까만 아니 경락점을 제대로 짚는지조차 알 수 없으나 무엇보다 의식만은 또렷했다. 더 잘

해보겠다는 욕심도 생겼다. 무엇이든 욕심을 내서는 안 되는 줄 알면서도 무의식 속에 그런 씨앗이 자라고 있으니 저절로 생겨났다.

너무 지루해하지 않으려나. 그만 음악을 끌까. 그녀는 시계를 봤다. 아홉 시가 지나고 있었다. 언제 왔는지 스님이 버클레한 스님과 함께 가부좌를 틀고 참선에 들어 있었다. 그녀는 다시 눈을 감았다. 좀 더 편안한 마음으로 경락점을 응시해나갔다.

"자, 눈을 뜨세요."

스님이 음악을 끄고 앞에 앉았다.

"두 손을 비벼서 뜨거워지면 얼굴을 아래위로 두 번 쓰다듬고 다시 손을 비벼서 머리를 쓸어 넘기고 귀도 만지고…… 어때요, 여러 사람이 하니까 더 잘 느껴지지 않아요?"

아, 그렇구나. 감탄하며 그녀는 고개를 끄덕끄덕했다. 왜 수월했는지 왜 의식이 또렷했었는지 비로소 알게 되었다. 야, 구경심이란 모래알도 얼마 지나지 않아 진흙으로 부서지겠구나…… 얼토당토 않은 생각에 피식 웃었다.

"소주천 대주천만 완벽하게 해도 기혈이 뚫려 온몸에 소통이 활발해져요. 몸도 아프지 않고 힘도 강해지고 이렇게 기혈을 뚫고 나야 참선을 시작할 수 있어요. 그만큼 이 소주천 굴리는 게 참선으로 가는 중요한 다리죠. 무작정 쭈그리고 앉아서 이 뭐꼬, 이 뭐꼬 해봐야 아무 소용 없다니까요."

스님이 말했다. 더듬지 않았다. 나약하지도 않았다. 활달하고 자신 있는 목소리에 그녀는 공연히 기분이 좋아졌다. 스님 말에도 백

번 동의했다. 모든 생명의 근원은 우주라고 들었다. 우주의 기운이 한 곳으로 뭉친 게 각각의 생명체라면 사람도 마찬가지리라. 우주의 기운이 내게로 모여 움직이다, 다시 우주 속으로 흩어질 테니.

장자, 최치원, 김시습, 조광조, 서경덕, 최한기…… 본 적도 없는 사람의 이름들이 날아들었다. 현재중, 고현실, 지성미, 우체국장, 집배원 고동식 씨, 소나무들, 엄마, 아버지, 언니, 동생, 올케…… 석가모니 부처님, 관세음보살, 비로자나불, 문수보살, 보현보살, 세심사, 스님, 공양주 보살, 할머니…… 아는 사람 모르는 보살 할 것 없이 한꺼번에 머릿속을 비집고 들어왔다. 콕콕 자리를 잡고 앉았다. 그러고도 머릿속은 터무니없이 넓은 공간이 빈 채로 남았다. 어찌나 드넓은지 다 헤아릴 수 없었다. 지금까지 그녀는 자기 머릿속이 좁은지 넓은지 생각해본 적 없었다. 머릿속에도 공간이 있다는 사실을 아예 인식하지 못하고 살아왔다.

모두가 기운이라는 말에서 비롯됐다는 사실을 깨달았다. 이것은 자기가 어떤 기운을 쓰느냐에 따라 세상이 달리 보인다는 것을 의미하는 게 분명했다. 그녀는 주차장으로 내려왔다. 차에 시동을 걸었다. 주차장을 벗어나 교차로에서 신호를 기다렸다. 좌회전했다. 집과는 다른 방향이었다. 금세 다른 기운이 몸을 관통했다. 서늘하고 설레고 두근거리고…… 소름이 돋았다. 관심의 방향에 따라 몸과 마음도 이렇게 달라지는구나. 이대로 가면 내 삶은 어떻게 달라질까. 얼마나 다르게 살게 될까. 당장 우체국에서 왜 출근 안 하느냐는 연락이 오겠지. 현재중이 찾을까. 세심사에서는 그러려니, 하고 말까. 나와 함께 사는 집은, 솔숲의 소나무들은…….

두려움을 밀쳐내기라도 하듯 계속 차를 몰았다. 시가지를 벗어났다. 고속도로로 진입한 뒤에도 몇 개의 나들목을 지나쳤다. 기름이 달랑달랑해졌다. 그녀는 처음 만나는 휴게소로 들어갔다. 주유소에 차를 세웠다.

"얼마나 넣을까예?"

억양이 다른 말소리에 그녀는 화들짝 놀랐다. 길게 한숨을 내쉬었다. 그제야 자기가 기운이란 것에 끌려다닌 사실을 깨달았다. 주도적으로 이끈 게 아니라 끌려다녔다는 것을.

20

머리, 두 눈, 코, 양쪽 광대뼈, 양 귀, 입술, 턱, 목, 가슴…… 경심은 몸을 관찰해나갔다. 반복할수록 눈물이 났다. 발가락 발등 발목 종아리 무릎 허벅지…… 눈물이 그치지 않았다. 스님이 보시면 어떡해, 걱정하면서도 허리 등짝 어깨 목 뒤통수 정수리로 옮겨갈수록 콧물까지 흘렀다. 그만…… 그런 건 신경 쓰지 않아도 돼. 문득 어디선가 들려왔다. 가만 들어보니 자기 목소리였다. 세상에서 가장 편안하고 고요하게 다독이는 소리.

소주천까지 마치고 눈을 떴다. 몸을 풀려는데 다리가 저리고 오른쪽 무릎이 아파 한참 동안 움직일 수 없었다. 반대로 마음은 하염없이 나른하고 평화로웠다. 왜 눈물을 흘렸을까. 그녀는 궁금했다.

참선이 끝나도록 궁금했다. 주차장으로 내려오면서 생각해봐도 알 수 없었다.

그녀는 도서관 주차장에 차를 세우고 열람실로 들어갔다. 칸막이 책상 앞에 앉아 스케치북과 연필과 지우개, 삼십 센티미터 자를 꺼내었다.

잠 방을 서쪽으로 해놨더니 여름에는 덥고 겨울에는 추울 텐데, 하는 걱정이 들었다. 십사 평으로 얼마나 효율적인 집을 지을 수 있을까. 조금 더 넓게 하면 좋을 텐데. 그런 희망이 없지는 않았다. 돈이 들고 안 들고를 떠나 너무 초라하고 비좁지 않을까 하는 걱정에서였다. 그녀는 고개를 흔들었다. 최소한의 공간, 최소한의 살림살이면 충분했다. 자기에게 필요한 것은 오직 최소한의 고독이었다.

더 작은집이면 좋겠다 싶을 때가 많았다. 십사 평 안에도 어려운데 그보다 작은 곳에 ○○방, 잠 방, 먹 방, 씻는 방, 책방, 드나드는 방까지 모두 다섯 공간을 만들기에는 어림없었다. 먹는 방과 책방이야 한 공간으로 해도 상관없으나 독립된 공간으로 만들면 더 좋을 것 같았다. 머리가 지끈거렸다. 그녀는 손가락 끝으로 머리통 여기저기를 톡톡톡 두드린 뒤 스케치북 등을 가방에 넣고 라마나 마하르시의 『대담』을 꺼내었다.

"나는 몸이다'라는 그릇된 앎이 모든 불행의 원인입니다. 이 그릇된 앎이 사라져야 합니다. 그것이 깨달음입니다. 깨달음은 새로운 어떤 것을 얻는 것도 아니고, 새로 생겨난 능력도 아닙니다. 그것은 모든 위장물을 제거해버리는 것일 뿐입니다."

신수의 게송이었던가. 몸은 보리의 나무요 마음은 밝은 거울 같나니 부지런히 갈고 닦아서 때가 끼지 않게 하라는. 그렇다면 먼지는 위장물일까 몸일까 그릇된 앎일까. 알아들을 듯, 못 알아들을 듯 부옜다. 그녀는 라마나 마하르시의 말들과 신수의 게송을 노트에 몇 번이고 옮겨 적었다.

아까 말이야. 혹시 나를 알지 못해 눈물을 흘렸을까. 콧물을 흘리고 나면 나라는 게 무엇인지 알 것이라 기대했을까. 에이, 말도 안 돼. 그녀는 씩 웃었다. 책을 덮었다. 한데 나는 왜 끄떡만 하면 눈물을 흘릴까. 화가 나도 눈물, 속상해도 눈물, 아파도 눈물, 억울해도 눈물, 기뻐도 눈물, 슬퍼도 눈물, 반가워도 눈물, 핀잔을 들어도 눈물…… 나약해서인지도 모른다고 그녀는 생각했다. 세상을 고해로 받아들이는지도 모르겠다고 생각하며 도서관을 나왔다.

그새 소나기가 지나간 모양이었다. 느티나무 이파리에 빗방울이 매달려 있었다. 가로등 빛에 초롱초롱 빛났다. 눈물방울 같았다.

21

일요일 저녁이었다. 솔숲에 다녀오는 길이었다. 현관문을 열자 현재중이 침대에서 발딱 일어났다. 금방이라도 달려들 듯이 쳐다보더니 돌아섰다. 다짜고짜 가야금을 안겨줬다.

"지금부터 넌 황진이고 난 서화담이야. 넌 가야금이 아닌 거문고를 타는 거고, 너는 지금 줄이 있는 거문고를 타겠지만 난 줄이 없는 거문고 소리를 들을 거야. 자, 시작해."

전에 없던 일이라 경심은 눈만 끔벅거렸다. 만일 가야금을 탄다면 아래층 사람이 쫓아올 수도 있을 시간이었다. 난감했지만 오랜만에 그에게 가야금 소리를 들려주는 것도 나쁘진 않을 것 같았다. 그녀는 추리닝 차림 그대로 방바닥에 앉았다. 가야금을 무릎에 올렸다.

싸랭 당 지이 치링 지칭…….

다스름을 먼저 탔다. 김죽파 선생은 이 곡조를 '당케당케'하게 타라 이르고 있었다. '당케당케'가 무슨 뜻일까. 탈 때마다 궁금했다. 당차게라는 뜻일까. 사전을 찾아보고서야 덩케덩케의 약한 말이란 걸 알았다. 끈끈한 액체가 엉겨 흐르듯이. 고로 걸쭉한 진흙탕물이 흐르는 것처럼.

쪼찌 잉 지이 땅 따앙…….

그녀는 마지막 '따앙'을, 선생이 이르는 대로 짠듯짠듯 농현하려고 애썼다. 이 생각 저 생각을 넘나드는 바람에 찰랑거리기는커녕 뻣뻣하고 드센 소리가 났다. 한 번 삐끗하자, 뒤로 갈수록 정도가 심해졌다. 소리를 놓아주고 싶었다. 뻣뻣해지는 소리를 풀어주고 싶었다. 연주를 중단하자, 그가 손가락을 입술에 갖다 댔다. 계속하라고 눈짓했다.

전에도 언젠가 이런 적이 있었다. 오륙 개월 전쯤이었을까. 우정청 홈피에서 같은 과 동창인 현재중의 이름을 발견했다. 자기가 속한 지역우정청에 근무하고 있었다. 그녀는 곧바로 그에게 전화를 걸었다. 본부에 있다가 내려온 지 두어 달 됐다고 했다. 승진시험을 준비하고 있는데 이쪽이 좀 한산할 것 같아서 자원했다고 했다.

퇴근하고 만났다. 두 사람은 부어라 마셔라, 술로 반가움을 표현했다. 기껏해야 소주 네댓 잔에 취해버린 그녀는 그 앞에서 횡설수설했고, 걸음을 제대로 걷지 못했고, 결국엔 그의 어깨에 기대어 집으로 와 침대에 널브러졌다.

이게 뭐야? 가야금? 거문고? 그가 물었다. 야, 넌 것두 모르냐, 가야금이잖어, 가야금. 그녀는 비칠비칠 일어나서는 한쪽 벽에 세워둔 가야금을 끌어안고 방바닥에 주저앉았다.

다스름을 탔다. 산조를 시작하면서 그녀는, 넌 지금부터 서화담 해. 나? 당근 황진이지. 사실 거문고보다 이 가야금 소리가 더 간드러지거든. 죽여준다니까, 말했을 것이다. 기나길기만 한 진양조를 휘뚜루마뚜루 타고 있을 때였다. 초인종이 울렸다. 그녀는 그가 아래층 사람과 함께 가야금을 빼앗을 때까지 계속해서 줄을 뜯어댔다.

그녀는 오늘 취하지 않았다. 눈을 감고 앉아 감상하는 그도 말짱해 보였다.

"오늘은 말이지, 기혈순환이 잘 안 돼. 소리가 자꾸 밑으로 처진다고 그만한다."

연주를 중단했다.

"자냐……? 무슨 일 있어?"

"네가 황진인지 모르지만 아무래도 난 서화담은 아닌 것 같다."

그가 비로소 눈을 뜨며 툭 뱉었다. 어딘지 모르게 실망스러워하는 표정이었다.

미안한 마음에 그녀는 가야금 줄 하나를 퉁겼다. 겨우 일주일에 한 번 정도 연습하는 실력으로 듣는 사람에게서 감동을 자아낸다는 것은 터무니없는 욕심일 터였다. 이런 실력으로 버스킹을 꿈꾸다니.

"너 혹시 내가 참선한다고 해서 가야금 소리가 전보다 더 그윽해졌다거나 편안하게 들릴까 봐 타라고 한 거 아냐? 한데 어쩌냐, 난 아직도 요 모양인데. 탁발하려면 아직도 멀었다 이 말이야. 하지만 말이지. 눈에 보이는 게 다는 아냐. 눈에 보이는 것은, 보이지 않는 것에 백 분 천 분의 일 아니 만 분의 일도 안 될 거야. 너 기氣라는 말 들어봤지. 기운이나 기분, 기력 같은 거. 그게 다 보이지 않는 거잖냐. 이 기가 없으면 우리는 한순간도 살 수 없어요. 난 말이지, 기라는 걸 알고 싶어. 기를 알면 '나'가 무엇으로 이루어졌는지 알 수 있을 것 같거든. 단지 그것뿐이야."

말이 길어지면 요점이 흐려지고 마는 게 병이었다. 그녀는 미안한 마음에 그를 쳐다봤다. 그도 이편을 바라다봤다. 아무런 말도 없이 책상다리하고 앉은 다리에 두 손을 쑤셔 넣었다. 부연 설명이 필요한 모양이었다.

"너, 요즘 사람들이 왜 텔레비전이나 영화나 만화에 빠져 있는지 생각해본 적 있냐?"

"그야 보고 있으면 재밌잖아. 실감 나기도 하고, 스트레스까지 날려주고."

곧바로, 마치 기다리고 있었다는 듯 그가 대답했다.

"난 그렇게 생각하지 않아. 아마도 눈에 보이는 것만 믿기 때문에 그럴 거라고 봐. 적어도 전기수가 있던 시절에는, 아니 라디오를 곁에 두던 시절만 하더라도 사람들은 소리를 믿었거든. 고로 보이지 않는 것도 믿으며 살았다는 거지…… 넌 돈을 어떻게 생각해?"

"생뚱맞게 돈은 왜? 돈은 돈이지 뭐. 뭐든 살 수 있는 거 아냐."

"글쎄, 물론 무엇이든 살 수 있지만 보이지 않는 것은 아무것도 살 수 없어. 깊은 잠을 살 수도 없고 행복도 살 수 없고 사랑도 마찬가지고 다 보이지 않는 것들이잖아. 매개체는 될지 몰라도 살 수는 없다고. 한데 말이지, 아까도 말했지. 요즘 사람들은 보이는 것만 쫓아가고 있어. 난 그게 돈 때문이라 생각해. 돈을 보이는 것으로 오해하기 때문이라고 말이지. 돈은 매개체일 뿐인데도 종교로까지 숭배하고 있잖아. 종교가 마치 절이나 교회에 있는 것으로 착각하듯이 말이야. 텔레비전에서 전하는 뉴스도 난 소식이 아니라 드라마로 봐. 대개 각색한 거잖아. 시청률 즉 사람들이 제대로 보느냐가 아니라 얼마나 많이 보느냐를 따져서 편집하기 때문에. 다시 말해서 소식도 돈으로 보기 때문에 재미있거나 신기하지 않으면 채널을 돌려버리거든. 근데 말이지……."

"야야, 그만하고 언제 갈 거야?"

그가 책상다리를 풀고 일어나 엉거주춤 침대에 걸터앉으며 물었다.

"어딜?"

"이것 봐라, 휴가 가기로 했잖아."

"아, 맞다. 제주도 가기로 했지."

"비행기 표 사려면 서로 날짜를 맞춰야 할 거 아냐."

그녀는 핸드폰을 찾아들었다. 날짜를 헤아려봤다. 웬만해서는 간소하고 단순하게 살려는 게 그녀의 목표다. 퇴근하면 대개 세심사에 가 참선하고 도서관에 틀어박혀 평면도를 그린다. 현재중 말고는 딱히 만나는 사람도 없다.

"지성미는 다녀왔고 국장님은 다음 달로 잡아놓으셨어. 난 아무 때나 좋으니까 너 좋은 날로 정해. 아, 우리 비행기 타지 말고 배 타고 갈까? 고등학교 때 배 타고 갔었는데, 멀미를 좀 했어도 되게 재밌었거든."

그가 빤히 쳐다봤다. 시무룩하거나 시큰둥한 표정은 사라지고 뭔가 낚았다는 흡족한 표정으로 돌변했다.

왜 저러지? 답을 미처 찾기도 전에 그녀는 침대로 발라당 넘어졌다. 어, 어? 하는 사이에 웃옷이 들쳐졌다.

"배 타려면 지금 타지, 그때까지 뭐 하러 기다리냐?"

"나쁜 놈."

그를 밀쳤다. 몇 번을 밀어도 꿈쩍하지 않았다. 하는 수 없이 그녀는 그를 살그머니 안았다.

"난 아무래도 서화담은 아니라니까. 실은 아까 네가 문 열고 들어왔을 때 확 끌어안고 싶었어. 한편에서는 참고 싶기도 했지. 그래서 가야금을 타라고 한 거야. 내 딴에는, 널 왜 안고 싶어 하고 있는지 알아보고 싶어서…… 그래, 네 말대로 기운이야. 내게는 너를 안고 싶은 기운이 더 충만한 거야."

별 뜻 없이 말했을지라도 배를 탄다는 그 말은 곱게 들리지 않았다. 능글맞고 기름진 얼굴을 한 중년 남자가 떠올랐다. 물수건으로 얼굴이며 목을 닦아내는 아저씨. 이쑤시개로 이빨 새를 쑤시며 식당을 나오는 아저씨. 불룩 튀어나온 배가 감당이 안 돼 호크를 채우지도 못하고 다니는 아저씨. 미니스커트 입은 아가씨 다리에 탐욕스럽게 눈길을 붙박은 아저씨…… 벨트가 배 밑에 간당간당 걸쳐져 금방이라도 바지가 흘러내릴 듯한 그의 모습을 상상하자니 우울해졌다. 눈물마저 솟구쳤다.

"현재중. 있잖아, 그런 말을 어디서 배웠는지는 모르지만…… 네가 아저씨가 돼 가는 것 같아서 슬프단 말야."

그녀는 일부러 커다랗게 말했다. 그의 코를 사정없이 비틀었다.

22

일어나자마자 발코니로 나갔다. 문을 마저 열기도 전에 집 안으로 바람이 쑥 들어왔다. 비로 다 쏟아지지 못한 잿빛 구름이 바람에 이리로 저리로 휩쓸려 다니다 먼 산등성이에 검은 그림자를 드리웠다.

오늘따라 소나무들 모습이 한결 선명하고 청청했다. 나가볼까. 어제 너무 늦게 잤으니까 조금 더 자자. 휴일이잖아. 안에서 실랑이를 시작했다. 비가 자주 온다는데, 이렇게 비가 오지 않으니 얼마나 다행이야. 나무들이 잘 있나 궁금하지도 않아? 궁금하긴 하지. 이십여 분을 버티다 경심은 옷을 갈아입었다.

발바닥이 아팠다. 새벽부터 아픈 건 처음이었다. 그녀는 바람 부는 학교 운동장을 돌아 솔숲으로 갔다. 벤치에 앉아 신발을 벗고 주먹으로 발바닥을 쳤다. 엄지손가락으로 용천혈을 꾹꾹 누른 다음 양말을 신고 다시 신발을 신었다.

소나무마다 둥치 한쪽이 빗물에 젖어 거무죽죽했다. 가지들이 바람에 굼실거리고 솔바람 소리가 귓속을 파고들었다. 첫 번째 나무를 그러안았다. 코를 벌름거렸으나 아무 냄새도 나지 않았다. 그녀는 빗물을 머금은 옹이를 가만히 쓰다듬었다. 옹이에는 무엇이 들어 있을까. 꿈, 한, 희망, 절망, 사랑? 옹이가 터지는 날 이 나무는 다시 태어날지도 몰라. 매끈하고 향긋한 냄새를 풍기면서…… 생각하며 포옹을 풀었다.

두 번째 나무에서도 냄새가 나지 않았다. 세 번째도 네 번째, 다섯 번째도 그랬다. 여섯 번째 나무는 "내가 어린 소나무를 키웠다고? 언제?" 하는 표정으로 쌩동쌩동 가지를 흔들었다. 서른 번째 나무를 안을 때에야 비릿한 냄새가 희미하게 났다. 까닭도 없이 마음이 짠했다. 그녀는 나무들을 물끄러미 쳐다봤다. 몇 번이고 쳐다보며 운동장으로 내려섰다.

참선방에 앉았어도 발바닥 통증은 여전했다. 주무르고 두드려도 마찬가지였다. 그녀는 문득 용천혈이 뚫리려고 준비하나, 생각하다

웃고 말했다.

"잘 되오? 난 도무지 잡생각 때문에 못허겄어."

참선이 끝나자마자 노인이 말했다.

"생각들은 그냥 무시해버리세요. 생각 없는 사람이 어딨겠어요."

스님이 대답했다.

그녀도 수천수만 가지 생각들이 길을 막아서는 바람에 기공사가 가리키는 경락점을 따라가기가 너무도 어렵고 버거웠었다.

발바닥 아픈 거에 비하면 다리는 그다지 저리지 않았다. 왜 이토록 다르지, 고민하다 그녀는 생리통에 생각이 미쳤다. 첫째 날과 둘째 날에는 허리가 끊어질 듯하고 아랫배가 쑥 빠져 내려갈 듯이 고통스러운데, 사흘째가 되었으니 통증이 약간 가라앉은 상태였다. 다리에도 무리가 덜 가겠구나 싶었다. 한데 왜 발바닥은 계속 아플까. 선뜻 이해가 안 되었다. 삼라만상이 모두 다 연결되어 있다고 하던데 하물며 사람의 몸이야 오죽하겠는가 싶기는 했다. 몸속 어디든 마음이 들어 있지 않은 데가 있을까? 하는 생각도 들었다.

"내일은 본절에 다녀와야 해서 늦어요. 할머니와 둘이서 해야겠어요."

백중날 행사 때문이라고 덧붙이며 스님이 맞이방으로 나갔다.

노인이 스님 앞에 앉으며 주머니에서 봉투 몇 개를 꺼내었다. 백중날 행사에 참여하는 사람의 시줏돈을 대신 가져왔다고 했다.

얼마 전에 엄마 아버지의 제사를 어떻게 지내느냐고 스님이 물어왔던 게 떠올랐다. 혹시 백중날 천도재薦度齋를 지내라고 말하려던 게 아닐까. 스님이 정말 그 문제로 물어온다면 어떡해야지. 그녀는 갈등하기 시작했다. 재 지내는 걸 반대하는 게 아니었다. 다만 재가 참선과 무슨 연관이 있는지 알 수 없었다. 예수재니 백중 천도재니 하는 것이 참 나를 찾는 것과 무슨 관계가 있다는 건지. 그녀는 고개를 흔들었다. 이렇다 저렇다 말할 때가 아닌 것 같았다. 닥치지도 않은 일을 미리 고민할 필요는 없었다.

23

경심은 밤 열한 시가 다 되어 도서관을 나왔다. 이번에 그린 평면도는 그런대로 괜찮았다. 잠 방은 동남쪽, ○○방은 동쪽으로 향하게 했더니 동선도 원만해 보였다. 조금만 수정한다면 멋진 집으로 탄생할 것 같았다.

집 앞 가까운 곳으로는 강이 흐를 것이다. 눈만 들면 푸른 강물을 볼 수 있다. 그녀는 어려서부터 강변에 살고 싶었다. 엄마야 누나야 강변 살자. 뜰에는 반짝이는 금모래 빛이 아니더라도 너도나도 모두 모래 아닌가. 모래는 흘러가는 강물을 보면서 언젠간 나도 저리 흐르겠지, 기대할 것이다.

공원에서 버스킹하며 살 것이다. 가야금 타면서 모은 돈을 누군가에게 주고, 종일 햇살과 달빛과 비와 눈과 바람, 온갖 소리가 모인 집으로 돌아오리라. 그 소리를 가야금에 저장하리라. 나만의 소리를 가꾸리라. 언젠가는 바다로 가리라. 그녀는 행복한 상상에 침을 꼴깍 삼켰다. 이제 강변으로 가 집 지을 곳을 찾아보는 일만 남았다. 아차, 돈부터 모아야지. 어느새 가슴속은 가스처럼 밀려드는 꿈들로 풍만해졌다. 쏴아 쏴아, 열기구만큼이나 부풀어 올랐다. 터질 듯이 쿵쾅거렸다.

24

계속해서 비가 내리고 바람이 불었다. 알 수 없는 건 마음. 우울하거나 외롭거나 슬프거나 고통스럽거나 그런 게 아니었다. 미묘한 이 감정을 무어라 형언할 수 있을까. 경심은 노인도 없이 혼자 기혈을 풀고, 폭포수 아래 앉은 걸 상상하면서 단전을 봤다.

생각의 타래는 어수선했다. 시작이 여긴가 싶으면 저기고, 저긴가 싶으면 금세 딴생각이 침범해 들었다. 어느 때는 한 곳으로 계속 이어지는가 하면 또 어느 때는 여기로 저기로 흩어졌다. 서로 끌어당기는 듯 밀어내는 듯 변화무쌍했다. 말 그대로 홍대 앞이거나 버스터미널이거나 지하철역이었다. 평생 보아도 아니 몇 생을 거듭거듭 보아도 끝이 어딘지 상상조차 할 수 없을 것 같았다.

라마나 마하르시는 그랬다. 마음은 생각의 덩어리들이라고. 그녀는 거기에 자기 생각을 덧붙였다. 마음이 생각의 덩어리라면 생각은 기억의 덩어리고 기억은 성격을 형성해온 습관이며 습관은 부모에게서 물려받은 유전자고 유전자는 새로운 습관을 만들거나 기존의 습관을 없애거나 보충하는 역할을 하는 게 아닐까, 라고 결국 마음이란 지금까지의 생각들과 새로운 환경들 사이에서 끊임없이 충돌하고 방황하면서 생기는 침전물 아닐까. 이 부분에 대해서는 좀 더 지켜봐야겠다고, 그녀는 생각 하나를 추가했다. 생각 하나를 추가하면서 파생하는 것들은 무엇이며 그것들은 또 얼마나 많은 생각을 불러올까. 거기에 생각을 보태었다.

경락점에 시선을 고정하는 것도 만만치 않았다. 왜 어느 때는 잘 보이고 어느 때는 잘 안 보이는지, 그 다름이 무엇인지, 이유가 무엇인지 그녀로서는 답을 찾기가 불가능했다.

참선 시작 전이었다. 스님이 천도재를 올릴 것인지 물어왔다. 칠월 보름날인 우란분절盂蘭盆節에 올리는 합동 천도재로 우란분경에서 비롯되었다고 하였다. 우란분이란 말은 거꾸로 매달리는 고통을 이른다면서, 석가모니 부처의 제자 중 한 분인 목련존자가 지옥에서 고통받고 있는 당신의 어머니를 구제한 데서 시작한 행사가 바로 우란분재라 했다. 돌아가신 부모님과 여러 영가의 업장 소멸과 극락왕생을 기원하는 날이라고. 맞지 않는 말은 조금도 없었다. 그녀는 알겠다는 뜻으로 고개를 끄덕였다. 한편으로는 개운치 않은 느낌, 밀쳐내고 싶은 마음이 슬그머니 형태를 만들어갔다. 이유가 뭔지, 말로는 표현하기 여간 어려운 어떤 것이었다.

언젠가 엄마를 따라 윗마을에 있는 자그마한 암자에 갔을 때도 그랬다. 한겨울 새벽 추위를 헤치고 당도한 암자 뒤론 시퍼런 별들이 반짝였다. 엄마가 별빛 떨어진 물로 몸을 씻었다. 법당에 들어가 촛불을 켜고 불상을 향해 엎드려 절을 올렸다. 방향을 틀어가며 올렸다. 하염없이 반복했다. 산신각에 들어가서도 절했다. 뻘쭘하게 서 있자 자기에게도 함께할 것을 청했다. 그녀는 태어나 처음으로 백팔 배를 했다. 돌아와 몸살을 앓았다. 억지로 한 게 표시가 난다며 엄마가 헛웃음을 웃었다. 마음이 중요하다고 했다. 지극정성은 딴 게 아니라 대상에 자신의 마음을 온전히 집중하는 거라고, 무척 지적으로 말했다.

절 입구에서부터 엄마는 주문이 많았다. 일주문 앞에 서서는 절을 향해 두 손을 모으고 고개를 수그리라 했다. 법당에 들어갈 때는 가운데 문 말고 옆문을 이용해야 한다며 당신이 시범을 보였다. 법당에 들어서자 배낭을 열어 쌀을 꺼내 불전에 놓고 세 번 고개를 수그렸다. 절을 하기 전에는 반드시 촛불을 켜고 향을 살라야 한다고 일렀다. 엄마, 산신각 할아버지가 산신령이야? 묻자 그렇다고 했다. 절에 산신령도 살아? 다시 묻자 엄마가 그제야 고개를 갸우뚱했다. 사시지, 했다. 절에 오면 전각을 돌면서 절을 올리는 게 좋다고 말했다. 수없이 많았던 엄마의 주문들이 지금 스님이 말한 것과 함께 머릿속에서 요동쳤다.

묘한 게 있다고 스님이 말했다. 그게 무엇일까. 조상의 음덕? 해코지? 물론 조상을 잘 모시는 건 좋은 일이다. 하지만 잘 모시는 게, 꼭 재나 굿을 하고, 산소에 자주 찾아가는 그런 것일까. 마음을 바르게 먹고 생활하는 게 아닐까. 그건 그렇다 치더라도 어떻게 사는 게 바른 삶일까. 이런저런 생각에 기공사가 가리키는 경락점을 번번이 놓쳤다. 기공 운행을 하고 있었는지도 까마득히 잊어버리고 스님과 엄마의 말에 골똘했다. 지금 뭘 하고 있었지, 기억하며 경락점으로 시선을 돌렸다. 몇 번이고 처음부터 다시 시작했다.

모든 게 습習이 만들어낸 것들이란 데 생각이 미쳤다. 만약에 윤회輪回라는 게 정말로 있다면, 조상들도 그들 개개인의 습으로 인해 어찌어찌 살다가 다른 세상을 살고 있을 테니. 그 습을 후손이 조금은 닦아낼 수도 있겠거니, 그게 혹 재나 굿 같은 게 아닐는지. 업장소멸業障消滅이란 것도 이를 두고 하는 말이겠구나…… 그녀는 큰 깨달음이라도 얻은 듯 고개를 주억거렸다.

그리 생각해도 마음속에서는 여전히 비가 내렸다. 도서관으로 가는 길에도 비가 내렸다. 뭘까. 도대체 내 안의 무엇이 스님의 청을 받아들이지 못하고 있을까. 내용과 형식? 모더니티와 리얼리티? 이런 바보. 그녀는 아무 데나 아무것이나 갖다 붙이는 자신이 너무도 우스꽝스러워 쓸쓸하게 웃었다.

'날것'이란 단어가 떠오른 것은 그때였다. 파닥파닥 반짝이는 별이 떠올랐고 화들짝, 꽃이 벙그는 소리가 들려왔다.

"맞아, 그거였어."

그녀는 큰 소리로 말하며 도서관 앞에서 차를 돌렸다. 집으로 들어서자마자 책장으로 갔다.

어떤 그릇도 갖추고 있지 않은 날것 그대로의 종교. 어느 책이더라. 종교 얘기하면서 그릇 어쩌고 하는 문장이 있었는데. 그녀는 자기의 표현의 빈약함을 대신해줄 어떤 문장을 찾아내기 위해 책들을 들추었다. 이 책에도 저 책에도 보이지 않았다. 메모해뒀을 거라는

데 생각에 미쳤다. 책상에 던져둔 노트를 뒤적였다.

과연! 그녀는 메모한 구절들을 소리 내어 읽어 내려갔다.

"그는 사람들이 종교를 암소에서 나오는 젖처럼 생생하게 받아들여야 한다고 생각했었네. 무슨 말인가 하면, 불순물을 제거하거나 저온살균을 하거나 균질화를 하지 않는다는 얘기지. 무엇보다 신학이나 예배라는 어떠한 그릇에도 포장하지 않고"

올더스 헉슬리의 『아일랜드』였다. 노트에는 더욱 놀라운 문장도 쓰여 있었다.

"전 우리가 모두 같은 빛에서 나와 모두 같은 빛으로 돌아간다고 생각해요."

처음 이 문장을 대했을 때 머리가 멍해졌다. 자기와 똑같은 사람과 마주친 기분이 들었다.

진리란 빛이라고 그녀는 생각했다. 빛. 이 빛이 생명을 태어나게 하고 살게 하고 죽게 한다고. 빛이 없다면 우리는 모두 한 덩어리의 무엇이었을 것이다. 너와 나가 구별이 되지 않는 어떤 덩어리. 덩어리 이곳저곳에 빛이 가 닿자 움푹 들어간 곳 볼록 나온 곳의 윤곽이 드러나고, 틈이 생기고, 그 틈으로 빛이 들어가 너와 나로 분리되지 않았을까. 너와 나가 분리되어 살게 되면서, 살게 된 여러 환경에 적응하느라 사람이 되고 짐승이 되고 푸나무가 되지 않았을까. 그러면서 그들에 맞는 말이 생겨나고 신앙이 생겨나고 관습이 생겨나고 혹은 음악과 미술이, 아버지와 어머니의 틈에서 아이가 태어나듯 빛과 빛의 틈에서 세상 모든 것들이 태어나지 않았을까. 그러므로 빛이 근원이고 빛은 곧 진리 아닐는지.

그녀는 방바닥에 널어놨던 책들을 제자리에 꽂았다. 청을 받아들이지 못하는 이유와 그로 인해 마음이 처지는 까닭을 굳이 찾지 않기로 했다. 세상일이 어느 한 가지 이유만으로 만들어지는 건 결코 아니라는 생각이 들어서였다.

25

주차하고 차에서 내리자 법당에서 염불 소리가 났다. 모처럼 제시간보다 일찍 당도한 경심은 순간 멈칫했다. 법당에 올라가 백팔 배를 할 생각이었다. 해야 하나 말아야 하나 망설여졌다. 다른 사람들의 기도를 방해하는 게 아닐까 싶기도 하고, 또 예의가 아닌 듯도 해서였다.

그녀는 일단 맞이방으로 올라갔다. 지난번에 딱 한 번 참선에 동참했던 젊은 남자가 와 있었다. 노트북을 가지고 무언가를 하고 있다가 안녕하세요, 하고 먼저 인사해왔다.

"오랜만이에요. 피서 다녀온 모양이죠. 얼굴이 많이 탔네요?"

그녀도 인사했다. 딱히 어떤 말을 들으려 한 건 아니었다.

"비비크림을 안 발랐더니……"

변명하듯 남자가 말했다. 얼굴을 붉혔다.

와우! 그녀는 탄성을 질렀다. 선크림도 안 바르는 여자와 비비크림을 바르는 남자라. 밑도 끝도 없이 역전패당한 기분이 들었다.

오늘은 먼저 갈게요. 붉은 기색이 채 가시지 않은 얼굴로 남자가 일어났다. 왜요, 하고 가지 그래요? 말하자 예, 그게 좀…… 머뭇머뭇했다. 하면서 안녕히 계세요, 서둘러 자리를 떴다. 그녀는 남자의 뒤통수를 어리둥절 바라보다 참선방으로 들어갔다.

준비동작을 모두 마치고 소주천 시디를 틀었다. 경락점을 따라가기가 여전히 힘들었다. 하단전이지 싶으면 기공사는 명문을 불렀다. 미려라 해서 거길 보면 훌쩍 건너뛰어 아문을 읊어댔다. 번번이 놓치는 바람에 끝날 때까지도 단전에 기운을 모을 겨를이 없었다. 스님 말대로라면 하세월이려니 싶은데도 어느 순간부터는 조급증마저 일었다. 그녀는 몸의 모든 혈이 열려 시원하게 우주의 기운을 받아들일 수 있었으면 싶었다. 생각만으로도 마음이 조려왔다. 욕심은 금물, 속으로 뇌었지만 그때뿐이었다. 오늘은 다리까지 저렸다. 왜 어느 때는 저리고 어는 때는 말짱한지 알 수 없었다. 그때그때의 컨디션에 따라 달라지나 보다, 짐작할 뿐이었다.

"아까 그 젊은 사람 말이에요, 참선 배우러 온 거 아니었어요?"

참선방에서 나온 그녀는 내내 궁금하기라도 했다는 듯 스님에게 여쭈었다. 여쭈면서도 뚱딴지같은 물음 아냐? 싶었다.

"새로 온 사무장이에요. 풋내기라 제대로 아는 게 없어서 답답합니다. 휴…… 제대로 조율이 안 되네, 조율이."

무슨 일 있으셨냐 여쭤도 더는 대꾸하지 않았다. 그녀는 할 말도 없고 계속 앉았기도 멋쩍어 자리에서 일어났다. 마침 노인이 절룩거리면서 맞이방으로 들어왔다.

"이제 끝난 모냥이네? 내 오늘은 참선하려고 온 게 아니고."

하이고, 하면서 자리에 앉았다. 가방을 책상 위에 놓았다. 안에서 봉투들을 꺼냈다. 직접 가져와 부탁할 것이지, 했다.

"바쁜 모양이죠. 살다 보면 뭐 그렇지 않겠어요. 그나저나 명우 스님 때문에 보통 심각한 게 아니에요. 보살님이 한 번 더 부탁해보시는 게 좋지 않을까요."

"재 지내는 데는 그 스님만 한 사람이 없는데."

"이거야 원, 여기 며칠 와 있을 적에는 꼭 해줄 듯이 굴더니……선방에만 있다가 주지로 나와 보니 도통 뭐가 뭔지 모르겠어요."

말하곤 스님이 다시 얕은 한숨을 더 내쉬었다.

더는 대화가 오가지 않았다. 노인이 봉투에서 돈을 꺼내어 앞에 놓으면 스님이 그 돈을 세어 노트에 금액과 시주한 사람의 이름과 주소와 전화번호를 적어나갔다. 이제나저제나 틈을 찾다 그녀는 그만 가볼게요, 선 채로 인사했다. 왼손에 돈을 쥐고 오른손으로 한 장씩 넘겨 가며 세던 스님이 오, 그래요. 내일 봅시다. 대답했다.

26

경심은 발가벗은 채로 일어났다. 책상에 있던 스케치북을 가져다 침대 위에 펼쳐 놨다. 역시 발가벗은 채로 침대에 걸터앉은 현재중이 뭐냐고 눈으로 물어왔다.

"내 필생의 사업. 앞으로 내가 살고 싶은 집을 평면도로 먼저 그려본 거야. 도서관에서 자그마치 사오 개월 동안 온 머리와 온 마음과 온 가슴과 온 정신과 온 혼과 온몸을 짜내어 그린 거라구.”

구구절절하게 쏟아낸 그녀는 득의만면한 얼굴로 그를 쳐다봤다.

“온 혼이란 말도 있었냐? 야, 이런 건 컴퓨터로 그리는 게 빠르지.”

그가 핀잔 조로 대꾸했다.

“내가 살 집이지 컴퓨터가 살 집 아니잖아. 나도 뭐, 캐드나 그래픽 같은 걸로 그릴 수는 있지. 하지만 손으로 직접 정성 들여 그리고 싶었단 말이야.”

“하여간…… 컴으로 그린다고 왜 정성이 없냐. 정성만 들인다고 집이 돼? 돈 있어?”

“지금부터 안 쓰고 다 모을 거야.”

“무슨 수로 모으겠다는 거야?”

어이없다는 표정으로 빤히 쳐다보던 그가 스케치북을 집어 들었다. 한 장 한 장 넘겼다.

“이게 그러니까, 십사 평이면 몇 제곱미터야?”

그녀는 잽싸게 핸드폰을 가져왔다. 계산기를 두드려 답을 구했다.

“일 평이 삼쩜 삼공오칠팔오 제곱미터니까…… 사십육쩜 이팔 제곱미터.”

“이게 무슨 집이냐, 원룸이지.”

“원룸은 무슨, 실평수니까 이 집만 할걸. 방도 두 개나 돼, 책방도 있고…… 혼자 살 건데 커서 뭐 하겠어."

"앞으로도 계속 혼자 살 거야? 결혼 안 해?"

"혼자로도 벅차."

"나하고도 안 하고 싶어?"

"너한텐 고현실 있잖아."

"내가 고현실이랑 헤어지면 할래?"

그녀는 대답하지 못했다.

이건 옳지 않아, 생각했을 때는 이미 욕실에서 나오는 그를 발견한 뒤였다. 지금이라도 말해. 이런 기회를 얼마나 기다렸는데. 지금도, 자기 안에서 또 다른 자기가 재촉했지만 말할 자신이 없었다. 뿌리칠 마음도 일지 않았다. 그녀는 물론 그를 싫어하지 않았다. 싫어하다니, 그건 말도 안 되는 말이었다.

"그럴 줄 알았어…… 먹는 방, 잠방? 잠방이 뭐야, 침실이지…… 씻는 방? 욕실인 모양이네. 야, 그냥 침실 주방 욕실 이러면 될 걸, 복잡하게…… 이건 또 뭐야, ○○방?"

"아직 이름을 못 정했어. 잠자는 방도 아니고 책 읽는 방도 아니고 음식 만들고 먹고 치우는 방도 아니고 씻는 방도 아니고…… 굳이 표현하자면 나만의 방, 나만의 내밀한 이를 만나는 방이랄까…… 있잖아, 네 가슴팍에다 귀를 대고 있으면 심장 뛰는 소리가 무척 크고 생생하게 들리거든. 어느 땐 그 심장 소리를 찾아서 네 가슴팍을 확 열고 들어가고 싶을 때가 있어. 그러니까, 어, 쉽게 말하자면 그…… 심장 뛰는 소리를 듣는 방이랄까…… 가장 정결한 방으로 꾸밀 거야, 그 방은."

"내밀한 이? 그게 누군데?"

"글쎄, 뭐라 규정하긴 좀 그래."

그가 말없이 이쪽을 쳐다봤다. 얼굴을 붉히면서 눈동자를 파들파들 떨었다. 스케치북을 던지듯 이쪽으로 밀었다. 일어나 욕실로 갔다.

변기로 오줌물 떨어지는 소리가 들렸다. 물 내려가는 소리가 들렸다. 쏴아, 샤워기에서 물 쏟아지는 소리에 그녀는 가슴이 찰라당 내려앉았다.

욕실에서 그가 나왔다. 팬티를 걸쳤다. 메리야스를 입었다. 양말을 신고 바지를 꿰찼다. 웃옷을 입은 다음 거울을 보면서 손가락으로 머리칼을 훑었다. 현관으로 가 신발을 신었다.

"구경심, 잘 들어. 이제껏 나는 너한테 이래라저래라 간섭한 적한 번도 없었어. 너도 그랬고. 근데 말이지, 지금은 꼭 한마디 해주고 싶다. 그, 너만의 내밀한 이가 누군지는 모르겠지만 진작부터 눈치채고 있었거든. 내가 고현실이랑 헤어져도 나완 결혼 안 할 거란 얘길 처음 들었을 때부터 그런 낌새가 있었는데 모르는 척했을 뿐이야. 근데 니가 참선한다고 세심사에 다니면서부터 더 심각해지는 것 같더라고. 아까도 너, 그 신음 가짜로 낸 거지? 네 말대로, 언제부턴가 기운이 달라졌거든…… 너한테 미련이 있어서 만나왔으니까할 말은 없는데, 야, 사람이 왜 그렇게 솔직하지 못하냐?"

그녀는 그의 말이 뭘 의미하는지 알아들을 수 없었다. 이해하게 만들 시간도 주지 않고 떠드는 바람에 중간에 끊기도 애매했다. 듣고 있자니 점점 이상한 쪽으로 흘러갔다. 술도 마시지 않았으면서 그랬다. 평소 그답지 않은 행동이었다.

"이제 안 온다. 잘 살아."

"어, 그게 아닌데. 그렇게 들으면 안 되는데?"

그녀는 알몸인 채로 발딱 일어났다.

"야, 너도 모래알이고 나도 모래알이야. 모래알들은 절대로 하나로 뭉쳐지지 않아. 계속 부서지는 중이라고. 잘게 더 잘게. 흙이 되어 서로 뭉쳐질 때까지, 가루가 될 때까지. 그래야 물과 섞이지. 부서지는 모래가 물을 만나면 진흙탕이 되잖아. 당케당케 흐른다고. 당케당케란 게 그런 뜻이란 말이야. 진흙이 나쁜 거니. 물이 되어가는 과정일 뿐인데. 물이 되어야 수증기가 되고 빛이 되잖아. 난 빛이 되고 싶단 말이야. 널 비춰줄 빛이 되고 싶다고."

소리 질렀다. 자기 말이 어째 앞뒤가 안 맞는 것 같다고 생각하며 우르르 현관으로 달려갔다. 옷자락을 잡으려는 순간 그가 발카닥 문을 열어젖혔다. 밖으로 나가더니 쾅, 닫아버렸다.

27

경계의 이쪽과 저쪽은 어떻게 구분할까. 어느 지점에다 선을 긋고 담을 치거나 고랑을 팔까. 내가 저지르는 무수히 많은 일은 어떻게 해서 이쪽과 저쪽으로 나뉠까. 경심은 궁금했다. 나는 어떤 기준으로, 어떤 경계에서 나누고 있을까. 웃거나 울거나 찌푸리거나 통곡할까. 그러다 또 다른 경계에 서서는 웃었던 일을 저지르고도 우는 상황이 되고 눈살을 찌푸렸던 일을 만났는데도 함빡 웃을까.

그녀는 자기에게 어떤 가치 기준이랄 게 없다는 걸 깨달았다. 모두가 배워온 것들일 뿐이었다. 자기 스스로 정해놓은 게 없으니 무슨 생각이든 확고하지 못했다. 확고하지 못한 생각으로 하는 행동 또한 어정쩡했다. 결국 자신 있게 해본 일이 거의 없었다는 데에 생각이 미쳤다.

"담장이란 걸 없애버리면 좋으련만. 그러면 경계도 없어지련만……."

두런거리던 그녀는 마치 자기 전체가 사라지기라도 한 것처럼 화들짝 놀랐다. 두 팔로 가슴을 안았다. 나와 밖의 경계가 사라지고 없는 상태를 상상해본 적은 한 번도 없었다. 사라질까 봐 오히려 무엇인지도 모를 것으로 더 높이 담을 쌓아 저쪽에서 이쪽이 보이지 않도록 애오라지 애써왔을 뿐이다. 아, 담이 없는 사람들은 얼마나 좋을까. 얼마나 홀가분할까. 때로는 부러우면서도 그랬다.

세상에 담 없는 사람이 있을까. 설령 담이 없다고 하더라도 담이 없다는 그것이 담은 아닐까. 담이 없다는 말에는 줏대가 없다는 의미가 담겨 있는 것 같았다. 자존감이나 자존심이 없다는 말과 비슷하게 들리는 것도 사실이었다. 정말로 깊숙이 들어간다면 담 없는 사람에게 무슨 줏대가 필요하며 개뿔 자존심이 필요할까. 모두 미숙해서 생각하는 소치 아닐까. 그녀는 도리도리 고개를 흔들었다.

허공처럼 살고 싶었다. 천억 개의 별이 모인 우리 은하뿐 아니라 천조 개의 은하를 품은 허공처럼. 안드로메다나 마젤란은하처럼 각각의 은하에 흩어진 헤아릴 수 없이 많은 별을 품은 허공처럼. 태양을 품은 허공. 창백한 푸른 점을 품고, 그 안에 사는 모든 생명을 품은 허공. 그러면서도 은하는 은하로, 별은 별로, 태양은 태양으로 지구는 지구로 보여주는 허공. 산은 산으로 바다는 바다로, 꽃과 나무는 꽃과 나무로, 사람과 짐승도 사람과 짐승 그대로 보여주는 허공. 모든 것을 품어 보여주면서도 자기 자신은 언제나 텅 빈 허공처럼.

그녀는 또 바다처럼 살고 싶었다. 아무리 많은 물이 쏟아져 들어와도 다 받아들이는 바다. 동에서 온 물이든 서에서 온 물이든, 샘물이든 똥물이든 가리지 않고 다 받아들이는 바다. 받아들이면서도 오직 맛은 하나뿐인 바닷물처럼. 짠맛 하나로 엄청난 생명을 키워내는 바다의 물처럼.

초조했다. 기공사의 말을 따라 경락점을 짚어가면서도 아무것도 안 하는 기분이 들었다. 아무것도 하지 않고 있는 게 사람을 얼마나 피곤하게 만드는지, 불안하게 하는지 한 생각을 일으켰다. 그녀는 꾸벅꾸벅 졸았다. 졸다가 정신을 차렸다. 자리에서 그만 박차고 일어나버리고 싶은 마음을 꾹꾹 눌러 다독였다.

"스님, 참선에도 방학이 있어요? 방학하고 싶은데……."

그녀는 차를 따르는 스님에게 조심스럽게 여쭈었다.

"참선에 방학이 있다는 말은 못 들어봤는데요."

"동안거 하안거는 방학 아닌가……."

"경심 보살, 동안거 하안거는 수행에 전념하는 때요."

솔직히 말하고 싶었다. 그녀는 스님의 청을 거절하고 싶었다. 참 나를 아는 데 또 다른 형식을 보탤 이유가 없다고. 즉 천도재를 안 지내고 싶다고.

본격적으로 참선 수행에 들어가지도 않은, 예비단계에 있다는 사람이 말하기에는 우습게 들릴 것 같긴 했다. 하나 참 나를 알려면 내가 누구인지 알아야 하고, 내가 누구인지 알려면 저 깊숙한 곳에 숨겨진 어떤 것을 찾아야 하고, 그것을 찾으려면 부유하는 이 마음들을 걷어내는 일이 선행되어야 한다고 수많은 선지식은 말해왔다. 그녀는 그 말을 책에서 먼저 읽었고, 비로소 체득하게 되었다. 처음에 스님도 그리 말했었다.

말도 꺼내지 못하고 주차장으로 내려왔다. 차 안으로 들어왔으나 어디로 가야 할지 몰라 방황하는 사람처럼 그녀는 멀뚱멀뚱 앞만 바라다봤다. 생각난 듯 시동을 걸었다.

현재중이 갔다. 영영 가버렸다. 그녀에게는 지금 그게 가장 큰 문제였다. 처음으로 손을 잡으면서 그가 말했었다. 너는 도무지 종잡을 수 없는 애구나. 내가 지켜주지 않으면 허구한 날 넘어지기만 하겠어.

"현재중, 너 방학이지. 자퇴한 거 아니지. 아냐, 아냐. 이 나쁜 놈이 저 혼자 휴가를 가버렸어. 근데 왜 참선은 방학이 안 돼? 휴가도 없다고? 만들면 되잖아. 세상에 만들지 못하는 게 어딨어…… 우주의 관점에서 보면 타인은 타인이 아니라 또 다른 나라던데, 그렇다면 나는 현재중이란 말이지. 현재중이 바로 나고, 모래와 모래. 항하의 수많은 모래 중 하나…… 하지만 모래 한 알을 모래라 부르진 않아. 모래 한 알 한 알이 수도 없이 모여야 비로소 모래라 할 수 있다고"

밑도 끝도 없는 생각에 밀려 그녀는 집 앞까지 왔다. 자꾸만 쏟아져 나오는 생각에 치여 주절거렸다.

스님의 청을 받아들이지 못하는 이유를 이제야 알 것 같았다. 마음이 처지는 이유도 짐작이 갔다. 현재중 때문만은 아닌 게 확실했다. 지금까지 불교를 종교로 받아들이지 못하고 있었던 모양이었다. 철학의 관점으로만 생각해왔다. 시건방지게도, 오직 선禪만이 불교라고 잘못 이해해온 것이다. 절에는 선만 있는 게 아니던데. 산신령도 계시던데…….

"세상 모든 것에는 혼이 깃들어 있다구. 난 에니미스트animist란 말이야. 에너미스튼가? 암튼."

현관문을 열었다. 열기가 밀려들었다. 그녀는 양말을 벗으면서 욕실로 갔다. 손과 발을 씻고 나와 방 가운데 섰다. 두 다리를 벌렸다. 두 팔을 차려 자세로 내려놓은 상태에서 천천히 양쪽으로 벌려가며 올렸다. 어깨쯤에서 손바닥을 뒤집은 뒤 두 팔을 머리 위까지 올려 모았다. 양손 끝을 마주 댈 듯이 하고 천천히, 얼굴로 가슴팍으로 배꼽으로 밀어 내렸다. 내 삿된 기운은 땅속 석 자 밑으로. 내 삿된 기운은 땅속 석 자 밑으로. 내 삿된 기운은 땅속 석 자 밑으로…… 주문을 외웠다.

"한데 종교는 뭐지. 예수님이나 석가모니 부처님 같은 선각자들의 가르침? 그럼 신앙은? 그런 존재를 믿고 우러르는 것, 따르는 것, 흔히 믿음이라고 하는 것? 애니미즘이나 토테미즘도 믿음에 속하겠지…… 야, 그러고 보니까 종교랑 신앙이 약간은 다른 것 같네."

두런거리다 말고 그녀는 동작을 멈췄다. 종교는 믿는 것일까, 따르는 것일까, 찾는 것일까. 궁금해졌다. 다른 종교라면 모를까, 불교는 믿거나 따르거나 하는 종교는 아닌 것 같았다. 불경을 정식으로 읽어본 적은 없지만 너를 찾아라. 그게 곧 부처. 이게 불교의 핵심 아닐까 싶었다. 스님도 말했었다. 참선의 목적은 본래면목을 보는 것이라고.

"아, 골치 아퍼. 그러니까 본래면목을 어떻게 찾느냐고, 어디 가서 찾느냔 말이야."

투정 부리듯 그녀는 침대에 털썩 주저앉았다. 일없이 집 안을 둘러봤다. 이짝저짝에서 뒹구는 양말짝, 현관에 나동그라진 스니커즈와 슬리퍼, 책상에 어질러진 스케치북과 연필과 자, 오디오 위아래와 옆에 흐트러진 시디와 책들, 옷걸이에 아무렇게나 겹쳐 걸린 옷가지들. 반쯤 열린 옷장 문틈으로 어수선하게 쌓인 베개와 이불. 모두 낯설었다. 벽에 세워둔 가야금도 거울에 비친 자기 얼굴마저도 이물스러웠다. 그녀는 겁먹은 표정으로 일어났다. 발코니로 나갔다. 문을 열자 소낙비가 퍼부어 들었다. 사정없이 몸뚱이를 후려쳤다.

28

구경심은 오랜만에 집 안을 청소했다. 꼭두새벽부터 옷걸이와 옷장이며 서랍장에 아무렇게나 쑤셔 박아둔 옷들을 모조리 꺼내어 빨아 널었다. 침대와 베개의 싸개를 바꾸고 이불도 바꾸었다. 덕분에 세탁기가 고생 좀 했다. 냉장고도 깨끗하게 정리했다. 욕실 세면대며 변기와 바닥도 세제로 박박 문질러 닦았다. 책들은 책꽂이에, 시디는 시디 상자에 정리하고 났더니 완전 새집이 되었다. 샤워까지 하고 나오자 초저녁 하늘마저 파랬다. 그녀는 콧노래를 부르며 양쪽 발코니 문을 활짝 열어젖혔다.

방 가운데 다리를 벌리고 섰다. 두 손을 머리 위로 올려 거의 맞닿을 정도로 나란히 한 뒤, 이마 앞으로 얼굴 앞으로 가슴팍 앞으로 배 앞으로, 천천히 누르는 듯이 하며 쓸어내렸다. 내 삿된 기운은 땅속 석 자 밑으로…… 내 삿된 기운은 땅속 석 자 밑으로…… 되풀이했다.

날도 환하고 기분도 상쾌해서인지 삿된 무엇은 조금도 찾아지지 않았다. 그녀는 편안한 마음으로 기혈 푸는 동작을 오 분 동안 한 뒤 요가로 몸을 풀었다. 도이터Deuter의 'Wind & Mountain' 시디를 켜고 방바닥에 앉았다. 몸을 관찰해나갔다. 정수리, 이마, 두 눈, 코, 양쪽 광대뼈, 양 귀, 입술, 턱, 목, 가슴…… 발가락 발등 발목 종아리 무릎 허벅지…… 허리 등짝 어깨 목 뒤통수 정수리…… 내려오다 하단전 배꼽 아래 삼 센티미터, 그 삼 센티미터의 안쪽으로 다시 삼 센티미터 지점에 시선을 모았다.

나는 여기에 몸으로 있다. 몸으로 여기 있다고 생각하는 나가 있다. 생각한다고 생각하는 나가 있다. 나는 왜 생각하지. 생각은 어디서 올까. 생각과 생각을 연결하는 무엇이 있을까. 분명히 생각은 조금 전 생각과 이어져 있다. 엉뚱한 생각이 들었다고 해도 그 생각은 다른 무엇과 긴밀히 연결되어 있을 것이다.

지금의 나와 어제의 나는 정말 같을까. 십 년 전의 나와 지금의 내가 같을까. 우리의 몸은 70조 개에서 100조 개의 세포로 되어 있다고 한다. 시간이 지나면서 태어났을 때의 세포는 단 한 개도 존재하지 않으며, 일 년이면 두 번이나 온몸의 세포가 교체된단다. 그런데도 나라고 할 수 있을까. 이것은 몸이 나가 아니라는 확실한 증거가 될 뿐, 나라고 자신 있게 말할 무엇이 아니다. 그렇다면 나는 기억의 덩어리일까. 내가 본 것, 들은 것, 냄새로, 맛으로, 느낌으로 받아들인 게 나일까. 현재중과의 관계, 여러 사람과 주고받은 관계, 무수히 많은 사물과 주고받은 관계로 이루어진 게 나일까. 나는 나의 안이 비설신의眼耳鼻舌身意와 세상의 관계로 이루어진 무엇일까……

"그럼 뭐야, 관계만 남네. 관계가 나라고? 아냐, 관계는 나가 아냐. 축적된 관계가 나라니, 말도 안 돼. 관계의 역사가 나라니, 있을 수 없는 일이야. 지성미가 왜 치장하는데? 최순지 여사가 지성미를 질투하는 이유가 뭐겠냐고. 세심사 사무장이 얼굴에 비비크림을 바르는 것도 다 몸이 자기 자신이라 믿기 때문이잖아. 나는…… 그마저도 안 하는구나."

그녀는 동작을 멈추고 중얼거렸다. 동작을 멈추었는데도 생각은 제멋대로 굴러갔다. 생각이 생각 속을 허우적허우적 방황해나갔다.

"생각이 수시로 변하는 것은 내가 먹은 것들이 여러 가지여서 그래. 현재중과 만나면서 먹은 마음도 많고, 우체국에 오는 손님들과 엮인 일들도 되게 많잖아. 또 사람만이 아니라…… 어마, 여태 스님 법명도 모르고 있었구나. 어쩌면 좋아…… 꼭 여쭤봐야겠다…… 어린 소나무만 해도 그래. 내가 그 소나무를 만나기까지 그 애도 수많은 인연을 거쳐왔을 거야. 나는 젖혀두고, 우선 그 애가 싹으로 나오기 전에는 씨앗이었겠지. 씨앗으로 만들어준 그 애의 모체가 있었을 테고, 모체는 단독으로 씨앗을 만들 수 없으니까 모체와 관계한 어떤 게 있었을 테고, 또 애가 싹 트도록 도와준 여섯 번째 소나무도 있고, 또 그 여섯 번째 소나무가 맺은 인연도 있었을 거고 가령 햇볕이나 바람이나 비와 눈 같은 것. 또…… 또……."

자기 몸이 무한정 확장되는 것 같았다. 무수히 많은 조각으로 쪼개어지는 광경이 눈앞에 펼쳐졌다. 근육과 뼈와 오장육부로, 살덩이로, 가루가 돼버린 뼈와 바래 가는 피와…… 점차로 육안으로는 확인하기 어려워졌다. 마침내 아무것도 보이지 않았다. 만물은 원자가 뭉쳐진 것이라 했던가. 10억 분의 1미터 크기의 원자들이 뭉쳐진 게 생명체라고. 짐승이나 사람이나 푸나무나 거의 같다고. 그녀는 시선을 단전 안으로 가져가려다 그대로 멈추었다. 언제 끝났는지 음악도 들리지 않았다.

"야, 결국 구경심은 어디에도 존재하지 않아. 과거에도 없었고 미래에도 없어. 과거는 가버렸으니까 없고, 미래는 아직 오지 않았으니까 없고…… 지금 여기에 있는 나만이 나란 말인데…… 현재는 찰나일 뿐이야. 시간을 분 단위로, 초 단위로 나누다 보면 찰나밖엔 없을 거 아냐…… 한데 나는 왜 늙어가지? 미분에 미분을 거듭해 들어가면 순간만 있는데 왜 늙고 죽는다는 거야? 헐…… 나는, 이 구경심은 대체 뭐라는 거야. 있다는 거야, 없다는 거야……?"

생각은 금세 다른 생각으로 옮겨붙었다. 그녀는 새로운 생각으로 정신없이 갈아탔다. 갈아타면서 동작을 계속했다. 또 다른 생각으로 갈아타고, 갈아타고, 갈아…… 타다 말고 발딱 일어났다. 스케치북을 꺼내어 책상 위에 놓았다. 전에 그려둔 것들을 훑어보는 둥 마는 둥 넘겼다. 누가 옆에 있기라도 하듯 큰 소리로 떠들었다.

"굳이 따로따로 만들 필요 없겠어. 모두가 ○○방이야. 먹는 사람도 자는 사람도 싸는 사람도 씻는 사람도 읽는 사람도 다, 나라구. 하나면 돼…… 아닌가, 싸는 방까진 좀…… 야, 결국에는 마음이구나. 나를 찾으라는 건 결국 요 마음의 작용을 알아내라는 건가 봐. 일체유심조…… 잠깐, 혹시 마음이 원자일까. 눈에는 안 보여도 나를 있게 하는 거잖아. 내 안을 돌아다니면서 기쁘네, 슬프네, 사랑하네, 우울하네, 짜증 나네, 배고프네, 신호를 보내잖아. 맞아, 나를 찾는 일은 내 안에서 떠도는 원자의 움직임을 알아내라는 말일 거야."

그녀는 고개를 갸웃했다.

"원자는 모르겠지만, 마음은 모셔두라는 게 아닌 건 확실해. 부유하는 걸 조리로 떠내야 해. 아니면 걷어내든지 쓸어내든지, 닦거나 지워야 경계가 없어질 거 아냐."

의자에 앉았다. 그녀는 자기 생각이 마구마구 갈래를 쳐 나가는 대로, 정처 없이 쏘다니는 대로 내버려 뒀다. 무명색 스케치북을 판판하게 펴고 연필과 삼십 센티미터 자와 지우개를 찾았다. 종이에 자를 대고 연필로 선을 그었다. 난분분 떠돌던 생각들이 선에 죽, 열 지어 섰다. 마침내 한 생각만이 영롱해졌다.

역사의 강물이 빚은
봉황의 춤사위

구수경(문학평론가·건양대학교 명예교수)

숭고주의, 인간의 연원淵源에 대한 그리움

 이강원은 남들보다 조금 늦게 소설을 쓰기 시작한 작가다. 하지만 두 편의 장편소설 『아버지의 첫 노래』(2020)와 『소년의 강』(2021)을 연 달아 출간하고, 이번에는 여섯 편의 중·단편이 담긴 소설집을 묶 었다. 최근 삼 년간 매년 한 권씩 발간하고 있는 셈이다. 어떤 작가 도 해내기 어려운 결과물이자 놀라운 열정이다. 아마도 지난 오십 여 년의 삶은 자신만의 소설 세계를 고민하고, 창작의 소재를 모으 며, 문체를 갈무리하는 준비의 시간이었던 것 같다. 마침내 마음 안 에 차고 넘치는 상상력과 창작 욕구를 주체하지 못하고 신내림 받 은 무당처럼 쏟아내는 중이다. 그만큼 그의 소설은 오래 묵힌 장처 럼 깊은 맛이 있고 메시지에는 묵직한 울림이 있다.

 장편 『아버지의 첫 노래』에서는 비파로 연주되는 바라지 가락

─ 아버지의 노래 ─을 통해 인간 존재의 시원을 찾아가고, 『소년의 강』에서는 생황 연주자를 통해 아름다움의 중심을 찾아 나선다. 우리가 발 딛고 있는 현재, 여기라는 시공간을 넘어서서 인간의 유장한 역사를 더듬고, 인간과 신을 매개하는 예술의 신비를 추적한다.

이러한 이강원의 소설 세계는 단편소설에서도 예외 없이 변주되고 있다. 백제금동대향로에 묘사된 전통악기들이나 고창의 고인돌에서 촉발된 상상력은 역사와 전통음악, 동양철학에 대한 해박한 정보와 버무려지면서 그만의 고유한 색깔과 격조를 지닌 스토리로 완성된다. 특히 자연의 아름다움이나 악기 소리의 신비함을 섬세하게 묘사한 단문의 문장들은 그의 유려한 문체가 오랜 단련의 결과임을 짐작하게 한다.

이강원의 소설은 인간은 어디서 와서 어디로 가는가, 이 세상은 언제 생겨서 어떻게 사라질까, 예술가의 삶과 악기 사이에는 어떤 운명의 고리가 있을까 등 인간의 유장한 역사와 문화, 정신세계의 연원을 추적한다. 이것은 작가의 존재론적 고민인 '나는 도대체 누구인가?'에 대한 해답을 찾는 노정이다. '나'를 바로 알 수 있을 때라야, 타인에 대한, 세계에 대한 온전한 이해가 가능하다고 그는 생각하는 것 같다.

그의 소설은 현실의 객관적 재현보다는 작가의 세계관을 증명하고 설득하려는 경향이 강하다. 작중인물들은 허구세계의 주체적 인물이기보다는 작가의 메시지를 전달하는 페르소나로서 기능하는 경우가 많다. 소설을 통해 드러난 작가의 세계관을 '숭고주의崇古主義'라고 이름 붙일 수 있을 것 같다. 이는 과학적·문명적 현실보다는 조상의 지혜와 예술혼이 깃든 과거의 이념과 문화가, 타락한 도시적 삶보다는 자연과 공존하며 살아가는 생태주의적 삶에 경도된 세계이다. 그런 점에서 작가의 글쓰기는 자신의 확고한 신념과 가치관을 세상에 알리고 독자들과 소통하고 싶은 바람이 원동력으로 작용하는 것 같다. 실제로 독자는 처음에는 낯선 전통적 소재와 작가의 해박함에 주눅 들다가, 점차 백제금동대향로나 배소, 생황 소리의 신비함에 매료되면서 작가와 교감하기 시작한다. 그를 통해 세계의 지평이 확장되는 경험을 하게 된다.

두 권의 장편소설을 읽으면서 작가의 묘사적 문체와 내적 갈등의 서사가 장편보다는 단편소설에서 더 빛을 발할 것 같다고 생각했다. 예상대로 작가의 세계관은 문학적 완성도와 함께 단편소설에서 더 선명하게 드러난다. 과거에서 현재를 거쳐 미지의 미래로, 자연과 조화롭게 살아가던 조상들의 삶에서 자본과 물질문명이 지배하는 현대사회로 인간의 삶과 예술·정신적 가치는 끊임없이 이어지고 있다는 것이다. 우리가 직면하고 있는 현실의 문제를 해결하기 위해서는 먼저 존재의 연원을 추적해야 한다고 작가는 강조한다.

1. 우리가 진정으로 꿈꾸는 세상: 「당신의 태평성대」

「당신의 태평성대」는 나당연합군의 침공으로 궁이 불타고 궁녀들은 옷배낙화암로 가서 스스로 몸을 던져야 했던 백제의 멸망을 배경으로 한 소설이다. 궁중에서 배소를 부는 악사 여울과 궁녀인 항아의 금지된 사랑 이야기이다. 자신이 꿈꾸는 이상향을 찾아 떠난 여울과 헤어진 채, 적군을 피해 도망치는 급박한 상황에서 홀로 여울의 아이를 낳고 죽는 항아의 험난한 여정을 그리고 있다.

작품에서의 현재 시간은 길어봐야 하루 혹은 이틀이다. 산달이 가까워진 궁녀 항아가 패전국 궁녀들의 마지막 선택인 자결의 무리에서 빠져나와 아이만은 살리고 죽기 위해 궁과 절 부근의 숲속을 홀로 헤매는 상황이 그것이다.

항아와 여울의 행복했던 사랑 이야기는 도피하는 과정에서 항아의 회상을 통하여 소급제시의 방법으로 서술된다. 현재 스토리는 도피 중의 항아의 상황을 서술하는 데 초점을 맞춘다. 그녀는 적군에게 잡힐 뻔한 위기 상황 한번 없이, 사람들을 피해 도망치고 또 도망치는 행위만을 반복할 뿐이다. 그럼에도 불구하고 소설은 마치 스릴러 영화를 보는 것처럼 특유의 서스펜스와 몰입감을 불러일으킨다. 이는 초점화자인 항아가 느끼는 두려움과 막막함을 중심으로, 장면 장면을 극사실주의적인 필치로 섬세하게 묘사하고 있기 때문이다.

작가의 문체는, 한때는 여울과 행복한 추억을 쌓았던 공간이, 지금은 도피의 공간으로 변해버린 궁 주변에 대한 대조적인 묘사, 자연을 활용한 심리의 간접적 제시 등 단문으로 이어지는 서정적인 문장에서 빛을 발한다.

이 소설의 외적 사건은 사랑하는 여울과 항아의 이별, 아이를 낳고 죽어가는 패전국 궁녀의 비극적인 삶이다. 하지만 그 이면에서는 '우리가 꿈꾸는 세상은 어떤 것일까', 즉 진정한 의미의 태평성대를 탐색하는 내적 사건을 다루고 있다. 이때 가치관의 대립을 보여주는 인물이 연인 사이인 여울과 항아이다.

여울은 백제금동대향로에 그려진 궁중의 5명의 악사_{비파, 금, 피리,} 북, 배소 중 배소를 부는 사람이다. 나라가 망하고, 서로 죽고 죽이는 전쟁의 참상은 여울에게도 악사로서의 존재 가치를 위협받는 상황으로 다가온다. 이상세계를 노래하는 궁중의 예술은 태평성대에서만 연주가 가능하기 때문이다. 또 두 나라의 전쟁을 지켜보면서, 여울은 한 나라의 태평성대만을 위하여 연주하는 일이 하나의 욕망에 불과한 것은 아닐까, 회의한다. 여울은 진정한 태평성대를 연주하는 악사의 삶을 살고자 우리가 온 곳, 우리가 시작된 곳인 부여·고올리를 찾아 떠난다.

"난 우리의 할아버지들이 배소를 불던 곳으로 가고 싶어. 그곳이 부여야. 고올리라고도 하지. 그곳에는 내 나라라는 개념이 없었대. 내 나라라는 개념이 없는 그곳에서 오직 배소를 불면서 살고 싶어."(59쪽)

여울의 정신적 고뇌와 지향점을 잘 드러낸 대사이다. 여기서 여울이 꿈꾸는 부여, 고올리는 현실적 공간이라기보다는 여울이 꿈꾸는 신화적, 상징적 공간에 가깝다. 마음껏 배소를 불 수 있고, 궁녀 항아와의 사랑도 죄의식 없이 아름답게 꽃 피울 수 있는 이상적인 세계이다. 결국 여울은 자신이 아끼던 향로도, 사랑하는 항아도 포기한 채 홀연히 고올리로 떠난다. 불행한 현실에서 도피하여 과거의 이상사회를 찾아가는 길을 선택한 것이다. 그런 점에서 여울 역시 자기만의 이상세계, 자신만의 태평성대에 갇혀 있는 한계를 보인다.

궁녀 항아는 여울의 선택이 또다시 실망과 좌절을 가져올지도 모른다고 생각하며 보다 확장된 사유를 펼친다. 그녀는 '향로를 만든 고조부와 향로 제작을 지시한 니리므왕, 능사를 불태운 적군과 능사에 묻힌 니리므, 나와 여울의 태평성대는 같을까?' 하고 질문을 던진다. 각자가 꿈꾸는 태평성대가 다르고 그것들이 서로 충돌한다면, 진정한 태평성대는 어떤 모습일까를 고민한다. 이때 항아의 정신세계, 그녀의 지향점을 대변하는 것이 '강물'과 '봉황의 춤사위'이다. 항아에게 강물은 공간과 공간을, 과거와 현재를 이어주는 "조상의 유장한 호흡"이자 미지의 세상으로 흘러가는 신비로운 흐름이다. 우리는 모두 연결된 존재라는 깨달음의 다른 표현인 것이다. 또한 항아는 백제금동대향로 꼭대기에 있는 봉황의 춤사위에서 깊은 감동을 받는다.

"설령 각자가 서로 다른 태평성대를 꿈꾸며 만들었을지라도 향로는 그보다 더 큰 무엇을 품은 채로 춤추었다. 봉황의 암수 날개는 천상과 지상을 연결해주는 길 같았다. 지상에 쌓인 연원을 천상으로 올리는 길, 천상에서 해답을 찾아 내려오는 길. 그렇지 않다면 수많은 빛이 날갯죽지에서 그토록 찬란하게 반짝일 리 없다."(49쪽)

그녀에게 봉황의 춤사위는 천상과 지상, 신의 지혜와 인간의 염원을 수직적으로 연결하는 보이지 않는 통로로 읽힌다. 자연과 인간을, 천상과 지상을, 종교와 과학을 가르는 현대인들이 잃어버린 세계이다. 즉 항아는 조상의 지혜를 통해, 예술의 힘을 통해 신이 생각하는 이상세계를 구현하기를 염원하는 작가의 세계관을 대변하고 있다.

항아가 아이를 낳고 숨을 거두는 장면 역시 모든 것을 버리고 떠난 여울과 대비된다. 궁과 호국사찰인 능사마저 불에 탄 절체절명의 위기 상황에서, 적군을 피해 도망치던 항아는 풀숲에서 마침내 여울의 아이를 낳는다. 그 아이가 "여울과 항아라는 경계를 부수는 아이, 동시에 여울과 나를 연결해주는 아이"로 간주하다가, 나중에는 "아이도 이미 여울과 자기에게서 벗어난 자리에 있다고, 아이 자체로 숨 쉬고 있다"고 하는 인식에 도달한다. 즉 아이를 여울과 자신의 사랑의 결실로 바라보던 소아小我적 생각은, 누구의 구속도 받지 않고 자유롭게 아이 자신의 삶을 살기를 바라는 대아大我적 염원으로 발전한다.

항아와 여울의 사랑은 시간상 역으로 서술된다. 즉 항아의 회상은 '여울과의 이별→아름다운 만남의 추억→편지로 시작된 사랑→첫 만남'의 순서로 이어진다. 항아의 현실은 아이를 낳고 숨을 거두는 비극적 상황이지만, 그녀의 회상은 가장 행복했던 과거, 여울과 순수한 사랑을 나누던 순간으로 돌아가는 구조로 짜여 있다.

사랑의 결실인 '어린 여울'의 탄생으로 이어진다는 점에서 소설의 결말이 절망적으로 다가오진 않는다. 사회적 구속과 감시 아래서 살아야 했던 궁중의 악사와 궁녀였던 부모와는 달리, 숲속에서 태어난 '어린 여울'은 보다 자유롭고 해방된 공간에서 자신의 삶을 펼칠 것이기 때문이다.

죽기 전에 항아가 향로를 빚은 고조부가 만든 유리 인형을 아이에게 준 것은 진정한 태평성대를 꿈꾸었던 고조부의 예술과 정신이 아이의 미래로 이어질 것임을 암시하고 있다.

2. 욕망이 낳은 디스토피아의 세계:「중정머리 없는 인간」

「중정머리 없는 인간」은 참된 본성心을 잃어버리고 욕망중만을 좇아 살아가는 현대인의 디스토피아적 삶을 알레고리의 기법으로 풀어내고 있다. 현대인의 특질인 '욕망'이 극대화된 세계는 어떤 모습일까를 우화적 상상력으로 그려냈다.

홍예시 사람들은 이마 사이에 '중'이라는 신체적인 특징을 갖고 있다. 인간의 욕망이 커지면 커질수록 중도 자란다. 권력자들은 욕망을 강화하는 데 혈안이 되어 있고, 욕망을 감추기 위해 불법으로 추출한 두루미의 단정丹頂으로 중을 치장한다. 그들의 욕망은 자신들의 가치관과 반하는 삶을 살아가는 두문동 사람들을 방화로 몰살한다. 합법적으로 단정을 추출하기 위해 그곳에 두루미 생태원과 연구소를 만들 계획까지 세운다.

핵심 어휘인 '氣'은 현대인의 욕망 지향적인 삶을 시각적으로 표현하기 위한 상징적인 이미지이다. '중'은 동물 중에서 유일하게 사람의 이마에만 솟아 있는 것으로 인간의 '욕망'의 다른 이름이다. 중을 치장하는 이유가 처음에는 그것을 감추려는 의도였다가 나중에는 힘을 과시할 목적으로 바뀌는 것은 욕망에 대한 인간의 관점이 어떻게 변화되어 왔는가를 시사한다. 사람들은 '중정머리 없는 놈'이란 표현을 가장 치욕적인 욕으로 생각한다. 사내대장부라면 누구보다도 중을 크고 강하게 키워야 하며, 욕망을 포기한 인간은 사회의 무능력자이자 삶의 아웃사이더로 멸시를 받는다.

이 소설의 주 인물인 '나'는 단정학丹頂鶴 밀매꾼이다. 불법으로 잡은 학의 단정을 추출하여 천연 단정으로 중을 치장하려는 권력자들의 욕구를 충족시켜주며 살고 있다. '나'는 현재는 단정학 밀매꾼이지만 "먼 훗날에는 나만의 날개를 펄럭이며 우주로, 우주를 넘어선 어떤 곳으로" 날아가는 학이 되고 싶다는 장대한 꿈을 품고 있다. 또 '나'는 학을 잡으려다 다쳐서 두문동 사람들의 치료를 받음으로써 '중'이 없는 사람들이 산다는 두문동의 삶을 목격한 유일한 외부인이다. 그 사실 때문에 '나'는 두문동 방화범이란 누명을 쓴 채 두문동 입구를 지키는 초소 경비병으로 평생을 보내는 신세가 된다. 그런 점에서 '나'는 어느 쪽에도 속하지 못하는 '경계인'의 삶을 보여준다. 현실과 꿈 사이의 간극이 크고, 욕망의 공간인 홍예시와 무욕의 공간인 두문동의 경계에서 현실에 순응하며 무비판적으로 늙어가고 있는 것이다. 하지만 말년에는 두문동 사람들이 불던 생황을 배우고 소리를 내기 위해 노력함으로써 두문동의 세계로 기운다. 그

결과 '나'의 중은 점점 작아지고 순수한 본성인 심心을 회복하기 시작한다.

단정 밀매꾼인 '나'에게 다른 세상에 대한 호기심을 불러일으키는 인물이 사내 '신'이다. 아마도 그의 이름은 '신神'의 알레고리가 아닐까. 생笙 연주자인 신은 사라진 심心을 찾고 있다고 한다. "심이 심포에 있었을 때는, 사람들이 지금처럼 자신의 욕망을 채우기에 혈안이 되지 않았고 짐승이나 푸나무들과도 화평"하게 지냈다고 말한다. 자신은 심이 있는 곳을 알려주는, 생笙의 소리를 내는 학두루미을 찾고 있다는 것이다.

학은 '나'와 생 연주자 신과의 관계에서 아이러니한 운명을 지닌 새로 그려진다. 밀매꾼인 '나'에게는 욕망의 상징인 중을 치장하기 위한 도구이다. 반면에 두문동 사람들과 신에게 학은 "신과 사람을 연결해주는 새"로 중욕망을 없애고 심心을 회복시켜주는 영험한 존재로 인식되고 있다. 또 중을 치장하기 위해서는 학을 죽여야 하고, 생의 소리를 듣기 위해서는 학을 살려야 한다는 점도 대조적이다. 이처럼 작가는 학을 매개로 하여 욕망 지향적인 삶과 정신 지향적인 삶을 대비시키며 어떤 삶이 바람직한가를 묻는다.

현대문명과 단절된 두문동은 강에 떠 있는 외딴 섬마을로, 단정학이 많이 모여드는 곳이다. 홍예시 사람들은 두문동 사람들이 "예전부터 두문불출"했고, 생을 연주하며, 중이 없다고 믿었다. 누군가는 "중 없는 놈들"이라 멸시하고 누군가는 두문동을 낙원의 공간이라 동경한다.

'나'가 목격한 두문동 사람들은 자연과 어울려 평화롭게 살고 있었다. 본래 다툼도 시간도 존재하지 않는 공간이었다. 두문동이 불타고, 두문동 사람들이 한 아이만 빼고 모두 죽었다는 것은 세상에 존재했던 지상낙원이 사라졌음을 의미한다. 더욱이 두문동에서 유일하게 살아남은 '아이'는 홍예 시장의 수행원이 되어 약과 주사로 욕망중을 거세당한 채 그들의 꼭두각시로 살고 있다. 중이 없는 순수한 아이에서 말 그대로 '중정머리 없는 놈'으로 전락하고 있다는 비극적 아이러니가 극대화된다.

소설의 마지막 부분은 인간의 욕망에 대한 하늘의 경고로 읽힌다. 별안간 두문동을 휘어 돌며 천지사방을 흔드는 천둥소리가 계속되고, 두문동에 시찰차 왔던 시장 일행은 급히 차를 타고 달아난다. '나'는 초소 경비병에서 해제된 사실을 알려주는 아이의 외침 너머로 "시뻘겋게 쏟아지는 생의 마지막 소리를" 듣는다. 천둥소리가 인간의 탐욕스러운 계획에 대한 신의 경고라면, 생의 '마지막' 소리는 분노한 두문동의 최후의 외침이다. 작금의 현실을 바꿀 힘은 없고, 그렇다고 마냥 방관할 수도 없는 절망과 안타까움의 울부짖음인 것이다.

'중'은 시각적 이미지로서 욕망 지향적 삶을, 생황의 소리는 청각적 이미지로서 순수 낙원의 세계를 상징한다. 작가는 그의 소설에서 생황뿐 아니라 배소, 가야금 등 인간을 구원할 수 있는 예술로서 전통음악과 소리에 대한 절대적인 애착을 보인다. 악기들의 소리에는 오랜 기간 인간과 함께하며 인간의 정신적 고뇌와 지혜가 축적

된 영적 에너지가 담겨 있다고 생각하는 것 같다. 이러한 작가의 예술관은 "음악이 상징하고 있는 영역은 일체 현상의 피안彼岸에 있으며, 어떤 예술로도 음악의 가장 깊은 내부를 절대로 드러낼 수 없다"는 니체의 예술관을 떠올리게 한다.

3. 고향, 순수의 회복과 화해의 공간: 「멀구슬나무꽃」 「뻐꾹나리」

작가 이강원의 상상력을 자극하는 것들은 국립부여박물관에 있는 백제금동대향로나 고창의 고인돌, 전통악기들처럼 오랜 세월의 흔적이 새겨진 것이거나 조상의 정신세계와 예술혼이 깃든 과거의 집적물이다. 이는 현대 문명사회가 외면하고 있는 인간의 정신적 품격, 신神과 인간을 연결하는 예술의 힘, 자연과 더불어 살아가는 생태주의적 삶을 회복하고자 하는 작가의 염원에서 기인한다. 아울러 작가는 '우리가 어디에서 왔는가'에 대한 공간적 사유 과정에서 도시가 아닌 '고향'을 순수의 회복과 화해의 공간으로 선택하고 있다.

「멀구슬나무꽃」은 초등학교 졸업 후 삼십 년 만에 만난 동창생 조은일과 정창민이 학교 교정과 고인돌 유적지를 함께 거닐며 순수했던 어린 시절을 추억하는 과정에서, 어릴 적 꿈을 다시 이루기로 결심하는 내적 변화를 그리고 있다.

이 작품은 작가의 생각이나 세계관을 전달하려는 욕구가 강해 보인다. 유일한 등장인물인 조은일과 정창민의 대화는 갈등의 구축이 아니라 작가의 메시지를 강화하는 데 할애된다.

두 사람은 초등학교 졸업식 날, 담임 선생님이 질문한 "나는 어떤 어른으로 살고 싶은가"에 대한 답변들을 떠올리면서 자신들의 현재를 돌아본다. 정창민은 엄마가 좋아하시는 멀구슬나무가 있는 고창 군청의 직원이 되고 싶었던 어린 시절의 꿈을 떠올린다. 하지만 현실은 은행에서 일과 고객에게 치여 하루하루 소진하는 삶을 살고 있다. 조은일 역시 시인이 되겠다고 했으나 현실은 학교 선생을 하면서 시를 쓰지도 않고 시를 써야 할 목적도 잃어버린 채 살아간다. 반면에 "저는 어떻게 하면 사람들이 행복하게 살 수 있을까 고민하는 어른으로 살고 싶습니다"라고 인상적인 답변을 했던 김명세란 친구는, 조은일이 전해주는 소식에 의하면, 의대를 나와 현재 네팔에서 의료봉사를 하며 살고 있다. 자신들과는 달리 어릴 적의 꿈을 구현하면서 이상적인 삶을 살고 있는 것이다.

　　정창민은 김명세의 소식과 '꿈을 이루는 가평학교'라는 초등학교의 슬로건을 접하면서 어릴 적 꿈이었던 고향의 군청 직원이 되기로 결심한다. 아울러 조은일과 함께하는 미래도 그려보며 인생의 전환점을 맞는다. 요컨대 두 사람은 김명세처럼 '사람들'까지는 아니지만, 적어도 '내'가 행복한 삶을 발견한다. 정신적으로 황폐한 도시적 삶에서 벗어나 가족과 자연, 그리고 참된 '나'와 대면할 수 있는 고향에 정착하는 것이다.

　　정창민의 변화를 이끄는 인물이자 작가의 페르소나는 조은일이다. 그녀는 고인돌과 담임 선생님에 대한 회상을 통해 자신의 세계관을 드러낸다. 그녀에게 고인돌_{돌무덤}은 그 아래 서 있으면 어떤 신비로운 기운, 아득한 무엇과 교신하는 느낌을 주는 특별한 유적이다. 고인돌의 묵직한 침묵은 "앎이 쌓여서 만든 지혜. 삭고 삭아서 가슴에 사랑으로 쌓인 지혜", 즉 조상들의 연륜과 지혜가 응축된 모습으로 다가온다. 또한 조은일은 각자의 삶을 존중하고 다양성을 인정하는 태도를 강조했던 담임 선생님의 말을 정창민에게 들려준다.

조은일이 드러내는 사유의 세계는 작가 이강원이 그의 소설 속에서 일관되게 표출하고 있는 세계관과 다르지 않다. 이 세상 무엇도 홀로 존재하는 것은 없다는 것, 우리가 사는 세상은 조상들의 지혜가 축적되고 너와 나의 생각들이 모여서 만들어진 것임을 강조한다.

「뻐꾹나리」는 「멀구슬나무꽃」과는 대조적으로 고향인 농촌 마을을 자신들을 구속하는 불행의 감옥으로 느끼는 인물들을 그리고 있다. 주 인물인 '그'는 육묘장을 하는 아버지 밑에서 일하고 있으나 마음은 늘 다른 세계를 꿈꾸는 분열된 삶을 살고 있다. "지금과는 다른 삶을 살 수 있는 곳, 자기만의 삶을 사는 곳"을 꿈꾼다. 하지만 그는 아버지를 돕던 형이 사고로 죽은 후, 아버지 옆에서 "떠날 수도 머물 수도 없는 상태로" 내적 갈등만 증폭되는 삶을 살고 있다.

베트남에서 대학까지 나온 농 비치는 가난한 가족에게서 벗어나려고 국제결혼을 했으나 현실은 아버지뻘 되는 남편의 구속과 육묘장에서의 노동이라는 반복된 일상에 갇혀 있다. 그녀는 기회만 되면 가출을 감행하는 불행한 이주 농촌 여성이다. 이처럼 '그'와 농 비치는 자유로운 세상을 꿈꾸지만, 현실은 비닐하우스의 모종처럼 타의에 의해 강요된 삶에서 생명력을 점점 잃어가는 공통점을 보인다.

아버지는 '그'와는 대조된 삶의 방식을 가진 인물이다. 평생 당신이 난 곳에서 한 발짝도 나가본 적 없이 주어진 삶을 숙명처럼 받아들이며 살고 있다. "몇십 년인지도 모르는 채 한자리에 붙박여 있는 괘종시계나 시계추처럼 집과 선산과 육묘장을 오가는 아버지"는 책임감과 성실성의 화신이다. '그'에게는 닮고 싶지 않은, 오히려 고향에서의 탈출 욕망을 부추기는 존재로 그려진다.

불행한 현실 속에서 '그'에게 위안을 주는 대상은 강 건너에 있는 '무연리'라는 미지의 마을이다. 강 건너 외부와 절연된 곳에 있는 무연리는 "최소한의 인연만으로 오랜 세월 강물과 더불어 흘러오는 곳"처럼 다가온다. 바로 '그'가 꿈꾸는 삶을 상징하는 공간으로, 육묘장과 선산 들머리 근처를 벗어나지 못하는 답답한 현실과 대비된다.

늘 그리워만 하다가 무작정 찾아간 무연리는 그러나 '그'가 상상했던, '외부와 절연된' 고요한 마을이 아니었다. '그'가 진저리치는 비닐하우스 농사도 짓고 정보화시범사업도 하는, 자신이 사는 곳과 다를 바 없는 평범한 농촌 마을이었던 것이다. 무연리의 한자도 인연이 끊어진 마을이라는 '無緣里'가 아니라 인연이 무성한 마을이라는 '茂緣里'였다. '그'는 이를 통해 미지의 세계에 대한 막연한 그리움과 낭만적 동경이 허상일 수 있음을 깨닫게 된다.

농 비치는 현재의 삶에서 벗어나겠다는 결연한 의지를 꺾지 않은 채 계속 가출을 시도한다. 반면에 무연리를 다녀온 '그'에게서는 현실에의 안주와 자유에의 갈망 사이에서 서성이는 심경의 변화가 나타난다. 육묘장의 온실에 보일러를 틀었는지가 처음으로 걱정이 되고, 무조건 여기를 떠나는 것이 '나'를 위한 최선일까 하는 의문이 들기 시작한 것이다.

작가는 모든 것을 버리고 자유를 찾아 무작정 떠나려는 농 비치와는 달리, 아버지에 대한 연민과 육묘장에 대한 책임의식을 갖기 시작한 '그'에게서 보다 성숙하고 인간적의 삶의 태도를 발견한다.

이처럼 작가는 「멀구슬나무꽃」과 「뻐꾹나리」를 통해 "어떤 것이 진정한 삶인가"라는 질문을 독자에게 던진다. 고인돌과 아버지로 대표되는, 조상들과 이전 세대의 삶 속에는 주어진 인생을 포용하는 확고한 의지와 지혜가 내재해 있다고 설득한다. 아울러 인간의 꿈은 현실도피의 방법이 아니라 현실에 단단하게 뿌리내리고 자신만의 꽃을 피우려는 노력을 통해 이룰 수 있음을 강조한다. 그런 점에서 두 작품은 식물적 세계관을 보여준다.

4. 인간성을 파괴하는 이데올로기의 폭력성: 「언 땅 싸라기별들」

「언 땅 싸라기별들」은 6·25 한국전쟁 당시의 농촌 마을을 배경으로 한 이야기이다. 사춘기 소년 도연이 전쟁을 목격하면서 어른 세계의 부조리함과 이데올로기의 폭력성에 눈을 뜨는 과정을 그린 성장소설이다. 어른들의 전쟁으로 첫사랑인 여명을 잃는 도연 자신의 체험과 남과 북의 이데올로기로 갈라선 두 아들의 충돌로 인해 고뇌하는 꼰대_{훈장어른}를 훔쳐보는 행위, 즉 체험적 현실과 목격자적 현실이 교차하면서 이데올로기의 비극성을 고조시킨다.

성장소설의 특성답게 어른들에 의해 야기된 대립과 갈등 상황은 어린 도연의 관찰과 훔쳐봄의 방식으로 간접적으로 제시된다. 따라서 그 사건의 내적 진실과 의미는 독자가 스스로 해독할 수밖에 없다.

도연은 자신의 관점과 어른들의 관점에 차이가 있음을 발견한다. 열다섯 살 도연에게 방장산은 자연 속에서 맘껏 뛰어놀 수 있는 동네 뒷산이자 자신의 아지트이다. 하지만 담임선생에게 방장산은 빨갱이가 숨어 있는 위험한 공간일 뿐이다. 또 방장산에서 만난, 진달래꽃을 닮은 여명은 사춘기 소년 도연에게 처음으로 이성적인 감정에 눈뜨게 한 순수한 처녀인데, 마을 사람들에게는 방장산으로 숨어든 빨갱이 일행 중 한 명이다. 결국 국방군에 의해 사살된 채로 발견된다. 도연과 어른들 세계의 간극은 도연이 새끼를 까려고 집으로 가져온 꿩알이, 저녁에 삶은 알로 밥상에 올라온 에피소드만큼이나 좁히기 어려워 보인다.

도연이 세계의 부조리함에 눈뜨는 것은 꼰대가 고뇌하는 모습과 방장산으로 숨어든 여명 일행을 목격하면서부터이다.

도연은 어느 날 밤, 늙은 아버지를 앞에 세워두고 형인 병수 아제가 자기 동생인 병호 아제_{빨갱이} 앞에 무릎을 꿇고 "나는 반동분자다. 나는 인민의 적이다"라고 복창하는 충격적인 장면을 훔쳐본다. 도연에게 이것은 서당이나 학교에서 배운 정의나 예절과는 배치되는 모습으로 비친다. 꼰대는 개입도 훈계도 하지 않은 채 괴로운 표정으로 그 상황을 지켜볼 뿐이다. 도연은 어쩐지 그것이 더 마음 아프다.

여명을 향한 도연의 관심과 걱정은 방장산으로 숨어든 빨갱이 일행의 비참한 삶을 훔쳐보는 계기로 작용한다. 그들이 왜 방장산 깊은 숲속으로 숨어들어야 했는지, 왜 산속의 열악한 환경에서 아이를 낳아야 하는지 알 수 없지만, 도연은 추위와 두려움 속에 떨고 있는 그들에게 인간적 연민을 느낀다. 거기에 빨갱이로 몰린 매형이 사살되고 누이가 스물다섯 살에 청상과부가 되면서 이데올로기 전쟁은 자기 가족에게까지 불행을 초래한다. 남편을 잃고 절망에 빠진 누이를 지켜보면서, 도연은 남동생을 잃은 여명의 아픔을 이해한다. "누이에게도 여명에게도 미안하고 부끄러웠다"고 고백함으로써 그녀들을 지키지 못한 미안함과 폭력적인 현실을 지켜볼 수밖에 없는 자신의 무력함에 좌절한다.

도연의 비극은 시정거리에서 죽은 여명을 발견하면서 극대화된다. 도연은 어른들 앞에서 여명과의 친분이나 그녀의 죽음에 대한 슬픔을 드러내지 않는다. 본능적으로 그것을 억압하는 사회적 분위기를 감지하고 있기 때문이다.

홀로 걸어가는 도연에 대한 묘사는 그의 슬픔과 상실감이 얼마나 큰지를 암울한 색채 이미지를 통해 암시하고 있다.

"야막나무 같은 색깔로 물들어가는 하늘 아래를 도연은 걸었다. 아까시나무 잎사귀들처럼 누렇게 시들어가는 하늘 아래를 걸었다. 담벼락 같은 색깔로 변해가는 하늘 아래를, 싯누런 나락 같은 하늘 아래를, 한쪽은 핏물이 엉겨 붙어 검붉고, 지붕의 마람이엉처럼 썩어버린 하늘 아래를 그는 걸었다."(238쪽)

어린 도연은 마을에서 계속되는 비극적인 사건들 앞에서 여전히 비겁하고 소심해질 수밖에 없다. 어른들의 부당한 세계에 저항하기에는 그의 지식과 힘이 아직 미약하기 때문이다. 도연이 "아마도 하늘은 겁먹은 자기의 푸르딩딩한 얼굴을 닮기도 했을 것"이라고 실망하며 자책하는 모습은 더 안타깝고 가슴 아프게 다가온다.

소설은 봄에서 겨울까지 사계절에 거쳐 일난 이야기를 썼다. 여명의 목숨을 앗아가고, 형제간의 천륜도 끊어버리는 이데올로기의 폭력성, 그리고 고전 학문이 현대 학문에 밀려 사양길에 접어든 탓에 입지가 점점 좁아지는 꼰대의 쓸쓸한 노년을 순수한 소년의 시선으로 적나라하게 들추어낸다.

소설의 결말 부분에서 서당 선생에 대한 도연의 호칭이 '꼰대'에서 '훈장 어른'으로 바뀌고 있는 것은 시사적이다. 모든 상황이 당황스럽고 두려움만 가득했던 도연에게 훈장 어른의 고뇌와 침묵, 병수를 향한 마지막 훈계는 그 상황을 어떻게 받아들여야 하는지를 알리는 이정표로 작용한다. 즉 도연의 내면에 꼰대가 존경하는 어른으로 자리 잡기 시작했다는 것을 말해준다.

도연이 훈장 어른의 명으로 아궁이에 천자문을 쓴 종이며, 노인을 그린 그림과 뱀 껍데기 등을 태우는 행위는 훈장 어른의 시대가 소멸하고 있음을, 도연이 어린 시절과 결별하고 있음을 암시한다. 도연은 그것들을 태우면서 그간의 혼란과 두려움, 슬픔의 감정들도 눈물과 함께 모두 흘려보낸다. 마음이 말갛게 비어가고 고요해지는 마음의 정화, 즉 카타르시스를 느낀다. 이는 도연이 막연한 두려움과 비겁함에서 벗어나서 현실을 정확하게 읽어내고 당당하게 헤쳐나갈 마음의 준비가 되었다는 것을 의미한다. 아울러 도연은 입춘이 다가오고 있는 계절적 감각과 함께 "세상에서 가장 슬프지만 가장 아름다운 모습으로" 바깥마당으로 걸어 나간 훈장 어른이 '봄을 데리러 갔을까' 궁금해진다. 전후의 혼돈과 부조리한 상황이 조금씩 질서와 안정을 회복하리라 예감하고 있는 것이다. 앞으로 도연은 훈장 어른의 정신세계를 이정표 삼아 갈등보다는 화해를, 이념보다는 보편적 가치를 지향하는 성숙한 어른으로 성장할 것이다.

5. 자아 찾기에서 '마음'을 닦기: 「구경심」

「구경심」은 지방의 조그만 우체국에서 12년째 일하고 있는 구경심이 참선을 통해 자아를 찾아가는 과정을 그리고 있다. 다른 작품과는 달리 작가의 체험이 상당히 녹아 있는 것으로 보인다. 소설의 시·공간적 배경도 사실적이고 참선 수행과정도 구체적이다. 주 인물인 구경심은 작가를 대변하는 페르소나라기보다는 자아 찾기 과정에서 내적 갈등과 시행착오를 반복하는 개성적인 인물이다. 작중 인물들의 이름은 구경심을 비롯하여 그녀와 삼각관계에 있는 현재 중과 고현실, 동료 직원 지성미 등 각 인물의 성격과 가치관을 그대로 드러내고 있으며 그만큼 작중인물들이 생동감 있게 그려진다.

구경심은 경제적인 부와 사회적 성공을 지향하는 주변 사람들과는 달리 자신만의 세계를 추구하는 여성이다. 고현실과 자신 사이에서 고민하는 현재중과 어정쩡한 연애를 지속하고 있지만 그와 결혼할 생각은 없다. 그녀가 좋아하는 것은 솔숲의 소나무를 하나씩 안아주기, 가야금 연주하기 등 독특하고 주로 혼자서 할 수 있는 일이다. 세속적인 행복에는 관심이 없고, "나는 누구인가, 나는 무엇인가" 같은 관념적인 주제에 매달린다. 이렇게 자기만의 세계에 젖어 있는 그녀는 연인인 현재중이나 직장 동료들에게 속을 알 수 없고 소통이 쉽지 않은 답답한 존재로 비친다.

그녀가 꿈꾸는 미래는 가야금 연주로 길거리 버스킹을 하면서 사는 것이다. 자신이 좋아하는 가야금 연주로 최소한의 생계를 유지하면서 누구의 눈치도 보지 않는 삶을 살고 싶은 것이다. 그 꿈을 이루기 위해 그녀가 몰두하고 있는 것이 평면도 그리기와 참선 수련이다. 평면도 그리기는 14평의 공간에 자신에게 필요한 최소한의 공간들을 효율적으로 배치하기 위해 도서관에 가서 5개월째 씨름하고 있는 일이다. 집세 걱정에서 벗어나기 위한 일종의 집 짓기 프로젝트의 일환이다. 평면도를 완성하는 작업만 5개월째 계속하고 있다는 사실은 그녀가 구체적인 실행보다는 속으로 생각만 하고 꿈꾸는 타입임을 시사한다.

구경심이 큰 용기를 내어 배우기 시작한 것이 세심사 스님이 지도하는 참선이다. 사실상 이 작품은 구경심의 참선 체험기라고 할 정도로 수련 과정을 상세하게 소개하고 있다. 그녀에게 참선은 '본래의 나'를 찾기 위한 구도적 행위이다. 그녀는 자아 찾기라는 내적 욕구를 충족시켜주는 참선 수행에 적극적이다.

세심사 스님이 천도재를 권하면서 구경심은 내적 갈등에 직면한다. 자아 찾기의 방법으로 선택한 참선 수행과는 달리, 천도재는 자아 찾기와는 무관한 신앙적 행위로써 선뜻 받아들이기가 어려웠기 때문이다. 참선 수행과 신앙적 행위 사이의 거리를 좁히지 못하고 내적 혼란에 빠져 있던 그녀는 마침내 "결국에는 마음이구나. 나를 찾으라는 건 결국 요 마음의 작용을 알아내라는 건가 봐. 일체유심조⋯⋯"라고 자기 나름의 통찰에 이른다. 무엇을 하는가가 아니라 어떤 마음으로 하는가가 중요하다는 것을 깨달은 것이다. 그러자 14평의 작은 집에 5개의 공간을 나누어 배치하려던 생각도 부질없게 느껴지면서 5개월째 고민하던 평면도 그리기에서 해방된다. '구경심'이라는 자기의 이름처럼 궁극적으로 '마음'을 찾은 것이다.

「구경심」은 앞의 소설들과는 다르다. 작가가 독자를 가르치려 하지 않는다. 구경심이 낭만적·비현실적인 미래를 꿈꾸고, 스스로를 고립시키는 삶을 지향하며, 자아 찾기에 대한 관념적 집착을 보이는 등의 시행착오를 거쳐서 나름의 통찰과 깨우침에 이르는 과정을 사실적으로 재현할 뿐이다. 그 과정에서 구경심은 허구적 인물로서의 리얼리티를 확보하게 된다. 또한 외적 사건에 의한 스토리 전개와 대화를 통한 갈등의 구축 등 서사적 요소가 강한 점도 다른 소설들과는 변별되는 특징이다.

나오는 말

작가 이강원은 주 인물의 입을 통해 "나는 그냥 나일 뿐이야"「당신의 태평성대」, "자기만의 삶을 사는 곳"「뻐꾹나리」, "나는 누구인가"「구경심」 등 '나'를 강조한다. 이는 자신의 삶을 억압하거나 훼손하는 외적 상황, 참된 소통이 불가능한 현실에서 자신을 지키기 위한 최소한의 안간힘, 내면의 외침으로 다가온다.

무엇보다도 이강원 소설의 미덕은 '나'의 근원에 대한 궁금증이나 자아 찾기가 궁극적으로 조상의 지혜와 예술적 신비 등 정신적 가치가 존중되는 세상, 자연과 더불어 살아가는 에코토피아의 세계를 모색하기 위한 출발점이 되고 있다는 점이다. 이를 위해 작가는 전통예술·신화·유물 등 과거의 집적물을 통해 문명 이전의 세계와 연결된 존재로서의 '나'를 찾아 나선다.

작가가 외판섬이나 깊은 숲속을 이상적 공간으로 설정하거나, 배소와 생황, 가야금 등 악기 소리에 대한 각별한 애착을 보이는 것이 그렇다. 문명화된 현대사회에서 벗어나 우주와 교신이 가능한 자연 공간, 신과 인간을 연결하는 소리의 힘을 회복하고 싶기 때문이다. 즉 과학이 천상과 지상, 자연과 인간, 영혼과 물질을 인위적으로 갈라놓았다면, 이강원은 신화적 상상력을 동원하여 연결고리를 찾아내고, 그 세계의 아름다움을 격조 있는 문장으로 형상화한다.

작가는 소설 세계를 통해 도시·문명·자본으로 요약되는 현실 너머의 세계에 눈을 돌려보라고 독자를 집요하게 설득한다. 우리가 잊고 있었던 자연의 신비, 조상의 숨결을 느껴보라고 간절하게 호소한다. 그의 소설은 우리가 당연한 듯 살아가는 삶의 방식을 문제적으로 바라보게 만든다. 대부분의 소설이 낙관적인 전망으로 끝나고 있는 것도 우주와 교감하고 예술적 감성을 잃지 않으며, 인간의 역사에서 삶의 지혜를 배운다면, 인간은 신과 자연이 축복하는 미래를 만들어 갈 수 있다는 작가의 믿음에서 비롯된다.

그런 점에서 작가 이강원은 누구보다도 절박하게 '어떻게 살아갈 것인가'를 고민하는 실존적 인간이다. 고독한 창작공간에서 자신의 세계관과 신념을 구체화할 인물과 사건을 만들어내고, 소설이라는 그릇을 빚는 작업은 오래전부터 그의 일상이 되어버렸을 것 같다.

이강원은 이제 막 독자에게 자신의 이야기를 들려주기 시작했다. 아직 들려줄 이야기가 많이 남아 있는 작가다. 그의 다음 소설이 기다려지는 이유이다.

작가의 말

십사오 년 전 어느 여름날이었다.

그 무렵 나는 어정쩡한 상태였다. 직장에 매진하지도, 소설을 제대로 쓰지도 못했다. 어쩌다 쓰게 되더라도 갈지자였다. 한마디로 전망이 불투명했다. 그날은 회사에서 스트레스까지 받아 기분마저 엉망이었다.

고성 강변으로 차를 몰았다. 저녁 해가 물속에 좌정하고 있었다. 해를 떠받들 듯 굼실대는 강물을 보자 느닷없이 서러움이 북받쳐 올랐다. 앞자락이 흥건해지도록 울다가 겨우 추스르고 차에서 나왔을 때…… 세상에, 산비탈엔 온통 나리꽃 천지였다. 시뻘겠다. 바위틈에 뿌리를 내리고 선 모습이 너무도 안타까웠다. 겨우 감지되는 미풍에도 저토록 흔들리다니. 나도 모르게 다시 눈물이 솟구쳤다.

꽃잎 하나가 나풀나풀 흩날렸다. 하염없이 허공을 부유했다.

저 꽃잎은 떨어지는가, 날아오르는가.

불시에 찾아든 생각에 온몸이 전율했다.

나는 한 번이라도, 무엇에든 나를 온전히 던져본 적 있었나. 목숨을 걸어봤나. 지금 내가 선 곳은 대체 어디지.

아, 현애살수懸崖撒手……

벼랑에서 손을 놔라. 그래야 비상하든 추락하든 할 것 아니겠냐.

어른이 되어서야 마음속에 우주가 산다는 사실을 받아들일 수 있었다.

천라지망天羅地網은 갈 곳 없어 옴짝달싹하지 못하는 상황이거나 피하기 어려운 재앙이 아니라, 말 그대로 하늘과 땅에 처진 그물이다. 인연이라는 그물. 어느 누가 빠져나갈 수 있을까. 너와 내가 서로 만나 지지고 볶으면서 만들어내는 관계를, 인연을 끊을 수 있을까. 하루에도 오만 가지 생각이라는 그물로 자기 자신마저 옭아매는데.

사춘기 때 내 좌우명은 一切唯心造였다. 어디서 들었을까. 어떻게 삶의 지침으로 삼게 되었을까. 귀때기 새파랗던 놈의 심경이 가끔 궁금해진다.

2022년 늦은 가을
이강원

중청머리 없는 인간

초판 1쇄 인쇄 | 2022년 11월 09일
초판 1쇄 발행 | 2022년 11월 19일

지은이 | 이강원
펴낸이 | 권영임
편 집 | 윤서주
디자인 | 박민수

펴낸곳 | 도서출판 바람꽃
등 록 | 제25100-2017-000089
주 소 | (03387) 서울시 은평구 연서로22길 16-5, 501호(대조동, 명진하이빌)
전 화 | 02-386-6814
팩 스 | 070-7314-6814
이메일 | greendeer@hanmail.net / windflower_books@naver.com
홈페이지 | https://blog.naver.com/windflower_books

ISBN 979-11-90910-06-4

값 15,000원